Chris Carter, né au Brésil et d'origine italienne, a travaillé au bureau du procureur du Michigan comme psychologue criminologue, où il a pu étudier de nombreux serial killers. Il vit aujourd'hui à Londres, où il se consacre à l'écriture. Après *La Marque du tueur* (First, 2011), *Le Prix de la peur* (Les Escales, 2012) est son deuxième roman publié en France.

LE PRIX DE LA PEUR

DU MÊME AUTEUR
CHEZ POCKET

La Marque du tueur
Le Prix de la peur

CHRIS CARTER

LE PRIX DE LA PEUR

Traduit de l'anglais
par Bernard Clément

LES ESCALES

Titre original :
THE EXECUTIONER

MIXTE
Papier issu de sources responsables
FSC® C003309

Pocket, une marque d'Univers Poche, est un éditeur qui s'engage pour la préservation de son environnement et qui utilise du papier fabriqué à partir de bois provenant de forêts gérées de manière responsable.

ISBN : 978-2-266-23464-1

À Samantha Johnson... Toujours.

1

— Ironique que la seule certitude de la vie soit la mort, vous ne trouvez pas ?

La voix de l'homme était posée, sa posture, décontractée.

— Je vous en supplie… Vous n'avez pas besoin de faire ça.

L'homme au sol était pétrifié et épuisé. Sa voix, étranglée par les larmes et le sang. Il était nu et grelottait. Ses bras étaient tendus au-dessus de sa tête, les poignets attachés par une chaîne au mur en brique.

Le sous-sol sombre avait été transformé en une sorte de donjon médiéval, avec ses quatre murs ornés de lourds anneaux métalliques. Une répugnante odeur d'urine flottait dans la pièce, et d'une caisse en bois posée dans un coin par l'agresseur montait un vrombissement incessant. La pièce était insonorisée, et fuir semblait impossible. Une fois enfermé ici, inutile d'y songer, à moins que quelqu'un ne vienne vous délivrer.

— Peu importe ce que vous avez fait de votre vie, poursuivit-il, indifférent à sa victime qui saignait. Peu importe votre richesse, ce que vous avez accompli – vos relations, vos projets et vos espoirs. En fin de compte, la même chose nous arrive, à tous, et cette chose, c'est la mort.

— Par pitié, mon Dieu, non !…

— Mais ce qui fait la différence, c'est la façon dont nous mourons.

L'homme par terre toussa et cracha un léger nuage de sang.

— Certaines personnes meurent naturellement, sans douleur, au terme d'un cycle naturel. (L'homme émit un étrange rire gargouillant.) D'autres souffrent de maladies incurables des années durant, luttant à chaque minute pour ajouter quelques secondes à leur misérable existence.

— Je… je ne suis pas riche, je ne possède pas grand-chose, mais ce que j'ai, vous pouvez le prendre.

— Chuuuut ! (L'homme posa son doigt sur ses lèvres avant de murmurer :) Je n'ai pas besoin de votre argent.

Nouvelle quinte de toux, nouvelles gouttelettes de sang.

L'agresseur grimaça un sourire mauvais.

— Certains meurent très lentement, reprit-il d'une voix glaciale. L'agonie peut durer des heures, des jours, des semaines de souffrances ; si on sait s'y prendre, il n'y a quasiment pas de limites – vous le saviez ?

Il se tut. Jusque-là l'homme enchaîné n'avait pas remarqué le pistolet à clous dans la main de son assaillant.

— Et je sais exactement ce que je fais. Permettez-moi de vous le montrer.

Il fit un pas en avant, posa son pied sur l'os de la cheville de sa victime qui saillait de la plaie ouverte, se pencha et tira rapidement trois clous dans le genou droit. L'intensité de la douleur fut telle que le blessé en eut le souffle coupé et la vision brouillée pendant une bonne dizaine de secondes. Les clous ne mesuraient que cinq centimètres de long. Pas assez pour ressortir de l'autre côté mais suffisamment pointus, en revanche, pour pulvériser os, cartilage et ligaments.

L'homme enchaîné respirait à brèves goulées saccadées. Il essaya de parler malgré la douleur.

— S'il vous plaît… J'ai une fille, elle est malade, une maladie rare, et elle n'a que moi.

L'étrange rire gargouillant résonna de nouveau.

— Vous espérez m'émouvoir ? Laissez-moi vous montrer à quel point je suis touché.

Il saisit la tête d'un des clous enfoncés dans le genou de l'homme et, comme s'il maniait un ouvre-boîte, l'enfonça lentement en tournant de gauche à droite, à bloc. Les os qui craquaient rappelaient le bruit d'éclats de verre qu'on écrase en marchant.

La victime rugit de douleur en sentant le métal la perforer. Son tortionnaire appliqua juste assez de force pour vaincre toute résistance et broyer la rotule. Des esquilles criblaient les nerfs et les muscles. Une violente nausée le submergea. Son agresseur le gifla à plusieurs reprises pour l'empêcher de s'évanouir.

— Restez avec moi ! ordonna-t-il. Je veux que vous savouriez chaque instant. Ça ne fait que commencer.

— Pourquoi… pourquoi faites-vous ça ?

— Pourquoi ? (L'homme se lécha les lèvres et sourit.) Je vais vous montrer pourquoi.

De sa poche il sortit une photo qu'il tint à quelques centimètres des yeux de l'homme enchaîné.

Ce dernier scruta le cliché un moment sans comprendre.

— Je ne comprends pas. Qu'est-ce… (Il se figea en saisissant enfin ce qu'il regardait.) Oh, mon Dieu !

L'autre approcha la bouche tout près de l'oreille droite du blessé, le touchant presque.

— Vous savez quoi ? murmura-t-il en jetant un coup d'œil vers la caisse en bois dans le coin. Je sais ce qui vous fait le plus peur.

2

À dix jours de Noël, Los Angeles était plongé dans la frénésie des préparatifs. La profusion des guirlandes lumineuses et des décors de neige artificielle métamorphosait rues et vitrines. À 5 h 30, la traversée du sud de la ville demeurait étrangement fluide.

Le fronton blanc de la petite église luisait derrière les grands noyers californiens effeuillés qui encadraient le porche voûté en bois. Une vision de carte postale balayée par la multitude de policiers qui encerclaient le bâtiment et le ruban jaune de scène de crime tenant à distance curieux et badauds.

Des nuages noirâtres s'étaient amoncelés dans le ciel quand Rob Hunter descendit de la voiture, s'étira et souffla sur ses mains avant de remonter la fermeture Éclair de son blouson en cuir. Il se raidit au contact du vent glacé du Pacifique, de plus en plus vif et, scrutant l'horizon, calcula qu'il ne restait que quelques minutes avant l'averse.

La section spéciale Homicide, du département Hold-up et Homicide du LAPD, est un service qui ne traite que les affaires de tueurs en série et les meurtres les plus difficiles – ceux qui exigent du temps et des enquêteurs très pointus. Hunter en était l'inspecteur le plus brillant. Son jeune partenaire, Carlos Garcia, avait travaillé dur pour devenir inspecteur et avait fait ses preuves en un temps record. D'abord affecté au siège du LAPD, il avait passé quelques années dans le nord-est de L.A. à traquer cambrioleurs armés, trafiquants de drogue et autres membres de gangs avant de se voir offrir un poste à la SSH.

Hunter, qui ajustait son insigne à sa ceinture, aperçut Garcia parlant à un jeune flic. Malgré l'heure matinale, son collègue semblait en pleine forme. Ses longs cheveux châtain foncé étaient encore humides de la douche du matin.

— C'était censé être un jour de repos, non ? fit Garcia à mi-voix au moment où Hunter arrivait à sa hauteur. J'avais des projets…

Celui-ci hocha silencieusement la tête en guise de bonjour au jeune homme qui lui retourna son salut. Il enfonça ses mains dans les poches de son blouson.

— On travaille pour la SSH, Carlos. Des mots comme « jour de congé », « augmentation de salaire » et « vacances » n'ont pas cours chez nous, tu devrais le savoir.

— J'apprends vite.

— Tu as vu l'intérieur ? demanda Hunter en examinant l'église de ses yeux bleu clair.

— Je viens d'arriver.

Hunter se tourna vers le jeune agent :

— Et vous ?

Costaud, mesurant un mètre quatre-vingt-cinq, ce dernier passa une main nerveuse dans ses cheveux noirs coupés en brosse sous l'œil attentif de son interlocuteur.

— Je ne suis pas entré non plus, monsieur, mais apparemment le spectacle n'est pas très joli. Vous voyez les deux collègues, là-bas ? (Il montra du doigt deux policiers au visage blême debout à gauche de l'église.) Ils sont arrivés les premiers. D'après ce qu'on m'a dit, ils sont ressortis à toute allure au bout de vingt secondes en vomissant leurs tripes.

Il vérifia machinalement sa montre.

— Je suis arrivé ici cinq minutes après eux.

Hunter se massa la nuque, sentant sous ses doigts l'épaisse cicatrice irrégulière. Il balaya des yeux la foule déjà agglutinée derrière le ruban jaune.

— Vous avez un appareil photo ? demanda-t-il au jeune flic, lequel secoua la tête en fronçant les sourcils.

— Et dans votre portable ?

— Oui, il a cette fonction. Pourquoi ?

— Je voudrais que vous preniez quelques photos de la foule pour moi.

— Des gens qui sont là ? questionna le policier médusé.

— Ouais, mais soyez discret. Faites comme si vous preniez des photos de l'extérieur de l'église pour l'enquête, vous voyez ? Je veux tout le monde. Et sous différents angles. Vous croyez pouvoir faire ça ?

— Oui, mais…

— Faites-le, je vous expliquerai plus tard, intima Hunter calmement.

L'agent acquiesça avec empressement avant d'aller chercher son portable dans la voiture de service.

3

— Les vautours sont déjà là, fit observer Garcia alors qu'ils approchaient du ruban jaune.

Derrière eux les reporters se frayaient un passage vers le premier rang, mitraillant la scène de leurs flashes.

— J'ai l'impression qu'ils ont été prévenus avant nous, reprit-il.

— C'est même sûr, confirma Hunter, d'autant qu'ils paient très bien pour ce type d'information…

Le policier qui gardait le périmètre fit un signe de tête aux deux fonctionnaires qui se glissaient sous le ruban.

— Inspecteur Hunter, cria un petit reporter rond et chauve, croyez-vous qu'il s'agisse d'un crime religieux ?

Hunter se tourna pour faire face à la meute des journalistes. Il comprenait leur appréhension. À l'intérieur de cette petite église, un homme ou une femme avait été privé de sa vie, et ils savaient tous que, si c'était à lui qu'on avait attribué l'enquête, c'était parce que le meurtrier avait usé d'une violence extrême.

— Nous venons juste d'arriver, Tom, répondit l'inspecteur d'un ton égal. On n'est même pas encore entrés. À ce stade vous en savez sans doute plus que nous.

— Vous croyez que c'est le crime d'un tueur en série ? demanda une grande brune séduisante.

Elle portait un épais manteau d'hiver et tenait un petit magnétophone à cassette. Hunter ne l'avait jamais vue avant.

— J'ai bégayé ? demanda-t-il à Garcia, mâchoires serrées. Je vais me répéter plus lentement pour ceux d'entre vous qui auraient du mal à suivre.

Il planta ses yeux dans ceux de la brune.

— On vient tout juste d'arriver. On n'a pas vu l'intérieur. Et vous connaissez la musique, les mecs. Il faudra attendre le point presse officiel pour les premières infos. S'il y a un point presse…

La brune soutint le regard de Hunter avant de disparaître à l'arrière de la foule.

Un agent de la police scientifique avec des survêtements blancs en polyéthylène attendait sur le perron de l'église aux marches usées.

Quand ils pénétrèrent dans le lieu, l'odeur les frappa de plein fouet. Un mélange de sueur, de vieux bois et la senteur forte, métallique, du sang.

Les rangées de bancs en chêne rouge étaient séparées par une étroite travée qui menait de l'entrée à l'autel. Les jours d'affluence, l'église catholique des Sept-Saints pouvait accueillir jusqu'à deux cents fidèles.

L'intérieur était éclairé par deux puissants projecteurs d'investigation montés sur des pieds en acier. Dans cette lumière artificielle, chaque objet prenait un aspect clinique et dur. Au bout de la travée, trois techniciens du labo photographiaient et relevaient les empreintes de chaque centimètre carré de l'autel et du confessionnal à sa droite.

La porte se referma derrière eux. Hunter sentit monter l'anxiété qui le gagnait chaque fois qu'il découvrait une nouvelle scène de crime.

Les techniciens qui les avaient entendus relevèrent la tête et les regardèrent, mal à l'aise. Hunter et Garcia s'arrêtèrent au bas de l'autel.

Il y avait du sang partout.

— Mon Dieu ! murmura Garcia, plaquant ses mains sur sa bouche et son nez, mais qu'est-ce que c'est que ce truc ?

4

L'hiver dans la Cité des Anges est doux, comparé au reste des États-Unis. Les températures descendent rarement au-dessous de dix degrés, mais pour les habitants de la région, c'est déjà trop. Vers 5 h 45 une bruine froide s'était mise à tomber. L'agent de police Ian Hopkins essuya son portable sur la manche de sa veste d'uniforme avant de prendre une autre photo de la foule massée autour de l'église.

— M'enfin, qu'est-ce que tu fiches ? lui demanda Justin Norton, l'un des deux flics qui avaient découvert la scène.

— Je prends des photos, répondit Hopkins malicieusement.

— Mais pourquoi ? T'es un mordu des scènes de crime, ou quoi ?

— Ordre de la crim', mon vieux.

L'agent Hopkins jeta un regard sarcastique sur son collègue.

— Eh ben, je ne sais pas si tu as remarqué, mais la scène de crime est par là !

Il indiqua l'église derrière lui d'un pouce lancé par-dessus son épaule.

— L'inspecteur ne veut pas de clichés de l'église. Il en veut de la foule.

L'autre fronça les sourcils, l'air soucieux cette fois.

— Il t'a dit pourquoi ?

Hopkins secoua la tête.

— Et pourquoi tu tiens ton portable à hauteur de poitrine au lieu de le coller à ton œil ?

— Il ne veut pas que les gens comprennent que ce sont eux que je prends en photo. Je dois être discret.

— Ces foutus inspecteurs de la SSH… grogna Norton en tapotant sa tempe du bout de l'index. Ils sont complètement barrés, si tu vois ce que je veux dire…

Hopkins haussa les épaules, indifférent à cette remarque.

— Je crois que j'en ai pris assez, de toute façon. Et avec cette pluie je vais bousiller mon portable si je ne fais pas gaffe. Au fait, reprit-il, qu'est-ce qui s'est passé là-dedans ?

Norton regarda le novice droit dans les yeux.

— Ça fait pas longtemps que t'es flic, hein ?

— Ça fera trois mois ce week-end.

Sa réponse fut accueillie par un sourire ravi.

— Moi, ça fait sept ans que je suis dans la police, dit-il calmement en abaissant sa visière sur ses yeux. Crois-moi, cette ville m'a offert quelques scènes bien gore, mais rien à voir avec ce qu'il y a dans cette église. Épargne-toi ça : prends tes photos et oublie le reste. Cette image-là gravée dans ta mémoire juste au début de ta carrière, c'est pas bon pour le moral. Fais-moi confiance.

5

Hunter resta complètement immobile. S'imprégnant de la scène, tous ses sens excités par la montée d'adrénaline. Sur les dalles, juste à côté du confessionnal, baignant dans une mare de sang, le corps décapité d'un homme mince de taille moyenne et vêtu d'une soutane de prêtre était étendu sur le dos. Il avait été placé dans une position étudiée, les jambes écartées, les bras repliés sur la poitrine. Mais ce fut la tête qui retint l'attention de l'inspecteur.

Une tête de chien.

Elle avait été fichée sur une pointe de bois enfoncée dans le moignon du cou, faisant ressembler le cadavre gisant à une combinaison grotesque d'homme-chien.

Les babines de l'animal étaient violet foncé. Sa longue et mince langue était maculée de taches de sang noirâtre et pendait sur la gauche de sa gueule déformée. Les yeux grands ouverts étaient d'un blanc laiteux et terne. Sa robe à poils ras était fauve. Hunter fit un pas et s'accroupit à côté du corps. Sans être expert en matière de races canines, il comprit que la tête qui avait été utilisée était celle d'un chien errant.

— Pas très réjouissant comme vision, hein ? s'exclama

Mike Brindle, le chef de l'équipe médico-légale, en s'approchant des deux officiers de police.

Hunter se releva et lui serra la main. Garcia ne pouvait détourner ses yeux du corps.

— Salut, Mike, fit Hunter.

Brindle, maigre comme un clou et mesurant près de deux mètres, approchait la cinquantaine. C'était sans aucun doute l'un des meilleurs dans son domaine à Los Angeles.

— Et comment vont tes insomnies ? demanda celui-ci.

— Comme d'hab', répondit Hunter avec un haussement d'épaules.

Ses insomnies chroniques n'étaient un secret pour personne. Elles avaient débuté peu après la mort de sa mère, à l'âge de 7 ans, et s'étaient aggravées avec le temps. Elles relevaient d'un simple mécanisme de défense de son cerveau pour lui éviter d'affronter d'épouvantables cauchemars, Hunter le savait. Au lieu de tenter de les supprimer il avait appris à vivre avec. Il pouvait mener une vie normale en ne dormant que trois heures, et si besoin seulement deux, par nuit.

— Qu'est-ce qu'on a ? s'enquit-il d'une voix calme.

— On vient de commencer. On a débarqué il y a un petit quart d'heure, donc pour l'instant t'en sais autant que moi, à un détail près. (Brindle désigna le corps.) On dirait qu'il s'agit du père Fabian.

— On dirait ? (Hunter regarda d'instinct autour de lui, scrutant toute la zone.) Vous n'avez pas encore retrouvé la tête ?

— Non, pas encore, répondit Brindle.

Il jeta un regard interrogateur aux deux autres techniciens du labo, qui secouèrent la tête.

— Qui a découvert le corps ?

— L'enfant de chœur Hermano Machinchose. En arrivant à l'église ce matin, il a été accueilli par ce que vous avez sous les yeux.

— Où est-il ?

— Là-bas, au fond, indiqua Brindle en le désignant de la tête. Il y a un agent avec lui. Comme tu peux l'imaginer, il est un peu sous le choc.

— L'heure approximative de la mort ?

— La rigidité cadavérique est déjà bien avancée. Je dirais qu'il est décédé depuis huit à douze heures. Hier soir, de toute façon, pas ce matin.

Hunter s'agenouilla et examina le cadavre un moment.

— Pas de blessures défensives ?

— Pas l'ombre d'une. La victime ne présente aucune autre plaie d'aucune sorte. Il a été tué vite fait bien fait.

Hunter se concentra sur la traînée de sang qui partait du corps et montait les marches vers l'autel.

— Ça ne s'arrange pas là-haut, commenta Brindle en suivant son regard. En fait, je dirais même que ça se complique pour vous, les gars.

6

Garcia détacha ses yeux du corps et se tourna vers l'assistant de Winston.

— Que veux-tu dire ?

Brindle se gratta le nez et regarda Hunter.

— Ce sera à vous d'essayer d'y voir clair dans tout ça. Ici, une éclaboussure interrompt le dessin tracé avec du sang, exliqua-t-il d'un air songeur. Ça ne m'a pas l'air d'être un hasard…

— Du sang humain ?

— Tu veux dire « pas du sang de chien » ? répliqua l'homme en montrant la tête de chien.

— Exact.

— Il faudra attendre les analyses. Très difficile à dire à vue d'œil : leurs caractéristiques sont très semblables.

Hunter enjamba les marches de l'autel d'un mouvement souple, suivi de Garcia et Brindle. Du sang partout, mais ce dernier avait raison : on distinguait nettement une forme, une sorte de symétrie. Sur le sol, un mince trait continu écarlate dessinait un cercle autour de l'autel. Sur le mur, juste derrière, s'étalait une longue éclaboussure oblique, comme si quelqu'un avait plongé un pinceau dans du rouge et en avait aspergé le mur. Des centaines de minuscules gouttelettes souillaient la nappe de l'autel naguère d'un blanc immaculé.

— En général, quand on trouve du sang répandu sur une aussi grande surface, c'est parce qu'il y a eu lutte, laquelle peut prendre deux formes : celle où les deux parties en présence se poursuivent en se donnant des coups et en répandant du sang un peu partout, ou bien celle où une victime blessée se débat pour échapper à son agresseur.

— Les éclaboussures ne collent pas avec un scénario de lutte ni avec celui d'une fuite, décréta Hunter en examinant le tracé. La distance entre elles, leurs formes, tout est trop symétrique, presque calculé. Cette marque sanglante a été créée intentionnellement par le meurtrier, pas par la victime, ajouta-t-il posément.

— Tout à fait d'accord, reprit Brindle en croisant les bras sur sa poitrine. Il n'y a pas eu de lutte, et on n'a pas laissé au père Fabian la moindre possibilité de fuir.

— Un truc que je ne pige pas, en admettant que le prêtre ait été tué ici, fit remarquer Garcia en désignant le cadavre étendu à terre puis l'autel, c'est comment tout ce sang s'est retrouvé là.

Le médecin légiste haussa les épaules.

Hunter fit lentement le tour de l'autel, scrutant le mince parcours rouge au sol. Il s'immobilisa après avoir accompli un cercle complet.

— Tu fais quelle taille, Mike ?

— Un mètre quatre-vingt-dix, pourquoi ?

— Et toi, Carlos ?

— Un mètre quatre-vingt-cinq.

L'inspecteur lui fit signe d'approcher.

— Viens ici. Marche avec moi lentement, en restant à environ trente centimètres du trait. Un pas après l'autre en marchant naturellement. Pars exactement d'ici, indiqua-t-il en montrant un point juste à côté du centre de l'autel.

Les deux autres techniciens du labo s'interrompirent dans leur travail et rejoignirent Mike Brindle à côté de l'un des projecteurs.

Garcia n'avait fait que quatre pas quand Hunter lui demanda de s'arrêter. Se penchant en avant, il vérifia rapidement la position du pied de Garcia par rapport au trait avant de lui dire de continuer. Quatre pas plus tard, Hunter l'arrêta encore. Quatre pas plus loin, le cercle était bouclé.

— Douze pas au total, conclut Garcia, l'air intrigué.

Hunter fit signe à Brindle d'approcher et lui demanda de refaire le même trajet.

— Onze pas en tout, constata celui-ci en atteignant son point de départ après avoir décrit un cercle complet.

— À mon avis, le tueur est de la même taille que Garcia, conclut Hunter. Un mètre quatre-vingt-cinq, à deux centimètres près.

7

Le regard scrutateur de Brindle resta fixé sur le cercle de sang un moment avant de revenir à Hunter.

— Et comment arrives-tu à cette conclusion ? demanda-t-il.

— À cause de ces éclaboussures, ici, où le trait s'interrompt.

L'inspecteur montra deux points séparés, où des gouttes de sang dessinant une forme oblique d'environ trente centimètres brisaient le cercle.

Le légiste fut rejoint par les deux autres agents de la police scientifique.

— Je ne comprends pas, fit l'un d'eux.

— Si vous deviez dessiner un cercle de sang autour de cet autel mais que vous n'aviez pas de brosse, que feriez-vous ? demanda Hunter.

— Avec une telle quantité de sang, proposa le technicien, en regardant la flaque qui entourait le corps, on aurait pu remplir un verre et le faire couler à terre.

— Trop compliqué, objecta Hunter. Impossible de contrôler l'écoulement, à moins d'utiliser un récipient muni d'un bec verseur.

— Et c'est un tracé dessiné avec un objet, le sang n'a pas été versé. Il a été appliqué.

— C'est aussi mon avis, acquiesça Hunter.

— D'accord, mais comment en déduisez-vous la taille du criminel ? insista le technicien.

— Imaginez quelqu'un qui fasse le tour de l'autel en tenant un petit objet trempé de sang, expliqua Hunter en gagnant l'avant de l'autel, de sang qui s'égoutte au sol.

— Un petit objet comme un cierge ? demanda le plus petit des deux techniciens en soulevant un cierge à demi fondu par la mèche et dont la partie inférieure était maculée comme si elle avait été plongée dans un verre à moitié rempli de sang. Je l'ai trouvé à gauche de l'autel.

Il s'approcha pour que les trois hommes puissent le voir.

— C'est bien ça, approuva l'inspecteur.

— Emballez-moi ça, ordonna le légiste.

— Donc le tueur plonge le bout du cierge dans du sang et s'en sert pour dessiner ce trait circulaire, reprit le technicien tout en fourrant le cierge dans un sachet en plastique. Mais les éclaboussures sur le trait ?

— Un cierge, à la différence d'un pinceau, ne peut retenir qu'une toute petite quantité de liquide, fit Hunter.

— D'où la nécessité de le replonger dedans, poursuivit Garcia.

— Exactement.

Brindle réfléchit quelques instants.

— Donc tu supposes que le tueur n'a fait que quatre pas avant de devoir tremper de nouveau le cierge dans le sang.

— Oui. Selon moi, il devait tenir son récipient presque contre lui. Les projections qui brisent le cercle sont produites par le trajet du cierge qui va du récipient au tracé.

— Et elles se répètent exactement tous les quatre pas de Garcia, conclut Brindle.

— C'est ça, reprit Hunter. Tes foulées étaient trop longues et les miennes, trop courtes. Je mesure un mètre quatre-vingts.

— Mais pourquoi créer ce cercle autour de l'autel ? demanda Garcia. Une sorte de rituel ?

Pas de réponse. Tous gardèrent le silence un moment. Le médecin légiste reprit la parole :

— Comme je vous l'ai dit, c'est à vous d'essayer de comprendre ce que tout ça signifie. Les traînées de sang, la tête de chien enfoncée sur le cou du prêtre… On dirait que le tueur avait un message à faire passer.

— Oui, et le message est le suivant : « Je suis un fichu psychopathe », murmura Garcia, les yeux toujours fixés sur le cadavre.

— Tu as déjà vu un truc pareil, Mike ? demanda Hunter en désignant le corps d'un hochement de tête. Je veux dire : une tête de chien enfoncée sur le cou de quelqu'un ?

L'homme fit non de la tête.

— J'ai vu pas mal de trucs dingues et horribles, mais là, c'est une première pour moi.

— Ça doit vouloir dire quelque chose, insista Garcia. Le tueur n'a pas pu faire un truc pareil juste pour le plaisir.

— Je suppose que, si tu n'as pas retrouvé la tête, tu n'as pas non plus retrouvé l'arme du crime, poursuivit Hunter en examinant les taches sur le mur.

— Pas pour l'instant.

— Tu as une idée de ce que ça pourrait être ?

— J'espère que l'autopsie permettra de répondre à cette question, mais je peux déjà vous dire que le cou a été tranché proprement et sans bavure. La peau n'est pas déchiquetée, il n'y a pas de marques de sciage. Il a utilisé un instrument très tranchant. Avec lequel la décapitation a été opérée d'un seul coup parfaitement ajusté.

— Une hache ? demanda Garcia.

— Si le tueur est assez adroit et fort, c'est possible.

Hunter fronça les sourcils en prolongeant son examen de l'autel. Outre l'étoffe tachée, il n'y avait qu'un autre objet, un calice en plaqué or orné de plusieurs crucifix en argent. Sa surface luisante était maculée de sang. Hunter se pencha et se tordit le cou afin de pouvoir examiner l'intérieur du calice sans le toucher.

— Il y a du sang dans ce calice, fit-il remarquer en continuant son examen de la coupe sainte.

— Ça vous surprend ? demanda Brindle en pouffant. Regarde autour de toi, il y a du sang partout, Rob. Un peu comme si une bombe rouge avait explosé ici.

— Je dirais que c'est sans doute le récipient que le tueur a utilisé pour y plonger le cierge, intervint Garcia.

— D'accord, mais… murmura Hunter en lui faisant signe d'approcher de la main gauche.

Les deux hommes le rejoignirent et se penchèrent tous deux à hauteur du calice. L'inspecteur pointa une discrète empreinte sur le rebord.

— Ça alors, on dirait une empreinte de lèvres ! s'exclama Brindle, sidéré.

— Attends un peu, répliqua Garcia, les yeux écarquillés. Tu crois que le tueur a bu le sang du prêtre ?

8

La pièce était petite, mal éclairée et sans ostentation. Un papier peint fané à motifs bleus et blancs recouvrait les murs sur lesquels étaient accrochés ici et là quelques dessins religieux encadrés. Une grande bibliothèque en acajou remplie de livres occupait le pan de gauche. À droite de la porte, la pièce était prolongée par une petite cuisine. Un adolescent, l'air terrifié, était assis sur un lit à sommier métallique coincé entre la cuisine et le mur du fond. Petit et maigre, il devait mesurer environ un mètre soixante-cinq, avec un menton pointu, de minuscules yeux noisette rapprochés et un nez pincé.

— On va prendre la suite, merci, déclara Hunter à l'agent posté à côté de la bibliothèque lorsqu'il arriva avec Garcia.

Le garçon restait sans réaction, les yeux fixés sur un mug de café, auquel il n'avait pas touché, injectés de sang et gonflés par les larmes.

Hunter avisa une bouilloire sur une plaque chauffante.

— Tu veux un autre café ? proposa-t-il, une fois l'agent parti. Le tien me semble plutôt froid.

Le garçon leva son regard bouleversé vers lui. Et il articula d'une voix à peine audible :

— Non, monsieur, merci.

— Ça t'ennuie si je m'assieds à côté de toi ? demanda Hunter en faisant un pas vers lui.

Mouvement de tête timide.

L'inspecteur s'assit sur le lit à gauche du garçon. Garcia préféra rester debout.

— Je m'appelle Rob Hunter. Je suis inspecteur de la division Homicide. Ce type grand et moche, là, c'est mon partenaire, Carlos Garcia.

Une ébauche de sourire retroussa les lèvres du jeune garçon, qui jeta un coup d'œil furtif à l'autre inspecteur. Il se présenta :

— Hermano Cordobes.

— Tu préfères qu'on discute en espagnol, *muchacho* ? demanda Hunter en adoptant la posture de l'adolescent penché en avant, les coudes sur les genoux.

— Non, monsieur, on peut parler anglais.

L'homme poussa un soupir soulagé.

— Eh ben, je préfère, parce que *muchacho* est à peu près le seul mot espagnol que je connaisse.

Cette fois la glace était brisée, et il eut droit à un franc sourire.

Pendant quelques minutes, ils parlèrent d'Hermano, de comment il était devenu enfant de chœur à l'église des Sept-Saints. Le père Fabian l'avait trouvé sur un trottoir en train de mendier alors qu'il avait 11 ans. Il en avait 14 depuis deux semaines. Il expliqua qu'il s'était enfui de chez lui à l'âge de 10 ans. Son père le battait.

La lumière du jour avait commencé à percer dans la pièce à travers les vieux rideaux tirés, derrière le lit d'Hermano, quand le jeune homme parut enfin assez détendu.

Il était temps de passer aux choses sérieuses.

9

— Tu peux me raconter ce qui s'est passé ce matin ? demanda Hunter d'une voix rassurante.

Hermano le regarda. Sa lèvre inférieure tremblait.

— Je me suis levé à 3 h 45, j'ai pris ma douche, j'ai dit mes prières et je suis arrivé à l'église une heure après. J'arrive toujours tôt. Je dois donner un coup de balai et vérifier que tout est prêt pour la messe de 6 h 30.

Hunter lui sourit gentiment et le laissa continuer à son rythme.

— En entrant, j'ai senti une odeur bizarre.

— Et quoi ?

Hermano fourra un doigt dans sa bouche et rongea un reste d'ongle.

— Des cierges qui étaient restés allumés. Le père Fabian vérifiait toujours qu'ils étaient tous éteints avant de fermer l'église.

— Le père Fabian fermait toujours l'église tout seul ?

— Oui. (Le garçon attaqua un autre ongle.) C'était le moment de la journée où il était seul dans l'église. Il aimait ça, fit-il d'une voix presque inaudible.

Des larmes se mirent à couler sur ses joues.

Hunter tira un mouchoir en papier de sa poche de poitrine.

— Merci, monsieur. Je m'excuse…

— Tu n'as pas à t'excuser, fit l'homme avec bienveillance. Prends ton temps. Je sais à quel point c'est dur.

Hermano essuya ses larmes et inspira profondément.

— J'ai vu que l'autel était en désordre. Il y avait des cierges par terre. Le calice était renversé sur le côté, et la nappe d'autel semblait sale, tachée par quelque chose.

— Tu as remarqué s'il y avait quelqu'un dans l'église ?

— Non, monsieur. Je ne crois pas. Tout était silencieux, comme d'habitude à cette heure. La porte d'entrée principale était fermée.

— Et tu as fait quoi à ce moment-là ? demanda Hunter, attentif aux moindres réactions d'Hermano.

— Je suis allé à l'autel pour voir ce qui s'était passé. J'ai pensé que quelqu'un était peut-être entré et l'avait tagué. Des graffitis, vous voyez ? Il y a des gangs dans le coin qui ne respectent rien. Pas même Notre-Seigneur Jésus-Christ.

— Vous avez déjà eu des problèmes avec les gangs ? demanda Hunter pendant que Garcia inspectait la cuisine.

— C'est ça qui est bizarre, monsieur : on n'a jamais eu le moindre problème. Tout le monde adorait le père Fabian.

— Et des cambriolages ? Dans l'église ou la sacristie ?

— Non, monsieur, jamais. Il n'y a pas vraiment d'objets de valeur ici.

L'inspecteur hocha la tête.

— Et ensuite, que s'est-il passé ?

— Je ne savais pas quoi faire. Impossible de tout ranger et nettoyer pour la messe de 6 h 30. Quand je suis passé derrière l'autel, je l'ai vu, gisant à côté du confessionnal. J'ai paniqué. J'ai pensé que c'était le diable.

Hunter haussa les sourcils.

— Le diable ?

L'adolescent fondit en larmes.

— L'homme avec une tête de chien couvert de sang. On aurait dit le diable. Mais c'était le père Fabian.

— Comment l'as-tu reconnu ? demanda Garcia.

— À cause de la bague.

— Quelle bague ?

— Une grosse bague en or avec l'image de saint Georges terrassant le dragon, à la main gauche, expliqua Hunter en levant la main pour montrer son annulaire.

Garcia se mordit la lèvre inférieure, un peu contrarié de n'avoir pas remarqué le bijou quand il avait examiné le cadavre.

— C'est ça, monsieur, fit Hermano impressionné. Le père Fabian ne l'ôtait jamais. Un cadeau de sa grand-mère, il me l'avait dit. Quand j'ai vu la bague j'ai compris que c'était lui. Le père Fabian.

L'enfant de chœur, accablé, enfouit sa tête dans ses mains et fut pris de violents sanglots qui secouèrent tout son corps par saccades.

10

Pas de meilleur partenaire pour le chagrin que le silence. Hunter l'avait compris depuis longtemps. Il avait côtoyé trop d'êtres traumatisés par la découverte d'un cadavre. Les paroles, si réconfortantes qu'elles soient, restaient en général sans effet. Il tendit au garçon un autre mouchoir en papier et attendit qu'il ait séché ses larmes. Quand Hermano se tourna vers Hunter, ses yeux étaient rouge vif.

— Je ne comprends pas, monsieur. Qui a pu faire subir ça au père Fabian ? Il n'a jamais fait de mal à personne. Il ne pensait qu'à aider les gens. N'importe qui. N'importe quand. Quand quelqu'un avait besoin de lui, il était toujours là.

L'inspecteur répondit d'une voix calme et posée :

— Hermano, tu m'as l'air d'un garçon intelligent, et je ne veux pas te raconter de craques. Je n'ai pas de réponse pour l'instant, mais je te promets de faire le maximum pour trouver le responsable. Si tu es d'accord, j'ai encore quelques questions à te poser.

Le garçon se moucha dans le Kleenex et acquiesça nerveusement.

L'officier de police sortit un stylo et un petit carnet noir d'une poche de son blouson.

— Quand as-tu vu le père Fabian pour la dernière fois ?

— Hier soir, monsieur, juste avant les confessions.

— Elles ont commencé à quelle heure ?

— Un peu avant 21 heures.

— Si tard ? intervint Garcia.

— Normalement, les gens se confessent entre 16 et 17 heures, reprit Hermano. Mais les semaines précédant Noël, c'est beaucoup plus chargé. La session de l'après-midi ne suffit pas pour accueillir tout le monde. Le père Fabian a une seconde session qui commence une heure avant la fermeture.

Hunter griffonna quelque chose dans son carnet.

— Après avoir quitté l'église, je suis rentré dans ma chambre, j'ai dit mes prières et je me suis couché. Je m'étais levé à 4 h 30 hier.

— Tu as entendu quelque chose après t'être mis au lit ? demanda l'inspecteur en scrutant l'église.

— Non, monsieur, rien du tout.

Hunter s'en doutait. Sa chambre se trouvait dans un petit bâtiment séparé à l'arrière de l'église. À travers les portes fermées et les murs épais, sauf si le tueur avait diffusé son agression par haut-parleurs, impossible d'entendre ce qui s'était passé.

— Si j'ai bien compris, la chambre du père Fabian se trouve au fond du couloir. C'est la porte suivante, non ? interrogea Hunter en inclinant la tête.

— Oui, monsieur.

Hermano se frotta les paupières tout en acquiesçant lentement. Une larme roula au bout de son nez rouge et irrité.

L'inspecteur lui accorda une pause avant de reprendre.

— Tu as remarqué si le père Fabian semblait différent ces derniers jours ? Il était agité, nerveux, peut-être autre chose ?

L'enfant de chœur inspira profondément par le nez.

— Il ne dormait pas bien. Parfois je l'entendais prier dans sa chambre tôt le matin.

Hunter se renversa en arrière et, du bout de son stylo, écarta le lourd rideau.

— Tu m'as dit que tu nettoyais l'église, hein ? Tu fais aussi le ménage dans ce bâtiment-là, y compris la chambre du père Fabian ?

Hermano secoua la tête.

— Non, pas celle-ci, monsieur. Le père Fabian tenait à sa vie privée. Sa porte était toujours fermée. Il faisait le ménage lui-même.

L'officier de police tiqua.

— Tu pourrais nous faire entrer dans cette chambre ?

Timide hochement négatif.

— Le père Fabian était le seul à avoir la clé.

Hunter referma son calepin et le rangea dans sa poche. Il se leva, parcourant rapidement les dessins sur le mur.

— Tu connaissais son véritable nom ? demanda-t-il à Hermano qui le précédait.

Garcia jeta à son collègue un coup d'œil interrogateur.

Le garçon se tourna vers les deux inspecteurs.

— Brett : son vrai nom, c'était Brett.

Garcia fronça les sourcils.

— Et ce nom, Fabian, ça venait d'où ?

— De saint Fabian, répliqua Hunter en indiquant d'un coup de menton une des gravures qui représentait un homme vêtu de blanc avec une colombe blanche sur l'épaule droite.

— C'est exact, commenta Hermano. Vous savez, avant de devenir un saint, il a été élu pape et…

Il se figea sur place, comme saisi par une pensée soudaine. Les yeux écarquillés, il gémit :

— Oh, mon Dieu !

— Quoi ? demanda Garcia, intrigué.

— Saint Fabian… reprit Hermano d'une voix sourde.

— Et alors ?

— Il est mort comme le père… décapité.

11

Après avoir quitté Hermano, Hunter revint dans l'église. Brindle avait trouvé la clé de la chambre du père Fabian dans la poche gauche de sa soutane. Elle n'intéressait pas le tueur.

La chambre du prêtre, plus spacieuse que celle du jeune garçon, était tout aussi spartiate. Encore une bibliothèque bourrée de livres reliés, un vieux bureau et un petit lit. Dans le coin opposé, un autel personnel était surchargé d'icônes. De l'autre côté de la pièce, une petite penderie. L'ensemble était d'une propreté irréprochable, en dépit d'une odeur de renfermé qui flottait dans l'air. Le lit était fait au carré. Personne n'y avait dormi la nuit précédente.

Dans le placard, Hunter découvrit des soutanes, quelques chemises à manches longues, des jeans, un costume bleu foncé à fines rayures et des chaussures éculées.

— Ici, ça sent comme chez mes grands-parents au Brésil, fit remarquer Garcia qui inspectait le bureau tandis que Hunter parcourait les titres des livres dans la bibliothèque.

— Hermano avait raison, reprit Garcia en brandissant

un passeport de sa main droite gantée de latex. Le vrai nom de notre prêtre était bien Brett Stewart Nichols. Né le 25 avril 1965 ici même, à Los Angeles. Pas étonnant qu'il se soit cherché un autre nom… Père Brett, ça ne sonne pas très bien, hein ?

— Des tampons sur le passeport ? demanda Hunter intrigué.

Son collègue feuilleta les premières pages.

— Un seul. L'Italie, il y a trois ans.

L'inspecteur acquiesça.

— Autre chose dans les tiroirs ?

Garcia fourragea encore un peu.

— Quelques notes, des cartes de saint Georges, crayons, stylos, une gomme et… une coupure de presse.

— Qui parle de ?…

— Du père Fabian.

Hunter s'approcha pour la lire. L'article paru dans le *Los Angeles Daily News* remontait à onze mois. En haut de la page, une photo d'un prêtre à l'air débonnaire entouré d'enfants souriants. Le titre disait : « LE CURÉ DE COMPTON, UN VRAI PÈRE NOËL ». Le journaliste expliquait que le père Fabian avait économisé sur ses maigres revenus pour faire le bonheur de gamins de six orphelinats différents à qui il avait apporté des cadeaux.

— On dirait que c'était un brave type, commenta Hunter qui se tourna de nouveau vers la bibliothèque.

L'autre approuva et remit la coupure dans le tiroir.

— J'ai l'impression que la soirée ne va pas être très festive pour nous, fit-il en examinant les figurines décorant le petit autel.

Le pot de départ du capitaine Bolter au Redwood Bar & Grill commençait à 17 heures.

— Je le sens comme toi.

Hunter s'accroupit et prit un volume relié de cuir sur l'étagère du bas, avant de le remettre en place et de répéter la même opération avec les suivants, un par un.

Tous étaient manuscrits.

— Tu trouves quelque chose ? demanda Garcia, voyant son collègue attentivement plongé dans sa lecture.

— Une série de journaux intimes, apparemment.

Il revint à la première page et feuilleta tout le volume jusqu'à la dernière.

— Celui-ci comporte exactement deux cents pages, poursuivit-il en continuant de feuilleter. Toutes remplies de haut en bas.

Garcia s'approcha et se pencha pour mieux examiner l'étagère du bas.

— Il y a plus de trente-cinq volumes. Si chaque page correspond à un jour spécifique, cela signifie qu'il raconte sa vie depuis combien de temps ?

— Plus de vingt ans, répondit Hunter en parcourant des passages de son volume. Ses journées, ses pensées, ses doutes. Tout est ici, noir sur blanc. Écoute ça, dit-il en se tournant vers Garcia :

« C'est le cœur lourd que j'ai prié aujourd'hui. J'ai prié pour une femme, Rosa Perez. Elle fréquentait mon église depuis cinq ans. Tout ce temps, elle avait prié pour obtenir un don, un seul : pouvoir porter un enfant. Son utérus avait été gravement endommagé après qu'elle avait été violée par quatre hommes, il y a environ huit ans. C'est arrivé à côté d'ici, à un pâté de maisons

seulement. Elle avait alors 16 ans. Rosa s'est mariée trois ans après l'agression. Elle et son mari, Antonio, ont essayé d'avoir un enfant et, l'année dernière, ses prières ont enfin été entendues : elle est tombée enceinte. Je n'avais jamais vu quelqu'un d'aussi heureux de toute ma vie. Il y a deux mois, elle a donné naissance à un petit garçon, Miguel Perez, mais il y a eu des complications. Le bébé souffrait de malformations : il a eu beau lutter bravement pendant dix jours, ses poumons et son cœur étaient trop faibles. Il est mort onze jours après sa naissance.

Rosa est revenue dans cette église une fois seulement après avoir quitté l'hôpital. Elle m'a posé une seule question : "POURQUOI ?"

Je l'ai vu dans ses yeux : la foi était morte en elle. Morte en même temps que son enfant.

Aujourd'hui, seule chez elle, un petit appartement de East Hatchway Street, elle s'est suicidée. Je redoute la réaction d'Antonio. Et, bien que ma foi soit inébranlable, je ne désire qu'une chose : connaître la réponse à la question de Rosa : Seigneur, POURQUOI ? Pourquoi ne donnes-tu que pour reprendre ? »

Hunter fixa Garcia.

— Ça remonte à quand ? demanda celui-ci.

— Il n'y a pas de date.

Garcia secoua la tête en se pinçant l'arête du nez.

— C'est une triste histoire. Apparemment, les prêtres eux-mêmes mettent leur foi en doute.

Hunter referma le journal et le replaça sur l'étagère.

— Si le père Fabian craignait pour sa vie ou si quelque chose le tracassait ces derniers temps, on le trouvera dans l'un de ses écrits.

Son collègue poussa un long soupir.

— Il nous faudrait de l'aide pour lire tout ça…

— Pas forcément, dit Hunter, prenant le premier tome sur la droite. J'espère que le père Fabian était un homme organisé. Si c'est le cas, les volumes de son journal sont classés dans l'ordre. S'il avait des motifs d'inquiétude ces dernières semaines, on les trouvera dans le plus récent.

12

La fête battait son plein quand Hunter arriva. Tout le monde était là, du chef de la police au préposé au courrier de la division Hold-up et Homicide. On attendait même le maire. Ce qui n'était pas étonnant, étant donné que William Bolter était à la tête du service depuis dix-huit ans. La plupart des inspecteurs qui y travaillaient n'avaient jamais connu d'autre capitaine. Tous devaient à l'homme une ou deux faveurs, y compris Rob Hunter.

Le Redwood Bar & Grill était bourré à craquer de flics. Ceux qui étaient en service avaient gardé leur biper à la ceinture. Les autres tenaient une bière ou un whisky à la main.

Hunter et Garcia avaient passé la journée à l'église catholique des Sept-Saints et dans ses parages. Mais le porte-à-porte n'avait rien donné, sauf des réactions accablées de gens bouleversés ou terrifiés par la nouvelle. Dans l'esprit de Hunter, les questions se télescopaient. Des questions auxquelles il faudrait du temps pour répondre.

— Crois-moi si tu veux, ils ont du Macallan 10 ans d'âge derrière le bar, claironna Garcia en brandissant deux verres remplis de la boisson dorée.

Le scotch single malt était la grande passion de son collègue. Mais contrairement à la plupart des gens qui buvaient l'ambre liquide pour s'enivrer, lui savait l'apprécier.

— Au capitaine Bolter !

Il leva son verre, imité par Garcia.

— Où est Anna ? demanda-t-il en jetant un regard circulaire autour de lui.

Anna Preston avait été la petite amie de Garcia depuis le lycée, et ils s'étaient mariés juste après la fac.

— Au bar, elle discute avec d'autres épouses. (Garcia fit une grimace complice.) On ne va pas s'éterniser.

— Moi non plus, acquiesça Hunter.

— Tu comptes repasser à l'église ?

— BO-O-O-B ! l'interrompit l'inspecteur Kyle Byrne, attrapant Hunter par le bras et levant sa bouteille de Budweiser. UN TOAS-S-ST POUR LE CAPITAINE BOLTER-R-R-R !

L'intéressé sourit et choqua son verre contre la bouteille de Kyle.

— Où vas-tu ? demanda celui-ci en voyant Hunter s'éloigner vers le bar. Viens prendre un v-v-ver-r-re avec n-n-nous, bredouilla-t-il en pointant un coin de la salle où quelques officiers étaient attablés.

Ils paraissaient tous complètement ivres. Hunter hocha la tête en guise de salut collectif.

— Je reviens dans une minute, Kyle, je dois dire bonjour à des potes, mais Carlos ici présent va me remplacer un moment.

Il donna une bourrade sur l'épaule de son partenaire qui lui jeta un regard signifiant « Comment peux-tu me faire ça, espèce de salaud ? ».

— Ca-a-a-rlos ! Viens boire un coup avec nous !

Et Kyle de tirer sa nouvelle cible vers la table.

Une main ferme saisit Hunter par l'épaule avant qu'il n'ait atteint le bar. Il fit volte-face, prêt à porter un nouveau toast.

— Alors vous vous êtes décidés à passer, finalement ?

Le capitaine Bolter était un gaillard au physique impressionnant. Grand et bâti comme un rhinocéros. Il approchait les 70 ans mais arborait encore une épaisse toison argentée. Sa large moustache, sa marque de fabrique depuis vingt ans, associée à son expression menaçante imposaient le respect.

— Capitaine, répliqua Hunter avec un sourire ravi, vous avez vraiment cru que je ne viendrais pas ?

Le capitaine Bolter posa une main protectrice sur son épaule droite.

— On va faire un tour ? J'en ai plus qu'assez de me porter des toasts…

13

Le ciel complètement dégagé accentuait encore la fraîcheur de la soirée. Hunter remonta la fermeture Éclair de son blouson, tandis que le capitaine Bolter sortait un cigare cubain de la poche de sa veste.

— Vous en voulez un ? proposa-t-il.

— Non, merci.

— Hunter, c'est mon pot de départ… Faites-moi plaisir.

— Je vais me contenter de mon scotch, ces trucs-là me filent la nausée.

— Chochotte !

L'inspecteur éclata de rire.

— Une chochotte qui vous a mis la raclée au stand de tir…

Bolter éclata de rire à son tour.

— Je vous ai laissé gagner vendredi dernier, vous le savez bien…

— Mais bien sûr, capitaine !

Une voix, derrière eux, réclama :

— J'en prendrais bien un, moi.

Hunter et le capitaine se tournèrent vers l'homme. Âgé d'un peu plus de 60 ans, le Dr Jonathan Winston, médecin légiste en chef du LAPD, était vêtu d'un costume italien de marque sur une chemise blanche et une cravate bleue classique.

— Jonathan ! s'exclama le capitaine Bolter, cherchant illico un autre cigare et le tendant au médecin.

— Vous avez l'air de sortir de la messe, Doc, s'amusa Hunter avec un sourire.

Winston alluma le cigare, tira une longue bouffée et expira doucement la fumée.

— Si j'ai bien compris, c'est plutôt vous qui arrivez de l'église…

Le sourire de Hunter se figea.

— Je suis au courant pour l'affaire de ce matin, reprit le capitaine, d'un ton grave. Avec la tête que vous faites, j'en déduis que vous ne croyez pas à un meurtre de rôdeur ou de drogué ?

Rob acquiesça.

— Un fanatique religieux ?

— On ne sait pas encore, capitaine. On a quelques indices qui suggèrent un mobile religieux ou une sorte d'illuminé, mais il est trop tôt pour conclure.

— Vous avez récolté quoi ?

— Pour l'instant, la seule info sûre, c'est que le tueur a été extrêmement brutal – un meurtre rituel, apparemment.

Bolter releva tout de suite la brève hésitation de Hunter.

— Allons, Rob, je vous connais. Il y a autre chose qui vous travaille.

L'inspecteur but une gorgée de scotch et inspira un bon coup.

— Ils ont parlé.

— Qui ça ? Le prêtre et le tueur ?

Hunter approuva.

— Comment le savez-vous ? demanda le légiste.

— On a trouvé le corps juste à côté du confessionnal, les deux portes étaient ouvertes, ainsi que la petite fenêtre de séparation dans le confessionnal.

Il s'arrêta un instant avant de poursuivre.

— Dans l'église catholique, quand un fidèle a fini de confesser ses péchés et qu'il est absous, le prêtre referme toujours cette petite fenêtre. C'est une manière de signifier que le rideau retombe sur ses péchés et que la personne est pardonnée.

— Vous êtes catholique ? demanda Winston.

— Non, mais je lis beaucoup.

Le capitaine Bolter déplaça son cigare vers le coin droit de sa bouche.

— Alors vous pensez que le tueur s'est confessé avant…

Il laissa la fin en suspens pour laisser Hunter compléter lui-même.

— … de traîner le prêtre hors du confessionnal et de le décapiter.

Le patron de la division ferma les yeux, rejeta la tête en arrière et exhala un long soupir.

— « Pardonnez-moi, mon père, car je vais vous couper la tête. »

— À peu près, oui.

— On sait ce que ça veut dire, intervint le médecin, tirant une nouvelle fois sur son cigare.

— C'est juste le début, enchaîna Bolter, et, si nous ne chopons pas ce malade vite fait, il va récidiver.

14

Le vent avait forci, et le Dr Winston resserra le col de son blazer contre son cou avant de lever un sourcil interrogateur en direction du capitaine.

— « Nous » ?

— Il a raison, capitaine, lança Hunter, goguenard. À partir de minuit ce soir, vous êtes un retraité. Plus le moindre souci d'ordre criminel.

— Tu as fait ton travail, mon fils, reprit Winston d'une voix grave à la Dark Vador.

— Soulagé de raccrocher, capitaine, non ? reprit Hunter.

Le capitaine adressa un sourire peu convaincu à son inspecteur.

— Sans doute la force de l'habitude… J'ai passé cinquante ans de ma vie à faire respecter la loi dans différents commissariats de cette ville. Pas facile à balayer du jour au lendemain, mais j'y arriverai.

Hunter voyait clair dans les pensées de son supérieur, qui cherchait à se donner une contenance. Celui-ci était triste d'arrêter.

— Et qu'allez-vous faire de votre vie maintenant que

vous n'avez plus à courir après les malfaiteurs ? demanda le Dr Winston.

— Beth voudrait qu'on déménage.

— Vraiment ? Où ça ?

— Loin d'ici, n'importe où. Elle en a marre de cette ville, et je ne la blâme pas. L.A. est devenu trop violent.

— Tout à fait d'accord, approuva le médecin. À mesure que le temps passe, ce qu'on voit à la morgue devient de plus en plus atroce et sadique. On dirait qu'il n'y a plus de respect pour la vie. Et les assassinats grimpent en flèche. On arrive tout juste à traiter les dossiers au jour le jour.

Hunter estima qu'il valait mieux changer rapidement de sujet.

— Peut-être que L.A. ne vous manquera pas, fit-il en s'adressant à Bolter. Ce qui est sûr, c'est que votre équipe va vous manquer.

— Comme un trou dans la tête, répliqua le capitaine en tirant une bouffée de son cigare.

Les trois hommes éclatèrent de rire.

— En tout cas, le nouveau capitaine fait bien meilleure impression que moi.

— Ça, c'est pas difficile, plaisanta l'inspecteur. Au fait, il serait peut-être temps d'arrêter vos cachotteries et de nous révéler qui est ce nouveau capitaine !

— Ils ne le savent pas encore ? demanda Winston en se mordillant la lèvre inférieure.

— Ah, parce que vous le connaissez, vous ? s'enquit Hunter, surpris.

— Ouais, ouais.

L'inspecteur décocha un coup d'œil scandalisé à son chef.

— Ah, non, épargnez-moi ce regard de bonne femme furax, rétorqua un Bolter narquois. J'ai ma dose à la maison et puis je voulais vous faire la surprise…

Son grand sourire carnassier sema l'inquiétude dans l'esprit de Hunter.

— Oh, pour les surprendre, elle va clairement les surprendre ! s'exclama Winston en pouffant.

— Elle ?

Hunter regarda alternativement les deux hommes.

Le capitaine Bolter laissa flotter le suspense avant de lâcher :

— Elle s'appelle Barbara Blake.

— Vous vous foutez de moi, hein ?

L'inspecteur s'adossa à la table en hêtre.

— Et pourquoi ? Parce que c'est une femme ? demanda le capitaine en fronçant les sourcils.

— Non, parce qu'elle s'appelle Barbara. Alors la SSH va être dirigée par une Barbie ?

— À votre place, je ne lui donnerais pas ce vilain surnom, Hunter, fit Winston en hochant la tête.

— C'est clair, à moins que vous ne vouliez qu'elle vous les coupe… ajouta Bolter. Ne vous laissez pas égarer par le fait que c'est une femme, Rob. C'est un grand capitaine et, quand il le faut, une garce finie. Elle l'a prouvé très souvent. Nous avons travaillé ensemble avant qu'elle ne demande son transfert à Sacramento.

Hunter détecta une nuance de tristesse dans la voix du capitaine.

— « Travaillé ensemble », c'est tout ? demanda-t-il en finissant son single malt.

— Pas de psychanalyse de comptoir avec moi, Hunter, ce petit jeu-là est fini, maugréa Bolter, cigare pointé sur son interlocuteur.

— Même en rêve je n'oserais pas, capitaine.

— C'est le moment, capitaine, annonça le lieutenant Sheldon qui venait d'apparaître à la porte. On vous appelle. Le moment du discours. Et on veut tous savoir qui vous succède, le suspense a assez duré !

— En effet, il est temps.

Hunter ne les suivit pas à l'intérieur.

15

Le bâtiment principal des services de médecine légale du comté de Los Angeles est situé sur North Mission Road, au numéro 1104. Cet immeuble est un morceau de bravoure architecturale qui mêle audacieusement les styles. Le perron monumental est flanqué de lampadaires anciens. Le bâtiment de la morgue, un ancien hôpital, arbore quant à lui des façades de briques rouges surmontées de linteaux gris clair. L'ensemble évoque irrésistiblement l'atmosphère d'une vénérable et prestigieuse université anglaise.

Nelson Fenton et Jamaal Jackson avaient encore une heure à tuer avant la fin de leur service de nuit. Certes, leur travail à temps partiel était relativement simple, mais il supposait d'avoir l'estomac bien accroché. En tant que techniciens médico-légaux, ils étaient chargés de transporter, déshabiller, photographier, nettoyer et préparer les corps en vue des autopsies.

— Combien de cadavres nous reste-t-il sur la liste ? demanda Jamaal.

Il ôta le masque chirurgical qui couvrait sa bouche et le laissa pendre à son cou. Les deux techniciens venaient de finir de préparer la dépouille d'un homme de 65 ans qui s'était fait poignarder cinquante-deux fois par son propre fils.

— Deux, répondit Nelson en montrant les deux sacs de polyéthylène noir sur les tables en inox à l'extrémité de la pièce.

— Bon, on s'y met tout de suite, alors…

Ils devaient d'abord déshabiller les corps avant de les laver au jet afin qu'ils soient prêts à être autopsiés. Tandis que Jamaal ajustait l'élastique de son masque chirurgical, Nelson s'approcha de la plus grande des deux housses mortuaires et ouvrit la fermeture Éclair.

— Oh, non ! s'exclama-t-il en portant ses mains à sa bouche.

Il avait reculé d'un pas.

— Qu'est-ce que tu as ?

— Regarde…

Jamaal inspecta le cadavre dans sa housse.

— Merde ! grimaça-t-il comme s'il venait d'avaler du vinaigre. Décapité…

Nelson acquiesça.

— Jette un coup d'œil à ses fringues.

Le technicien remarqua alors la soutane du prêtre.

— Oh, ça alors, ça craint. Qui peut faire subir ça à un curé ?

— Quelqu'un qui est très en colère, fit Nelson, s'approchant de nouveau du sac.

— Je ne suis ni catholique ni quoi que ce soit, mais là, c'est vraiment…

Son collègue secouait la tête sans finir sa phrase.

— Cette ville est vraiment pourrie, mon pote. De la violence partout.

— C'est le monde entier qui est pourri, mec. Allez, on finit ça et on se tire. J'ai eu ma dose pour aujourd'hui.

— Ça, tu peux le dire…

Ils déboutonnèrent la soutane, en écartèrent les pans et se figèrent net.

— Nom de nom… chuchota Nelson.

— Je crois qu'on ferait bien d'appeler le Dr Winston, et tout de suite, renchérit son compagnon.

16

L'insomnie est un mal très imprévisible, et la façon dont elle affecte les individus prend différentes formes. Elle peut vous tourmenter au moment où vous vous couchez, elle peut aussi vous torturer de façon plus retorse en vous réveillant une heure après que vous avez sombré et en vous tenant éveillé tout le reste de la nuit. Aux États-Unis, une personne sur cinq en souffre.

Après avoir passé presque toute la nuit à faire des recherches sur Internet, Hunter ne parvint à dormir que deux heures avant que son cerveau n'entre à nouveau en ébullition. À l'arrière-plan de toutes ses pensées, les images de l'église et du meurtre du père Fabian passaient en boucle dans une répétition infernale. Pour déconnecter, Hunter se mit à la gym dès 4 heures.

À 6 heures, après avoir soulevé beaucoup de fonte et pris une douche brûlante, Hunter regardait par la fenêtre de son petit studio du sud de Los Angeles. Il essayait de rassembler ses pensées quand son portable sonna.

— Inspecteur Hunter…

— *Bonjour, Rob, c'est Jonathan Winston.*

Hunter regarda sa montre.

— Qu'est-ce qui se passe, Doc, on n'arrive pas à pioncer ?

— *À mon âge, je me réveille rarement après 5 heures, mais je ne vous appelle pas pour me plaindre de mes insomnies.*

Le ton lugubre de l'homme effaça instantanément le large sourire qu'arborait Hunter.

— Ça ne va pas ?

— *Je voudrais que vous appeliez votre partenaire et que vous passiez tous les deux. Il faut que je vous montre un truc avant de démarrer l'autopsie du prêtre décapité.*

— Avant que vous ne fassiez l'autopsie ? répéta l'inspecteur d'un ton perplexe.

— *Exactement.*

— Vous êtes à la morgue ?

— *Ouais.*

— J'appelle Carlos, et on est là dans une demi-heure, Doc.

17

— Qu'est-ce qui se passe, Rob ? demanda Garcia en retrouvant Hunter dans le parking de la morgue à 6 h 35 du matin. C'est même pas ouvert…

L'inspecteur haussa les épaules.

— Winston ne m'a rien dit, mais je suppose qu'on va le savoir très vite.

Le Dr Winston salua les deux hommes sur le seuil d'une ferme poignée de main.

— Alors, Doc, qu'est-il arrivé ? demanda Hunter en pénétrant dans la morgue.

— Eh bien, hier soir, en allant au Redwood Bar & Grill pour le pot d'adieu de William, j'avais éteint mon portable. Après tout, je suis un pathologiste, pas un chirurgien. On ne m'appelle pas pour des urgences au milieu de la nuit.

— C'est sûr… fit Hunter dans l'expectative.

— Quand j'ai rallumé mon téléphone ce matin, j'ai trouvé un message assez surprenant d'un de mes assistants.

Ils traversèrent le hall désert, longèrent la réception et empruntèrent un long couloir fortement éclairé.

— Comme vous le savez, cette morgue est l'une des

plus actives de tous les États-Unis. Et le boulot de préparation des autopsies franchement gore est confié à des techniciens qui sont en général des étudiants en criminologie.

Ils montèrent l'escalier menant au premier.

— Les cadavres arrivent ici dans une housse mortuaire en polyéthylène. Dans le cas particulier du corps de votre prêtre, le technicien qui a examiné la scène du crime a eu la bonté d'ôter la tête de chien avant de refermer le sac.

— J'imagine la surprise de l'étudiant si en ouvrant la fermeture Éclair il avait trouvé un corps humain avec une tête de chien !

— Exactement, Hunter, confirma le médecin. Je n'ai pas encore vu la tête.

— Où se trouve le cadavre à présent ? demanda Garcia.

— Au labo. Il va être examiné sous toutes les coutures ce matin. Si on a de la chance, on en tirera bien quelque chose…

Ils s'arrêtèrent devant le vestiaire.

— Enfilez vos tenues, exigea le légiste. Je vous retrouve dans la salle d'autopsie 2B, la deuxième porte à gauche dans le couloir, expliqua-t-il en pointant son index vers le fond.

Après avoir été rejoint par Hunter et Garcia, Winston poursuivit :

— Donc, hier soir, les techniciens préparaient les dépouilles pour les examens de ce matin…

Il ouvrit la porte de la salle 2B et alluma la lumière. Une violente odeur d'ammoniaque les assaillit et leur piqua les bronches. Une table en inox trônait au milieu du sol carrelé d'une propreté irréprochable. Sur l'un des murs on voyait un grand évier double et un plan de travail en métal sur lequel étaient méthodiquement alignés des instruments, dont une scie Stryker. Sur les étagères du mur d'en face on apercevait une série de microscopes, de tubes à essai et de flacons. Deux ordinateurs dernier cri étaient posés sur deux petits bureaux séparés.

— Le corps doit être lavé avant l'examen, précisa le Dr Winston en s'approchant de la table sur laquelle reposait un cadavre recouvert d'un drap blanc.

— Inutile de vous dire qu'avant de le nettoyer il faut le déshabiller.

Hunter avait deviné la suite.

— Quand les techniciens ont déboutonné la soutane du prêtre, voici ce qu'ils ont trouvé.

Il découvrit le corps. Les trois hommes fixèrent le prêtre quelques instants sans mot dire.

— Putain de merde ! chuchota Garcia, rompant un silence tendu.

Sur la poitrine du prêtre était peint en rouge, sur une hauteur de vingt centimètres, le chiffre 3.

18

Il était un peu plus de 9 h 30 quand Hunter et Garcia arrivèrent à la SSH. En général la salle où travaillaient la majorité des inspecteurs était aux deux tiers vide à cette heure, les hommes étant sur le terrain. Ce matin, bizarrement, tout le monde était là.

— Waouh ! Ça turbine aujourd'hui, ici ! commenta Garcia en balayant du regard le grand bureau.

— Et pour une bonne raison, répliqua Hunter.

— Les criminels font grève ? plaisanta Garcia.

— Non, c'est bien plus fort que ça… Une sorte de miracle, répondit son partenaire en désignant la porte à l'extrémité opposée de la pièce. La voici, la raison.

On apercevait un nom sur la plaque qui ornait la porte : *Capitaine Barbara Blake*.

— Bordel ! J'avais complètement zappé la réunion avec le nouveau capitaine ce matin à 8 heures.

— On avait d'autres soucis, reprit Hunter en ôtant son blouson et en le posant sur le dossier de son fauteuil.

Avant qu'il n'ait eu le temps de s'asseoir, la porte du bureau du capitaine s'entrouvrit, et Bolter passa la tête dans l'entrebâillement.

— Rob ! Carlos ! Venez par ici.

Les deux inspecteurs entrèrent sans frapper dans la pièce familière. L'imposant bureau de style en bois de rose trônait devant la grande fenêtre du fond. La bibliothèque, sur le mur de droite, était remplie de recueils de jurisprudence. La plupart des photos encadrées qui décoraient encore les lieux la veille avaient disparu. Hunter se dit qu'elles devaient être rangées dans l'un des cartons soigneusement alignés à gauche. Le capitaine Bolter se tenait à côté de la machine à café dans un coin de la pièce. Une femme au physique avenant les toisait, debout devant la table de travail.

— Rob Hunter, Carlos Garcia, je vous présente votre nouveau capitaine, articula Bolter en remuant son café avec une cuillère.

La longue chevelure noire du capitaine Blake était élégamment arrangée en un chignon torsadé. Sa peau, sous son maquillage discret, semblait saine et soignée. Une touche de rouge à lèvres, un collier de perles autour du cou et des pendants d'oreilles assortis. Sur son chemisier en soie blanche Armani, elle portait une simple jupe noire ni trop courte ni trop longue. Hunter devina qu'elle devait avoir un peu plus de 50 ans, mais n'en paraissait guère plus de 40.

— Asseyez-vous, messieurs, je vous en prie. (Elle désigna les deux fauteuils devant son bureau.) C'est la dernière fois que vous entrez ici sans frapper, annonça-t-elle alors que les deux inspecteurs s'installaient.

William Bolter gloussa.

— Je vous avais dit quelle peau de vache elle pouvait être…

Hunter garda le silence. Il examinait son nouveau chef. Elle avait joué la bonne carte en affirmant son autorité d'emblée, en montrant qu'elle ne s'en laisserait pas conter par ses subordonnés. Dans un milieu comme celui-ci, où le machisme était de règle, c'était un réflexe de survie.

— Je vous épargne le discours à la noix que j'ai fait à vos collègues tout à l'heure. Je suis sûre que vous l'avez déjà entendu avant et je ne suis pas ici pour vous écraser de ma supériorité, dit-elle en s'asseyant à son nouveau bureau. Rien ne va changer. Vous allez continuer à faire votre boulot et vous me rendrez compte exactement comme vous le faisiez avec William.

Elle donna un petit coup de menton en direction de Bolter.

Hunter aimait son style. D'abord montrer qu'on ne se laissera pas marcher sur les pieds, puis la jouer amicale. Barbara Blake n'était pas une débutante.

Elle jeta un quotidien soigneusement plié en quatre sous les yeux des inspecteurs.

— Votre nouvelle affaire fait déjà des vagues…

Hunter prit le journal et lut le gros titre.

« UN PRÊTRE DÉCAPITÉ ET DÉGUISÉ EN DIABLE ! »

Il n'y avait pas de photo.

Hunter tendit le journal à Garcia sans lire le reste de l'article.

— C'était à prévoir, capitaine. Les reporters étaient déjà là quand on est arrivés à l'église. On a eu de la chance qu'aucun d'eux n'ait réussi à pénétrer dans l'église et à faire une photo du cadavre…

Le capitaine Blake se renversa dans son fauteuil.

— Je viens d'avoir le maire Edwards au téléphone. Comme vous le savez sans doute, il est catholique. C'est aussi un ami intime de l'évêque Patrick Clark, qui est le vicaire épiscopal du diocèse de San Pedro. Or, l'église des Sept-Saints dépend de ce diocèse.

Elle s'interrompit et regarda Hunter droit dans les yeux.

— Le maire m'a appelé pour me mettre la pression. Il entend que notre enquête soit l'exemple même d'une justice rapide et efficace. Je lui ai dit que comme d'habitude nous donnerions le maximum. Il m'a demandé qui était en charge de ce dossier et quand je le lui ai dit…

Carlos fronça les sourcils.

— … Il m'a demandé de confier l'enquête à quelqu'un d'autre.

— Quoi ? s'exclama Garcia, les yeux fixés sur son partenaire.

— Il semble avoir des trucs à vous reprocher, poursuivit le capitaine Blake les yeux toujours fixés sur Hunter. Il a l'air de vous haïr… Qu'est-ce que vous lui avez fait, vous avez sauté sa femme ?

L'inspecteur, toujours silencieux, inclina légèrement la tête. William Bolter gardait les yeux baissés sur son mug.

— Non, quand même pas, s'étonna-t-elle, dites-moi que vous n'avez pas couché avec la femme du maire !

Garcia, stupéfait, écarquilla les yeux.

Hunter prit enfin la parole :

— Avec tout le respect que je vous dois, capitaine, je ne vois pas ce que ma vie privée a à voir avec l'affaire.

Le capitaine Blake se pinça les lèvres. Elle se leva et vint se placer devant son bureau.

— Je ne peux qu'approuver votre réaction. William me dit que vous êtes le meilleur flic qu'il ait jamais eu sous ses ordres. Je lui fais confiance. Et que je sois damnée si, dès mon premier jour comme capitaine de la SSH, je laisse un politicien prétentieux essayer de m'intimider, et qui plus est me dire auquel de mes inspecteurs je dois ou non confier une enquête.

William Bolter souriait.

— J'ai dit au maire que l'affaire était entre les mains d'officiers on ne peut plus compétents et expérimentés. Et de ne plus jamais essayer de me dire comment je devais gérer mon service.

— Vous avez défié le maire de Los Angeles dès votre entrée en fonctions ? demanda calmement Hunter. La plupart des gens auraient essayé de le mettre de leur côté.

Le capitaine Blake se pencha sur son bureau et regarda Hunter dans les yeux.

— Vous croyez que j'ai fait une erreur, inspecteur ?

Hunter soutint son regard.

— Croyez-vous que vous ayez commis une erreur, capitaine ?

Le sourire de Barbara Blake était plein de confiance.

— Qu'une chose soit bien claire entre nous, inspecteur, O.K. ? Je soutiens toujours mon équipe. Alors ne me la jouez pas dans le style *Deux flics à Miami*, genre « moi, j'en ai rien à foutre » – je ne marche pas. Envoyer balader des politiciens ne me dérange pas. En revanche, ce qui me défrise, c'est de ne pas avoir la confiance des gens avec qui je bosse.

Sa voix était ferme et assurée. Elle regardait les deux inspecteurs à tour de rôle.

— Si le seul grief que le maire a contre vous, c'est que vous vous soyez tapé sa femme, il va falloir qu'il apprenne à vivre avec. Ce n'est pas mon problème, et je n'ai pas le temps. Donc, en réponse à votre question, inspecteur Hunter, non, je ne crois pas avoir commis une erreur.

Hunter n'était pas parvenu à la prendre en défaut. Cette femme savait abattre les bonnes cartes au bon moment.

19

Barbara Blake ne laissa pas le silence s'installer.

— Alors, quels éléments a-t-on sur l'affaire ?

Hunter détailla le peu qu'ils avaient récolté sur le meurtre du père Fabian.

— Nom de Dieu, alors ce type a sans doute déjà tué deux fois avant ?

— C'est possible, mais ce n'est pas une certitude, répliqua Hunter en se pinçant le menton.

Le capitaine Blake haussa les sourcils pour l'inviter à poursuivre.

— Le chiffre 3 pourrait signifier que le prêtre est la troisième victime, mais il peut avoir une autre signification.

— Laquelle ?

— Pas évident. Quelque chose d'important pour le tueur, ou pour le père Fabian ou les deux. À vrai dire, nous n'avons pas encore la réponse, et il serait irresponsable d'affirmer quoi que ce soit à ce stade de l'enquête.

— O.K., je vous suis là-dessus, acquiesça le capitaine Blake. Croyez-vous que l'enfant de chœur soit impliqué ? Ce ne serait pas la première fois…

— Je ne crois pas.

— Et pourquoi ?

— Parce que pour commettre un meurtre comme celui du père Fabian, il faut une personnalité bien particulière. Hermano n'est pas assez fort, ni mentalement ni physiquement. Il n'a que 14 ans.

— Il manque aussi un mobile, intervint Garcia. Et nous savons que le tueur doit mesurer environ un mètre quatre-vingt-cinq. Hermano doit plafonner à un mètre soixante-quinze ou soixante-dix-huit.

— Comment connaissez-vous la taille du tueur ?

Garcia commença à s'expliquer, mais au bout de trente secondes, le capitaine leva la main droite pour l'arrêter.

— Oubliez ma question.

Elle retourna s'asseoir et s'adressa à Hunter.

— Quelle est votre première impression sur le meurtre ?

— Pour l'instant, nous n'avons qu'une victime, on ne peut donc pas dégager de mode opératoire. Les analyses initiales de la scène du crime montrent que son auteur est très fort, habile, intelligent, méthodique et brutal. Malgré la sauvagerie de ce que nous avons trouvé dans l'église, le meurtre du père Fabian a été très bien préparé.

— Méthodique et préparé ? reprit-elle en fronçant les sourcils. D'après ce que j'ai entendu dire, il y avait du sang partout, on m'a parlé d'un vrai foutoir. Est-ce que ça ne révèle pas la fureur et la perte de contrôle ?

— Dans la plupart des cas, c'est vrai.

Elle attendit que Hunter poursuive. Il resta muet.

— Voulez-vous développer, inspecteur ? exigea-t-elle.

— La scène du meurtre des Sept-Saints pourrait paraître bordélique à un spectateur non prévenu, mais elle ne l'était pas pour le tueur. Les taches et les traces de sang se trouvaient exactement là où il le voulait. C'était un foutoir contrôlé et planifié.

— Rituel ?

Hunter se pencha en avant sur son fauteuil et passa une main sur son nez et sa bouche.

— Les éléments que nous avons semblent l'indiquer.

— C'est le baptême du feu pour toi, Barbara, commenta William Bolter en s'approchant de la fenêtre.

— Je vais affecter un enquêteur supplémentaire à cette affaire, annonça-t-elle en regardant Hunter. Il vous aidera pour le travail de terrain. Si vous avez besoin d'aide supplémentaire, n'hésitez pas à me la demander. Je vous ai déménagé d'office dans la pièce du haut, celle des opérations spéciales. Vous aurez tout l'espace dont vous aurez besoin. J'ai mis en place un numéro vert pour le public. Je sais que ça nous cause plus de migraines qu'autre chose, mais qui sait ? On aura peut-être de la chance.

Le capitaine Blake fit une pause et feuilleta une pile de papiers sur son bureau.

— Avec la presse qui fouine partout et un maire furibard, la pression va être forte pour qu'on trouve des réponses… et vite.

20

La salle des opérations spéciales était spacieuse et bien éclairée. Deux bureaux métalliques déjà équipés d'ordinateurs et de téléphones occupaient le centre de la pièce, et un fax était posé sur une petite table en bois dans un coin. Un grand tableau blanc et des étagères à moitié vides occupaient presque tout le mur de gauche. Dans le coin opposé, un vieux tableau en liège monté sur un lutrin était encadré de deux classeurs métalliques gris.

Les photos de la scène du crime et les témoignages recueillis avaient été empilés sur le bureau de Hunter, prêts à être consultés. Il allumait l'ordinateur quand on frappa à la porte.

— C'est ouvert ! lança Hunter.

L'agent Ian Hopkins entra, une grande enveloppe marron à la main.

— Inspecteur Hunter, voici les photos que vous m'aviez demandé de prendre de la foule hier.

Il lui tendit l'enveloppe.

Il y en avait vingt-cinq au total. Hunter les étala devant lui et se pencha pour les examiner attentivement.

— Vous croyez que le tueur nous observait caché

dans la masse ? demanda Hopkins avec une pointe d'excitation.

— C'est possible, acquiesça Hunter, toujours penché sur les clichés.

— Pardonnez-moi de vous poser la question, inspecteur, mais pourquoi ferait-il une chose pareille ? insista le jeune homme visiblement intrigué.

— Parce que c'est un être humain. Chacun de nous veut être reconnu pour ce qu'il a fait. Beaucoup de tueurs sont fascinés par l'effervescence qui entoure la découverte de leur crime. Ils sont très fiers de leur travail.

— Fiers ? articula Hopkins avec un sourire nerveux. C'est gerbant…

— Les tueurs en série sont plutôt gerbants, en général, lança Garcia depuis son bureau.

— Tueurs en série ? demanda Hopkins d'un ton un peu trop enthousiaste. C'est un tueur en série qui a commis le meurtre d'hier ?

Garcia éclata de rire.

Hunter gardait les yeux rivés sur les photos.

— Il pleuvait déjà au moment où vous les avez prises, déplora Hunter en secouant la tête. Ils ont tous une capuche ou un parapluie au-dessus de la tête. Même s'il est là, on ne peut pas distinguer ses traits.

— J'ai foiré le coup, fit Hopkins en se passant la main dans les cheveux. J'aurais dû m'approcher plus près, hein ?

Hunter l'observa.

— Ce n'est pas votre faute s'il s'est mis à pleuvoir, agent ?…

— Hopkins, monsieur, Ian Hopkins.

Il tendit une main que l'inspecteur serra avec chaleur.

— Vous avez fait ce que je vous ai demandé, agent Hopkins.

Celui-ci esquissa un sourire peu convaincu. Il se disait qu'il aurait pu mieux faire.

— Depuis combien de temps êtes-vous dans la police, Ian ? demanda Hunter en étudiant la recrue.

— Trois mois cette semaine, monsieur, répondit-il fièrement.

— Vous aimez votre job ?

— Oui, beaucoup.

— Hier, c'était votre première scène de crime ?

— Non, monsieur, deux fusillades de gangs et un cambriolage à main armée. Tous avec des morts.

— À l'église hier, je sais que vous aviez très envie de jeter un coup d'œil à l'intérieur. Pourquoi ne l'avez-vous pas fait ?

— Parce que mes ordres étaient de rester dehors et de m'occuper des curieux. De les prendre en photo, aussi.

Il désigna les clichés sur le bureau.

Hunter jeta un regard interrogatif à Garcia, qui acquiesça en silence.

— Bon, ça vous dirait de nous assister dans cette enquête ?

Le regard du jeune homme se mit à briller.

— Ce serait fantastique… monsieur.

Il n'en croyait pas ses oreilles. Pour lui, une affaire de meurtres en série était le summum de l'enquête criminelle et il venait de recevoir une invitation V.I.P. à se joindre aux heureux élus.

— Parfait. Le capitaine Blake m'a proposé de nous adjoindre un agent, je vais demander que ce soit vous.

— Merci, monsieur !

— Je ne suis pas sûr que vous me remercierez encore dans une semaine. (Hunter se renversa dans son fauteuil et croisa les mains derrière la tête). Ça ne va pas être facile.

— Je n'aime pas quand c'est facile, monsieur.

L'inspecteur sourit.

— Très bien. Alors commençons par les présentations : je m'appelle Rob et lui, c'est Carlos. Oubliez le « monsieur ». Vous vous débrouillez en informatique, je veux dire les recherches sur Internet, les bases de données, ce genre de truc ?

— Oui, je me débrouille très bien.

— Génial. Je vais vous présenter Jack Kerley, notre super informaticien, il vous briefera.

— C'est… formidable.

— Encore une chose, fit Hunter en stoppant Hopkins au moment où celui-ci quittait la pièce. Cette affaire, et tout ce qui la concerne, ne doit être évoquée avec personne d'autre que Carlos et moi, suis-je clair ?

— Oui, monsieur… Pardon, oui, Rob !

Il hocha vigoureusement la tête avant de quitter la pièce.

Le téléphone se mit à sonner.

— Inspecteur Hunter.

C'était le Dr Winston.

— *Rob, j'ai les résultats de l'autopsie ainsi que quelques-uns des tests du labo. Je pourrais vous les envoyer par mail, mais…*

Hunter sentit le malaise dans la voix de son interlocuteur.

— O.K., docteur, on va faire un saut.

21

Avec les bouchons de l'heure du déjeuner, il leur fallut plus de vingt-cinq minutes pour faire les trois kilomètres qui séparaient la SSH de la morgue. Le Dr Winston les attendait dans la salle 2B, cette même salle d'autopsie où ils s'étaient entretenus au petit matin.

— Alors, Doc, vous avez du nouveau pour nous ? demanda Hunter en plaquant machinalement sa main droite sur son nez.

— Vous voulez un masque, Rob ? C'est pas ce qui manque ici, fit remarquer le Dr Winston en voyant le malaise de l'inspecteur.

— Non, ça ira, mais moins on traînera, mieux je me sentirai.

— Très bien, suivez-moi.

L'homme marcha jusqu'à la table en inox, suivi par les deux inspecteurs. Le corps sans tête du prêtre avait été nettoyé. L'incision en forme de Y qui allait de la face antérieure de chaque épaule jusqu'au pubis avait déjà été refermée. De gros points de suture noirâtres hérissaient la chair blanche comme autant d'épines vénéneuses.

— Les empreintes digitales ont confirmé que la victime est bien Brett Stewart Nichols, c'est-à-dire le père Fabian. L'heure du décès se situe entre 22 heures et minuit mercredi.

Hunter approuva.

— Donc après la fermeture de l'église.

— Sauf à l'endroit où la tête a été tranchée, le corps ne présente pas de traumatismes, poursuivit le médecin légiste en enfilant une nouvelle paire de gants en latex. La décapitation n'a pas été pratiquée *post mortem*. Autrement dit, c'est elle qui l'a causée. Mais voici le fait intéressant : rien n'indique que la victime ait été attachée – on n'a pas repéré d'abrasion ni de marques aux poignets ou aux chevilles.

— Il a été drogué ? demanda Hunter en se penchant sur le cadavre pour examiner l'aspect du cou.

— La toxicologie nous a envoyé un rapport négatif à ce sujet. Aucun anesthésiant n'a été utilisé.

— Qu'est-ce qui te fait croire qu'il aurait pu être drogué ? demanda Garcia à son collègue.

— Devant une menace de décapitation, la réaction de la plupart des gens est de se débattre pour l'éviter.

Winston acquiesça.

— L'absence de blessures défensives indique clairement que le prêtre n'a pas opposé de résistance. Il n'est pas aisé de décapiter une cible en mouvement.

— A-t-il été assommé ?

— Je me suis posé la question, admit le spécialiste en contournant la table. Sans la tête je ne pourrai pas le confirmer.

Garcia approuva.

— Mais il y a un hic avec cette possibilité, continua-t-il en désignant le moignon du cou. La tête a été tranchée d'un seul coup très puissant. Avec une arme très affûtée et précise, de toute évidence. Le meurtrier n'a pas dû scier ni taillader. Selon les techniciens, il n'y avait ni marques ni dentelures, ni restes sur le carrelage autour de la victime. Si elle avait été étendue inconsciente, un coup porté par une arme acérée capable de la décapiter aurait forcément laissé une marque sur le sol, même une simple rayure. Rien de tel. Et l'angle de la section du cou suggère que le prêtre était soit à genoux, soit assis, mais le buste droit. Le coup a été porté depuis la gauche, suivant une trajectoire oblique de haut en bas, donc par un droitier.

Hunter regarda un moment Winston sans rien dire puis se décida :

— Je ne crois pas que le prêtre ait été assommé avant son exécution.

Il s'éloigna du corps et s'accota au comptoir des microscopes.

— Et pourquoi pas ? demanda Garcia. Ça aurait beaucoup simplifié la tâche du tueur.

— Ce meurtrier n'a rien fait pour se faciliter la tâche. Vous avez vu la brutalité de la scène ?… Les tueurs sadiques montrent rarement de la compassion. Tuer une victime inconsciente ne lui aurait procuré aucune satisfaction. Ce tueur voulait que sa victime ait peur. Je suis sûr qu'il regardait le père Fabian droit dans les yeux quand il a porté le coup fatal.

Garcia sentit un frisson glacé lui parcourir l'échine.

— Mais, s'il était conscient, pourquoi le père Fabian ne s'est-il pas défendu ? Pourquoi n'a-t-il pas même levé les mains pour se protéger le visage ? C'est lc réflexe de tout être humain…

— Il avait trop peur pour bouger, suggéra Hunter.

— C'est très possible, admit le Dr Winston.

— Vous voulez dire qu'il est resté là, immobile comme une statue, pendant que le tueur lui tranchait la tête ?

— Ça arrive, assura Winston. Sous l'emprise d'une grande terreur, il n'est pas rare que le cerveau se mette hors circuit. Plus aucun stimulus moteur n'est envoyé nulle part. Et, même si la victime le veut, elle est incapable de bouger.

— D'où les expressions « figé d'effroi », « pétrifié », etc., confirma Hunter.

Garcia tourna les yeux vers le cadavre du prêtre.

— Pauvre homme. Et l'arme utilisée, Doc ? Une hache ?

— Il est facile de se procurer une hache, mais la manier et la contrôler est loin d'être simple, répondit ce dernier. C'est un objet massif, lourd, et, contrairement à ce que les films nous suggèrent, la longueur de la lame n'est pas idéale pour une décapitation. Le tueur devrait être un maître bûcheron pour parvenir à une telle précision d'un seul coup.

— Des conseils sur ce que nous devrions rechercher ?

Les deux inspecteurs regardaient le médecin légiste.

— Comme nous n'avons pas encore trouvé la tête, je dois me contenter d'une analyse du cou à l'endroit où celui-ci a été sectionné. À en juger par la netteté et la précision de la blessure, je pencherais pour un sabre de samouraï.

— ... De samouraï ? reprit Garcia les yeux écarquillés. Vous voulez dire dans le style ninja ?

Le Dr Winston éclata de rire.

— Pas exactement, mais on n'en est pas très loin.

Il examina les deux inspecteurs avant de se tourner pour ouvrir un tiroir.

— Je vais vous montrer quelque chose qui pourrait vous aider.

22

Du tiroir qu'il venait d'ouvrir, le médecin légiste sortit une magnifique épée. Sa longue lame d'acier légèrement recourbée, au poli impeccable, impressionna les deux flics.

— Bon Dieu, Doc, fit Hunter en reculant d'un pas, ne me dites pas que vous êtes accro aux films de kung-fu ?

Winston ne prêta aucune attention à ce commentaire.

— Ceci est un sabre de samouraï typique, appelé aussi « katana ». On peut très facilement l'acquérir sur Internet sans craindre aucune vérification d'identité. Lame forgée en acier au carbone. Sa longueur varie, mais elle mesure généralement entre cinquante-cinq et soixante-dix centimètres. (Il s'approcha du corps du prêtre.) C'est une arme aussi précise qu'un laser. Idéale pour un boulot de décapitation. Si le sabreur est assez adroit, le coup peut être rapide comme l'éclair. Presque impossible à parer.

Il tint le sabre à deux mains et le déplaça lentement en direction du cou de la victime.

— Mais ce que cette arme a de vraiment génial,

reprit-il, c'est qu'elle est si légère que le tueur aurait pu n'utiliser qu'une seule de ses mains pour porter le coup fatal. Sans rien perdre de sa précision.

— Vraiment génial, répéta machinalement Garcia.

— Certains résultats sont arrivés du labo, poursuivit Winston en rangeant le sabre dans son tiroir. Comme nous le prévoyions, il y avait des centaines d'empreintes digitales dans toute l'église et dans le confessionnal. (Il sortit quelques feuilles de papier d'une enveloppe kraft.) Nous sommes en train de les comparer avec le fichier national, mais je ne m'attends pas à des miracles de ce côté-là.

Hunter acquiesça. Ils savaient qu'ils auraient sans doute des signalements d'infractions mineures, peut-être des cambriolages, voire des crimes avec arme à feu. Compton était un quartier pauvre où la présence des gangs était encore très forte. La plupart de ses résidants avaient fait l'expérience de la violence.

— On a trouvé quelque chose sur l'autel ? demanda Hunter tout en parcourant des yeux les feuilles que Winston venait de lui passer.

— Deux types d'empreintes, celles de la victime et celles de l'enfant de chœur. Rien d'une autre source.

— Et le calice ? demanda Garcia. Le tueur n'est pas censé avoir bu le sang du prêtre dans ce calice ?

— Si.

— Donc nous pouvons identifier l'A.D.N. du tueur, ajouta l'inspecteur soudain plus animé.

— Non, nous ne le pouvons pas, lui apprit Hunter en frottant ses yeux fatigués.

— Pourquoi pas ? On peut extraire l'empreinte génétique de la salive…

Il se tourna vers le Dr Winston.

— C'est un fait.

— Mais le sang dans le calice était bien celui du père Fabian ? demanda Hunter.

Winston hocha la tête.

— Cela signifie que l'A.D.N. de notre tueur, celui de sa salive, a été mélangé avec l'A.D.N. du sang du prêtre. Une fois que deux échantillons sont mélangés on ne peut plus les séparer, expliqua Hunter.

Garcia attendit la confirmation du médecin légiste.

— Rob a raison. Les gars du labo verront qu'il y a deux A.D.N. différents, mais ils ne pourront pas les séparer.

— Super, fit Garcia en plaquant sa main sur son nez à cause des relents fétides qui lui soulevaient le cœur. Ça promet, décidément. Est-ce qu'on a des indices utilisables ?

Le Dr Winston prit une profonde inspiration.

— Le sang que le tueur a utilisé pour dessiner le chiffre 3 sur la poitrine de la victime. Il est humain, et ce n'est pas celui du prêtre.

Hunter leva des yeux remplis d'espoir.

— C'est celui d'une femme.

— Une femme ? répéta Garcia stupéfait. Je ne savais pas que vous pouviez connaître le sexe à partir d'un simple test sanguin.

— Non, mais on le peut avec des tests génétiques ou si on cherche spécifiquement le niveau d'œstrogènes.

Hunter regarda machinalement sa montre.

— Il est impossible que vous ayez eu les résultats des tests A.D.N. aussi vite, Doc. Et vous n'aviez pas de raisons de rechercher le niveau d'œstrogènes.

— Alors comment avez-vous pu savoir que ce sang venait d'une femme ? insista Garcia.

— À moins que… déclara Hunter en fixant le docteur.

— À moins que quoi ? demanda son partenaire avec impatience.

— À moins qu'elle n'ait été enceinte.

Le Dr Winston ferma les yeux et hocha gravement la tête.

23

Amanda Reilly saisit les chiffres sur son tableur et appuya sur « *Retour* ».

Ça ne changeait rien.

Le résultat final était toujours loin de ce qu'il aurait fallu pour couvrir les frais de l'agence du mois écoulé. Elle posa ses lunettes devant elle et pinça l'arête de son nez. C'était le quatrième mois consécutif que Reilly's n'allait pas pouvoir honorer ses factures. La semaine touchait à sa fin, et les deux visites d'acheteurs éventuels n'avaient débouché sur aucune offre. D'après ses calculs, si elle ne concluait pas une vente rapidement la survie de l'agence était compromise : il lui restait quelques semaines, un mois tout au plus.

Amanda avait quitté le lycée à 17 ans après avoir redoublé deux fois. C'était une jeune fille intelligente, mais qui perdait ses moyens pendant les examens : à l'écrit comme à l'oral, son cœur battait à cent à l'heure, son esprit tombait en panne, et elle était incapable de prononcer le moindre mot.

Amanda savait qu'elle excellait dans les rapports humains. Elle avait beaucoup de charme. Elle avait appris son métier dans une petite agence immobilière du centre de L.A. Il ne lui avait pas fallu longtemps pour affirmer ses qualités, et, en moins d'un an, ses chiffres de ventes dépassaient ceux de tous ses collègues.

Elle n'était pas restée dans ce quartier très longtemps, sautant sur l'offre d'embauche de Palm Properties, une des plus grandes agences de Palm Springs.

En Californie la compétition entre agences immobilières est acharnée, mais Amanda savait utiliser ses atouts pour tirer son épingle du jeu. Elle n'était pas seulement intelligente, charismatique et très professionnelle, elle était en outre très séduisante, avec sa belle chevelure dorée coupée en carré mi-long, ses yeux bleu ciel et sa peau de porcelaine. Il se murmurait qu'elle avait dû coucher avec le patron pour devenir son associée trois ans seulement après avoir été engagée.

Amanda était restée chez Palm Properties pendant onze ans avant de partir fonder sa propre société, Reilly's, dans West Hollywood. C'était une travailleuse acharnée et, au cours de la décennie suivante, elle avait ouvert trois succursales à Los Angeles. Mais un an auparavant, le marché immobilier avait connu un krach retentissant. Les expropriations n'avaient jamais été aussi nombreuses, et les banques avaient fermé les robinets des prêts. Il n'y avait plus d'acheteurs. Même pas les super-riches.

Amanda avait usé de tous les stratagèmes appris au fil des ans pour surnager, mais aucun n'avait fonctionné. Elle avait dû fermer peu à peu toutes ses agences, sauf la principale, celle de West Hollywood. Les quatre derniers mois avaient été particulièrement durs, et elle avait dû se séparer de tous ses employés, sauf Tania Riggs, sa meilleure amie et la première collaboratrice qu'elle avait embauchée.

Malgré cette semaine lugubre, Amanda se sentait en veine. La veille au soir elle avait reçu un appel d'un acheteur potentiel qui semblait très intéressé par l'une de ses propriétés les plus chères. Un manoir de sept pièces, neuf salles de bains, proposé à quatre millions de dollars et situé sur Pacific Coast Highway, à Malibu. Son interlocuteur, qui avait repéré l'annonce sur le site Web de l'agence, avait été subjugué par les caractéristiques de la maison : la piscine, la grande cheminée hors normes dans le salon, le court de tennis, les pelouses superbes – la demeure lui convenait parfaitement. Il avait pris rendez-vous pour la fin de l'après-midi.

— Tiens, dit Tania Riggs en tendant à Amanda une chemise en plastique vert foncé.

Amanda lui avait demandé de préparer un dossier « en béton » sur la propriété.

— J'ai tout mis, affirma Tania. Les photos, les informations détaillées sur la maison et le parc, et même une liste des célébrités qui vivent dans un rayon de trois kilomètres. Il y a aussi un C.D. avec la présentation PowerPoint que je t'ai montrée plus tôt.

Amanda sourit.

— C'était une présentation fantastique, Tania, merci. J'ai un très bon feeling pour ce rendez-vous, conclut-elle en brandissant son dossier avec conviction.

— Moi aussi. C'est une si belle maison et pour quelqu'un qui a le fric… une affaire.

Amanda admirait l'optimisme de Tania. Pour une employée qui n'avait pas touché son salaire depuis cinq semaines, elle savait rester positive !

Le téléphone sonna, et son amie courut décrocher.

— Amanda, fit Tania, après avoir mis son appel en attente, c'est M. Turner pour toi.

Amanda acquiesça et tendit la main vers le combiné. La conversation dura moins d'une minute.

— S'il te plaît, dis-moi qu'il n'a pas annulé, fit nerveusement Tania une fois l'échange terminé.

— Non, non.

— Dieu merci !

— Mais il va avoir une heure de retard.

— Oh, si ce n'est que ça… sourit son amie. Tu veux que je l'attende avec toi ?

— Inutile, je suis parée, répondit-elle en montrant le dossier vert. Rentre chez toi, ma belle. Et essaie de passer un week-end reposant.

— Tu peux compter sur moi. Bonne chance !

Tania boutonna son manteau jusqu'au cou avant de refermer la porte derrière elle.

Amanda posa son coude droit sur le bureau, appuya son menton sur son poing fermé et scruta encore une fois la feuille de calcul sur son écran.

La chance avait enfin tourné, elle le sentait.

24

Hunter et Garcia étudiaient les photos médicolégales prises à l'église quand le capitaine Blake entra dans la pièce sans frapper et referma la porte derrière elle. Elle repéra les cahiers reliés de cuir empilés sur les bureaux des inspecteurs.

— Les journaux intimes du prêtre ? demanda-t-elle en s'approchant du bureau de Garcia et en prenant un volume dont elle feuilleta les premières pages.

Hunter acquiesça.

— Des infos intéressantes ?

— Tout dépend de ce que vous appelez « intéressant ».

Le capitaine Blake lui jeta un regard qui signifiait qu'elle n'avait pas de temps à perdre.

— On les épluche aussi vite qu'on peut, expliqua Hunter. Mais il y a beaucoup de choses dans ces carnets. Ce ne sont pas des journaux intimes au sens habituel, ce sont des carnets dans lesquels le prêtre avait l'habitude de noter ses pensées, ce qu'il ressentait, ce qu'il faisait… Il n'y a pas d'ordre chronologique. La plupart des passages ressemblent à des dissertations et remontent à loin en arrière.

Il revint à son bureau.

— Le problème, reprit-il, c'est que nous ne savons pas vraiment ce que nous recherchons. Ce pourrait être n'importe quoi, un mot, une phrase… ou quelque chose qui serait caché entre les lignes. Nous espérions que la lecture du dernier volume nous révèlerait si le père Fabian craignait pour sa vie, mais les carnets ne sont pas datés, et les idiots qui les ont emportés pour relever les empreintes n'ont pas pensé à les numéroter pour reconstituer l'ordre dans lequel ils se trouvaient dans la bibliothèque.

— Ils ont été mélangés comme un jeu de cartes, commenta Garcia.

— … Donc si par « intéressant » vous voulez dire les « pensées d'un homme tourmenté », alors oui, ils sont très intéressants, poursuivit Hunter. Mais si vous voulez dire : « Avons-nous trouvé quelque chose qui nous aide à comprendre le mobile du crime ? », alors la réponse est : pas encore.

Le capitaine Blake referma le carnet et le replaça sur la pile. Elle remarqua à quel point le bureau de Garcia était propre et rangé. Chaque chose à sa place. Pas de tas de papiers, tous les objets disposés symétriquement.

— Qu'entendez-vous par un « homme tourmenté » ?

— Il se posait apparemment beaucoup de questions sur sa foi, répondit Garcia.

— Ça nous arrive à tous tôt ou tard, répliqua-t-elle en haussant les épaules.

— C'est vrai… fit Hunter en cherchant quelque chose dans son premier tiroir. Mais on dirait que les expériences accumulées par le père Fabian l'ont fait douter que la prêtrise soit vraiment sa voie.

— Pourquoi ?

— Parce qu'il faut croire en Dieu si vous voulez être prêtre. Et, par moments, il remettait en question l'existence de Dieu.

— De plus, dans quelques passages, il s'en prend à l'obligation de célibat, commenta Garcia.

— Vous avez trouvé combien de passages de ce genre jusqu'à maintenant ?

— Trois chacun, et nous avons passé la nuit à lire, répondit Hunter.

Le capitaine replia les bras et soupira longuement.

— L'évêque Clark est inquiet au sujet de ces journaux…

— Comment ça ?

Hunter fit craquer ses jointures, et Blake eut un mouvement de recul.

— Il craint que le père Fabian n'ait écrit des choses qu'il n'aurait pas dû.

— Pouvez-vous être un peu plus précise, capitaine ? On n'a pas le temps de jouer aux devinettes.

— Sur le célibat des prêtres, par exemple.

Garcia toussa.

— Donc l'évêque est plus préoccupé par la possibilité que le père Fabian ait pu fauter que par le fait qu'il ait été sauvagement décapité à l'intérieur de sa propre église ? C'est le monde à l'envers !

— Il redoute aussi que le père Fabian ait retranscrit des propos qu'il aurait entendus en confession. Pour l'église catholique, ce serait une sorte de trahison.

— Seulement si le père Fabian avait discuté de ces confessions avec quelqu'un, objecta Hunter. Le fait de les noter dans un journal privé ne constitue ni un péché ni un crime aux yeux de l'Église.

— Vous êtes catholique ? demanda-t-elle en fronçant les sourcils.

Hunter secoua la tête.

— Alors comment le savez-vous ?

— Je lis beaucoup.

Garcia sourit.

— Je vous suggère de lire plus vite dans ce cas.

— Pourquoi ?

— L'évêque Clark nous met la pression pour récupérer ces journaux.

— Laissez-le faire, répondit un Hunter impavide. Le contenu de ces écrits recèle peut-être des preuves dans une enquête en cours. Aux dernières nouvelles la police avait encore le droit de confisquer toute preuve prélevée sur une scène de crime.

— Il ne s'adressera pas à un tribunal, lança le capitaine Blake en se tournant vers l'inspecteur.

— Laissez-moi deviner… Mon vieil ami, le maire Edwards ?

— Qui va en parler à son vieil ami, le chef de la police, c'est là que ça se complique…

— La complication, c'est notre boulot, capitaine. Il faut que nous les épluchions, ces journaux.

— Faites-le aussi vite et aussi bien que vous pourrez, O.K. ?

25

Le capitaine Blake s'approcha du tableau en liège et étudia les photos qui y étaient punaisées.

— Je vois pourquoi vous avez parlé de ritualisme. La décapitation, la tête de chien, le cercle autour de l'autel, la théorie selon laquelle on a bu son sang, le chiffre sur la victime… Tout est là, n'est-ce pas ?

Les deux hommes restèrent muets.

— Vous voyez, quelque chose me dérange, poursuivit-elle. Les rituels ne sont jamais bâclés, et je ne crois pas que celui-là l'ait été. Ce qui suggère que le tueur a eu besoin d'au moins vingt à trente minutes de tranquillité totale pour accomplir ce meurtre.

Hunter hocha lentement la tête en signe d'agrément.

— C'est risqué, non ? Surtout si l'on prend en compte le fait qu'il ait été commis dans un lieu public. N'importe qui aurait pu surprendre le meurtrier…

— Il avait éliminé ce risque.

— Et comment ?

— Apparemment le tueur se trouvait dans l'église habillé en prêtre juste avant l'heure de la fermeture.

— Quoi ?

— L’heure estimée de la mort coïncide avec l’heure de fermeture de l’église, soit 22 heures.

L’inspecteur compulsa quelques papiers sur son bureau.

— Les confessions ont dû se terminer vers 22 h 10. À 21 h 40, l’église était presque vide, à l’exception d’une Mme Morales et d’une Mme Willis. Selon leurs déclarations, un prêtre qu’elles ne connaissaient pas leur a demandé de quitter les lieux à cette heure-là.

Le capitaine Blake plissa les yeux.

— Ce prêtre leur a dit être venu aider le père Fabian et qu’ils devaient fermer plus tôt afin de préparer l’église pour une messe spéciale le lendemain matin. Hermano, l’enfant de chœur, n’était pas au courant de la venue de ce prêtre extérieur à l’église. Et il m’a dit qu’aucune messe particulière n’avait été prévue.

— Avez-vous parlé à ces deux femmes ? On a un portrait-robot de ce prêtre mystérieux ?

— Je leur ai parlé, mais on n’a pas de portrait-robot.

— Pourquoi ?

Hunter prit deux feuilles et les tendit au capitaine Blake.

— Voici les déclarations des témoins concernant le prêtre qui leur a demandé de partir.

Le capitaine les lut attentivement. Elle haussa les sourcils en regardant alternativement les deux témoignages.

— C’est sérieux ?

— J’en ai peur, répliqua Hunter.

— Mme Morales prétend que le prêtre était un jeune homme de type caucasien, grand avec des cheveux blonds courts et un long nez. (Elle agita la feuille de papier dans sa main gauche.) Tandis que selon

Mme Willis le prêtre n'était « pas si grand » et semblait hispanique, avec des cheveux châtains coupés en brosse, un nez rond et une fine moustache. Elles sont aveugles toutes les deux ?

— Non, répondit Hunter d'un ton neutre, elles sont vieilles. Mme Morales a 72 ans, et Mme Willis en a 77. Leur mémoire n'est plus ce qu'elle était. Et vous savez que notre mémoire visuelle est la plus mauvaise de toutes. Deux témoins ne voient jamais la même chose.

— Génial…

Le capitaine Blake rendit les déclarations à Hunter avant de poursuivre :

— Mais le tueur a tout de même pris un grand risque en parlant à deux personnes différentes pour leur demander de quitter l'église. Il ne pouvait pas deviner qu'elles feraient deux portraits aussi différents de lui.

— C'était un risque calculé, répondit Hunter en se massant le cou. S'il a pris le risque de se déguiser en prêtre, on peut supposer qu'il avait pensé à modifier son apparence. Lentilles de contact, postiche, faux nez, moustache, etc. Je ne crois pas qu'il ait laissé quoi que ce soit au hasard.

— Un type très méthodique…

— Les tueurs rituels le sont en général.

— Mais si notre tueur ne s'était pas déguisé en prêtre ? demanda le capitaine en s'adossant au bureau de Garcia. Si c'était un vrai prêtre ? Les hommes d'Église sont souvent des gens très méthodiques.

— Nous explorons aussi cette piste, fit Hunter en se versant un verre d'eau.

— Vous ne semblez pas très sûr de vous.

— Pour le moment je ne suis sûr de rien, capitaine. On est cernés par les points d'interrogation.

— Par exemple ?

— Eh bien, par exemple, l'importance du rituel.

— Je ne vous suis pas…

Il posa son verre et s'approcha du tableau.

— Dans un rituel, la cérémonie elle-même est l'aspect le plus important, la victime vient après.

— Mais vous ne croyez pas que ce soit le cas ici, n'est-ce pas ? demanda le capitaine en le rejoignant.

Hochement de tête approbateur.

— Dans ce meurtre, la victime est l'élément clé. Le tueur voulait exécuter le père Fabian. Et il en a laissé la preuve.

— Quelle preuve ?

— Le chiffre 3 peint sur le torse.

Elle réfléchit quelques instants, lèvres serrées, avant de compléter :

— Le fait que le tueur se soit donné la peine de déboutonner la soutane, de dessiner ce chiffre sur la poitrine et de la reboutonner de bas en haut.

Hunter approuva.

— Cela donne un caractère très personnel à l'agression.

Blake écarta une mèche de cheveux rebelle de son œil droit.

— Vous croyez que cette mise en scène pourrait n'être qu'une diversion ? Que le tueur pourrait avoir tenté de faire passer pour un meurtre rituel ce qui n'était en fait qu'un homicide sadique pur et simple ?

— Diversion de quoi ? demanda Garcia.

— Ce n'était pas une diversion, affirma Hunter, sûr de lui, en retournant à son bureau boire une gorgée d'eau. Si le tueur voulait mettre en scène un rituel, la décapitation et le cercle de sang tracé autour de l'autel auraient suffi. Il n'avait pas besoin, en plus, de boire le sang du prêtre ni d'enfiler une tête de chien sur ce qui lui restait de cou. Il y a une signification plus profonde derrière tout ça.

Le capitaine ferma les yeux et poussa un long soupir.

— Et maintenant ?

— Il faut en apprendre le plus possible sur le père Fabian, y compris sur sa vie personnelle.

— Il avait de la famille ?

— Le père Fabian était fils unique, répondit Garcia en lisant une feuille sur son bureau. Père inconnu, mère morte d'une cirrhose du foie il y a six ans.

— Celui qui le connaissait le mieux est le père Malcolm, intervint Hunter.

— Qui est le père Malcolm ?

— C'est le curé de la paroisse de Notre-Dame-du-Rosaire, l'église catholique de Paramount. C'était aussi l'ami le plus intime de la victime.

Hunter vérifia sa montre.

— Je dois y faire un saut tout à l'heure.

— Je reste et je continue à lire ses journaux, déclara Garcia en montrant la pile de carnets.

— Et pour ça ? demanda le capitaine en désignant la photo de la tête de chien, vous avez des pistes ?

— Pas encore, répondit Garcia. Nous avons trouvé des références à la mythologie grecque et à l'église orthodoxe d'Orient, mais rien de pertinent jusqu'à maintenant.

Ils furent interrompus par le téléphone sur le bureau de Hunter, lequel décrocha à la troisième sonnerie.

— Inspecteur Hunter…

Il se tourna vers le capitaine Blake.

— C’est pour vous.

— Oui ? fit-elle en plaquant le récepteur contre son oreille. Transférez l’appel sur ma ligne et faites patienter, je vais le prendre en bas. (Elle rendit le combiné à Hunter.) Je viens à peine de commencer, et le maire me harcèle déjà… Ça promet !

26

Ryan Turner arriva à l'agence Reilly's, dans West Hollywood, avec une heure et quinze minutes de retard. Amanda ne connaissait son acheteur potentiel que par sa voix au téléphone et ne savait pas à qui elle aurait affaire. Elle fut agréablement surprise.

Ryan, bien bâti, la quarantaine, mesurait un mètre quatre-vingt-cinq environ. Ses cheveux bruns étaient taillés court, une coupe classique et nette en harmonie avec le reste de sa personne. Il était habillé comme un cadre de direction dans un costume sombre onéreux, et ses chaussures étaient impeccablement cirées. Il parlait avec un léger accent du Sud.

— Désolé d'être en retard, dit-il en secouant fermement la main d'Amanda. Les hommes d'affaires sont toujours trop bavards…

— Ce n'est pas grave du tout, monsieur Turner, répondit-elle en le gratifiant de son sourire le plus chaleureux. Heureuse que vous ayez pu venir quand même.

— Je suis vraiment impatient de voir cette maison. D'après ce que j'ai vu sur votre site Web, elle me semble parfaite !

Le sourire d'Amanda s'élargit encore.

— Et, s'il vous plaît, poursuivit-il, appelez-moi Ryan.

— Seulement si vous m'appelez Amanda !

— Entendu.

Ryan persuada la jeune femme de faire le chemin avec lui. Avec les embouteillages, le trajet leur prit près d'une heure. Amanda consacra les vingt-cinq premières minutes à expliquer à son client à quel point elle trouvait cette propriété merveilleuse. Son discours préparé dégoulinait de sa bouche comme un poème d'amour. Puis ils parlèrent de tout et de rien, du travail aux fêtes de Noël.

La première chose que remarqua son client potentiel quand ils franchirent la porte en fer télécommandée du grand portail d'entrée fut le court de tennis à sa gauche.

— Impressionnant ! fit-il.

Les choses se passaient exactement comme Amanda l'avait espéré.

Le reste de la demeure ne déçut pas Ryan Turner. Plus de six cents mètres carrés d'espace habitable avec de hauts plafonds à poutres apparentes et de superbes sols en marbre. Le manoir avait été luxueusement décoré avec un mobilier design très élégant. Des éclairages ingénieusement pensés apportaient une ambiance décontractée et chaleureuse dans chaque pièce. Et, à l'extérieur, les grandes terrasses couvertes, les espaces réservés à la gym et la grande piscine avec son spa apportaient les touches finales à ce décor de rêve.

En explorant chaque pièce, l'homme s'efforçait de cacher son excitation, ses mains gantées de cuir plongées dans les poches de son grand pardessus noir. Mais le sourire qui fendait son visage le trahissait. En l'occurrence, la maison se vendait littéralement toute seule.

— Cela vous ennuie-t-il si nous jetons un dernier coup d'œil au living avant de partir ? demanda-t-il dans la chambre principale du deuxième étage en regardant par la fenêtre qui surplombait la plage.

— Mais pas le moins du monde ! répliqua Amanda en essayant de maîtriser son enthousiasme.

Quand ils pénétrèrent dans le living, la jeune femme se planta juste à gauche de la porte. Elle ne semblait pas très rassurée.

Ryan se plaça à côté du somptueux canapé en cuir blanc disposé presque au centre de l'immense pièce, les yeux rivés sur l'ostentatoire cheminée en grès qui occupait une partie du mur de gauche.

— Je suppose que la cheminée fonctionne ? s'enquit-il en se tournant vers elle.

— Bien sûr, tout dans cette maison fonctionne parfaitement.

— Et je suppose qu'il s'agit d'un foyer au gaz, et non au bois ? Ou alors j'aurai besoin d'une petite forêt pour allumer ce monstre…

Amanda remarqua qu'il avait utilisé le futur et se mordit la langue pour cacher son sourire.

— Vous avez raison : c'est un foyer au gaz.

— Pourrions-nous l'allumer afin que je voie ce que ça donne ?

La question prit Amanda par surprise, et celle-ci jeta un regard d'effroi sur Ryan.

— Ça ne va pas ? lui demanda-t-il.

— Si, si, je vais bien.

Il lui fallut quelques secondes pour recouvrer sa contenance.

— Je ne vois pas d'inconvénient à ce que vous l'allumiez, mais si ça ne vous ennuie pas, je vous attendrai dans la cuisine.

Ryan plissa les yeux et fit deux pas vers elle.

— Il y a un problème ?

— Pas du tout. Aucun problème.

En dépit de son sourire brave, elle ne parvint pas à le convaincre.

— Mais si, Amanda, vous êtes livide… fit observer Ryan en balayant la pièce du regard. Est-ce que quelque chose m'aurait échappé ?

— Non, non…

Sa réaction avait stupéfié son client, et elle le savait.

— Il n'y a aucun problème avec la cheminée ni la maison, je vous le garantis.

— Alors qu'est-ce qui ne va pas ? Je suis assez empathique et je sens bien que quelque chose vous perturbe.

Amanda inspira profondément.

— Je… je n'aime pas beaucoup le feu, confessa-t-elle, les yeux rivés au sol comme une petite fille timide.

L'homme émit un petit rire nerveux. Il s'approcha d'elle et essaya d'accrocher son regard.

— Vraiment ?

Amanda leva la tête et regarda Ryan droit dans les yeux.

— Une mauvaise expérience ? demanda-t-il d'une voix douce.

Elle sourit, lèvres serrées.

Il posa une main rassurante sur l'épaule gauche de la jeune femme.

— Vous savez quoi ? lui dit-il après un bref silence. Les araignées me terrorisent.

Elle esquissa un sourire encore hésitant.

— Quand j'étais tout gosse, nous passions nos vacances dans un chalet, et je dormais dans le grenier, commença-t-il d'une voix égale. Un soir, je me suis endormi en lisant. Il devait être 3 ou 4 heures du matin quand j'ai senti quelque chose me gratter la nuque.

— Oh, mon Dieu ! s'écria Amanda en réprimant un frisson.

— Encore à moitié endormi, j'ai essayé de me gratter et, sans le vouloir, j'ai poussé l'araignée à l'intérieur du col de mon pyjama. Elle n'a pas apprécié.

La jeune femme émit un bruit de gorge éloquent.

— C'était une recluse brune, la race qui mord plus d'une fois. La mienne devait avoir vraiment faim, parce que j'ai eu droit à douze morsures.

La bouche d'Amanda se tordit dans une grimace écœurée, et elle ne put s'empêcher de se gratter rapidement la nuque.

— Malheureusement, mon corps a très mal réagi à ces morsures. J'ai eu de la fièvre, des frissons, des nausées et des grandes cloques blanchâtres aux endroits où j'avais été attaqué. Depuis cette époque, chaque fois que je vois une araignée, je deviens la pire poule mouillée que vous ayez jamais vue. Même ma voix mue et grimpe d'une octave. Bref, je me transforme en poupée Barbie.

— Vraiment ? pouffa Amanda.

— Vous pouvez me croire, dit-il tout sourire. C'est très embarrassant…

Elle n'aimait pas évoquer ses souvenirs, mais elle se sentait à l'aise avec lui. Il lui fallait aussi convaincre Ryan que la maison n'avait aucun problème.

— J'étais petite quand c'est arrivé, commença-t-elle en écartant sa frange de son visage. J'étais avec une amie dans la cuisine, on jouait à faire un gâteau. Je ne me rappelle plus comment c'est arrivé, mais tout à coup ma robe a pris feu.

Ryan écarquilla les yeux.

— En un sens j'ai eu de la chance, il n'y a que l'arrière de ma robe qui s'est enflammé. Vous avez déjà été brûlé ? lui demanda-t-elle.

Il secoua la tête.

— Pas de cette façon.

— Il est difficile de décrire la douleur… (Elle s'interrompit, cherchant les mots justes.) Ce n'est pas comme de l'eau bouillante ou comme de toucher un fer brûlant. Ce n'est pas une douleur du genre d'une brûlure cuisante. C'est quelque chose de si intense que votre cerveau cesse de fonctionner et que vous priez pour ne plus être là : vous voulez mourir. J'ai senti l'odeur de mes cheveux qui brûlaient.

Amanda toucha doucement sa tête de sa main droite. Son regard était perdu au loin.

— Nous étions seules à la maison ce jour-là. Quand mon amie est revenue avec un seau d'eau et l'a jeté sur moi, j'avais tout le dos et la nuque brûlés.

Ils se regardèrent en silence un moment.

— Je suis vraiment désolé, dit-il.

— Ne vous en faites pas, vous n'y êtes pour rien, je devrais apprendre à contrôler mes réactions, mais en fait je n'y arrive pas. Je ne supporte pas le feu, quel qu'il soit, ça me rend folle.

Ryan revint au centre du living, suivi par Amanda.

— J'ai vu un psychologue pour ma terreur des araignées, reprit-il. Vous savez, le genre qui croit aux thérapies censées vous débarrasser d'un coup de toutes vos phobies.

— Qu'est-ce que ça a donné ? s'enquit-elle, curieuse.

— Le psychologue a beaucoup parlé et, après quelques séances, il a décidé que j'étais prêt à affronter ma peur. Il s'est amené avec une énorme araignée velue et l'a posée sur ma main pour essayer de me prouver qu'elle était inoffensive.

— Ça a marché ?

— Pas vraiment. Je me suis pissé dessus avant de m'enfuir en criant comme un dingue.

La jeune femme éclata de rire.

— Peut-être est-il absurde de vouloir surmonter certaines terreurs…

Il s'approcha d'Amanda, qui, debout à côté du canapé en cuir, fixait la cheminée.

Sa main se referma sur un objet, au fond de sa poche.

— Vous savez, cette scène de votre enfance que vous m'avez racontée et votre terreur du feu ?… murmura-t-il.

— Oui, répondit-elle sans se retourner.

La voix de Ryan changea subitement.

— J'étais au courant.

Avant qu'elle n'ait eu le temps de se tourner pour lui faire face, il l'empoigna par-derrière et lui plaqua un chiffon humide sur la bouche et le nez.

27

Le père Malcolm avait accepté un rendez-vous à 19 h 30. À 19 h 20, Hunter garait sa Buick Lesabre devant l'église catholique de Notre-Dame-du-Rosaire sur South Paramount Boulevard. Les lampadaires, ainsi que les décorations de Noël composaient une ambiance colorée et chaleureuse.

L'église, grande et blanche, était flanquée de deux petits jardins verdoyants. Sa porte, à double battant en bois de rose sculpté, était surmontée d'une statue gris clair à taille humaine de Notre-Dame du Rosaire.

Un prêtre à l'expression joviale, qui devait avoir dans les 70 ans, était debout près de la porte en train de converser avec une petite femme corpulente. Il était presque chauve, à part deux petits îlots de cheveux gris sur les tempes.

Il dit au revoir à la femme tandis que Hunter gravissait les quatre marches du perron.

— Père Malcolm ? demanda ce dernier.

— Vous devez être l'inspecteur à qui j'ai parlé tout à l'heure au téléphone, n'est-ce pas ? fit l'homme avec un sourire chaleureux.

— Je suis l'inspecteur Hunter, confirma celui-ci en

lui montrant son insigne. Merci d'avoir accepté de me recevoir.

Le prêtre jeta un bref coup d'œil sur l'insigne avant de l'inviter à entrer. L'église était spacieuse, et des dizaines de cierges éclairaient l'autel. La nef principale pouvait accueillir cinq cents personnes, et quelques fidèles étaient disséminés sur les bancs de chêne rouge. Certains priaient, d'autres lisaient la Bible, quelques-uns semblaient endormis.

— Nous pourrions parler dans mon bureau, suggéra le prêtre avec un geste d'invitation. Il est juste au fond, là-bas.

— Bien sûr, approuva Hunter.

Le bureau du père Malcolm était petit mais confortable. Les murs étaient d'un blanc très légèrement grisé. Le mobilier était classique, de style plutôt européen. Un lourd bureau en bois trônait au fond de la pièce, face à la porte. En face, deux fauteuils de style victorien. Des gravures de saints ornaient les murs, et des ouvrages religieux s'alignaient sur la grande bibliothèque à gauche du bureau.

Le père Malcolm invita Hunter à s'asseoir avant de prendre place à son tour. Tous deux restèrent silencieux quelques instants.

— Je n'arrive pas à réaliser… commença le prêtre d'une voix tremblante et triste. Le père Fabian était un homme de cœur et un bon prédicateur.

— Je suis vraiment désolé, répondit Hunter. Je sais que vous étiez très proches.

Le prêtre hocha la tête.

— J'ai enseigné au séminaire, et Fabian était l'un de mes étudiants. Cela fait plus de vingt ans que je le connais.

— Quel genre d'homme était-il ?

— Il était gentil, dévoué, plein de compassion. Comme je vous l'ai dit, c'était un bon prêtre.

— Quand l'avez-vous vu pour la dernière fois ?

— Il y a environ deux semaines. Nous avions organisé une vente de charité. Il était venu aider.

Un sourire hésitant apparut sur ses lèvres.

— En fait, poursuivit-il, il est venu par gourmandise. Il adorait le cake à la banane.

— Vous a-t-il paru différent ? Inquiet ou nerveux peut-être, préoccupé par quelque chose ?

— Pas du tout. Il était aussi calme qu'il l'avait toujours été. Très causant, plaisantant sans cesse avec les étudiants. Il avait l'air un peu fatigué, mais il a toujours été comme ça.

— C'est-à-dire ? demanda Hunter en massant doucement la cicatrice sur sa nuque.

— Pour autant que je sache, il a toujours eu des problèmes d'insomnie.

— Il y avait une raison particulière ?

Léger hochement de tête.

— Nous sommes confrontés à beaucoup de choses dures, inspecteur, et, parfois, on se réveille au milieu de la nuit sans pouvoir se rendormir. Fabian m'a confié un jour qu'il faisait souvent des cauchemars.

Hunter se souvint d'avoir lu plusieurs passages dans les carnets du père Fabian faisant allusion à ces rêves pénibles, mais il ne les relatait jamais.

— Vous parlait-il de ces cauchemars ?

— Jamais, c'était un homme très réservé.

Hunter gribouilla quelque chose sur son calepin noir.

— Évoquait-il des soucis qu'il pouvait avoir ?

— Nous autres, prêtres, avons tant de soucis, inspecteur Hunter. Nous avons affaire à des gens qui sont dans le besoin, et dans le monde actuel les maux dont souffre l'humanité sont multiples. Mais je suppose que vous voulez parler du genre de soucis qui aurait pu lui coûter la vie ?

Hunter ne répondit pas, mais son silence était éloquent.

— Non, affirma le père Malcolm d'une voix assurée. C'était un homme simple. Il vivait pour l'Église et pour aider les autres. Quelles qu'aient pu être ses inquiétudes, je vous assure qu'elles ne menaçaient en rien son existence.

Hunter réfléchit à ce qu'il allait dire. Il savait qu'il s'aventurait en terrain miné.

28

— Le père Fabian vous avait-il déjà parlé de ses doutes sur sa décision de devenir prêtre ou son intention de renoncer, éventuellement, à son sacerdoce ?

En posant sa question, Hunter vit l'expression du père Malcolm changer. Il avait l'air offensé, plissait les yeux et scrutait son interlocuteur avec défiance.

— Notre apostolat est basé sur un engagement solennel et sur le désir de servir Notre-Seigneur, inspecteur Hunter, expliqua l'ecclésiastique d'une voix égale mais ferme, comme s'il réprimandait un enfant désobéissant. Nous ne sommes pas prêtres pour l'argent ni pour nous divertir. Nous répondons à un appel. Bien sûr, ce n'est pas toujours facile. Nous ne sommes que des hommes et, en tant que tels, nous avons nos moments de faiblesse, nos incertitudes. Il n'est pas rare pour ceux d'entre nous qui ont choisi de se mettre au service de Dieu de douter parfois de cette décision. Mais notre foi se révèle toujours plus forte que nos doutes. Comprenez-vous ce que signifie le mot « foi », inspecteur ?

— Je crois que oui, répliqua Hunter. C'est une croyance aveugle sans questions ni preuves.

Le père Malcolm sourit, découvrant des dents jaunies.

— Cette croyance nous maintient sur le droit chemin ; elle terrasse nos doutes. Donc en réponse à votre question, inspecteur, oui, le père Fabian et moi parlions de ses incertitudes et de ses dilemmes. Le seul fait d'avoir décidé de servir Dieu ne nous immunise pas contre la tentation ni contre les pensées troubles. Et le simple fait que nous soyons exposés à ces pensées noires ne signifie pas que nous allons y succomber. Fabian était un homme d'une foi inébranlable.

— Ne vous méprenez pas, mon père, poursuivit Hunter en se penchant vers son interlocuteur. Je ne mets pas en doute sa foi ni la vôtre. Je me demandais simplement si ces pensées « troubles » pouvaient avoir une cause. Si c'était le cas, nous aurions peut-être une piste. Le père Fabian vous a-t-il confié qu'il envisageait de renoncer à la prêtrise ?

L'homme d'Église gratta une petite cicatrice audessus de son sourcil droit. Hunter comprit qu'il se demandait s'il allait répondre à la question.

— C'est vraiment important, insista-t-il.

— Oui, finit par souffler le père Malcolm après un moment de lourd silence. Quand la mère de Fabian est morte, sa foi a été ébranlée.

— Étaient-ils proches ?

— Il essayait.

— Comment ça ?

— Fabian n'a jamais connu son père. Sa mère l'a élevé seule, mais c'était une femme aigrie. Elle aurait voulu que son fils unique devienne avocat ou médecin, une profession qui l'aurait rendu assez riche pour qu'il la paye de retour.

Hunter se renfonça dans son siège.

Le prêtre fixait ses mains jointes.

— Elle avait des problèmes et luttait contre son alcoolisme depuis de nombreuses années. Elle avait beau lui en vouloir d'être devenu prêtre, il l'aimait. Il priait pour elle chaque jour, d'aussi loin que je me souvienne. Quand elle est tombée malade, tout s'est passé très vite. Elle a été transportée à l'hôpital et une semaine plus tard elle était morte. Fabian a très mal réagi.

— Dans quel sens ?

— Il était en colère, admit le vieil homme en se mordant la lèvre et en pesant ses paroles. Non, je pense que le mot exact est plutôt « mécontent ». Il était mécontent de Dieu. Il espérait que, après tant d'années passées à le prier, Dieu l'aurait entendu. Il ne cessait de dire qu'il n'avait pas exigé de miracle. Il demandait seulement à Dieu de donner à sa mère une chance de s'en sortir. Mais Dieu en a décidé autrement…

Hunter restait immobile, se débattant avec ses propres souvenirs. Ses yeux toujours fixés sur le prêtre contemplaient le vide.

Le père Malcolm, qui avait remarqué l'expression douloureuse de l'inspecteur, se pencha en avant.

— Puis-je vous poser une question ? Ce que j'ai lu dans les journaux, c'est vrai ? Que le père Fabian a été décapité ? Et… la tête de chien ?

— Oui, répondit tristement Hunter.

Le prêtre poussa un long soupir.

— Vous savez sans doute déjà que saint Fabian, qui a donné son nom au père Fabian, a été décapité ?

Hunter acquiesça.

— Pensez-vous qu'il y ait une relation ?

— C'est une possibilité. Qu'en pensez-vous, mon père ? Croyez-vous que le tueur ait voulu que le père Fabian connaisse la même fin que saint Fabian ?

Le prêtre se leva et examina les livres de la bibliothèque.

— Autrefois, beaucoup de gens dont les choix religieux étaient incompris ont été arrêtés et torturés avant d'être condamnés à mort, dit-il en tendant une main vers un livre sur l'étagère du haut. Pendant des siècles, la plupart des sentences de mort signifiaient la décapitation.

Hunter réfléchit.

— Donc, si le père Fabian avait choisi le nom d'un autre saint, la mort aurait sans doute coïncidé avec celle de ce saint, conclut-il.

— Sans doute.

— Et la tête du chien ? A-t-elle une signification pour vous ou pour la religion catholique ?

Le prêtre inspira longuement.

— Le diable, répondit ce dernier.

Pendant qu'il parlait, un courant d'air froid traversa la pièce, et Hunter remonta machinalement le col de son blouson, qu'il serra contre son cou.

L'ecclésiastique retourna s'asseoir.

— Sans vouloir me montrer insolent, inspecteur, je crois que vous faites probablement fausse route.

— Comment cela, mon père ? demanda Hunter en regardant son interlocuteur dans les yeux.

— Je crois que nous avons affaire à une agression contre l'Église catholique. Quelqu'un a voulu blesser l'institution dans son ensemble, et pas seulement un prêtre en particulier. Fabian a été victime d'une lutte qui le dépassait ; n'importe lequel d'entre nous aurait pu connaître le même sort. Ce tueur aurait tout aussi bien pu choisir une autre église pour donner cours à sa rage de tuer. (Il se tut, et ce qu'il allait dire semblait lui peser.) Et quelque chose me dit qu'il recommencera. Peut-être a-t-il d'ailleurs déjà recommencé.

En entendant cette sombre prédiction, Hunter sentit le duvet de sa nuque se hérisser.

29

Amanda Reilly avait incroyablement froid et soif. Ses tempes battaient avec une telle violence qu'elle crut qu'elles allaient exploser. Elle tenta un mouvement mais sentit qu'elle était ligotée. Ses poignets étaient attachés aux bras et ses chevilles aux jambes d'une chaise métallique inconfortable – des liens si serrés qu'ils lui entaillaient la chair.

Ses paupières étaient lourdes et collantes. Amanda n'avait apparemment pas les yeux bandés, pourtant elle ne parvenait pas à les ouvrir. Elle voulait crier, mais ses lèvres ne s'ouvraient pas. Elle avait un goût amer et écœurant mêlé à sa salive. Instinctivement, elle poussa sa langue contre ses lèvres et sentit une fine couche rigide, quelque chose de non identifié, entre elles. En essayant de forcer sa bouche à s'ouvrir, elle sentit la peau fragile de ses lèvres commencer à se déchirer.

Oh, mon Dieu !

Tremblant de tous ses membres, elle comprit enfin.

Ses lèvres avaient été scellées à la colle forte.

Dans un sursaut de panique, elle se contorsionna violemment de gauche à droite, donnant des coups de pied pour se libérer. Le sang se mit à perler à l'endroit où les fils avaient entamé la chair de ses poignets et de ses chevilles.

La chaise n'avait pas bougé d'un millimètre. Elle était peut-être trop lourde ou elle avait été clouée au sol. Ses cris, étouffés par ses lèvres hermétiquement closes, résonnaient comme des grognements animaux.

Un tremblement incontrôlable s'empara de son corps, et elle dut lutter pour empêcher ses dents de claquer.

Des larmes jaillirent aux coins de ses yeux clos, forcèrent le passage et se mirent à rouler sur ses joues, emportant une partie de la substance collante qui avait été étalée sur ses paupières. Elle les sentit se décoller. Très lentement, elle réussit à les ouvrir. Ses yeux piquaient atrocement, comme brûlés par un feu qui la forçait à cligner frénétiquement.

Il fallut plusieurs minutes pour que la douleur disparaisse et qu'elle parvienne à focaliser sa vue. Ses yeux étaient gonflés, le blanc était rouge vif. Au début, tout resta flou, mais la pièce éclairée à la bougie lui sembla familière. Elle reconnut certains des meubles… Où pouvait-elle bien être ?

Les coups sourds dans sa tête s'étaient intensifiés, et du chaos de ses pensées elle ne voyait aucun sens surgir. Elle inspira lentement à plusieurs reprises, se forçant à se concentrer sur son rythme cardiaque. Sa mémoire commença lentement à mettre en images ce qui s'était passé.

Quand les souvenirs se précisèrent, elle convulsa soudain de peur. L'image floue en face d'elle était celle de l'énorme cheminée en grès d'une des propriétés de son portefeuille.

Elle avait emmené ici un acheteur potentiel pour une visite de la maison.

Quel était son nom ?

— Comment va la tête, Mandy ?

La voix qui venait de derrière la tétanisa. Autoritaire et cassante comme celle d'un adjudant.

— … Le battement va disparaître assez vite.

Amanda se remit à frissonner.

Elle réussissait presque à accommoder sa vue normalement. Elle baissa les yeux et comprit enfin pourquoi elle avait aussi froid : elle était nue.

Une haute silhouette surgit de derrière et entra dans son champ de vision. C'était son client, celui à qui elle avait fait visiter la maison, mais elle ne pouvait toujours pas se rappeler son nom. Il était habillé différemment. Il avait troqué son pardessus et son élégant costume contre une tenue de sport noire moulante. Ses mains étaient toujours gantées, et ses cheveux étaient maintenant cachés sous un bonnet en laine.

Une fois encore, elle tenta frénétiquement de se libérer, se tortillant et ruant de toutes ses forces.

Il la contempla tranquillement sans rien dire pendant quelques minutes, jusqu'à ce qu'elle réalise que ses efforts étaient inutiles.

— Malheureusement, je ne pense pas que vous parviendrez à vous libérer, expliqua-t-il en se mettant à arpenter la pièce devant elle.

Oh, pitié ! Pourquoi me faites-vous cela ?

Elle avait prononcé ces mots la bouche fermée en ne réussissant à émettre qu'un mugissement inintelligible.

Pinçant ses lèvres l'une contre l'autre et secouant la tête de gauche à droite, l'homme mima le son qu'elle venait d'émettre avant d'éclater de rire.

— Si vous voulez me parler, vous allez devoir faire un petit effort supplémentaire. Allez, vous pouvez y arriver. Ouvrez la bouche !

Elle le dévisagea, paralysée, submergée d'une terreur si intense qu'elle faillit s'évanouir.

Il se pencha, approchant son visage à quelques centimètres du sien.

— Ouvrez la bouche !

Il avait crié tellement fort que son souffle fit voleter la mèche de son front.

Amanda craqua complètement. La terreur avait cédé la place à l'épouvante pure. Tous les poils de son corps étaient hérissés. Soudain, quelque chose céda, et elle urina.

— Oh, c'est dégoûtant ! dit-il en se levant d'un bond.

Il s'écarta de la flaque qui se formait rapidement sous la chaise.

— Peut-être puis-je vous aider à ouvrir la bouche ? demanda-t-il en ramassant quelque chose sur la cheminée. Qu'en dites-vous, vous voulez essayer ?

Il lui montra un étincelant coupe-papier en argent.

Les yeux d'Amanda se déformèrent d'effroi, et elle recula la tête en arrière aussi loin qu'elle le put. Un nouveau cri aigu sortit de ses lèvres scellées.

— Je pourrais déraper un peu, mais bon, on s'en fiche, non ? Juste un hochement de tête, et je commence à trancher.

Elle secoua la tête frénétiquement.

— Ou peut-être devrais-je l'utiliser plutôt en bas, menaça-t-il en pointant l'entrejambe d'Amanda. Cela vous empêcherait de vous conduire comme une souillon et de salir encore le carrelage. Qu'en dites-vous ? (Il passa lentement sa langue sur toute la longueur de la lame qui luisait.) Dois-je l'enfoncer en vous ? Je promets de vous le faire apprécier d'abord.

Le corps d'Amanda fut projeté violemment vers l'avant, et elle sentit le contenu de son estomac remonter d'un seul coup dans sa gorge puis sa bouche. Elle écarquilla des yeux affolés : elle commençait à étouffer.

— Vous venez de vomir dans votre bouche ? cria-t-il en se précipitant vers elle. Espèce de sale garce !

Il appuya ses mains contre ses deux joues et lui renversa la tête en arrière.

— Ravalez-moi ça tout de suite ! Faites-le redescendre ! ordonna-t-il en appuyant plus fermement encore.

Amanda essaya de dégager sa tête, mais son agresseur la tenait serrée en étau entre ses mains.

— Ravalez tout, tout de suite ! cria-t-il encore.

Elle toussa, mais l'air n'ayant que ses narines pour issue, un mucus sanguinolent en jaillit, qui macula les gants et les manches de l'homme.

— Espèce de salope ! hurla-t-il en continuant à lui masser la gorge. Vous n'allez pas me faire le coup de mourir comme ça !

Amanda n'avait rien mangé depuis des heures. Le liquide régurgité par son estomac aurait tenu dans une cuillère à soupe. Avec l'aide de son agresseur qui lui pressait les joues et lui massait la gorge, elle réussit finalement à ravaler son propre vomi.

— Brave fille ! dit-il en sortant un mouchoir en papier de sa poche et en lui tamponnant le nez.

Il attendit en silence pendant trois minutes environ, tandis qu'Amanda tremblait comme une feuille.

— Je vois que vous avez froid, déclara-t-il enfin d'une voix changée.

Il semblait serein. Il s'approcha.

— J'ai quelque chose à vous montrer.

De sa poche il tira une vieille photo en noir et blanc et la tint devant le visage d'Amanda.

— Regardez. Vous vous rappelez ?

Elle était faible, déshydratée, et se sentait trop nauséeuse pour pouvoir se concentrer.

— Allons, Mandy… l'encouragea-t-il en claquant des doigts à deux reprises. Regardez bien. Vous vous souvenez ?

Toujours incapable de clarifier ses pensées, elle le fixa avec des yeux épouvantés. Tout ça n'avait aucun sens.

Et soudain elle comprit.

Ce n'est pas possible…

— Bienvenue dans ton pire cauchemar, Mandy, murmura-t-il. Je sais ce qui te fait le plus peur.

30

On dit que Union Station, à Los Angeles, est la dernière grande gare ferroviaire d'Amérique. Construite en 1939 pour relayer les terminaux de trois lignes différentes, elle sert toujours de gare de transit. Métissage réussi de styles différents – espagnol, arabe et moderniste –, elle se caractérise surtout, beauté mise à part, par une formidable et constante bousculade, mais ce jour-là la foule semblait encore plus dense que d'habitude.

La jeune femme courait pourtant aussi vite qu'elle pouvait, slalomant entre les banlieusards pour éviter la collision. Les gens affluaient de toutes les directions, et chacun semblait pressé. Après avoir réussi à contourner une grosse femme et sa poussette, elle faillit percuter une petite fille en uniforme qui avait lâché la main de sa mère. En arrivant à l'escalator menant au sous-sol elle était à bout de souffle et en nage.

— S'il vous plaît ! Excusez-moi ! criait-elle d'une voix fébrile tout en dégringolant les marches.

Elle vit les portes de la rame se refermer juste au moment où elle arrivait sur le quai.

— Oh, non, non, non !

Le train s'ébranla, elle courut pour le rattraper, sachant qu'il était trop tard.

— Encore en retard... Vraiment génial, murmura-t-elle. Exactement ce dont j'avais besoin.

Elle chercha des yeux le tableau d'affichage. Un quart d'heure à attendre avant le prochain départ. Et ce quai déjà noir de monde alors que le train précédent venait de partir...

Mais où diable pouvaient bien aller tous ces gens aujourd'hui ? Ses yeux rencontrèrent un panneau vitré dans lequel elle aperçut son reflet. La queue-de-cheval qui retenait ses longs cheveux brun foncé était toujours impeccable, mais de grosses gouttes de sueur perlaient sur son front, et son nez était devenu rose vif à cause de la combinaison du froid à l'extérieur et de l'effort qu'elle venait de produire. Elle avait besoin d'une bonne retouche de maquillage.

Au rez-de-chaussée la même marée humaine continuait de se déverser. Des touristes ébahis et bruyants admiraient le grand hall, la multitude de lumières et les autres ornements rutilants. Elle n'avait même pas remarqué, jusqu'alors, les décorations de Noël bigarrées. Ils lui rappelèrent sa petite ville natale et la maison de ses parents. Une ville et des gens qu'elle ferait n'importe quoi pour oublier. Elle regarda l'heure avant de se diriger vers les toilettes pour dames à l'extrémité opposée du hall. Sans se presser cette fois. Un homme grand et mince portant une serviette en cuir rouge lui adressa un sourire faux qui la fit frissonner.

— Mesdames et messieurs, clama une voix dans les haut-parleurs, à cause d'une panne de signalisation à

Pershing Square, le départ du prochain train sera retardé de cinq minutes. Nous vous prions de nous en excuser.

— Fantastique, maugréa-t-elle, ce n'est vraiment pas mon jour…

Soudain, elle sentit un spasme dans la poitrine au niveau du cœur. Une bouffée de chaleur brûlante la submergea des pieds à la tête, sa gorge se noua, et elle suffoqua. La gare se mit à tournoyer. Son espace visuel se constella de petits cercles lumineux qui s'agrandirent rapidement pour devenir éblouissants jusqu'à ce qu'elle ne voie plus qu'un énorme halo aveuglant.

Ça recommençait.

La lumière brillante fut remplacée par des images en noir et blanc un peu floues, comme une séquence d'un vieux film muet. Mais ce qu'elle voyait n'était pas un classique.

— Oh, mon Dieu, non ! s'écria-t-elle avant d'éclater en sanglots. Par pitié, pas encore…

Les images défilèrent pendant quelques secondes seulement, mais ce fut assez pour la paralyser de terreur.

Son nez se mit à saigner. Son estomac se contracta, et elle essaya de ravaler la bile qui lui montait dans la gorge. Il fallait absolument qu'elle atteigne les toilettes…

— Quelqu'un peut m'aider, s'il vous plaît ?

Ses lèvres remuaient, mais aucun son n'en sortait. Ses jambes cédèrent sous elle, et elle tomba à genoux pendant que son estomac se serrait de nouveau. Et, au beau milieu de Union Station, perdue dans la foule qui déferlait dans le grand hall du rez-de-chaussée, elle s'effondra par terre en vomissant.

31

Hunter vivait seul. Il n'avait jamais été marié, et ses liaisons tournaient court assez vite. Pourtant elles commençaient toujours bien. Les femmes avec lesquelles il sortait semblaient comprendre, au début, les contraintes de son travail et le dévouement que cela supposait. Mais très vite, elles en demandaient plus, beaucoup plus qu'il n'était disposé à leur donner. Et, bien qu'il se sente seul parfois, les relations au long cours ne correspondaient simplement pas à son mode de vie. La vie sexuelle de Hunter se composait exclusivement de rencontres d'une nuit ou de liaisons brèves sans engagement, qu'il multipliait.

Il adorait la solitude et se sentait parfaitement à l'aise dans son deux pièces à la déco minimale. Un bon livre et une double dose de l'un des nombreux scotchs single malt qui garnissaient son bar réussissaient toujours à le détendre. Sauf ce soir-là. Ce n'était que la seconde soirée depuis qu'ils avaient découvert le cadavre du père Fabian, mais la pression grimpait rapidement. Il sentit le besoin de sortir, de voir des gens, de parler, de rire et de vivre. Le monde des morts avait une nette tendance à lui saper le moral.

Los Angeles est l'une des grandes métropoles où la vie nocturne est la plus excitante, la plus déjantée, avec ses clubs luxueux et branchés où se retrouvent les célébrités, et ses repaires underground louches, voire carrément sordides. On trouve des bars à thème et des cafés ouverts toute la nuit dans tous les quartiers de la ville. Vous avez le choix entre un faux hôpital où les serveuses déambulent en uniforme d'infirmière très moulant, ou un pub irlandais traditionnel où le barman laisse reposer la Guinness un moment avant d'écrémer la mousse et d'y jeter un trèfle.

Hunter ne cherchait pas un endroit déjanté ni bruyant, ce qui excluait les boîtes et les bars avec concerts live ou D.-J. Il décida en outre de rester dans le centre-ville, délaissant les nombreux établissements du bord de mer. Il opta finalement pour le Golden Gopher, sur la 8e Rue Ouest – une ambiance tranquille et détendue, exactement ce dont il avait besoin.

Il arriva au Gopher à 21 heures. Il y avait du monde mais pas trop. Il s'installa sur un tabouret à l'extrémité du comptoir de style western et commanda un simple single malt. Le barman, un grand Portoricain aux cheveux courts avec un bouc parfaitement taillé, jeta dans son verre deux glaçons que Hunter regarda se fissurer. Il passa en revue méthodiquement tous les aspects du dossier. Après quarante-huit heures d'enquête, la moisson d'indices était à peu près nulle.

Il termina son scotch, et son regard tomba sur un petit groupe rassemblé autour d'un vieil écran vidéo pour une partie de *Space Invaders*.

Sans que Hunter ne le remarque, le barman lui versa un autre whisky et fit glisser le verre vers son client.

— Vous êtes un rapide, vous ! s'exclama l'inspecteur.

— Celui-ci est offert, monsieur.

Hunter fronça les sourcils.

— La dame à la table au fond à droite, fit le barman en inclinant légèrement la tête.

Hunter se tourna vers la table. Une grande femme séduisante était assise seule. Ses cheveux bruns et coupés en carré encadraient un joli visage au teint olivâtre et aux yeux noirs et brillants. Les deux premiers boutons de son corsage étaient habilement défaits, révélant un décolleté à s'en décrocher la mâchoire.

L'inspecteur leva son verre et remercia pour le whisky avec le plus subtil des sourires.

Elle soutint son regard, lui décocha un clin d'œil et lui rendit son sourire en lui faisant signe de la rejoindre.

— C'est votre jour de chance, on dirait, commenta le barman.

— Elle fait ça souvent ?

— Je ne l'ai jamais vue ici, fit l'employé en se caressant le bouc.

— Elle m'a tout l'air d'une mangeuse d'hommes… décréta Hunter en ne lâchant pas la femme des yeux.

Le barman attrapa un verre et se mit à l'astiquer.

— Je serais partant pour qu'elle me grignote, décréta-t-il.

Hunter lui lança un clin d'œil complice.

— Allons nous faire croquer !

Il se dirigea vers la table de la belle inconnue.

32

— Merci pour le verre, c'est très aimable à vous, dit Hunter en s'asseyant face à la jeune femme.

Elle répliqua par un magnifique sourire tout droit sorti d'une pub pour dentifrice.

— Tout le plaisir est pour moi, on ne trouve pas souvent des hommes qui savent apprécier les bons scotchs.

Hunter remarqua qu'elle avait opté pour la même boisson que lui.

— Vous aimez les bons scotchs ?

— J'aime les boissons fortes.

Elle avala une gorgée de son single malt sous l'œil attentif de Hunter.

— Rob, fit-il en lui tendant la main.

— Claire, Claire Anderson.

Ils se serrèrent la main, et Hunter remarqua la douceur soyeuse de sa peau.

— Vous venez souvent ici ? demanda-t-elle.

— Non, pas vraiment. J'avais besoin d'un verre ce soir et je n'avais pas envie d'un endroit trop à la mode et bruyant. Ils servent d'excellents single malt ici, et l'atmosphère est… apaisante. Et vous ?

— Je viens de temps en temps. J'habite à deux cents mètres.

— Super quartier, mais pas vraiment un bar de journalistes, non ? dit-il d'un ton badin.

Elle encaissa le choc et arbora un sourire un peu moins triomphant.

— Vous m'avez donc reconnue ?

— Vos cheveux sont un peu différents, plus bouclés. Mais je me rappelle vous avoir vue devant l'église des Sept-Saints. Vous m'avez demandé si j'attribuais le meurtre à un serial killer avant même que je n'aie vu la scène du crime.

Claire haussa des sourcils étonnés, acceptant sa défaite.

— Eh bien, maintenant que vous l'avez vue, cette scène de crime, pensez-vous que le meurtre soit le fait d'un tueur en série ?

— Dommage, Claire. Vous aviez pourtant si bien commencé… déplora Hunter en secouant la tête d'un air déçu. Quand on m'invite à boire un verre, je m'attends à ce qu'on me fasse du gringue et même à ce qu'on me bécote un peu avant de sortir le calepin et le stylo.

— Mais je n'ai rien contre…

— Je crois que ça vaudrait mieux.

— Et comment flirtez-vous, inspecteur Hunter ?

— Vous pouvez m'appeler Rob, ça m'ira très bien.

Il se pencha en avant, prit le verre de la femme et le vida dans le sien.

— Qu'est-ce que vous buviez en fait ?

Elle le fixa, perplexe.

— Comment avez-vous compris que je n'aimais pas le scotch ?

Sa voix était devenue défiante. Hunter lui lança un clin d'œil narquois sans rien répondre.

— Très bien, admit-elle en soupirant, reprenons tout à zéro, O.K. ? (Elle lui tendit la main.) Moi, c'est Claire…

— Oh, alors j'ai quand même eu droit à votre vrai nom ?

Elle acquiesça.

Hunter ne prit pas la main tendue.

— Et vous bossez pour quel journal, Claire ?

Claire laissa retomber sa main sans paraître offensée.

— Le *Los Angeles Times*. (Elle hésita un peu.) En fait je suis en période d'essai.

— Ah, je comprends. Et vous vous êtes dit qu'un reportage sur un tueur en série pourrait peut-être convaincre votre rédacteur en chef de dérouler le tapis rouge ?

— Disons que ça ne gâterait rien.

— Malheureusement, je ne crois pas pouvoir vous aider.

— Allons, Rob. J'ai juste besoin d'une petite piste, d'un tuyau que les autres reporters n'ont pas. Ce ne sera pas difficile, puisque personne n'a rien.

— S'ils n'ont rien, c'est parce que la police n'a rien.

— Vous plaisantez ? Un type décapite un prêtre et lui enfonce une tête de chien sur le cou. Le tueur a pratiquement repeint l'église en rouge sang. C'est le comportement d'un psychopathe, pas d'un meurtre de circonstance, et vous le savez. Tout ça a été très bien planifié. Je crois qu'il va recommencer ou qu'il a déjà commis un crime similaire. Qu'en pensez-vous ?

Hunter sourit.

— Je pense que vous êtes maligne. Que vous essayez de me faire cracher le morceau en déguisant une question en opinion arrêtée. Vous avez appris ça en école de journalisme ?

Claire écarta sa frange d'un revers de main.

— Deux semestres de psychologie à l'université d'État de l'Idaho.

— L'État des patates ? Vous venez de là-bas ?

— Il n'y a pas que des champs de pommes de terre en Idaho, répliqua-t-elle d'un ton acerbe.

— Je veux bien vous croire.

— Et en plus j'ai lu votre bouquin…

Hunter leva les yeux au ciel.

— Je n'ai jamais écrit de livre, rétorqua-t-il en secouant la tête.

— O.K., votre thèse de doctorat sur le comportement criminel. Elle a été publiée et est toujours utilisée comme manuel par les formateurs de l'académie du FBI à Quantico. Il se trouve que j'ai eu un petit ami qui a été formé à Quantico, poursuivit-elle d'un ton égal. Votre thèse est un peu prise de tête, mais elle est remarquable. Pas étonnant que tous les profileurs du FBI soient tenus de l'étudier. Je suis surprise qu'ils ne vous aient pas engagé comme prof.

Changement de tactique, se dit Hunter, *elle tente l'approche pommade.*

— J'ai fait une rapide enquête sur vous, reprit Claire. Un prodige, un enfant surdoué. Vous avez fait vos débuts à la Mirman School pour les surdoués, intégré l'université en un temps record et bouclé votre doctorat à 23 ans. Impressionnant, dans le genre ! Pourquoi un type comme vous choisit-il de devenir inspecteur, et pas milliardaire ?

Un tube des Guns N' Roses démarra sur le juke-box.

— Ma bio ne fera pas un best-seller.

— Je ne suis pas en train d'en écrire une, rétorqua-t-elle, inébranlable. Mais pour en revenir à votre bouquin, quelque chose m'intrigue. J'ai été particulièrement fascinée par le chapitre sur les crimes rituels. Je suis convaincue que vos théories font mouche, mais il y a quelque chose qui me dérange.

— Et quoi donc ?

— À moins que vous n'ayez radicalement changé d'avis, ou que vous ayez choisi de contredire votre propre thèse, je sais que vous ne voyez pas dans ce meurtre un crime de circonstance… Vrai ou faux ?

— Et voilà que ça recommence ! pouffa Hunter. Vous me balancez votre interprétation pour me tirer les vers du nez.

— Allez, Rob, laissez-moi écrire mon article avec vous. Je vais faire un super boulot. Je vous rendrai célèbre.

Hunter s'esclaffa, croisa les jambes et laissa tomber ses mains sur ses genoux.

— Célèbre ?

— Vous êtes un grand flic. Je le sais parce que je me suis rancardée sur vous. Votre C.V. est exceptionnel en matière d'arrestation de criminels, surtout les plus coriaces. Mais voilà : personne, à part une poignée de gens, n'est au courant. Vous méritez une vraie reconnaissance. Los Angeles a désespérément besoin d'un héros.

Hunter porta son verre de scotch à ses lèvres et en but lentement une gorgée. Claire Anderson savait y faire en matière de flatteries, il était obligé de le lui concéder.

— Claire, je suis heureux comme je suis, affirma-t-il. Je ne veux pas être un héros. Et je n'ai nul besoin de célébrité.

— Vous êtes heureux ? Je ne vous crois pas.

L'homme croisa les bras.

— J'aime ma vie exactement telle qu'elle est. J'aime être un…

— Un solitaire ?

Hunter garda le silence.

— Très bien, décréta Claire en se penchant et en posant ses deux coudes sur la table. Tout ce qui va suivre restera entre nous. Répondez-moi non en tant que flic mais en tant que psycho-criminologue, juste pour étancher ma curiosité.

Une lueur d'intérêt éclaira la mine fermée de l'inspecteur.

— Ça reste entre nous ?

— Oui, je vous en fais la promesse.

— Dégainez.

— Supposons que vous ne soyez pas en train d'enquêter sur cette affaire, mais simplement de l'étudier. Si vous deviez créer un profil du tueur établi strictement d'après les observations que vous avez faites à l'église des Sept-Saints, ce profil ne révélerait-il pas un individu qui, selon toute probabilité, réitérera son forfait, ou a déjà commis un crime du même type dans le passé, voire les deux ?

Hunter laissa échapper un rire forcé.

— Vous ne lâchez pas le morceau, hein ?

— Je ne serais pas un bon reporter, sinon.

Un clin d'œil accompagna cette réponse.

L'inspecteur finit son verre et le reposa sur la table d'un geste emphatique. Claire l'imita.

— La même chose ! demanda la jeune femme au barman.

Hunter jeta un coup d'œil sceptique à sa montre.

— Allons, Rob, vous n'avez pas de femme qui vous attende à la maison, n'est-ce pas ?

— Quelque chose me dit que vous connaissez déjà la réponse à cette question.

Elle gloussa.

— Comme je vous l'ai dit, j'ai fait ma petite enquête à votre sujet…

Elle comprit qu'elle devait jouer serré et battit à moitié en retraite.

— … Attention, je ne suis pas une cinglée ni une harceleuse, la recherche fait partie de mon boulot de journaliste.

Silence.

— Allez, c'est ma tournée. Écoutez, je vous promets de ne plus vous poser de questions sur l'affaire…

Hunter fit la grimace.

— Permettez-moi d'en douter.

— Voici ce que je vous propose, reprit Claire en se levant. J'ai une ardoise ici. Commandez ce que vous voulez et pour moi un gin tonic pendant que je vais aux toilettes. On va prendre encore un verre ici et peut-être qu'on pourra aller ailleurs ensuite ? Ma colocataire passe le week-end à la campagne…

Ses lèvres se retroussèrent en un sourire enjôleur.

On y est, elle est prête à tout – ou presque.

Claire devait être un super bon coup au lit, décida Hunter, mais sa performance serait proportionnelle aux infos fournies par son amant… Elle était d'accord pour faire l'amour aux infos, mais il n'était pas très chaud pour ce genre de deal.

— Écoutez, Claire, vous êtes une femme très séduisante. Je suis sûr que vous pourriez ramener n'importe lequel des clients du Golden Gopher chez vous en claquant des doigts.

— C'est vous que je veux.

Hunter éclata de rire.

— Vous me flattez. Mais vous me voulez pour de mauvaises raisons et vous le savez.

— Parfois les mauvaises sont les bonnes.

— La plupart du temps je suis assez d'accord avec cet axiome. Mais ce soir je dois décliner votre offre.

— Vous allez me planter là ? fit-elle avec une mine sincèrement offensée.

— Pas tout à fait, se défendit-il en lui jetant un regard malin. Voici ce que je vous propose : une fois l'enquête bouclée, je vous invite à dîner. On verra alors si vous voulez toujours me ramener chez vous pour boire un verre. O.K. ?

33

Hunter ne put dormir que trois heures et demie. Il était debout depuis 4 h 30 du matin et, malgré cela, il n'arriva au bureau qu'à 8 heures passées. Garcia était assis en train de lire l'un des carnets du père Fabian, les yeux injectés de sang et cernés de bistre.

— Tu es là depuis quelle heure ? demanda Hunter en refermant la porte derrière lui.

Garcia posa le journal sur son bureau, se renversa dans son fauteuil et se massa la nuque.

— 7 heures 30, mais j'ai passé la moitié de la nuit à lire.

Hunter acquiesça :

— Moi aussi.

Garcia remarqua que son partenaire avait deux carnets sous le bras.

— Tu en es où ? s'enquit-il en désignant les carnets.

— Je les ai lus presque en entier tous les deux.

Hunter les posa sur son bureau.

Garcia ne put dissimuler sa surprise.

— Tu as lu quatre cents pages en une nuit ?

— Je lis beaucoup, je lis vite et je ne dors pas beaucoup.

— Et tu as trouvé quelque chose ?

— Rien qui puisse vraiment faire avancer l'enquête. Mais le père Fabian était un type perturbé.

L'inspecteur s'adossa à son bureau et plongea ses mains au fond de ses poches.

— Il parle de se suicider à deux reprises.

Garcia se frotta les yeux du bout des doigts.

— Bon, ben, je commence à loucher et je n'ai toujours rien trouvé non plus. Des bonnes nouvelles du numéro vert ?

Chaque soir, avant de rentrer chez lui, Hunter passait personnellement en revue les renseignements du jour collectés par l'équipe affectée au numéro vert.

— Rien. Plus de deux cents appels à cette heure, et que des conneries.

Quelqu'un frappa à la porte.

— Entrez ! lança Hunter.

L'agent Hopkins pénétra dans le bureau avec un dossier en plastique bleu. Lui aussi semblait fatigué.

— J'ai quelques résultats préliminaires pour les recherches que vous m'avez demandées, dit-il à Hunter qui leva la main pour l'arrêter avant qu'il n'ait pu ajouter un mot.

— Je crois que nous pourrions laisser un peu tomber les ordis et le bureau. Il ne fait pas mauvais dehors… Que diriez-vous d'aller prendre un bon café dans Little Tokyo ? Un changement de décor nous ferait du bien.

— Je suis partant, fit Garcia en levant la main.

— C'est O.K. pour moi, j'adore ce coin, approuva Hopkins.

Little Tokyo est un petit quartier du centre-ville de L.A., juste en face de Parker Center et à deux pas de la SSH. C'est l'un des trois « districts japonais » officiels sur le territoire des États-Unis et, pour les amateurs de cuisine nippone, c'est l'endroit le plus couru des alentours.

Hopkins suggéra le Poppy Coffee Shop, au sud de Little Tokyo. Il y avait souvent mangé, et leur café était le meilleur.

Malgré l'heure matinale, l'endroit était bondé. Les trois hommes commandèrent du café noir, auquel Hopkins ajouta un beignet saupoudré de chocolat.

— Vous devriez goûter l'un de ces beignets, recommanda ce dernier en s'asseyant avec ses compagnons à la dernière table libre près de la porte. Ils sont si riches qu'ils forment un groupe alimentaire à eux seuls.

— Pour moi aussi, shoot de sucre ! fit Garcia en levant la main droite.

— Gaffe à l'overdose ! lui lança Hunter, qui sourit et fronça les sourcils en voyant son partenaire jeter quatre morceaux de sucre dans sa tasse. Alors qu'est-ce que tu as pour moi ? demanda-t-il à Hopkins.

— Pas grand-chose, déplora ce dernier qui semblait déçu. J'ai enquêté sur ce que vous m'avez demandé, les actes de violence commis contre des églises au cours des cinq dernières années. (Il sortit quelques papiers de sa chemise et se mit à les feuilleter.) J'ai des actes de vandalisme, des graffitis, quelques fenêtres cassées, plusieurs vols, des incendies volontaires, mais pas de violence physique significative contre des prêtres. On a en revanche un certain nombre de cas de viols sur des religieuses.

— Qui ne tombent pas dans la catégorie de ce que nous recherchons.

Hunter se brûla le palais en avalant une gorgée de café trop vite.

— Je sais, mais ça reste très tordu. (Hopkins avala un morceau de son beignet et s'essuya les lèvres sur une serviette en papier vert.) La seconde recherche que vous m'aviez demandée concerne les homicides avec éléments rituels et tortures. La liste est longue…

Hunter s'y attendait.

— J'ai filtré les résultats en utilisant les critères que vous m'avez donnés. *Primo*, les criminels qui n'ont pas encore été appréhendés et, *secundo*, l'utilisation d'animaux.

— Et tu as récolté quoi ?

— Les meurtres avec flots d'hémoglobine, ça ne manque pas. Pour la plupart commis par des gangs, des carnages liés aux luttes de territoire et au trafic de drogues. Mais à part ces hectolitres de sang, on n'y trouve aucune autre caractéristique rituelle.

— Et pour les animaux ? demanda Garcia en soufflant sur son café.

— Il y en a eu quelques-uns, mais pas avec une tête de chien. En fait, ces cinq dernières années, la seule tête d'animal abandonnée sur le lieu d'un crime était celle d'un cheval.

— La mafia italienne, indiqua Hunter.

— C'est ce qu'on a supposé, confirma Hopkins. L'affaire n'a jamais été élucidée.

— Et quels autres animaux utilisent les criminels ? demanda Garcia alors que la jeune recrue profitait de son répit pour avaler une autre bouchée de beignet.

Ils durent attendre qu'il l'ait mastiquée et avalée.

— Il y en a quelques-uns : des rats, des cochons, des pigeons, des chats, mais l'animal préféré reste tout de même le poulet. Surtout pour son sang très apprécié dans les rituels de magie noire, à commencer par le vaudou. Là, on a surtout affaire à des Jamaïcains et…

— … Des Brésiliens, compléta Garcia.

— Des Brésiliens ? releva Hunter en se tournant vers son partenaire.

— Oui. Au Brésil, on l'appelle « *macumba* ». C'est un héritage des nombreux esclaves noirs venus d'Afrique.

Garcia fit un geste de la main pour indiquer qu'il ne voulait pas rentrer dans les détails.

— Il y a beaucoup de rituels, et le sacrifice de poulets dont on utilise le sang y joue un grand rôle.

— J'ai cherché sur Internet pendant des heures, poursuivit Hopkins, une bonne raison de remplacer la tête d'un individu par une tête de chien et j'ai fait chou blanc. Comme vous me l'avez demandé, dit-il en s'inclinant vers Hunter, je me suis renseigné auprès de toutes les associations de protection animale de L.A. On n'a pas retrouvé de cadavre de chien errant décapité. Je vais continuer à chercher, mais pour l'instant, c'est l'impasse.

Hunter s'essuya le visage à deux mains. Il ne s'était pas rasé ce matin, et sa barbe de vingt-quatre heures lui piqua les paumes.

— J'ai aussi vérifié avec les inspecteurs de chaque commissariat, suivant votre requête, continua Hopkins. Pas de décapitations, de têtes de chiens ni de corps sur lequel on aurait peint un chiffre. Si ce tueur a déjà fait deux victimes, on ne les a pas encore retrouvées…

34

Dès son retour au bureau, Garcia prit un autre carnet du père Fabian.

— Tu as trouvé des passages concernant un cauchemar qui tourmentait le père Fabian depuis des années ? demanda Hunter en feuilletant l'un des volumes reliés qui s'empilaient sur son bureau.

— Oui, j'en ai vu, confirma Garcia en cherchant l'un des carnets. Et je voulais te poser la même question. Un rêve récurrent qui le rendait fou de terreur ?

— C'est bien ça.

— J'en ai pris note. Le voilà.

Il trouva le carnet et l'ouvrit à une page marquée.

— Écoute ça : « *3 heures du matin, je viens de me réveiller. J'étouffe, impossible de reprendre mon souffle pendant plusieurs minutes. Mes mains tremblent encore, et mes vêtements sont trempés de sueur. Je suis trop terrifié pour me rendormir et même pour fermer les yeux. Le cauchemar est encore revenu. Malgré toutes ces années, il est toujours là. Pourquoi, Seigneur ? Pourquoi suis-je tourmenté par ces visions ? Est-ce un avertissement sur ce qui m'attend ?* »

— Je suis tombé sur plusieurs passages qui ressemblent beaucoup à celui-là, confirma Hunter.

— On dirait que ce rêve revenait régulièrement le hanter.

Garcia posa le journal ouvert sur son bureau.

— Peut-être que ce n'est rien, suggéra-t-il en haussant les épaules, on fait tous des mauvais rêves de temps en temps…

Hunter se renversa dans son fauteuil.

— Tu connais beaucoup d'adultes qui se réveillent régulièrement en sursaut au milieu de la nuit, le souffle coupé, tremblant, en nage, et qui sont trop secoués pour se rendormir ?

Son collègue réfléchit un moment avant de concéder un non d'un léger hochement de tête.

— Les rêves qui ont ce genre d'effet sur quelqu'un sont en général fondés sur la réalité. Une réalité très transformée, parfois, mais qui reste quand même la réalité.

— Je ne suis pas sûr de bien comprendre ce que tu veux dire…

— Si tu fais un rêve où tout semble irréel, expliqua Hunter, avec un dragon qui crache du feu, par exemple. Aussi violent et choquant que soit ce rêve, ton inconscient sait qu'il s'agit d'un scénario monté de toutes pièces. Tu peux avoir très peur, mais ça ne va pas déclencher une crise de panique.

— Alors que si tu fais un rêve réaliste, comme te faire poignarder, reprit Garcia qui avait deviné la pensée de son camarade, ton inconscient sait que les risques que ce vécu devienne réel sont très grands.

Hunter approuva et montra le carnet ouvert.

— La plupart des rêves prennent leur source dans des expériences traumatiques, nous n'avons aucun contrôle sur eux. Je sais de quoi je parle : il m'arrive de faire ce genre de cauchemars.

Garcia regarda les cicatrices sur ses mains un long moment.

— Depuis le tueur au crucifix, moi aussi…

Ils lurent les carnets en silence pendant un moment. Soudain, Garcia jura dans sa barbe :

— Merde !

Hunter redressa la tête.

— Qu'est-ce qui t'arrive ?

— Les terreurs nocturnes du père Fabian… Tu ne vas pas le croire.

35

Hunter attendait que Garcia continue, mais le regard effaré de son partenaire était rivé au carnet ouvert devant lui.

— Carlos, qu'est-ce que tu as ?

Garcia se renversa dans son fauteuil et inspira profondément.

— Écoute ça.

Il tourna une page.

— « *Il est très tard, et je ne parviens pas à m'endormir. Je me suis réveillé de mon cauchemar il y a peut-être une heure, et il était encore plus réel que les autres fois. J'ai vomi. J'ai peur. J'ai lu un jour que la meilleure façon d'exorciser ses peurs était l'écriture, comme si on les chassait de son esprit.* »

Garcia leva un œil interrogateur sur Hunter.

— C'est en effet une théorie admise, confirma ce dernier.

Garcia tourna une page et poursuivit sa lecture.

— « *C'est la première fois que j'écris au sujet de ce qui suit. Je n'ai pas toujours été croyant. Quand j'étais jeune, je me croyais invincible. Moi et ma bande de copains. Nous terrorisions tout le monde, des élèves du lycée aux profs et aux familles du quartier. Nous nous trouvions très drôles et nous étions de vraies petites racailles.* »

Il esquissa un sourire crispé. Le père Fabian, une « racaille » ? Il n'arrivait pas à le croire.

— « *Un soir, on traînait dans le parc comme on en avait l'habitude et on ne savait pas comment tuer le temps. On avait passé l'après-midi à boire, et il y en avait deux ou trois de défoncés dans la bande. L'un de nous a vu un chien fourrager dans une poubelle. C'était un vieux bâtard maigrichon avec une fourrure grise clairsemée. Son corps était couvert de croûtes de sang séchées comme s'il s'était bagarré. Soudain, l'un de nous s'est levé d'un bond et s'est lancé à sa poursuite. Et on l'a tous suivi. Comme si on était possédés. On brandissait le poing et on hurlait "Attrape-le... attrape-le !". Il avait une patte folle, ne pouvait pas courir et il a assez vite renoncé à s'enfuir.* »

Hunter posa les coudes sur le bureau et se pencha en avant.

Garcia poursuivit la lecture.

— « *On n'a pas mis bien longtemps à attraper cette pauvre bête. On l'a coincée contre une haie. Le malheureux tremblait de tout son corps. Trop faible et effrayé pour se défendre, il s'est contenté de baisser la tête et ses yeux tristes comme pour nous demander de le laisser vivre. J'ai dit aux autres de le laisser tranquille, qu'il cherchait seulement à manger, mais ils ne m'ont pas écouté.* »

Garcia s'arrêta pour inspirer avant de reprendre :

— « *L'un des garçons du groupe s'est penché et a présenté sa main au chien. Le bâtard a relevé la tête et a fait quelques pas timides dans sa direction. Quand il a été assez près, mon copain l'a empoigné par la peau du cou et l'a soulevé brutalement. Son petit corps se tortillait et se débattait. Tout le monde voyait bien qu'il souffrait. Il était si faible qu'il ne pouvait même pas aboyer. Il a essayé, mais le son qui est sorti ressemblait plutôt à un gémissement exténué.* »

Garcia tourna la tête à droite et à gauche comme s'il luttait contre un malaise grandissant.

— « *J'ai répété à ce copain de reposer le chien à terre et de le laisser partir. Mais les autres l'excitaient à qui mieux mieux : "Zigouille-le ! Troue-lui la peau, à ce crevard !" Je ne l'ai rien vu sortir de sa poche. Tout ce que je sais, c'est que, d'un seul coup, mon copain avait un couteau de boucher dans la main.* »

L'inspecteur leva les yeux et chercha le regard de Hunter qui écoutait attentivement.

— « *Sous les cris "À mort, à mort !" il a levé le pauvre animal apeuré en l'air. Ses yeux exprimaient une totale épouvante. Il savait ce qui allait lui arriver. Mon copain lui a plongé le couteau dans la gorge. Le sang a giclé tout autour. J'en ai reçu sur le visage et sur la poitrine, et mon estomac s'est noué. Le corps du petit chien errant est retombé au sol. Pendant une trentaine de secondes il s'est tortillé et a donné des coups de pattes, jusqu'à ce qu'il ne reste plus un souffle de vie en lui. Ils ont tous poussé des hurlements de joie et des grands rires jusqu'au moment où ils se sont tournés vers moi. Sans m'en apercevoir, je m'étais mis à pleurer. Peu après, j'ai commencé à prendre mes distances avec la bande. Je n'ai plus revu personne depuis cette époque. Je ne sais pas exactement combien de temps après la scène du parc les cauchemars ont commencé. Peut-être deux mois. En tout cas, ils me poursuivent encore aujourd'hui.* »

— Écoute bien la suite, fit Garcia, avec une grimace incrédule. « *Dans mon rêve, au lieu du chien, c'est moi qu'on tient par les cheveux. Je suis tout aussi tétanisé que l'était ce pauvre animal. J'essaie de m'enfuir, en vain. Je ne parviens pas à distinguer les traits de mon assaillant, mais je sais que ce n'est pas mon copain, celui qui avait tranché la tête du chien. Mon bourreau tient une épée à la main. Et au moment où la lame fend l'air je me pétrifie, incapable de bouger. J'ouvre la bouche et j'essaie de crier, mais aucun son n'en sort. Je suis terrifié. Au ralenti, la lame me frappe à la base du cou.* »

Nouvelle pause. Garcia rentra le menton comme s'il cherchait à se protéger le cou.

— « *Je la sens pénétrer lentement dans ma chair et séparer ma tête de mon corps. La douleur est insupportable. Mes vêtements sont imbibés de sang. Mon corps se refroidit peu à peu. J'ai été décapité, mais je ne sais pourquoi, je ne suis pas encore mort. Ma tête tombe et roule à terre, exactement comme celle du chien cette nuit-là dans le parc. Pourtant j'ai encore une tête.* »

Garcia posa les deux coudes sur le bureau et appuya son front contre ses poings fermés.

— « *Au-dessus de mes épaules il y a une tête de chien, les yeux écarquillés, la mâchoire de travers, la langue noire pendante. Celui qui tient le sabre répand du sang tout autour de moi, comme dans un rituel. Il emporte ma tête pour la brûler. C'est à ce moment que je me réveille.* »

Garcia frotta ses yeux fatigués.

— Ce n'est pas une coïncidence, nom de Dieu ! Impossible… La décapitation, la tête de chien, le sang partout… Le père Fabian a rêvé de sa propre mort pendant des années. Comment est-ce possible ?

Hunter réfléchit un moment avant de lever lentement la tête vers son partenaire.

— Tu prends le problème à l'envers, Carlos. Le père Fabian ne faisait pas le rêve prémonitoire de sa propre mort. En revanche, le tueur était au courant de son cauchemar et il a décidé de le réaliser.

— Attends, écoute la fin. (Garcia se pencha sur le carnet.) « *Je n'ai jamais parlé à personne de ce jour dans le parc ni des rêves qui me tourmentent.* »

36

Hunter resta silencieux quelques instants pendant que son esprit analysait et assimilait ce que Garcia venait de lui dire. Un cauchemar secret qui avait tourmenté et terrorisé le père Fabian pendant plus de vingt ans. Une terreur nocturne que quelqu'un s'était chargé de transformer minutieusement en réalité.

Garcia parla le premier.

— Le tueur a peut-être lu son journal intime, exactement comme nous, mais l'enfant de chœur nous a dit qu'il n'y avait jamais eu de cambriolage et que personne n'avait accès à la chambre du prêtre, hormis ce dernier.

Il se leva, s'approcha d'une fenêtre et l'ouvrit. Leur bureau n'était pas particulièrement mal aéré, mais il éprouvait soudain un grand besoin d'air frais.

Hunter poussa un soupir oppressé.

— Je ne crois pas que le tueur ait découvert le cauchemar en lisant ces carnets.

— Pourquoi pas ? Nous l'avons bien découvert comme ça.

— Certes, mais on est deux et on a passé presque trois jours à lire son journal sans interruption. Combien de carnets a-t-il fallu parcourir avant que tu ne tombes sur les pages qui évoquent le rêve ?

— Pas mal, reconnut Garcia en se massant lentement les paupières.

— Le tueur aurait eu besoin d'un énorme coup de pot ou de beaucoup de tranquillité dans sa lecture pour découvrir ce secret comme nous l'avons fait. Et, dans ce cas, pourquoi n'a-t-il pas tout simplement emporté le carnet en question avec lui ? Pourquoi l'avoir laissé sur place ? Ils ne sont ni numérotés ni datés. Personne n'aurait jamais su qu'il en manquait un.

— Mais alors, comment ? demanda son collègue en s'immobilisant devant le bureau de Hunter les mains sur les hanches.

— Les passages n'étant pas datés, Fabian aurait tout aussi bien pu écrire celui-ci la semaine dernière qu'il y a cinq ans.

Il ne fallut à Garcia que quelques secondes pour comprendre où son coéquipier voulait en venir.

— Donc, tu penses que le prêtre aurait pu en parler à quelqu'un après avoir rédigé ces lignes ?

Hunter acquiesça.

— Ce cauchemar à répétition était devenu insupportable pour lui. Il a essayé une thérapie par la confession écrite. Mais ça n'a pas marché.

— D'où l'étape suivante : prendre rendez-vous chez un psy pour lui en parler… conclut Garcia avec l'approbation de Hunter.

Le téléphone de ce dernier se mit à sonner, et il décrocha presque aussitôt. À l'écoute de son interlocuteur son expression se tendit.

— On descend tout de suite.

— Qu'est-ce qui se passe ? demanda Garcia.
— Il y a quelqu'un en bas, un informateur bénévole qui voudrait nous parler.
— De quoi ?
— Du meurtrier du père Fabian.

37

La jeune fille devait avoir 16 ou 17 ans. Elle était assise dans l'une des salles d'interrogatoire du deuxième étage. Hunter et Garcia l'observaient de l'autre côté du miroir sans tain dans la petite pièce contiguë.

Elle aurait pu être jolie, mais il était clair que son apparence ne comptait pas beaucoup pour elle. Ses cheveux châtain foncé ébouriffés tombaient au niveau de ses épaules. Ses grands yeux bruns étaient injectés de sang. Elle n'arborait pas de maquillage, et son visage était très pâle. Le long manteau d'hiver qu'elle portait avait sûrement connu des jours meilleurs.

— Ce n'est qu'une gosse, remarqua Hunter en fronçant les sourcils. Tu peux me répéter son nom ? demanda-t-il à l'agent de police qui avait accueilli la jeune fille et l'avait fait asseoir dans cette pièce.

— Elle dit s'appeler Monica, mais il ne faut pas être très malin pour deviner que c'est un faux nom.

— Et elle prétend détenir des informations sur le meurtre des Sept-Saints ?

Le policier hocha la tête.

— Elle ne voulait parler qu'aux inspecteurs en

charge de l'enquête. J'ai essayé de recueillir son témoignage à l'accueil, mais elle n'a rien voulu dire.

Il hésita.

— Autre chose ? demanda Hunter en sentant le malaise de l'agent.

— Il y a quelque chose chez elle…, avança-t-il en regardant les deux inspecteurs l'un après l'autre, … qui me fait froid dans le dos.

Garcia s'approcha de la glace sans tain, scrutant la fille. Elle semblait terrifiée.

Monica leva les yeux quand les deux hommes entrèrent dans la pièce. Son regard glissa sur Garcia et s'arrêta sur Hunter.

— Salut, fit ce dernier avec un large sourire en tendant la main. Je suis l'inspecteur Hunter et voici l'inspecteur Garcia.

Elle se leva, lui sourit à son tour et serra les mains qui se tendaient vers elle, celle de Hunter un peu plus longtemps que celle de Garcia.

— Je m'appelle Monica.

Sa voix douce était altérée par le chagrin.

— Seulement Monica ? demanda Garcia en haussant légèrement les sourcils.

Elle se mordit la lèvre, et ses yeux inquiets se tournèrent vers Hunter.

— Pas de problème, la rassura celui-ci. Je m'appelle Rob et lui, c'est Carlos. Moi aussi, je préfère qu'on m'appelle par mon prénom, c'est beaucoup moins formel, n'est-ce pas ?

Elle esquissa un sourire hésitant.

— On peut vous offrir quelque chose à boire ? De l'eau, du café, un soda ?

— Je veux bien un verre d'eau, merci, répondit-elle en se rasseyant.

— Je vais le chercher, fit Garcia en se dirigeant vers la porte.

Hunter tira une chaise et s'assit face à la jeune fille. Elle frottait fiévreusement ses mains l'une contre l'autre.

— Ces salles sont un peu intimidantes, hein ? lança-t-il d'un ton détendu. Ces murs nus, la table et les chaises en métal, la glace sans tain… On devrait sûrement faire un petit effort de déco : quelques fleurs, un ou deux posters… Vous n'êtes pas d'accord ?

Elle resta muette.

— J'aurais été partant pour qu'on discute dans mon bureau, mais je crains que ce ne soit encore pire qu'ici, si c'est possible…

La bouche de la jeune fille s'arrondit en un sourire plus affirmé.

— Je peux vous poser une question ? Vous avez quel âge ?

Elle hésita une seconde.

— 19 ans.

Hunter hocha la tête. Elle comprit qu'il n'avait pas gobé son mensonge. Mais, malgré son jeune âge, l'inspecteur lut dans son regard qu'elle avait été contrainte de mûrir plus vite que la plupart des adolescents.

La porte s'ouvrit, et Garcia entra avec un pichet en aluminium rempli d'eau glacée sur un plateau métallique. Il le posa sur la table avant de lui servir un verre.

— Assieds-toi, Carlos, fit Hunter en lui montrant la chaise la plus proche.

— Ça va, je peux rester debout, ça m'est égal.

— Je préfère, insista Hunter.

Si Monica avait été un suspect dans une enquête en cours, Hunter se serait levé lui-même. Les interrogatoires supposent un certain degré d'intimidation. Se lever, pouvoir se déplacer librement et toiser un suspect rivé à sa chaise, tout cela place l'inspecteur dans une position de supériorité psychologique. Mais Hunter ne voulait absolument pas que Monica se sente encore plus intimidée qu'elle ne l'était déjà.

Son collègue approcha une chaise et s'assit.

— On nous a dit que vous aviez des informations qui pourraient nous intéresser, commença Hunter.

Monica but une gorgée d'eau avant de planter ses yeux dans les siens.

— J'ai vu quelque chose.

— Vous avez vu quelque chose ? répéta Garcia penché en avant, dont le timbre était monté d'une demi-octave. Vous étiez à l'église mercredi soir ?

Monica nia d'un mouvement de la tête.

— Vous avez vu quelqu'un quitter l'église ce soir-là ? Vous passiez dans le secteur, c'est ça ?

— Non, ce n'est pas ça. (Elle soutint le regard de l'inspecteur en silence.) Je l'ai vu dans une vision.

Garcia se raidit légèrement et tendit l'oreille en tournant un peu la tête comme s'il n'avait pas bien entendu. Hunter resta impassible.

— Vous dites ? répéta un Garcia sceptique.

Monica inspira un bon coup pour répondre d'une voix posée :

— Je sais que ça a l'air dingue mais, s'il vous plaît, écoutez-moi seulement cinq minutes. Je ne suis pas folle. Je ne me prends pas pour une voyante. Je ne suis pas capable de lire l'avenir. Je ne lis pas dans les pensées et je ne parle pas aux morts non plus. Mais pour mon plus grand malheur il y a des choses que je ressens plus profondément que la plupart des gens.

Garcia jeta un coup d'œil perçant à son partenaire, qui s'était enfoncé dans sa chaise, les jambes négligemment croisées, les mains posées sur le ventre. Il se concentrait sur la fille.

— Quel genre de choses ? demanda Garcia.

Monica tira nerveusement sur une mèche de cheveux et la coinça derrière son oreille. C'était Garcia qui avait posé la question, mais ce fut Hunter qu'elle regarda avant de répondre.

— La douleur.

— Vous sentez la douleur, mais quelle douleur ? demanda son interrogateur, la mine sceptique.

— Je sens la douleur des autres, expliqua-t-elle.

Garcia changea de position sur sa chaise. Presque infailliblement, chaque fois qu'un crime hors du commun était annoncé dans la presse, la police recevait des appels ou la visite de dizaines de gens qui prétendaient pouvoir aider les enquêteurs parce qu'ils avaient fait un rêve ou eu une vision. Il savait que ce n'était qu'une question de temps avant que ce genre d'allumés se présente, mais il ne s'attendait pas à ce que ce soit aussi rapide.

Depuis que Garcia avait commencé à poser des questions, Hunter s'était contenté d'écouter et d'observer. Il déchiffrait les réactions de la fille, analysait les mouvements de ses yeux, ses gestes, ses intonations et ses tremblements. L'expérience lui avait appris que les individus qui se proposaient d'aider la police à arrêter un criminel après avoir eu une vision appartenaient en général à l'une des cinq catégories suivantes :

1. Le solitaire qui veut attirer l'attention ;

2. le toxico qui a eu des hallucinations ;

3. le type qui souffre de désordres mentaux, en général un schizophrène ;

4. le charlatan qui essaie de gagner un peu d'argent ou de se faire de la pub ;

5. quelqu'un qui a été impliqué dans le crime lui-même.

Jusque-là Monica ne semblait correspondre à aucun de ces profils.

Garcia jeta un nouveau regard à Hunter ; il semblait attendre une réaction qui ne vint pas. Il posa ses coudes sur la table.

— Je vais vous dire ce que nous allons faire, Monica, énonça-t-il calmement. J'espère que vous comprenez que pour l'instant nous sommes sous pression et que nous n'avons pas une seconde. Mais je vais demander à un agent de prendre votre déposition : vous lui exposerez ce que vous croyez avoir vu, vous lui laisserez vos coordonnées, et nous vous contacterons si nous avons des questions…

— Je ne veux pas vous faire perdre votre temps, inspecteur, répondit fermement la jeune fille, consciente de la réticence de Garcia.

— Et nous vous en savons gré, répliqua-t-il sur le même ton, mais Monica ne se démonta pas.

— Que vous le croyiez ou non, inspecteur, cela peut arriver. Et, malheureusement, cela m'est arrivé. Je vois la souffrance d'autres personnes. Je vois leur douleur, leurs larmes et ce qui les rend tristes. Ce n'est pas un don, c'est une malédiction qui fait que, quand je ferme les yeux avant de m'endormir le soir, j'ai peur. Je ne suis pas ici pour le plaisir non plus. Je n'ai jamais fait ça avant, mais je crois vraiment que je peux vous aider.

Monica se tourna de nouveau vers Hunter. Quelque chose avait changé dans son regard.

— Helen, murmura-t-elle. Ce n'était pas votre faute.

L'homme leva un sourcil.

— Comment ?

— Vous vouliez seulement qu'elle arrête de pleurer. Elle voulait que la douleur cesse. Vous avez fait ce que vous pensiez juste. Ce qu'elle vous demandait de faire. Vous l'avez libérée de la douleur. (Elle secoua la tête.) Ce n'était pas votre faute.

Hunter se raidit, les yeux fixés sur la jeune fille brune en face de lui. Il sentit sa bouche s'assécher et son estomac se tordre tandis que des images surgies d'un lointain passé l'envahissaient.

Garcia sentit l'émotion de son partenaire, mais avant qu'il ait eu le temps de réagir, la porte de la petite pièce s'ouvrait à la volée, et le capitaine Blake pénétrait dans la pièce.

— Vous avez intérêt à vous magner le train, les mecs, dit-elle sans un regard pour Monica. On dirait que notre homme a remis ça.

— « Notre homme » ? releva Hunter.

Le capitaine Blake hocha la tête.

— À Malibu.

Garcia se leva brusquement.

— Merci d'être venue, jeta-t-il à Monica avant de quitter la pièce en coup de vent.

Hunter se tourna vers la jeune femme.

— Je vais demander à un agent de prendre vos coordonnées, lui dit-il avant de poser une carte professionnelle devant Monica.

— Inspecteur… articula-t-elle alors que Hunter était à la porte. Il savait, pour le feu. Il savait qu'elle en avait atrocement peur.

38

Hunter regardait en silence par la vitre de la voiture que Garcia conduisait pied au plancher sur Hollywood Freeway. La nuit tombait déjà sur Los Angeles, et il s'était mis à pleuvoir. Pas l'averse californienne typique aux allures de déluge, mais un crachin continu et exaspérant du genre plutôt anglais. Le ciel était complètement masqué par des nuages gris foncé. Ce temps humide allait durer des heures.

Hunter se massait doucement les paupières du bout des doigts en tâchant de concentrer son attention sur les gouttes de pluie qui dégoulinaient sur sa vitre. Il déployait une grande énergie à mettre de l'ordre dans ses pensées, qui lui semblaient inextricablement emmêlées. Depuis une demi-heure toute la configuration de l'affaire avait changé. Maintenant qu'ils étaient au courant du rêve du père Fabian, l'hypothèse d'un meurtre rituel était écartée. L'inspecteur était certain que la scène qui s'était déroulée quelques jours plus tôt dans l'église des Sept-Saints n'était pas un rituel. Le tueur avait simplement réalisé le cauchemar du prêtre, mais pourquoi ?

Garcia avait beau vouloir concentrer toute son attention sur sa conduite, il ne pouvait s'empêcher de repenser à l'incident qui s'était produit dans la petite salle d'interrogatoire. Les phrases prononcées par cette jeune fille avaient vraiment atteint son partenaire.

— Je peux te poser une question ? demanda-t-il, hésitant.

— Vas-y, répliqua Hunter le regard toujours fixé sur la vitre.

— Qui est Helen ?

— Comment ?

— Monica, la…, continua Garcia qui cherchait le mot correct, … voyante qui est venue nous voir. Elle a mentionné une certaine Helen et a dit que ce n'était pas ta faute. C'est qui, cette Helen ?

Hunter ferma les yeux.

Garcia comprit qu'il valait mieux ne pas insister ; il se garda bien de rompre le silence.

— Ma mère, répondit enfin Hunter en se tournant de nouveau vers la vitre. Helen était ma mère.

Il n'avait que 7 ans quand c'était arrivé, mais les souvenirs qui se bousculaient dans sa tête à présent étaient encore bien vivaces.

39

Il était assis dans sa chambre, tout seul, regardant la pluie battante cingler la fenêtre. Il aimait la pluie, surtout les violentes averses. Le crépitement des gouttes était presque assez sonore pour couvrir les pleurs et les gémissements de douleur qui venaient de la pièce voisine – presque.

Il avait demandé à son père pourquoi les médecins ne faisaient rien. Pourquoi ils ne l'emmenaient pas à l'hôpital pour la soigner.

— On ne peut rien faire de plus, lui avait dit son père, les larmes aux yeux, en posant deux comprimés à côté d'un verre d'eau avant de cacher le flacon tout au fond du placard le plus élevé de leur petite cuisine.

— Mais on pourrait lui donner plus de cachets, papa. Elle a moins mal quand elle en prend, elle ne pleure presque plus.

— Non, Rob, répondit son père d'une voix tremblante, il ne faut pas qu'elle en prenne trop, ce n'est pas bon pour elle.

C'était lui qui s'occupait de sa mère quand son père n'était pas à la maison, et, à l'époque, celui-ci travaillait de nuit.

Or, les nuits étaient toujours les pires moments. Ses cris semblaient plus sonores, plus douloureux aussi. Ils le faisaient frissonner. Ce n'était pas comme quand il avait froid, c'était un frisson intense qui venait du plus profond de lui. Sa maladie la faisait terriblement souffrir, et il aurait voulu pouvoir faire quelque chose pour l'aider.

Il ouvrit tout doucement la porte de sa chambre. Il avait envie de pleurer, mais son père le lui avait défendu. Elle était roulée en boule sur le lit, ses bras serrant ses genoux ramenés contre la poitrine. Elle pleurait.

— S'il te plaît, aide-moi, j'ai si mal...

Il frissonnait de tout son corps, s'efforçant de refouler les sanglots qui lui serraient la gorge.

— Qu'est-ce que je peux faire, maman ? demanda-t-il d'une voix aussi faible que la sienne.

Elle serra ses genoux un peu plus fort.

— Tu veux que j'appelle papa ?

Elle secoua la tête. Son visage était baigné de larmes.

— Papa pourrait appeler le médecin ; il te soignera, lui.

— Papa ne peut rien faire, mon chéri, et le médecin non plus.

Sa mère ne ressemblait plus à la femme qu'elle avait été. Elle était si maigre qu'il voyait ses os pointer sous sa peau flasque. Sous ses yeux, il y avait maintenant des poches violet foncé. Ses magnifiques longs cheveux blonds d'avant étaient devenus rares, frisés, et ils étaient collés à son visage par la transpiration. Ses lèvres gercées étaient couvertes de croûtes.

— Je pourrais te faire chauffer du lait, maman. Tu aimes bien le lait chaud.

Elle secoua imperceptiblement la tête. Sa respiration était hachée.

— Tu veux que j'aille te chercher des biscuits ? Tu n'as pas mangé grand-chose aujourd'hui.

Elle gémit sous le coup d'une douleur qui venait de la submerger.

— Je t'en prie, mon chéri, aide-moi.

Il ne put retenir ses larmes plus longtemps, et elles se mirent à rouler sur ses joues.

— Tu peux m'aider à faire disparaître la douleur, lui dit-elle d'une voix tremblante. Tu peux aller me chercher mes pilules. Tu sais où les trouver, non ?

Il passa le dos de sa main sur son nez qui coulait. Elle vit qu'il avait peur et qu'il tremblait.

— Elles sont tout en haut, tout en haut, dit-il en détournant le regard.

— Je suis sûre que tu peux les atteindre pour moi, mon chéri, hein ? Je t'en prie, ça fait trop longtemps que ça dure, tu ne sais pas à quel point j'ai mal.

Dans ses yeux emplis de larmes tous les objets étaient distordus. Son cœur lui semblait vide, et il avait l'impression que ses forces l'avaient quitté. Sans dire un mot, il pivota lentement sur lui-même et ouvrit la porte.

Sa mère essaya de l'appeler, mais sa voix était si faible qu'elle ne parvint qu'à pousser un faible soupir.

Il revint quelques instants plus tard avec un plateau sur lequel il avait posé un verre, deux biscuits fourrés à la crème et le flacon de pilules.

Elle le regarda fixement, elle en croyait à peine ses yeux. Très lentement, et malgré la douleur intolérable, elle parvint à s'asseoir. Il s'approcha un peu plus près, posa le plateau sur la table de chevet et lui tendit le verre d'eau.

Elle lui sourit comme elle n'avait plus souri depuis bien longtemps.

— Je n'ai pas assez de force pour ouvrir le flacon, mon chéri, tu peux le faire pour moi ?

Il prit le flacon, appuya sur le bouchon et le tourna dans le sens inverse des aiguilles d'une montre. Prenant deux pilules dans sa main, il les lui tendit. Elle les prit, les mit dans sa bouche et les avala sans même s'aider d'une gorgée d'eau. Ses yeux imploraient : encore.

— J'ai lu l'étiquette, maman : elle dit que tu ne devrais pas en prendre plus de huit par jour. Avec ces deux-là, ça fait dix aujourd'hui.

— Tu es si intelligent, mon chéri. (Elle sourit encore.) Tu es très spécial. Je t'aime tant et je suis tellement triste de savoir que je ne te verrai pas grandir.

Les yeux du garçon s'emplirent à nouveau de larmes tandis que les doigts osseux de sa mère se refermaient sur le flacon. Il ne le lâcha pas.

— Ne t'inquiète pas, murmura-t-elle, ça va aller maintenant.

Il lâcha prise, non sans hésitation.

— Papa va être fâché contre moi.

— Non, mon bébé, je te promets que non.

Elle plaça deux autres pilules dans sa bouche.

— Je t'ai apporté ces biscuits, reprit-il en montrant le plateau. Ce sont tes préférés, maman. S'il te plaît, prends-en un...

— Je vais en prendre un, mon chéri, dans un instant.

Elle avala quelques pilules de plus.

— Quand papa rentrera à la maison, dis-lui que je l'aime, tu peux faire ça pour moi ?

Il acquiesça, fixant des yeux le flacon maintenant presque vide.

— Pourquoi ne retournes-tu pas lire un de tes livres, mon chéri ? Je sais que tu adores lire.

— Je peux lire ici. Je peux m'asseoir dans le coin si tu veux. Je ne ferai pas de bruit, je te le promets.

Elle leva la main et arrangea ses cheveux.

— Ça va aller maintenant. La douleur commence à se dissiper.

Ses paupières se faisaient plus lourdes.

— Je peux monter la garde, je vais rester près de la porte.

Elle esquissa un sourire tordu par la douleur.

— Pourquoi veux-tu monter la garde à la porte, mon chéri ?

— Tu m'as dit que parfois Dieu venait et qu'il emmenait au paradis les gens malades. Je ne veux pas qu'il t'emmène, maman. Je vais m'asseoir près de la porte et, s'il vient, je lui dirai de partir. Je lui dirai que tu vas mieux et de ne pas t'emmener.

— Tu diras à Dieu de partir ?

Il acquiesça énergiquement.

Elle sourit encore.

— Tu vas tellement me manquer, Rob...

40

Tandis qu'ils roulaient sur Pacific Coast Highway, les panoramas paisibles et spectaculaires de Malibu remplacèrent peu à peu la bousculade et l'agitation du centre-ville. Hunter regardait toujours par la fenêtre.

Malibu est célèbre pour ses plages de sable chaud et pour être le quartier d'innombrables stars de cinéma et autres célébrités. Un site réservé aux riches et aux ultra-riches…

— Pas besoin de vérifier l'adresse, fit Garcia en ralentissant. Ça m'a tout l'air d'être là.

À environ cent mètres sur la gauche, plusieurs véhicules de police étaient garés devant le portail d'une grande demeure. Les camionnettes des réseaux télé étaient déjà là, leurs grandes antennes satellite agressivement pointées vers le ciel nocturne humide et froid.

Garcia se faufila lentement entre les voitures et s'arrêta devant l'intimidant portail électrique en fer forgé. Un agent de police vêtu du ciré barré du sigle LAPD en jaune fluo s'approcha de la portière côté conducteur.

— Inspecteurs Garcia et Hunter, fit Garcia après avoir baissé sa vitre, SSH.

L'agent acquiesça et ouvrit le portail en actionnant sa télécommande.

— Les gars du labo et deux autres inspecteurs sont déjà là depuis un moment maintenant, dit-il.

— Deux autres inspecteurs ? demanda Hunter en se penchant au-dessus de Garcia.

— Oui, monsieur, répondit l'agent qui recula et leur fit signe de passer.

Pendant que Garcia redémarrait, Hunter aperçut Claire Anderson debout sous un grand parapluie blanc à côté des autres reporters.

Sur toute sa longueur, au moins cent mètres, selon Hunter, l'allée impeccablement goudronnée était bordée de magnifiques palmiers. Juste après le portail, sur la gauche, s'étendait un court de tennis. L'immense pelouse entre le tennis et le manoir de deux étages avait été tondue à ras, et les haies, tout autour, étaient parfaitement taillées.

Garcia pénétra dans un espace de parking circulaire et stationna à côté d'une camionnette de l'unité médico-légale juste devant un garage de quatre places.

— Waouh, fit Garcia en sortant de la voiture, jette-moi un coup d'œil là-dessus ! Il y en a qui savent comment dépenser leur montagne de fric.

La maison était blanche et moderne, avec un toit-terrasse recouvert de carreaux en terre cuite et de grandes baies vitrées. Au premier étage, la pièce d'angle était ornée d'un balcon qui offrait une vue panoramique de la plage. Quelques policiers étaient debout sur le perron en pierre, à l'abri de la pluie.

Insigne en main, Hunter grimpa les marches deux par deux. Tous les agents qui stationnaient devant l'entrée, plongés dans un silence inhabituel, arboraient une expression triste et incrédule.

En passant la double porte, ils découvrirent une pièce de réception qui était plus vaste que le deux pièces de Hunter. C'était un salon d'une absolue froideur, aussi saturé d'argent qu'il était vide de caractère – le genre d'espace hyper élégant dans lequel on n'arrive pas à croire que des gens habitent.

Une odeur étrange, impossible à identifier, flottait dans l'air. Le type d'odeur qui vous retourne le cœur pour peu que vous la respiriez assez longtemps.

Un petit homme corpulent en combinaison de Tyvek remarqua les deux inspecteurs au moment où ils pénétraient dans la maison.

— Inspecteur Hunter ? demanda-t-il en s'approchant.

— Oui, fit l'intéressé en se retournant.

— Je suis l'inspecteur Martin, Thomas Martin, du commissariat de Malibu.

Ils échangèrent une poignée de main ferme.

Malibu étant une ville intégrée dans le comté de Los Angeles Ouest, tout homicide qui y est commis relève de la juridiction du chef de la police de Los Angeles.

— Comment ça se présente ? demanda Hunter en jetant un regard circulaire sur les lieux.

— Un foutoir sans nom, si vous voulez mon avis… Ça a commencé par un appel au commissariat de West Hollywood nous signalant une personne disparue.

— West Hollywood ? répéta Garcia surpris.

Martin acquiesça.

— Je suggère que vous enfiliez vos tenues pendant que je vous explique la situation.

Il leur montra les combinaisons sur une table avec masques chirurgicaux et gants de latex.

41

— Une directrice d'agence immobilière du nom d'Amanda Reilly, reprit l'inspecteur Martin une fois Garcia et Hunter habillés. Elle possédait sa propre agence dans West Hollywood qui s'appelait, là pas de surprise, Reilly's. Ce matin, elle ne s'est pas présentée à son travail. Sa collègue de l'agence…

Martin fit claquer ses doigts à deux reprises en essayant de se rappeler son nom.

— Non de non, c'est sur le rapport, je vous le retrouverai plus tard. En tout cas, cette collègue s'est inquiétée. Elle nous a dit qu'elle n'avait jamais vu Mme Reilly en retard depuis dix ans qu'elles travaillaient ensemble et qu'elle n'avait jamais été absente non plus.

Un grand Noir mince, lui aussi vêtu d'une combinaison de Tyvek, ouvrit une porte à l'extrémité du grand hall.

— Hé, C.J. ! cria Martin en lui faisant signe d'approcher.

— C'est pour quoi, Tom ? fit C.J. en ôtant le masque qui lui couvrait le nez et la bouche. Ce sont les gars de la SSH ?

Martin acquiesça avant de s'adresser à nouveau à Hunter et Garcia.

— Voici mon collègue, l'inspecteur C.J. Simmons.

— Appelez-moi par mon prénom, comme tout le monde…

Nouvelles poignées de main.

— C.J., reprit Martin, c'est quoi, le nom de la femme qui nous a signalé la disparition de Mme Reilly ? Je suis incapable de me le rappeler.

— Mme Riggs, Tania Riggs. Le rapport est dans la voiture. Je vais le chercher avant qu'on vous repasse l'affaire.

Hunter remarqua la lueur de soulagement dans les yeux de l'homme.

— La voiture de Mme Reilly est restée garée dans West Hollywood, poursuivit Martin. Ça fait deux jours qu'elle y est.

— La dernière fois que Mme Riggs a vu sa directrice, reprit C.J., c'était juste avant qu'elle ne fasse visiter cette maison à un client éventuel, samedi en début de soirée.

— Donc, la baraque est à vendre ? Personne n'habite ici en ce moment ? demanda Hunter en remontant le Zip de sa combinaison.

— C'est exact. Vous connaissez la procédure : en milieu d'après-midi on a reçu un mandat pour perquisitionner cette maison. On a envoyé des hommes, et là…

L'inspecteur laissa sa phrase inachevée et détourna le regard.

— Et là, poursuivit Martin, c'était l'enfer. Ce qu'il y a là-dedans est indescriptible, complètement dément.

Quelqu'un haïssait vraiment beaucoup cette pauvre Mme Reilly.

— Mais qu'est-ce qu'on a à voir avec tout ça, nous autres ? demanda Hunter curieux.

— C'est la question que je me pose aussi, renchérit Garcia.

— Les techniciens du labo, répliqua C.J. Quand ils sont arrivés ici et qu'ils ont examiné le corps, le chef d'équipe a dit que nous devions contacter la SSH et vous faire appeler tous les deux. Apparemment cette affaire est liée à celle sur laquelle vous bossez déjà.

— Mike Brindle dirige l'équipe médico-légale ? demanda Hunter.

— C'est bien lui, acquiesça Martin.

— Et la victime est cette Amanda Reilly ? poursuivit Hunter.

Martin et C.J. échangèrent un regard inquiet.

— On est incapables de le dire.

— Bon, allons voir ça.

Hunter avait compris qu'il n'en apprendrait pas plus pour l'instant.

C.J. grimaça faiblement en remarquant que les inspecteurs avaient enfilé des tenues complètes, mais qu'aucun d'eux n'avait pensé au masque.

— Je crois vraiment que vous devriez mettre les masques… (Il montra celui qui pendait à son cou.) … et j'espère que vous avez vraiment apprécié votre repas de midi. Parce qu'il va très probablement remonter une fois que vous serez là-dedans.

— Il a raison, confirma Martin d'un ton sarcastique. Vous avez dû sentir cette terrible odeur qui flotte dans l'air et vous chatouille l'estomac ? Eh bien, là-dedans, vous allez la renifler plein pot, ajouta-t-il sans attendre la réponse.

— Et si l'odeur ne vous suffit pas, compléta C.J., attendez d'avoir vu la victime…

Sourcils froncés, Hunter et Garcia suivirent le conseil de leurs collègues attentionnés et s'emparèrent des masques chirurgicaux.

— Derrière cette porte, fit Martin en désignant celle par laquelle son partenaire les avait rejoints quelques minutes plus tôt, il y a un vestibule circulaire. Prenez la porte à droite de l'escalier et suivez le couloir jusqu'au fond. Vous ne pouvez pas le rater, il y a des gars du labo partout.

C.J. et Martin avaient raison. À chaque pas, l'odeur devenait de plus en plus insupportable, corrosive. En ouvrant la dernière porte ils découvrirent un spectacle de cauchemar.

La pièce était immense, meublée de canapés luxueux et de placards intégrés ultra-modernes. Mike Brindle et trois autres techniciens s'affairaient.

Hunter sentit ses yeux le piquer. Il ne savait à quoi l'attribuer, entre l'odeur répugnante et ce qu'il avait sous les yeux.

Garcia fut saisi d'un violent hoquet, et les efforts qu'il fit pour ne pas vomir restèrent vains. La combinaison de la puanteur et la férocité de la scène dépassaient l'imagination. Il sortit de la pièce en titubant, et Hunter l'entendit rendre à la porte.

Lui-même ne put soutenir ce spectacle.

— Mon Dieu, murmura-t-il en fermant les yeux.

42

Au début, Monica ne savait pas pourquoi elle avait parlé à Hunter comme elle l'avait fait. Les mots étaient simplement sortis de sa bouche comme si elle avait perdu le contrôle d'elle-même. Mais une minute seulement après le départ en hâte des deux inspecteurs, elle avait eu la réponse.

C'était la même sensation de nausée qu'elle avait éprouvée quelques jours plus tôt dans Union Station, mais plus violente encore.

Sa vision se brouilla tandis que dans son estomac un maelström se déchaînait. Sur la grande baie vitrée en face d'elle se détachaient des images tremblotantes et un peu floues. Elle cligna plusieurs fois des yeux en essayant désespérément de les chasser. Elle ne voulait pas les voir. Elle ne voulait rien avoir à faire avec elles. Mais elle n'avait pas le choix. Cette fois encore, elles ne durèrent que quelques secondes, mais ces quelques secondes suffisaient…

Puis ces images s'estompèrent, et elle s'assit toute tremblante en fondant en larmes. Elle respirait par brèves goulées saccadées et rapides et ne cessait de répéter : « Non, s'il vous plaît, non ! »

Il lui fallut deux minutes pour reprendre son souffle et deux de plus pour cesser de s'agiter. Vacillant sur ses jambes elle se leva et examina son reflet dans le miroir. Elle avait une mine spectrale. Les cheveux en désordre, la peau sèche, mal soignée, et les cernes violacés autour de ses yeux qui accusaient des nuits successives sans sommeil. Elle ne portait pas de rouge à lèvres, ce qui faisait ressortir la cicatrice qui entaillait sa bouche. Son manteau était sale, très usé, les manches étaient râpées. Pas étonnant que les deux inspecteurs l'aient regardée comme si elle était une toxico à la dérive qui réclamait un peu d'attention.

— Qu'est-ce que je fais ici ? murmura-t-elle pour elle-même comme si elle s'éveillait d'un étrange rêve dans un endroit inconnu. Je dois être folle pour imaginer que quelqu'un me croirait…

Elle regarda sa montre et se demanda quoi faire. L'inspecteur avait dit qu'il enverrait un agent prendre sa déposition, mais personne n'était venu. C'était sûrement un signe. Peut-être que raconter aux gens ses visions terrifiantes ne leur était d'aucune aide. Sans compter qu'elle non plus n'en retirait aucun bienfait. Tout au fond il lui restait l'espoir que, si elle pouvait aider l'un des êtres qu'elle avait vu souffrir, alors, certainement, les images s'en iraient, et elle pourrait revenir à une vie normale. Mais debout, seule dans cette petite salle d'interrogatoire, elle n'avait plus que des doutes.

— Il faut que je sorte d'ici, je suis en train de devenir cinglée, maugréa-t-elle.

Ses yeux tombèrent sur la carte que Hunter avait posée devant elle en partant.

43

Mike Brindle était accroupi à côté d'un grand canapé en cuir blanc quand il avisa Hunter, debout à la porte. Il se releva et s'approcha sans un mot.

Brindle travaillait dans la division des investigations scientifiques de la police de L.A. depuis plus de quinze ans, mais la lueur dans ses yeux apprit à Hunter qu'il n'avait jamais rien vu de semblable à la scène qui s'était jouée ici.

Les deux hommes se regardèrent en silence un moment avant que le légiste ne se décide à murmurer sous son masque chirurgical :

— C'est toi qui remportes le prix d'endurance…

L'inpecteur plissa les paupières et approuva doucement de la tête.

— À part toi, très cher, aucun de ceux qui ont franchi cette porte n'a réussi à tenir plus de quarante secondes ici sans vomir son déjeuner, expliqua Brindle.

— Je n'ai pas déjeuné.

— Lui, si, fit remarquer Brindle en désignant Garcia qui venait de revenir.

Ce dernier avait remis son masque chirurgical. Il était livide.

— Au nom du ciel, que s'est-il donc passé ici, Mike ? demanda Hunter une fois que son partenaire les eut rejoints.

— Beaucoup de souffrance, répondit Brindle en se tournant vers l'énorme cheminée sur le mur de gauche.

À une trentaine de centimètres, le corps nu d'une femme était ligoté à un fauteuil métallique à haut dossier. Presque tout l'épiderme de sa poitrine, de ses bras et de ses jambes, constellé de cloques et de stries, avait éclaté, laissant apparaître sa chair, sanguinolente et brûlée. Certaines parties de son corps étaient complètement carbonisées, montrant une texture croûteuse et charbonneuse, mais c'était sur son visage qu'étaient fixés tous les regards.

Garcia sentit son estomac se cabrer de nouveau quand ils s'approchèrent.

La peau de son visage était si profondément brûlée qu'elle semblait avoir fondu, prenant l'aspect raviné et bosselé de la cire chaude. Sa chair à vif et ses tissus musculaires avaient un aspect plissé et épaissi comme si son visage avait longuement cuit. La chaleur intense avait fait éclater ses globes oculaires dans leurs orbites.

— D'après les indices que j'ai récoltés jusqu'à maintenant, commença Brindle en contournant soigneusement la petite mare de sang, d'urine et de fèces qui entourait le fauteuil, on l'a amenée ici samedi soir, attachée à ce fauteuil et laissée griller devant un feu d'enfer. Elle est morte il y a de ça des heures, mais personne n'a éteint le feu pour autant.

Il désigna la cheminée qui irradiait encore.

Hunter tourna brusquement la tête vers Brindle.

— Le tueur l'a… fait cuire ?

L'homme pinça les lèvres et baissa la tête, accablé.

— Étant donné la technique utilisée, c'est plus précisément comme s'il l'avait rôtie vivante.

— Mais c'est absolument immonde ! commenta Garcia en détournant la tête.

— C'est un foyer au gaz, poursuivit Brindle. Ce qui signifie que son intensité est contrôlée. Mais surtout, elle est parfaitement régulière, et le feu ne s'éteint que si quelqu'un le décide.

— Le feu était allumé quand on a découvert le corps ? demanda Hunter, agenouillé devant le foyer de la cheminée.

— Oui, acquiesça Brindle. Mais réglé au minimum. Juste assez pour… continua-t-il en se mordant la lèvre, qu'elle mijote. Regarde la taille de cette cheminée, Rob : quand tu montes le gaz au maximum, elle se transforme en vraie fournaise !

Hunter s'essuya les yeux, inspira un bon coup et se contraignit à examiner le corps un moment. Garcia restait quelques pas en arrière, la main droite plaquée sur le nez, la bouche crispée de dégoût comme s'il venait d'avaler du vinaigre.

— Nous l'avons détachée, fit Brindle en notant le regard de Hunter qui examinait les liens coupés de la victime. Et c'est la raison pour laquelle on vous a demandé de venir.

Hunter haussa les sourcils d'un air interrogateur.

— Ça fait un moment qu'on est là. On a déjà photographié son corps et la scène. Les deux inspecteurs locaux dont on pensait qu'ils suivraient l'affaire en ont vu bien assez. Le cadavre était prêt à partir pour la morgue…

L’homme fit signe à l’un des deux techniciens du labo de venir lui donner un coup de main. Très précautionneusement, ils basculèrent le buste de la femme vers l’avant afin que son dos soit visible.

— … et on a vu ça.

Hunter et Garcia s’avancèrent pour mieux voir.

— Oh, merde ! murmura le second entre ses mâchoires serrées, en se pinçant l’arête du nez.

44

Hunter massa ses tempes du bout des doigts pour tenter de juguler la migraine qu'il sentait monter.

— Merde… répéta-t-il machinalement à voix basse.

Il étudia le dos et la nuque de la victime. Ceux-ci avaient été grièvement brûlés, mais il s'agissait de marques anciennes. La peau avait cicatrisé depuis longtemps pour laisser des zones boursouflées, d'aspect tanné et irrégulier. Mais la surprise sur le visage des deux inspecteurs n'était pas liée à ces séquelles. Au milieu de son dos était tracé en rouge et sur une hauteur d'environ vingt centimètres le chiffre 4.

— Il y a autre chose, ajouta Brindle.

Il redressa le torse d'Amanda Reilly dans sa position initiale et demanda à l'un des agents de lui apporter le grand sachet de pièces à conviction qu'ils avaient rassemblées. Il éleva le sac transparent en l'air afin que Hunter et Garcia puissent en voir le contenu. On distinguait, entre autres, un crâne humain presque carbonisé.

— On l'a trouvé dans la cheminée après avoir éteint le feu.

Garcia semblait complètement désorienté.

Hunter poussa un profond soupir.

— La tête du père Fabian ? demanda-t-il, bien que connaissant déjà la réponse.

— Tu veux rire ? répliqua Garcia en écarquillant les yeux.

Puis il se rappela ce qu'il avait lu dans le journal intime du prêtre.

On emporte ma tête pour la brûler.

— On devra attendre les résultats des tests, mais je serais prêt à parier que c'est la sienne, répondit Brindle.

Garcia tourna son attention vers la femme brûlée.

— Une chose m'échappe dans cette histoire : comment se fait-il que cette femme présente des brûlures de différentes gravités ? (Il avança précautionneusement d'un pas.) La peau de son torse, de ses bras et de ses jambes est couverte de cloques et elle a éclaté un peu partout. Mais ses jambes, ses pieds et ses mains sont aux trois quarts calcinés, carbonisés, à force de rôtir. Et qu'est-ce qui est arrivé à son visage, nom de Dieu ? On dirait que les différentes parties de son corps ont été exposées à différents degrés de chaleur.

— C'est bien le cas, reconnut Brindle. Comme je vous l'ai dit, ce foyer, quand on ouvre le gaz au maximum, ressemble à une fournaise. (Il pointa la cheminée.) Elle était juste devant, à environ trente centimètres. Je suis sûr que le tueur a modulé la chaleur pour la torturer, mais à cause de sa position assise, le bas de ses jambes et ses mains était plus près du feu que le reste de son corps. Cette proximité signifiait une différence de deux, voire trois, degrés supplémentaires. Étant donné le laps de temps probable durant lequel elle a été exposée à une chaleur aussi intense, les parties de son corps les plus proches du feu ont été beaucoup plus endommagées, comme vous pouvez le constater. Quant à son visage… (Il secoua la tête, incertain.) J'ai vu beaucoup de grands brûlés, mais jamais rien qui ressemble à cela. La peau de son visage a dégouliné et fondu comme une bougie, ce qui lui donne cet aspect bosselé.

— Le tueur aurait-il pu utiliser un accélérateur ? demanda Hunter.

— Selon moi, c'est la seule explication, acquiesça Brindle.

— De l'huile de friture ?

— De l'huile de friture ? répéta Garcia, sidéré. Tu crois que le tueur l'a badigeonnée d'huile de friture, l'a assise devant le feu et l'a regardée rissoler ?

Brindle inclina la tête et haussa les épaules, hésitant.

— Vous devrez attendre l'autopsie et les résultats des examens du labo pour en être sûr, mais il a fallu utiliser un produit spécifique pour faire brûler la peau de son visage comme elle l'a fait et lui donner cet aspect de cire fondue. Le feu et la chaleur ne suffisaient pas.

— Pourquoi ?

— La peau ne peut pas fondre, répondit Hunter qui se pencha pour mieux regarder le visage de la femme.

— Exact, reprit Brindle. Je ne vais pas la jouer trop technique avec vous, mais, en bref, c'est biologiquement et physiquement impossible. La peau peut brûler et carboniser, mais elle ne peut pas fondre. (Il s'interrompit un instant et se frotta l'œil gauche du dos de la main.) On a passé toute la baraque au peigne fin, Rob. Et voici tout le sang qu'on a trouvé, ajouta-t-il en désignant la petite flaque sous le fauteuil. Si ce tueur est celui qui a assassiné le prêtre il y a quelques jours, il n'y a pas eu de rituel cette fois. Ou, s'il y a eu rituel, il n'y a pas eu de sang versé. Comme s'il s'agissait d'un tueur entièrement différent. Son mode opératoire a complètement changé.

Hunter acquiesça et s'abstint de révéler à Brindle ce qu'ils avaient découvert un peu plus tôt dans le journal du père Fabian.

— Et que donnent les relevés d'empreintes ?

— On n'a pas encore d'empreintes, juste quelques fibres, mais elles pourraient venir de n'importe où dans la maison, admit Brindle en haussant les épaules. Il y a des tapis, de la moquette, des rideaux et des tissus un peu partout ici.

Hunter fit le tour de la pièce, examinant les meubles à la recherche d'un détail inhabituel. Il ne remarqua rien.

— Qui d'autre a vu le numéro sur son dos ?

— Les gars qui sont dans cette pièce, c'est tout, répliqua Brindle avec assurance. Les deux inspecteurs de Malibu ont décidé d'attendre dehors pendant qu'on la détachait. Ils n'étaient pas au mieux de leur forme.

— Et tu ne leur as pas dit que c'est à cause du numéro qu'on est là ?

— Non. Je leur ai dit que le crâne trouvé dans la cheminée était la raison pour laquelle je voulais que vous jetiez un coup d'œil sur l'affaire.

— Ce sera l'explication officielle, fit Hunter en approchant de la porte. Vous avez trouvé ses vêtements et son sac ?

— Pas encore, mais je ne serais pas surpris si le tueur les avait emportés avec lui.

45

Hunter referma la porte de son appartement, s'adossa à la porte et ferma les yeux. La migraine qui avait débuté dans la maison de Malibu s'était intensifiée sur le chemin du retour. Il avait maintenant plus ou moins l'impression qu'un rat assoupi dans son crâne s'était réveillé en sursaut et cherchait frénétiquement à sortir par ses yeux.

La répugnante odeur de chair brûlée avait réussi à traverser sa combinaison pour imprégner ses vêtements. Un relent si fort qu'il lui retournait l'estomac, lui piquait les yeux et lui donnait des haut-le-cœur. Il avait besoin d'une bonne douche, et vite.

Hunter se déshabilla rapidement et jeta ses vêtements dans un sac-poubelle qu'il venait de prendre dans la cuisine. Il savait d'expérience que, quelle que soit la quantité de détergent qu'il mettrait dans le lave-linge, il ne se débarrasserait jamais complètement de ces relents.

Dans la salle de bains, il s'aspergea de l'eau la plus chaude possible et, adossé aux carreaux blancs, la laissa dégouliner sur sa tête, ses épaules et son dos. C'est à cet instant-là, abrité des regards, qu'il laissa sa poitrine se soulever et son estomac se vider. Au moment où il ferma le robinet, sa peau avait viré au rose foncé, et l'eau avait ridé la pulpe de ses doigts. La savonnette avait presque entièrement fondu, mais la puanteur était toujours présente. Et ce n'était pas seulement sa peau, il le savait. L'odeur insupportable collait aux poils de ses narines et, il pourrait se moucher autant qu'il le voudrait, elle ne partirait pas. Pour l'instant, la seule solution tant soit peu efficace consistait à engourdir son cerveau.

Il avala cul sec les deux premiers verres de scotch. Dans le troisième, un double, il fit tomber un glaçon et, celui-là, il le savoura lentement.

Il était tard, mais Hunter savait qu'il ne parviendrait sans doute pas à s'endormir – le sommeil était un pari qu'il gagnait déjà rarement dans son quotidien le plus banal.

Il fit les cent pas dans la pièce avant de s'arrêter devant la fenêtre du salon. Il resta debout un moment à regarder la rue déserte, assailli par mille pensées. Perdu, incapable de trouver le fil.

Le single malt eut l'effet escompté sur les effluves de chair brûlée, mais sa tête lui faisait toujours l'effet d'une bombe prête à exploser. Les antimigraineux ne l'ayant jamais vraiment soulagé, il écarta l'idée d'en prendre. Mais les cachets lui rappelèrent autre chose, et son cœur battit subitement plus fort : Monica, la fille qui était passée les voir au commissariat un peu plus tôt.

Au cours de sa carrière, Hunter avait vu son lot de dingues et d'imposteurs, tous convaincus de pouvoir aider la police à dénicher un cadavre ou un tueur introuvables, mais quelque chose lui disait que cette fois c'était différent : Monica n'était pas comme les autres. Il avait lu une conviction dans ses yeux qu'il n'avait jamais vue avant chez aucun des prétendus « voyants » qu'il avait croisés. Elle ne recherchait ni la publicité ni à attirer l'attention sur elle. En fait, elle semblait effrayée comme si parler à la police risquait de l'exposer à quelque chose ou à quelqu'un qu'elle fuyait depuis longtemps.

Hunter inspira profondément et passa la main dans ses cheveux mouillés. Les paroles de Monica résonnaient encore à ses oreilles : « Helen, ce n'était pas votre faute… »

— Comment pouvait-elle savoir ? articula-t-il à haute voix, personne n'est au courant.

Il sentit la même vieille culpabilité destructrice le gagner et il finit le reste de son scotch d'une seule gorgée. La brûlure dans le fond de sa gorge lui rappela la dernière chose qu'elle lui avait dite : « Il savait, pour le feu. Il savait qu'elle en avait atrocement peur. »

46

Hunter était adossé à sa voiture dans le parking vide de la morgue, ses mains enfoncées dans les poches de son blouson. C'était une belle journée, froide pour la saison. Un gobelet de café insipide acheté dans une station-service était posé sur le capot de sa vieille Buick. Il était 7 h 10. Le Dr Winston l'avait appelé une demi-heure plus tôt pour lui annoncer qu'il avait déjà fini l'autopsie du second cadavre.

Hunter attendait depuis moins de cinq minutes quand Garcia arriva et gara sa Honda Civic à côté de lui. Hunter remarqua ses yeux rougis et son teint blafard.

— J'ai l'impression que je n'ai pas été le seul à ne pas fermer l'œil la nuit dernière, déclara Hunter en tendant la main vers son gobelet de café.

Son partenaire secoua la tête lentement.

— J'ai fichu la trouille à Anna hier soir.

— Comment ça ?

— Je l'ai appelée pour lui dire que je rentrerais tard, mais elle a décidé de m'attendre pour qu'on dîne ensemble.

— Ça, c'est une gentille petite femme… lança Hunter

en avalant une gorgée de jus de chaussettes qui le fit grimacer.

— Quand je suis rentré à la maison, elle était dans la cuisine, poursuivit Garcia en remontant le col de son manteau. Dès qu'elle m'a entendu, elle a jeté deux steaks dans une poêle. Le grésillement et l'odeur de viande brûlée m'ont fait un sacré effet, j'ai dégueulé sur place, sur le sol de la cuisine.

— Oh, merde ! Ça a dû la figer, c'est sûr…

Ils marchèrent vers l'entrée de la morgue.

— Évidemment, je ne lui ai pas parlé de l'affaire ni de la vraie raison pour laquelle, tout d'un coup, un steak en train de griller m'avait fait gerber. (Il s'arrêta et écarta une longue mèche de cheveux ébène de son front.) Je suis né au Brésil, Rob. J'ai mangé des steaks toute mon enfance, c'est mon plat préféré.

— Et tu lui as dit quoi ?

Garcia partit d'un rire nerveux.

— J'ai inventé une histoire d'épidémie de gastro dans le service.

— Elle l'a gobée ? demanda Hunter en haussant les sourcils.

— Tu parles… Anna est trop maligne pour avaler ce genre d'énormité. Mais elle a fait comme si.

Son collègue eut un sourire entendu.

— Ce n'est pas tout. J'avais besoin d'une bonne douche. Cette fichue odeur était partout sur moi, comme des boutons sur une gueule d'ado, et j'étais sûr qu'Anna la sentait aussi. Je me suis passé de dîner et me suis enfermé dans la salle de bains pendant près d'une heure. J'avais la peau rouge vif à force de frotter, mais les relents ne partaient pas.

Il approcha son poignet de son nez.

— Elle n'est pas sur toi, Carlos, fit Hunter sans entrer dans les détails.

— Ensuite, j'ai pas arrêté de me retourner dans le lit. Pas foutu de dormir. On aurait dit que son visage fondu et son corps carbonisé se cachaient sous mes paupières, prêts à surgir chaque fois que… Impossible de fermer l'œil. Et non seulement je n'ai pas dormi mais Anna est restée éveillée toute la nuit. Je sais que je recommence à lui faire peur, Rob. Elle n'a pas vraiment surmonté ce qui s'est passé pendant l'affaire du tueur au crucifix, tu sais…

Ils atteignirent le bâtiment principal, et le vigile leur annonça en leur ouvrant la porte que le Dr Winston les attendait dans la salle d'autopsie 2A. Ils revêtirent leur tenue, et Garcia avala deux comprimés antireflux avant d'enfiler le couloir. Le médecin légiste était assis devant son microscope, feuilletant des résultats d'examen. Il avait la tête rentrée dans les épaules, les cheveux en désordre.

— Vous avez passé une nuit blanche, Doc ? demanda Hunter en refermant la porte derrière lui.

Le Dr Winston leva lentement les yeux vers lui.

— Presque, concéda-t-il avec un pâle sourire avant de s'approcher de la table en inox sur laquelle reposait le corps de la femme assassinée.

Hunter et Garcia enfilèrent leurs masques chirurgicaux et le suivirent.

— On a affaire à… (Winston s'interrompit et secoua la tête comme si les mots ne pouvaient suffire à expliquer l'horreur qu'il éprouvait.)… un chef-d'œuvre de monstruosité. Qui que soit ce tueur, il devait haïr cette femme de toutes les fibres de son corps.

47

— Mon sentiment est qu'elle était probablement inconsciente quand elle a été attachée au fauteuil, expliqua le Dr Winston.

— Mais on ne voit pas d'hématomes sur le crâne.

— Droguée ?

— C'est la conclusion logique. J'attends toujours les résultats du labo, mais je suis certain que le tueur ne lui a pas injecté une drogue dure par voie intraveineuse.

— Pourquoi pas ? demanda Garcia intrigué.

— L'effet aurait été beaucoup trop fort. Le tueur n'avait besoin que de l'assommer quelques minutes, le temps de la déshabiller et de l'attacher. L'endormir trop longtemps, c'était perdre un temps précieux.

— Le tueur voulait qu'elle soit consciente, qu'elle ressente la douleur au maximum, conclut Hunter en faisant le tour de la table pour examiner son côté gauche.

— Tout semble l'indiquer, en effet, acquiesça le médecin. Le tueur savait que, d'ici à lundi, il devait avoir quitté la maison. Il avait calculé exactement de combien de temps il disposait pour la torturer, et je parie qu'il a utilisé chaque seconde.

— Il l'a droguée en lui appliquant un chiffon sur le nez et la bouche ? demanda Hunter.

— Très probablement. (La réponse fut accompagnée d'une série de hochements de tête rapides.) Un produit volatile courant, certainement à base d'éther.

— Des noms ?

— Ah… fit Winston avec un petit rire. Ça peut être de l'enflurane, du desflurane, du sévoflurane, de l'isoflurane. Je peux vous fournir la liste si vous voulez.

— C'est facile à trouver ? s'enquit Garcia.

— Oui, assez. Et ce sont les plus communs, non irritants lorsqu'ils sont inhalés. Mais le tueur aurait pu utiliser presque n'importe quel anesthésiant, y compris des produits susceptibles de lui brûler la peau autour de la bouche, ce qui ne devait pas lui poser de problème…

— Super !

— En raison de l'état de son corps, nous ne serons pas en mesure de savoir si elle a été agressée sexuellement, mais je ne le crois pas.

— Moi non plus, acquiesça Hunter. Quelle que soit la satisfaction que ce tueur recherche, celle-ci n'est pas d'ordre sexuel.

— La torture principale est invisible en l'occurrence, Rob, fit le médecin en haussant les sourcils.

— Que voulez-vous dire ? demanda un Garcia intrigué.

— Elle a beaucoup souffert des brûlures superficielles de la peau puis de la chair, mais ce que le tueur voulait vraiment, c'était la rôtir vivante. (Le Dr Winston s'interrompit, pour que les deux inspecteurs comprennent bien où il voulait en venir.) Si vous placez quelqu'un devant un feu intense assez longtemps sans lui permettre de bouger et sans lui donner d'eau, ses organes internes vont commencer à cuire.

— Oh, mon Dieu !

Garcia se passa les deux mains dans les cheveux et croisa les doigts derrière la tête.

— C'est comme ça : le foie, les reins, le pancréas, l'estomac, les poumons, le cœur, chaque organe de son corps a réagi à la déshydratation et à l'augmentation constante de la température, expliqua le médecin en se mordant la lèvre et en secouant la tête avec dégoût. Son sang a littéralement bouilli.

Hunter ferma les yeux.

— Son foie et ses reins étaient encore chauds quand je les ai extraits de son corps lors de l'autopsie. Et tous les organes que j'ai examinés souffraient de graves dommages causés par la chaleur et la déshydratation. C'était comme une course de vitesse pour savoir quel organe éclaterait le premier.

Le silence s'appesantit, et Hunter tourna de nouveau les yeux vers le visage de la femme.

— Et puis il a utilisé une technique particulièrement ingénieuse, reprit Winston en suivant le regard de Hunter. Diabolique, mais ingénieuse, néanmoins.

— Vous parlez de ce qu'il a concocté pour faire fondre son visage ? demanda Garcia qui sentit son estomac se contracter.

— Oui, parvenir à ce résultat n'est vraiment pas aisé. La peau ne fond pas aussi facilement.

— C'est ce qu'on m'a dit, fit Garcia en hochant la tête. Alors, comment diable le tueur est-il parvenu à faire que son visage ressemble à ça ?

— Il a utilisé un accélérateur. (Le Dr Winston se tut et leva son index droit pour attirer l'attention de ses collègues.) En fait, on dirait qu'il a utilisé une combinaison. Et c'est là qu'il s'est montré… ingénieux.

Hunter arbora une expression intriguée, comme s'il brûlait d'impatience d'entendre la suite.

— Encore une fois, j'ai besoin de la confirmation du laboratoire, mais un premier test rapide suggère que le tueur aurait pu utiliser quelque chose d'aussi ordinaire que du saindoux.

— Vous plaisantez ?

— Non. Du banal saindoux de supermarché.

— Ça aurait…

Le médecin acheva la phrase de Hunter :

— Fait frire son visage.

— D'accord, mais ça ne pouvait causer l'effet de fusion… fit remarquer l'inpecteur qui se pencha pour regarder de plus près le visage défiguré.

— Non, en effet.

— Alors ?

Il se remit debout tant les émanations corrosives lui piquaient les yeux.

— Alors, nous avons absolument besoin de la confirmation du laboratoire, mais il semble que le tueur pourrait avoir utilisé une combinaison d'un produit comme le saindoux avec un type de caoutchouc.

— Du caoutchouc ? répéta Garcia, les sourcils froncés.

Un clin d'œil confiant du médecin.

— Peut-être même en mousse de latex, celle qu'on utilise au cinéma pour les masques en fausse chair. C'est en fait assez astucieux. Cette substance caoutchouteuse adhère à la peau comme de la colle.

Le médecin passa le bout de ses doigts sur son visage, comme s'il appliquait une crème hydratante, avant de poursuivre :

— Avec la chaleur, elle fond, entraînant avec elle la peau du visage de la victime, ce qui crée l'effet désiré de masse de cire fondue. La peau, juste sous cette substance, a été au préalable enduite d'accélérateur, ce qui a précipité le processus de combustion et détruit complètement l'épiderme de son visage, causant des douleurs inimaginables. Avec pour résultat final, précisa-t-il en montrant le corps, ce visage fondu.

Winston fit un pas en arrière et contempla les deux inspecteurs.

— Et ce n'est pas tout.

48

Hunter croisa les bras. *Quoi d'autre, quoi de plus ?*

— Il semble bien que les blessures au visage aient été causées alors qu'elle était encore vivante. Il a commencé la séance de torture en faisant fondre son visage.

Hunter fronça les sourcils.

— Comment ?

— Je dirais qu'il s'est servi de lampes chauffantes. La victime était attachée à un fauteuil. Maintenant, imaginez que le tueur ait disposé une ou deux lampes chauffantes montées sur un socle ou un trépied tout près d'elle et pointées directement sur son visage, comme dans un interrogatoire à l'ancienne.

Tout à coup, on aurait juré qu'il n'y avait pas assez d'oxygène dans la pièce.

— Les rayons U.V.B. avec l'accélérateur et le composé de caoutchouc utilisé étaient suffisants pour faire frire et fondre son visage, mais les lésions n'étaient pas suffisantes pour la tuer. Incroyablement douloureuses, mais pas létales. Pas avant des heures.

Garcia toussa deux fois, comme pour se racler la gorge.

— Donc, vous dites que le tueur lui a causé des douleurs atroces pendant des heures avant d'allumer finalement son feu de cheminée et de la mitonner vivante.

Le médecin se frotta les yeux du pouce et de l'index et il hocha lentement la tête.

— C'est ma théorie, en tout cas.

Hunter fit le tour de la table d'autopsie.

— Et son dos, Doc ?

— J'ai vu. Elle avait déjà une certaine expérience du feu. (Le médecin s'éloigna du corps et prit une enveloppe dans le premier tiroir d'un classeur métallique sur le mur de gauche.) Son corps est très fragile, et je ne veux pas continuer à le déplacer. Je préfère qu'on regarde ces photos, proposa-t-il en en sortant quatre de l'enveloppe, qu'il aligna soigneusement sur son bureau. Elle a été grièvement brûlée autrefois. Comme vous pouvez le constater, son dos et son cou, presque partout, en portent les stigmates.

Le médecin montra les deux premiers clichés.

— Une idée de l'époque de sa vie où elle a été brûlée ?

— Très difficile d'être précis, mais elle était sans doute une enfant ou une adolescente.

— C'est si ancien ?

Le Dr Winston acquiesça.

— La peau s'est pas mal étirée après avoir cicatrisé. Ce qui signifie qu'elle a grandi depuis. Je suis certain que ces marques de brûlures ne datent pas de l'âge adulte.

— Pour tracer ce chiffre sur son dos, demanda Hunter montrant la troisième photo, le meurtrier a-t-il utilisé du sang ?

— Absolument. On l'a déjà envoyé au labo, et j'aurai le résultat en fin de journée.

Les deux inspecteurs regardèrent les quatre photos.

— Pendant combien de temps diriez-vous qu'elle a été exposée à la chaleur, Doc ? demanda Hunter.

— Probablement de samedi soir jusqu'au moment où on l'a retrouvée. J'ai entendu dire que le feu était encore allumé quand la police est arrivée sur les lieux hier.

Hunter se mordit les lèvres et hocha la tête.

— Le tueur n'a pas coupé le feu après sa mort, Rob. Il a fait plus que torturer sa victime : il a fait une démonstration de sa détermination. Il savait que nous allions la trouver et il voulait que nous découvrions un cadavre dans cet état. Il exhibe sa barbarie et sa brutalité. Je ne sais pas très bien pourquoi.

— Peut-être qu'il n'exhibe rien, Doc, fit Hunter en secouant la tête. Peut-être qu'il ne s'arrête que lorsque le monstre en lui est rassasié. Ce comportement n'est pas rare. Parfois, la mort seule ne suffit pas à apaiser la rage ou la cruauté d'un tueur ni son envie de tuer, quelle qu'en soit la cause. On ne compte pas les tueurs qui continuent à tirer des coups de feu, à tabasser, à poignarder, à découper leurs victimes, etc., bien après qu'elles sont mortes. Certains vont même jusqu'à les garder pendant des jours, des semaines, des mois…

— Vous avez probablement raison, reconnut Winston. Peut-être qu'il ne lui suffit pas de les tuer. (Il inspira profondément et soupira.) Il y a autre chose que je dois vous montrer.

Le ton du médecin aiguisa l'attention de Hunter.

Winston approcha de la table d'autopsie une lampe loupe grossissante montée sur un pied et fit signe aux inspecteurs d'approcher. Il positionna l'éclairage sur le côté, dirigeant le faisceau vers le côté droit de l'abdomen de la victime.

— Venez voir, les invita-t-il en s'écartant.

Hunter regarda à travers la loupe sans vraiment savoir ce qu'il cherchait. Quelques secondes plus tard il cligna des yeux en découvrant quelque chose juste sous le sein droit.

— Non, c'est impossible ! s'exclama-t-il, sentant un frisson lui électriser tout le corps.

Winston acquiesça calmement.

— Vous n'êtes pas sérieux, Doc ?

49

Deux groupes distincts de photos des scènes de crime, séparés par une ligne tracée au marqueur blanc, étaient maintenant punaisés sur le tableau en liège du bureau de Hunter et Garcia. Sur la gauche, l'église catholique des Sept-Saints et la brutalité de la scène du prêtre décapité, sur la droite, la grande demeure de Malibu et le sadisme infligé à un corps qui avait rôti devant une énorme cheminée.

Après la découverte de cette nouvelle victime, le capitaine Blake avait décidé que l'équipe des inspecteurs concernés par cette enquête se réunirait désormais chaque matin à 9 heures. Hunter et Garcia arrivèrent au bureau dix minutes avant.

Le rapport des experts sur le meurtre d'Amanda Reilly révéla qu'ils avaient trouvé une empreinte partielle dans l'une des pièces du premier étage. Ils avaient aussi découvert un cagibi où un aspirateur avait apparemment été utilisé récemment. Le rapport du labo n'arriverait pas avant plusieurs jours.

Sur Amanda Reilly, ils ne disposaient pour l'instant que d'informations très sommaires. Originaire de L.A., elle y avait passé son enfance. Elle avait quitté le lycée avant le bac, après quoi elle avait travaillé dans l'immobilier. Sa mère était morte sept ans plus tôt. Son père n'avait jamais joué un grand rôle dans sa vie, du fait de son addiction à l'alcool et au jeu. Personne ne savait où il se trouvait. Amanda était divorcée. Son ex-mari était restaurateur à San Diego, où il vivait depuis six ans. Il avait travaillé tout le week-end, son alibi avait été vérifié. Amanda Reilly avait de graves problèmes financiers, son agence périclitait. La maison de Malibu était la propriété du richissime Dan Tyler, un expert en placements boursiers.

À 9 heures pile, le capitaine Blake entra dans le bureau sans frapper, un numéro du *Los Angeles Times* à la main.

— Vous avez vu ça ? demanda-t-elle à Hunter.

— En général j'évite de lire les journaux, ça me déprime.

— Eh bien, jetez donc un coup d'œil là-dessus, ça devrait vous intéresser !

Elle posa calmement la feuille de chou sur son bureau, gros titres vers le haut.

Hunter regarda le journal de biais sans faire mine de le prendre. Garcia se leva et s'approcha.

« L'EXÉCUTEUR A ENCORE FRAPPÉ. UNE NOUVELLE VICTIME BRÛLÉE À MORT PAR UN SERIAL KILLER SADIQUE. LA POLICE DE L.A. TENUE EN ÉCHEC. »

Hunter lut le titre en silence avant de vérifier rapidement le nom de l'auteur – Claire Anderson.

J'aurais dû m'en douter.

Comme il ne manifestait aucun désir d'en savoir plus, Garcia s'empara du journal aussi sec.

— Voici ma question, enchaîna le capitaine, visiblement contrarié. Comment en sont-ils arrivés à la conclusion que ces deux meurtres étaient liés ?

— Elle a des contacts dans la police et probablement à la morgue, répondit Hunter d'un ton neutre.

— « Elle » ? répéta le capitaine avec une expression inquiète.

— Claire Anderson, le reporter qui a écrit cet article.

Le capitaine Blake jeta sur Hunter un regard inquisiteur.

— Votre expression me laisse penser que vous la connaissez…

— On s'est rencontrés.

Le capitaine soutint le regard de l'inspecteur quelques secondes, mais ce dernier ne laissa rien filtrer.

— Nous sommes les trois seules personnes du service à savoir que les deux crimes sont liés.

Elle se mit à arpenter la pièce.

— Si aucun de vous ne lui a parlé, personne d'autre à la SSH n'a pu transmettre l'info. Le Dr Winston m'a promis que seul lui et trois techniciens du labo super fiables étaient au courant du lien. Il est sûr que la fuite ne vient pas de son côté.

— Voici ce que dit le papier, interrompit Garcia, qui lut à haute voix : « *C'est l'inspecteur de la SSH Rob Hunter qui est chargé de l'enquête. Bien qu'il ait refusé de faire le moindre commentaire, il est évident que ces deux meurtres tétanisent le LAPD. L'Exécuteur…* »

Il s'arrêta et regarda son partenaire.

— Charmant, ce petit surnom, où a-t-elle trouvé ça ?

Hunter haussa les épaules, indifférent.

Garcia poursuivit sa lecture :

— « *L'Exécuteur hante les rues de la ville, et, une nouvelle fois, la police semble piétiner : pas de piste tangible, pas de suspects et, d'après nos sources, pas d'indices. Pour le salut des citoyens de cette ville, l'auteur de ces lignes espère sincèrement que l'inspecteur Hunter arrêtera l'Exécuteur un peu plus vite qu'il n'a stoppé l'infâme tueur au crucifix.* »

— La garce… fit Hunter, mâchoires serrées.

— Tout ça ne me dérange pas trop… pour l'instant, continua le capitaine. Peu m'importe que cette journaliste ait réussi à comprendre le lien entre les deux meurtres. Ce que nous devons à tout prix éviter, c'est qu'elle découvre les numéros sur les victimes. Si la presse l'apprend, on est fichus. Tout L.A. va paniquer, et on va morfler. Sans parler de la pression qu'on aura pour retrouver les deux premières victimes.

— Ils ne sont visiblement pas au courant de ça, fit Garcia en agitant le journal qu'il tenait toujours à la main. Sinon, ça aurait fait les gros titres…

— Et on va faire ce qu'il faut pour que ça ne change pas, insista sa supérieure. Je veux un verrouillage complet sur cette affaire. Personne d'autre ne doit avoir accès à ce bureau ni aux dossiers de l'enquête sans avoir obtenu mon accord préalable, suis-je claire ?

50

Le capitaine Blake s'approcha du tableau en liège et examina les nouvelles photos. Hunter remarqua qu'elle encaissait le choc avant de reprendre le contrôle.

— Est-ce que le tueur a encore tracé un chiffre avec du sang ? demanda-t-elle en pointant l'une des photos.

— Oui, répliqua Hunter.

Il repoussa son fauteuil qui racla le sol et se leva.

On frappa trois coups à la porte.

— Entrez ! s'exclama la chef avant que Garcia ou Hunter aient pu réagir.

Ian Hopkins entra et se figea net à la vue du capitaine Blake.

— Oh, excusez-moi, je ne savais pas que vous étiez en réunion.

— Pas de problème, fit Hunter en lui faisant signe de rester.

Le capitaine Blake se tourna vers Garcia l'air interrogatif.

— Vous pouvez parler devant lui, c'est l'agent que vous nous avez attribué pour le travail de terrain, vous vous souvenez ?

— Je suis juste venu dire à l'inspecteur Hunter que personne n'a pu noter les coordonnées de la fille qui est venue hier matin, cette Monica, déclara Hopkins. Quand l'agent est arrivé dans la salle d'interrogatoire, elle était partie.

— Monica ? demanda Barbara Blake en pivotant sur elle-même. C'est la fille qui est venue dire qu'elle avait des infos sur le meurtre à l'église ?

— Elle-même, répondit Garcia en s'adossant à son bureau.

— Et qu'est-ce qu'il en sort ?

— On venait juste de commencer à discuter avec elle quand on nous a annoncé le nouveau meurtre.

Hunter rejoignit le capitaine devant le tableau.

— Elle n'a pas eu le temps de nous dire ce qu'elle était venue nous révéler.

— Elle était à l'église, elle a vu quelque chose ? demanda sa supérieure en manifestant un intérêt croissant.

— À la première question, la réponse est non, mais pour la seconde… Oui, en un sens, repartit Garcia en se grattant le menton.

— Vous pouvez éclairer ma lanterne ?

— Elle n'était pas à l'église, expliqua calmement Hunter. Mais elle nous a dit qu'elle avait eu une vision.

Le capitaine Blake se raidit.

— Attendez, fit-elle en levant la main droite, elle est venue raconter qu'elle était voyante ?

— Pas qu'on le sache, répliqua Hunter.

Le regard de Barbara Blake balaya la pièce et revint se poser sur Garcia.

— Et si l'un de vous se décidait à cracher le morceau ?

— Selon l'agent qui lui a parlé le premier, elle n'a pas prétendu qu'elle était voyante ni qu'elle avait eu des visions. Elle a dit qu'elle avait des infos mais qu'elle ne parlerait qu'aux inspecteurs en charge de l'affaire.

Le capitaine sortit un paquet de bonbons mentholés d'une poche de son blazer et se mit à en suçoter un.

— Je suis désolée. (Se tournant vers Hunter :) Mais si c'est une barge qui raconte qu'elle est voyante, à quoi ça va nous avancer ?

— Ce n'est pas une voyante, capitaine, commença prudemment Hunter. Elle semble ressentir certaines choses plus profondément que la plupart des gens.

— Elle … Quoi ?

Le capitaine faillit s'étrangler avec son bonbon.

— Perceptions extrasensorielles, avança Hunter d'un ton décidé.

— Vous plaisantez, non ? rétorqua-t-elle, mains sur les hanches, d'une voix qui venait de monter d'une octave.

— Je suis aussi sceptique que vous sur ce chapitre, capitaine, répliqua l'inspecteur, mais le fait est, que nous le croyions ou non, que certaines personnes ont bien des P.E.S.

— Rien à cirer, Hunter, siffla le capitaine en croquant rageusement son bonbon. On n'est pas la police de la sixième dimension. Les journalistes nous attendent déjà au tournant et le maire aussi ; la pression grimpe d'heure en heure. Vous imaginez la pub qu'on aura s'ils découvrent qu'on s'est attaché les services d'une voyante ? On va passer pour des guignols !

— Il ne s'agit pas de s'attacher ses services, capitaine. Je veux juste pouvoir lui parler. Découvrir ce qu'elle a à nous dire. Si tout ça se révèle sans intérêt, on mettra son témoignage au panier comme on l'a fait pour 100 % des tuyaux qu'on a eus jusqu'à maintenant.

Elle enfourna une autre pastille mentholée et la fit passer d'une joue à l'autre.

— Qu'est-ce qui vous fait croire qu'elle sait vraiment quelque chose ?

Hunter se rassit et se renversa en arrière.

— Au moment où je quittais la salle d'interrogatoire, hier, elle s'est arrêtée pour me dire un truc. (Il regarda Garcia.) Tu étais déjà parti.

— Et pour vous dire quoi ?

Hunter ne répondit pas tout de suite.

— Elle m'a dit ceci : « Il savait, pour le feu. Il savait qu'elle en avait atrocement peur. »

51

Un grand silence se fit. Ses trois collègues fixèrent Hunter.

— Elle ne pouvait pas l'avoir deviné, souligna-t-il, puis il secoua la tête, se leva et fit quelques pas. Mais sur le moment, je n'avais pas la moindre idée de ce dont elle parlait.

— Peut-être qu'elle utilise cette prétendue hyper sensibilité comme un écran de fumée, suggéra le capitaine. Peut-être qu'elle a trempé dans cette histoire et qu'elle ne veut pas qu'on le découvre.

— Quelle que soit la raison de son comportement, je crois que nous devrions lui parler.

— Malheureusement, l'interrompit Hopkins, comme je viens de vous le dire, nous n'avons pas ses coordonnées. Elle n'a laissé ni nom, ni adresse, ni numéro de téléphone à l'accueil.

— Mais on a l'enregistrement vidéo de l'interrogatoire, fit Hunter en se tournant vers l'agent. Demande au technicien vidéo de sortir un cliché d'elle à partir de l'enregistrement et de faire une recherche comparative dans le fichier des personnes disparues.

— Dans le fichier des personnes disparues ? répéta l'agent visiblement sidéré.

— Mon petit doigt me souffle que c'est une fugueuse. Commence la recherche par la Pennsylvanie.

— Et pourquoi la Pennsylvanie ? demanda le capitaine.

— Elle a un léger accent hollandais de Pennsylvanie. Je crois que c'est la meilleure région où commencer nos recherches.

— Je m'y mets tout de suite.

Blake attendit que l'agent Hopkins soit sorti avant de faire face aux deux inspecteurs.

— Si vous la dénichez, vous l'amenez ici, vous me suivez ? dit-elle fermement. Dans cette affaire aucune bavure ne sera tolérée, Rob. Si cette fille a des infos sur l'une des enquêtes en cours, visions ou pas, il faut l'informer de ses droits et l'interroger dans les règles. Et je dois être présente dans la pièce. Je me fais bien comprendre ?

Hunter acquiesça.

— Suis-je claire, inspecteur ? insista-t-elle, attendant une réponse plus explicite.

— Oui, capitaine, confirma Hunter sans ciller.

— Parfait, conclut-elle en regardant furtivement sa montre. Maintenant dites-moi un peu ce qu'on a sur cette Amanda Reilly.

Hunter relata rapidement ce que l'autopsie avait révélé.

— Le tueur lui a arraché un morceau de chair ? demanda le capitaine en sentant son estomac se nouer.

— Winston a retrouvé des marques de dents juste sous son sein droit.

L'inspecteur sortit un cliché d'une enveloppe et la tendit au capitaine Blake.

— Il manque de toute évidence un petit morceau de chair, indiqua-t-il en pointant un détail sur la photo. À cause de l'état dans lequel on a trouvé le corps, il est impossible de confirmer les marques de dents, mais Winston en est presque sûr.

— Mais c'est du délire ! répondit-elle en fermant les yeux et en détournant légèrement la tête.

— C'est l'un des rares aspects de ce meurtre qui est cohérent avec celui des Sept-Saints, répliqua Hunter. Le tueur avait bu un peu de sang du prêtre, et, ici, on dirait qu'il a mangé un petit morceau de chair de sa victime.

— Pourquoi ? demanda le capitaine Blake avec une expression de dégoût. Qu'est-ce qui a pu le pousser à faire un truc pareil ?

Hunter se massa les paupières d'un mouvement circulaire du bout des doigts.

— L'histoire et les manuels de criminologie nous apprennent que la raison la plus courante pour laquelle un tueur va consommer la chair ou le sang de ses victimes, c'est qu'il veut que sa proie devienne une partie de lui-même, pour toujours. Certains types très malades peuvent ainsi éprouver une sorte de jouissance sexuelle…

Un lourd silence plana sur la pièce.

— Mais nous savons que ce tueur-là ne recherche pas une forme de plaisir sexuel.

Le capitaine Blake lui rendit la photo.

— Pourquoi voudrait-il que ses victimes fassent partie de lui et pour toujours ?

— Il n'y a que le tueur qui puisse répondre à cette question, capitaine.

— Faites-moi un petit cours de profilage, rétorqua-t-elle sur un ton sans concession. À quoi ressemble notre homme, selon vous ?

L'inspecteur punaisa la photo sur le tableau en liège et inspira.

— À un tueur qui connaissait très bien ses victimes. Et dont la haine pour ces dernières était si grande qu'il ne lui suffisait pas d'avoir un contrôle absolu sur leur vie et leur mort : il avait besoin d'autre chose.

Elle expira.

— Par « autre chose », vous voulez dire « boire leur sang et consommer leur chair » ?

Hunter approuva, s'approcha de la fenêtre et contempla la ville sous le froid soleil d'hiver.

— Mais pourquoi changer de mode opératoire ?

Le capitaine Blake ne renonçait pas. Elle voulait comprendre les possibles mobiles de ces deux meurtres.

— Si le tueur a bu le sang du prêtre, pourquoi ne pas avoir recommencé avec Amanda Reilly ? Pourquoi lui avoir arraché un morceau de chair ?

— Une fois encore, il n'y a que le tueur qui pourrait nous répondre, mais il se peut qu'il évolue. Qu'il ait grimpé un barreau de l'échelle.

— Comment ça ?

Hunter s'étira pour détendre ses muscles contractés.

— On observe une forme d'escalade chez beaucoup de tueurs en série. Ce peut être la violence, l'intervalle de temps écoulé entre deux meurtres… Cet assassin est peut-être en train de passer de la gorgée de sang au cannibalisme pur et simple.

— Non ? Vraiment génial, commenta la chef en plaquant une main sur son front comme si la migraine la menaçait.

Elle regarda sa montre.

— Zut ! reprit-elle, j'ai une conférence de presse dans dix minutes ! Je vais jouer l'idiote et dire que je ne peux confirmer le lien entre les deux meurtres, mais je ne pourrai pas tenir cette position longtemps. Si nécessaire, je mentirai et je dirai que nous tenons quelques pistes très sérieuses, mais vous deux avez intérêt à me donner du grain à moudre, et vite. Et retrouvez-moi cette Monica. Il faut tirer au clair le sens de ce témoignage spontané.

— Tout à fait d'accord, répondit Hunter alors qu'elle sortait en claquant la porte derrière elle.

52

La salle du Parker Center dévolue à la conférence de presse était assez grande pour abriter la meute de reporters avides qui s'y bousculaient.

Barbara Blake dut reconnaître que, en prenant la tête de la SSH une semaine plus tôt, elle ne s'attendait pas à affronter aussi vite la presse de Los Angeles sur une affaire de tueur en série. Pas plus qu'elle n'avait imaginé que le jour même de sa prise de fonction le maire en personne l'aurait convoquée pour un entretien en tête à tête. Mais, si le boulot l'exigeait, elle était prête à monter en première ligne.

Quand elle pénétra dans la pièce, le brouhaha des voix se réduisit à un murmure. Le capitaine Blake portait un pantalon noir coupé droit, un chemisier de soie coquelicot et un blazer noir qui mettait parfaitement en valeur ses longs cheveux châtain foncé. Son maquillage était, comme toujours, subtil et élégant. Elle prit place derrière le pupitre en arborant une expression parfaitement naturelle qui respirait l'assurance. Sans dire un mot elle parcourut la salle des yeux, quêtant l'attention de tous. Il lui fallut moins de dix secondes pour l'obtenir.

— Je vais répondre à vos questions pendant cinq minutes, et cinq minutes seulement. Cela nous permettra peut-être au moins d'écarter certaines des fadaises que j'ai pu lire dans la presse aujourd'hui.

Sa voix était aussi ferme que séduisante, mêlant une modulation douce et féminine avec une fermeté qui en imposait.

— Avant que vous ne commenciez, laissez-moi vous dire ceci : je n'évoquerai aucun aspect des enquêtes en cours, donc ne perdez pas de temps en questions inutiles. Si vous m'interrogez sans respecter un minimum d'ordre et de calme, je mettrai un terme à cette conférence.

Les mains se levèrent, et les reporters se mirent à crier leurs questions et à pousser leurs micros siglés C.N.N., FOX, C.B.S., N.B.C., etc., sans oublier les grands titres de la presse locale.

Le capitaine grinça des dents.

Ils n'ont pas écouté un traître mot de ce que j'ai dit.

— Capitaine Blake ! lança une femme brune aux cheveux longs depuis un coin de la pièce. Claire Anderson, du *Los Angeles Times*, se présenta-t-elle, suscitant l'intérêt de son interlocutrice.

Claire était grande, mince et s'exprimait avec une certaine arrogance.

— Voulez-vous dire que le meurtre de la semaine dernière à l'église des Sept-Saints et celui d'hier à Pacific Coast Highway ne sont pas liés ?

— Pour le moment, nous n'avons aucun élément qui nous permette de lier ces enquêtes, répliqua le capitaine d'une voix ferme et sans hésitation.

— Alors pourquoi avoir confié l'enquête à l'inspecteur Hunter ? insista Claire Anderson.

— Que voulez-vous dire ?

— Je veux dire que, selon une très bonne source, l'inspecteur Hunter n'était censé s'occuper que du meurtre de l'église des Sept-Saints, comment se fait-il, alors, si ces deux meurtres n'ont pas de rapport, qu'il enquête aussi sur celui de Malibu ?

Alors c'était donc ça, se dit Barbara Blake. *Il n'y a eu ni fuite ni tuyau. Claire Anderson a simplement déduit que, si on avait confié à Hunter l'enquête sur le meurtre de Malibu, ces deux affaires devaient être liées. Très malin de sa part...*

— Je comprends pourquoi votre journal a fait paraître les idioties de ce matin ! s'exclama-t-elle, furieuse. C'est à cause de votre supposition. Vous avez choisi de semer la panique dans cette ville sur la base d'une déduction complètement fausse !

Claire haussa les épaules sans fuir le regard irrité du capitaine.

— Comme je l'ai dit, ma source est tout à fait fiable.

— Vraiment ? Eh bien, laissez-moi vous dire que si vous avez déboursé le moindre centime vous vous êtes fait avoir !

Des journalistes pouffèrent.

— Laissez-moi surtout mettre les points sur les i, reprit-elle. Dans un monde idéal, ce service disposerait d'autant d'inspecteurs qu'il a d'enquêtes à mener, mais nous ne vivons pas dans un monde idéal, n'est-ce pas ? Dans le monde réel il y a un meurtrier qui a pénétré dans une église au moment de la confession et qui a décapité un prêtre. Et il existe un autre meurtrier qui a attaché une femme innocente sur une chaise et l'a torturée à mort devant un grand feu de cheminée.

On n'entendait plus un bruit dans la pièce.

— Malheureusement, poursuivit le capitaine, le nombre des crimes violents commis dans cette ville surpasse largement celui des inspecteurs. Les inspecteurs Rob Hunter et Carlos Garcia sont censés s'occuper exclusivement du meurtre de l'église des Sept-Saints, c'est vrai, lança-t-elle à l'adresse de Claire Anderson en la fixant d'un regard perçant. Mais tous mes autres inspecteurs sont surchargés de travail. Peut-être le *Los Angeles Times* pourrait-il publier une requête à tous les meurtriers violents de ce monde en leur demandant de faire une pause de quelques années afin que nous puissions rattraper notre retard, qu'en pensez-vous ?

Des rires nerveux fusèrent. Claire Anderson resta impassible.

— Donc, vous admettez que l'inspecteur Hunter est également chargé de l'enquête sur le meurtre de Malibu ?

— L'inspecteur Hunter présente l'avantage d'être un psychologue médico-légal. Sa connaissance et sa compréhension du fonctionnement mental des criminels violents pourraient se révéler indispensables dans nombre d'enquêtes de mon service. Compte tenu de l'extrême brutalité du crime survenu à Malibu le week-end dernier, j'ai en effet demandé à M. Hunter de mener l'enquête, concéda enfin le capitaine.

— Pourquoi alors n'assiste-t-il pas à cette conférence de presse ?

— Parce que je suis tout à fait capable de répondre à vos questions, que le temps est un facteur essentiel, et que l'inspecteur Hunter n'a pas une minute à perdre. Il n'était pas nécessaire qu'il soit là aujourd'hui.

D'autres mains se levèrent, et des journalistes réclamèrent qu'on leur donne la parole.

— Je suppose que le maire Edwards ne sera pas ravi, poursuivit Claire en articulant plus fort que les autres. Si j'ai bien compris, il voulait que votre meilleur inspecteur travaille exclusivement sur le meurtre de l'église des Sept-Saints.

— Dans ce service, rétorqua sèchement Blake, il n'y a pas d'inspecteur meilleur ou pire. Tout le monde travaille aussi dur, et chacun donne le meilleur de lui-même. Soyez assurée que nous résoudrons les deux affaires.

Elle espérait que la légère incertitude de sa voix n'était pas aussi perceptible pour les autres qu'elle l'était pour elle-même.

53

Studio City, quartier de Los Angeles tout proche de Hollywood, doit son nom à la proximité des grands studios de cinéma et des réseaux de télévision qui y ont élu domicile. Universal n'est qu'à dix minutes, Paramount, C.B.S. et les vieilles majors de Hollywood sont de l'autre côté du canyon. La plupart des jeunes bobos huppés du coin passent leur temps libre à hanter les nombreux clubs, bars, restaurants et boutiques de Greenwich Village, le rendez-vous des *fashionistas*.

Tania Riggs habitait une résidence en lisière de bois, entourée de dizaines d'ormes et de sycomores géants. Chaque appartement avait sa propre terrasse privée, et la résidence s'enorgueillissait d'une piscine olympique et de salles de gym dernier cri.

L'appartement de Tania se trouvait au deuxième étage. Hunter et Garcia montèrent les deux volées de marches en silence, tous deux s'efforçant de mettre de l'ordre dans leurs pensées.

Hunter toqua à la porte. La femme qui vint leur ouvrir avait une cinquantaine d'années. Brune, de taille moyenne, elle affichait pas mal de kilos en trop. Ses cheveux étaient noués en queue-de-cheval, et ses yeux brun foncé étaient gonflés, cernés et fatigués, sans doute à cause des larmes, supposa-t-il. Elle portait un pantalon bleu marine et un chandail noir. Hunter et Garcia se présentèrent et attendirent patiemment que Tania ait vérifié leurs cartes professionnelles.

— Entrez, je vous en prie, dit-elle d'une voix calme en faisant un pas de côté.

L'air embaumait la bougie parfumée au jasmin.

— Asseyez-vous, invita la femme en désignant un canapé vert de type futon, parsemé de boutons fantaisie.

Son salon était spacieux et meublé avec parcimonie. Hormis le canapé, il y avait deux fauteuils, une table basse en bois exotique, une table design blanche et une bibliothèque à moitié remplie contre le mur de gauche.

— Puis-je vous offrir à boire ? demanda-t-elle timidement.

— Non, merci, madame Riggs, répliqua Hunter en s'asseyant sur le canapé, qu'il trouva étonnamment confortable.

— Appelez-moi Tania, je vous en prie, « Mme Riggs » me fait me sentir encore plus vieille que je ne le suis.

Elle s'assit dans le fauteuil le plus éloigné du canapé, trahissant un malaise évident.

— Nous sommes vraiment désolés au sujet de Mme Reilly, annonça Hunter d'une voix douce.

Tania plissa légèrement les paupières, et deux larmes roulèrent sur ses joues.

— Vous étiez des amies de longue date ?

Elle acquiesça tristement.

— Presque trente ans. J'ai commencé à travailler à Palm Properties une semaine seulement avant Mandy.

On a tout de suite sympathisé. J'étais sans doute la seule qui n'éprouvait pas de haine envers elle.

— De la haine ? demanda Garcia en haussant les sourcils.

Tania hésita un moment, comme si elle venait de commettre une indiscrétion. Et puis elle se lança :

— Mandy était ravissante, très ambitieuse et excellente dans son travail. Elle avait aussi beaucoup de charme et s'y entendait pour séduire les clients. Dès le début de sa carrière, il était évident qu'elle réussirait, et elle n'a pas tardé à faire des envieux. Tous les employés, tous les clients voulaient coucher avec elle. (Tania réfléchit un instant.) Et c'était aussi vrai de certaines des employées. L'immobilier est une profession très dure, inspecteur. Tout le monde se bagarre pour faire mieux que le voisin, et parfois on n'hésite pas à cogner sous la ceinture.

Elle passa une main nerveuse dans ses cheveux et l'y laissa une seconde.

— Quand tout marche trop bien pour vous, poursuivit-elle, personne n'est content, sauf le patron de la boîte à qui vous rapportez de l'argent. Et Mandy rapportait gros, très gros.

— Donc, quand vous parlez de « haine », vous voulez dire que les gens l'enviaient ? demanda Hunter.

— Oui, ils enviaient sa beauté et sa réussite.

— Tous, sauf vous ? intervint Garcia.

Tania secoua la tête.

— Regardez-moi, fit-elle avec un sourire timide. Je ne suis pas Miss Amérique, et ça ne date pas d'hier : j'ai toujours été trop grosse. Comme je savais que je n'aurais jamais pu être une Mandy, ses succès ne m'ont pas vraiment tourmentée. Je n'ai jamais eu une ambition comparable à la sienne. (Elle s'interrompit et essuya ses larmes du dos de la main.) Pour être franche, j'étais heureuse qu'elle accepte d'être mon amie. Au lycée j'avais très peu de copains, les élèves se moquaient tout le temps de moi parce que j'étais grosse et pas très jolie. Je faisais comme si de rien n'était, mais tout au fond de moi je souffrais terriblement. Dans la journée je ne laissais rien paraître, mais presque tous les soirs en rentrant chez moi je m'effondrais.

Hunter acquiesça d'un air compréhensif et se rappela sa propre silhouette d'adolescent chétif et mal dans sa peau.

— Je sais ce que Mandy pouvait ressentir au bureau avec tous ces gens qui la regardaient d'un sale œil et murmuraient dans son dos. Je crois que c'est même sans doute la raison pour laquelle nous sommes devenues à ce point amies.

— Et, en tant que patronne, elle était comment ? demanda Garcia en croisant les jambes.

— Géniale. La meilleure que j'aie jamais eue. Sans doute à cause des problèmes qu'elle avait rencontrés, elle ne tolérait pas les grandes gueules. Et elle traitait tout le monde avec gentillesse.

Tania tendit la main vers la boîte de Kleenex.

— Elle avait eu des problèmes avec un employé ? demanda Garcia. Elle avait dû licencier beaucoup de monde, non ?

— Tous ceux qui travaillaient pour elle l'adoraient. Elle a fait tout ce qu'elle a pu pour garder ses employés, mais elle a été balayée par l'effondrement de l'immobilier à L.A., et tout le monde dans le métier le savait bien. Personne ne la tenait pour responsable de cette situation.

Un chat brun apparut à la porte de la cuisine, contempla les deux inspecteurs un long moment, décida qu'il ne voulait pas s'approcher et retourna dans la cuisine.

— Vous savez si elle avait un ami ? demanda Hunter.

— Depuis son divorce, Mandy ne recherchait plus les relations amoureuses. Elle avait des passades, mais rien de sérieux.

— Et récemment ? demanda Garcia.

— Pas que je sache.

— Il lui arrivait de voir des clients en dehors du travail ?

— Non, jamais, affirma Tania en secouant vigoureusement la tête. Elle pouvait flirter avec certains d'entre eux, mais c'est un aspect du boulot. Nous devons être charmantes, il nous arrive de minauder, c'est tout. Pour autant que je sache, Mandy n'a jamais enfreint cette règle.

— Je sais que Mandy a montré la maison de Malibu à un acheteur potentiel samedi soir, poursuivit Hunter en utilisant le surnom de la victime comme s'ils discutaient d'une vieille amie.

Tania se tamponna les coins des yeux avec un mouchoir et acquiesça.

— C'est lui qui l'a tuée, hein ?

54

Hunter se pencha en avant et soutint le regard de Tania un bref moment.

— On n'en est pas absolument certains, mais c'est un témoin essentiel. Que savez-vous de cet homme ?

— Pas grand-chose, répliqua Tania d'une voix étranglée.

— N'importe quel élément peut nous être utile, insista Garcia.

— Il a pris rendez-vous par téléphone. Il a dit que son nom était Turner, M. Ryan Turner.

Hunter nota le nom dans son calepin noir.

— Quand cela ? Quand a-t-il appelé pour visiter la maison ?

— Vendredi.

— Qui lui a parlé, vous ou Mandy ?

— La première fois, c'était moi.

— Il a rappelé ? insista Hunter.

— Oui. Il a appelé samedi pour dire qu'il serait un peu en retard.

Le chat apparut de nouveau à la porte de la cuisine. Cette fois, il avança prudemment dans le salon et s'allongea sous la table blanche.

— Vous vous rappelez votre discussion ?

Elle acquiesça.

— Mais ça n'a pas duré très longtemps, précisa-t-elle.

— Vous vous rappelez sa voix ? Elle avait quelque chose de spécial ? Un accent par exemple ?

— Oui, dit-elle, sans hésiter. Il avait clairement un accent du Sud, un peu nasillard, comme les gens de là-bas, le Texas ou le Mississippi.

— Et son ton était plutôt agressif, doux ? Son timbre, haut perché ou grave ?

Elle fit non de la tête.

— Pas du tout agressif. Très poli, en fait. Sa voix n'avait rien de particulier. (Elle baissa les yeux.) Je suis désolée.

— Pas de quoi, Tania, la rassura Hunter. Vous nous aidez beaucoup. Avez-vous eu l'impression qu'il s'agissait de quelqu'un à qui vous et Mandy aviez déjà eu affaire auparavant ? Un client qui serait… venu à l'agence récemment, peut-être ?

Nouvelle pause. Tania fixa ses mains qui tremblaient un peu avant de répondre.

— Je ne crois pas. Nous n'avions pas beaucoup de clients ces derniers temps.

— Il est passé à l'agence avant de se rendre à Malibu, ou Mandy l'a-t-elle retrouvé sur place ? demanda Garcia.

Elle tamponna de nouveau ses larmes.

— Nous avons comme règle de ne jamais communiquer les adresses de nos biens immobiliers à des clients que nous ne connaissons pas. Il est venu à l'agence.

— Vous l'avez rencontré ?

— Non, fit Tania en soupirant. Il avait pris rendez-vous pour la fin de l'après-midi, mais il a appelé pour prévenir qu'il serait en retard d'une heure. J'ai demandé à Mandy si elle voulait que j'attende avec elle. (De grosses larmes roulèrent sur ses joues.) Mais elle m'a dit qu'elle se débrouillerait toute seule, que je pouvais rentrer chez moi.

Elle inspira profondément et reprit d'une voix altérée :

— J'aurais dû rester avec elle…

— Vous n'auriez rien pu faire, Tania, affirma un Hunter réconfortant.

— Mandy avait tellement peur du feu… dit Tania en baissant de nouveau les yeux.

Les deux inspecteurs se regardèrent brièvement.

— Comment ça ? demanda Hunter.

Elle marqua une pause, puis reprit, la lèvre inférieure tremblante :

— Quand elle était petite elle a été grièvement brûlée.

— Savez-vous ce qui s'est passé ?

— Non, pas exactement. Mandy n'en parlait jamais vraiment. Elle m'a juste dit que, quand elle était encore enfant, un jour, sa robe a pris feu. Et que depuis elle en avait une peur bleue. Dans sa maison il n'y a pas de cuisinière au gaz, ni rien qui puisse s'enflammer. Tout est électrique. Même les bougies la rendaient nerveuse. (Elle s'arrêta pour inspirer et se mit à sangloter.) Pourquoi ? Comment peut-on faire une chose pareille à Mandy, à un être humain quel qu'il soit ? Je ne comprends pas. Il faut être un monstre pour brûler quelqu'un vivant, articula-t-elle en respirant par à-coups, la gorge serrée. Elle a dû tellement souffrir…

Tania éclata en sanglots perçants et hystériques, la tête dans les mains.

Hunter se leva du canapé et s'agenouilla devant elle.

— Nous sommes vraiment désolés que vous ayez perdu votre amie, Tania, lui dit-il en lui touchant l'épaule. Je sais quel moment difficile ce doit être pour vous, et nous vous sommes très reconnaissants d'accepter de nous parler.

La porte d'entrée de l'appartement s'ouvrit, et un homme d'une quarantaine d'années, en costume bleu et cravate classique sur chemise blanche, pénétra dans la pièce. De la taille de Garcia et en bonne forme physique. L'homme s'arrêta une seconde, essayant de comprendre la scène qu'il découvrait.

— Tania, tout va bien ? s'inquiéta-t-il en jetant sa serviette en cuir et en courant vers elle.

Celle-ci leva la tête. Ses yeux étaient gonflés et rougis.

— Ça va, mon chéri, ça va.

Hunter se leva pour laisser sa place au nouveau venu.

— C'est mon mari, expliqua Tania à Hunter et Garcia. Doug, ce sont les inspecteurs de la criminelle.

Les deux partenaires firent mine de se présenter, mais l'homme ne les écoutait pas.

— Mais enfin comment pouvez-vous lui infliger ça ? s'écria-t-il scandalisé. Vous ne comprenez pas ce qu'elle endure ?

— Nous sommes absolument désolés, monsieur Riggs, fit Hunter.

— Ça va, Doug, intervint Tania, ils font simplement leur boulot, et je dois les aider si je le peux.

— Mais tu ne sais rien : tu m'as dit que tu n'avais jamais vu cet homme.

— Toute information peut se révéler utile, monsieur Riggs, reprit Hunter en reculant d'un pas. Tania nous a permis de mieux situer Amanda Reilly, et ça nous aidera sûrement pour l'enquête.

Doug serra Tania dans ses bras.

— J'aurais dû rester avec toi aujourd'hui. Tu n'es pas en état de rester seule. (Il jeta un regard furieux à Hunter et Garcia.) Et certainement pas en état d'être interrogée par la police.

— Je ne suis pas handicapée, Doug, je suis simplement bouleversée.

— Votre aide nous a été précieuse, Tania, fit Hunter avec un signe de tête à l'adresse de Garcia. Il faut que nous y allions, maintenant. Une fois encore, nous compatissons sincèrement à votre douleur. Puis-je vous poser une ou deux questions avant de partir ?

Tania approuva, malgré l'irritation de son mari.

— Nous n'avons toujours pas retrouvé le sac de Mandy. Il faudrait que nous jetions un coup d'œil chez elle. Savez-vous si elle gardait une clé de rechange au bureau ?

Tania essuya ses larmes du dos de ses mains et contempla Doug.

— Oui, dans le tiroir du bas. Comme elle oubliait souvent ses clés chez elle, elle a décidé de faire un double et de le laisser au bureau, au cas où.

— On ira voir, dit Hunter. Une dernière chose : Mandy était-elle catholique ?

Tania secoua vigoureusement la tête.

— Elle n'était pas religieuse du tout. Je ne pense pas qu'elle croyait en Dieu. Pourquoi ?

— Une simple question que je me posais.

Hunter la gratifia d'un sourire encourageant et posa une carte sur la table basse.

— Si vous vous rappelez quelque chose qui vous paraisse important, même un tout petit détail, appelez-moi, à n'importe quelle heure du jour ou de la nuit.

Tania avisa la carte un moment.

— Je suis désolée de ne pas avoir pu vous être plus utile.

Hunter et Garcia se levèrent et gagnèrent la porte.

— Attendez ! cria soudain Tania. Il l'a appelée « Mandy ».

— Comment ça ? demanda Hunter.

— Au téléphone, quand il a téléphoné pour nous prévenir qu'il serait en retard à son rendez-vous, après m'avoir dit bonjour, il a demandé : « *Puis-je parler à Mandy ?* »

55

Claire Anderson avait toujours voulu être reporter, d'aussi loin qu'elle se rappelait. Native de Hailey, Idaho, c'était une fille de la campagne avec la mentalité d'une femme de la ville. Ses parents vivaient toujours à Hailey, et ils avaient gardé leur accent et leurs manières de ploucs. À l'école, Claire s'était montrée une élève exceptionnelle, mais elle n'avait pas eu beaucoup de succès auprès des garçons à cause de sa taille et de son poids : elle avait commencé à grossir très tôt, du fait de l'exceptionnel talent de pâtissière de sa mère. À la fin du lycée, c'était une jeune fille très ronde.

Grâce à ses excellentes notes, elle eut le choix entre plusieurs universités. Elle se décida pour l'université d'État de l'Idaho, à Boise, simplement parce qu'elle ne voulait pas partir trop loin de chez elle. Hailey restait sa base arrière, mais la grande ville devint son terrain de jeux, l'endroit où elle expérimenta les quelques drogues qui circulaient alors, et elle décida qu'elle pouvait très bien s'en passer. C'était là, aussi, qu'elle avait perdu sa virginité avec un garçon qu'elle n'avait vu que deux fois. Et c'était là, enfin, qu'elle avait décidé d'en finir avec son surpoids. Avec une inébranlable détermination, elle modifia ses habitudes alimentaires et, à force de jogging et de privations, perdit une quinzaine de kilos. Une transformation époustouflante pour cette délaissée du campus devenue la fille que tous les beaux gosses du coin s'arrachaient.

Sortie major de sa promotion, Claire se vit offrir un job dans le grand quotidien local, l'*Idaho Statesman*. Elle y rencontra Noah Jones, un reporter free-lance de Los Angeles, qui lui proposa de la pistonner auprès de ses amis du *Los Angeles Times*. Elle dut coucher avec lui en échange de ses bons services, mais la jeune femme considérait que le prix à payer était modique pour entrer dans l'un des plus grands quotidiens des États-Unis.

Claire était assise sur le rebord du bureau de Matt Pasquier. Ce dernier était une légende dans le fait divers criminel à L.A. Un journaliste de la vieille école, imbu de lui-même, gros buveur, et qui ne tenait pas les jeunes diplômés de journalisme en grande estime. Mais il était très intelligent et avait un faible pour la jeune femme. Surtout pour un trait de caractère qu'il n'avait plus rencontré depuis des années – l'ambition de devenir un excellent reporter : elle ne faisait pas son boulot pour le fric.

— Alors, Claire, qu'est-ce qui te chiffonne ? s'enquit Pasquier en reposant son café et en se renversant dans son fauteuil.

— Je suis en train de foirer le coup, répondit-elle d'une voix défaite. Je n'arrive pas à trouver un angle sur mon affaire, et les chaînes télé vont me doubler.

— Mon petit doigt m'a dit que tu avais rencontré Rob Hunter ? Une rencontre du genre corps à corps ?

Claire secoua la tête.

— Il m'a jetée.

Pasquier émit un petit gloussement suggestif et un rien étrange.

— Tu as essayé de le séduire ? Oh, Claire… Rob t'a vue venir de loin, évidemment. Il n'est pas du genre à se faire avoir aussi facilement.

— Tu aurais dû me prévenir un peu plus tôt, rétorqua-t-elle en balayant du regard la salle de rédaction, où chacun s'affairait, l'œil rivé sur l'écran ou l'oreille collée au téléphone.

— Écoute, Claire, pourquoi on n'irait pas discuter de tout ça dans un coin tranquille ? proposa Pasquier en écartant son fauteuil de son bureau. (Il se leva et poussa un grognement attristé en contemplant la grande pièce.) Cet endroit me déprime : c'est bourré de premiers de la classe qui ne pigent rien au journalisme.

— Attention, Matt, moi aussi, j'ai été première de ma classe.

— Ouais, mais toi, tu as le reportage dans le sang, fit-il avec un clin d'œil.

La cafétéria se trouvait au rez-de-chaussée. On y servait une pitance affligeante, malbouffe de cantine qui se desséchait lentement sous des lampes chauffantes. Un mur tapissé de distributeurs automatiques proposait un peu de tout, pommes ou bananes trop mûres, parts de tarte, yogourts, salades, barres chocolatées et, évidemment, sandwichs.

— Je peux t'offrir quelque chose ? demanda Pasquier en désignant les machines du regard.

— Je veux bien un café.

Pasquier acheta un sandwich au pastrami et au fromage dans l'une des machines avant de commander deux cafés au comptoir. La nourriture était si infecte que l'endroit était presque désert, et ils dénichèrent sans peine une table libre en Formica beige. Il avala la moitié de son sandwich d'une bouchée et essuya la mayonnaise de son menton avec sa serviette en papier.

— Alors, tes munitions ? demanda-t-il.

Claire but une gorgée de café et regarda Pasquier dans les yeux.

— Personne ne veut le reconnaître pour l'instant, mais je sais qu'il s'agit d'un tueur en série, peut-être un ritualiste. D'une sauvagerie inédite. Ce type est une sorte de mutant.

— Si personne ne parle, comment peux-tu le savoir ? fit remarquer Matt en jetant quatre sucres dans son café.

— Je ne sais pas. (Elle secoua la tête et détourna le regard.) L'intuition, peut-être. Je le sens, c'est tout.

— Je vois. (Il arracha une autre énorme bouchée de son sandwich et poursuivit la bouche pleine :) Tu dis que ce tueur est différent, mais en quoi ?

— Il suffit de regarder les faits, Matt. Quel genre de tueur peut décapiter un prêtre dans sa propre église et remplacer sa tête par une gueule de clébard ? Quel genre de tueur passe presque deux jours à faire rôtir une femme vivante devant une cheminée ?

Claire ramena ses cheveux derrière ses oreilles à deux mains.

Pasquier aimait la voir faire ce geste. Il le trouvait très charmant.

— Ils gardent les cadavres dans une chambre froide inaccessible, impossible d'obtenir une photo, mais j'ai entendu dire que le tueur avait fait fondre le visage d'Amanda Reilly.

Pasquier lui jeta un regard interrogateur.

— La seconde victime, précisa-t-elle en plissant le front. Tu lis nos articles ?

— Non, ça fait un moment, sont pas fichus de faire un bon reportage dans cette boîte !

— Très drôle…

— Tu vois, la différence entre toi et la plupart des autres mollassons ici, c'est l'intuition dont tu parlais à l'instant. Toi, tu l'as. Tu laisses parler tes tripes.

Il sourit, et Claire lui fit un petit signe vers une dent où était resté collé un petit morceau de laitue, qu'il se mit aussitôt à déloger de l'ongle de son petit doigt.

— Et c'est sûrement parce que tu débarques de ta cambrousse : tu n'es pas dénaturée par l'ambiance pourrie de la grande ville, où fric, rumeurs et superficialité mènent la danse.

Il fit de son mieux pour contrefaire un accent du Midwest :

— Nous aut', les gars des villes, on sait plus c'que c'est, l'intuition, les tripes et d'faire quèqu'chose juste parce qu'on aime ça !

— Ah, crénom !, mon gars, l'intuition et les tripes, ça va pas m'faire aller ben loin…

À la différence de celui de Matt, l'accent de Claire était parfait.

Pasquier rigola et enfourna le reste de son sandwich dans sa bouche.

— Tu ne tireras rien de Rob Hunter. C'est un type de la ville avec le cœur d'un gars de la campagne.

Le seul flic que je connaisse qui aime vraiment son travail. Et il n'a pas les reporters à la bonne.

Claire tortilla ses cheveux.

— Matt, je suis ouverte aux suggestions. Pas question que je renonce à cette enquête. Pas question.

Un sourire retors éclaira le visage de Pasquier.

— J'espérais que tu allais me dire ça. Très bien, voici ce que tu vas faire…

56

Le quartier de la finance du centre de L.A. se trouve juste au sud de Bunker Hill et au nord de South Park. C'est là que se dressent la plupart des gratte-ciels de la ville. Cette zone qui se concentre autour des 5e et 6e Rues, de South Flower et de Figueroa, constitue le centre financier et commercial le plus important de la métropole californienne. Le bureau de Tyler Financial Services était situé au dix-septième étage du 542 South Flower Street.

Dan Tyler prit place dans le grand fauteuil en cuir, derrière son imposant bureau d'acajou. C'était un homme d'aspect avenant qui pouvait avoir 40 ans. Ses cheveux châtains, grisonnant sur les tempes, étaient coiffés en arrière, et les lignes vigoureuses de son visage étrangement séduisant exprimaient force, expérience, confiance en soi, ainsi que les quelques coups durs qu'il avait encaissés. Il portait un élégant costume sombre sur une chemise bleu pâle, avec une cravate grise rayée. Ses yeux brun foncé étaient soulignés par des lunettes à fine monture. Son bureau affichait les signes extérieurs de richesse de sa profession : mobilier hors de prix, bar dans un coin, quelques photos encadrées sur les murs et, sur son bureau, trois écrans d'ordinateur reliés les uns aux autres qui affichaient les cours de la Bourse en direct. Sa secrétaire lui ayant annoncé l'arrivée des deux inspecteurs, il se leva pour aller les accueillir à la porte.

Il les fit entrer, leur indiqua deux fauteuils et leur offrit à boire, une proposition qui fut aussitôt déclinée.

— Je sais que c'est une situation délicate, monsieur Tyler, commença Hunter, nous allons tâcher de faire le plus vite possible.

— Appelez-moi Dan, je vous en prie, fit Tyler en se rasseyant.

Sa voix était sereine et plaisante comme celle d'un animateur télé.

Hunter lui expliqua qu'il faudrait encore quelques jours avant que la police scientifique n'ait achevé ses investigations dans la maison de Malibu.

Tyler approuva. Il avait compris que remettre la maison sur le marché immédiatement était de toute façon exclu.

— Cette maison ne ressemblait pas à un simple investissement immobilier, fit remarquer Hunter. Vous y avez vécu ?

— Oui, durant de nombreuses années.

L'inspecteur sentit une allusion implicite dans la réponse de Tyler et laissa passer quelques secondes avant de s'intéresser à une photo dans un cadre d'argent sur le bureau de Tyler. Elle montrait une belle femme aux cheveux ébouriffés par le vent et au sourire magnétique, debout au bord d'une piscine, avec un beau chien noir endormi à ses pieds.

— Cette photo a été prise dans la propriété ? demanda Hunter en reconnaissant la piscine.

Tyler regarda le cliché.

— Oui, confessa-t-il avec un mélange de fierté et de tristesse.

Hunter sentit que la femme en question était la cause de cette tristesse.

— C'est votre femme ?

L'homme le regarda dans les yeux.

— Oui, c'est Kate. (Un silence.) Elle est décédée.

— Je suis désolé, annonça Hunter, sentant que la blessure du deuil était encore à vif. Récemment ?

— Il y a un an, dit-il en serrant les lèvres. C'est comme si c'était hier pour moi.

— Je comprends.

Tyler inspira profondément.

— Beaucoup de gens le disent, mais survivre à la femme que vous aimez... (Il secoua la tête comme s'il avait perdu la foi.) Je crois qu'il faut l'avoir vécu pour comprendre. Nous étions mariés depuis vingt ans.

Il regarda la photo.

— Et la maison de Malibu était votre foyer ?

— C'était sa fierté et sa joie, fit Tyler en baissant les yeux. Nous l'avons imaginée dans ses moindres détails. Kate a supervisé toutes les étapes de la conception et de la décoration. C'était la maison de ses rêves. Elle a choisi chaque meuble, chaque rideau, chaque coloris, chaque détail. Kate est présente dans le moindre centimètre carré de cette demeure.

Il regardait ses poings fermés posés à plat sur le bureau.

— Après son départ, continua-t-il, je ne pouvais tout simplement plus y vivre. J'ai essayé pendant un moment, mais...

Il ferma les yeux.

— Sans m'en rendre compte, je m'étais mis à parler aux murs, aux rideaux, aux tableaux… (Il sourit.) Je n'ai pas besoin de la maison ou de quoi que ce soit d'autre pour me souvenir de ce qui nous unissait, Kate et moi.

— Pas d'enfants ? demanda Hunter qui devinait déjà la réponse, évidente par l'absence de toute autre photo de famille dans le bureau.

— Malheureusement, non.

À la nuance de tristesse, différente, qui filtrait dans ces quelques mots, Hunter comprit que ce n'était pas son choix de ne pas en avoir eu. Il laissa le financier chasser ses mauvais souvenirs avant de poursuivre :

— Connaissiez-vous Amanda Reilly ?

— Nous nous sommes croisés une ou deux fois quand je lui ai proposé de s'occuper de la vente de la maison, répondit l'homme, heureux de changer de sujet.

— C'était il y a combien de temps ?

Tyler pencha la tête et se gratta la tempe droite.

— Il y a environ huit mois, quand j'ai décidé de la mettre en vente.

— Et depuis ?

— Non, ce n'était pas nécessaire. Son agence m'avait été recommandée par l'un de mes clients, dont elle avait vendu la maison. Je ne voulais pas m'en mêler. Je voulais qu'elle gère tous les détails. Elle m'a semblé une personne très sincère et digne de confiance, et ses résultats étaient éloquents.

Un tableau en remplaça un autre sur son écran d'ordinateur, qu'il contrôla brièvement, agacé.

— Nous avions discuté de la situation au téléphone plusieurs fois, reprit-il. Elle m'appelait chaque fois qu'un client manifestait de l'intérêt pour la propriété.

— Vous a-t-elle appelé la semaine dernière pour vous annoncer la visite de samedi dernier ? demanda Hunter en jetant un coup d'œil à son calepin noir.

Tyler acquiesça.

— Elle m'a appelé vendredi, confirma-t-il en se penchant au-dessus du bureau. Elle m'a paru vraiment emballée. Plus que lors des précédentes visites. Elle disait que le client potentiel… (Tyler tendit la main vers un élégant agenda relié en pleine peau et tourna quelques pages.)… un certain Ryan Turner, était vraiment impatient de voir la maison.

Il s'interrompit et leva les yeux vers les inspecteurs.

— Elle me disait avoir un très bon feeling concernant ce type.

57

Un silence pesant régnait dans le bureau de Dan Tyler. Garcia et Hunter se regardèrent.

— Vous avez les noms de tous ceux qui ont demandé à visiter votre propriété ? demanda Hunter en désignant l'agenda de son interlocuteur, qui acquiesça.

— C'est une habitude, je ne traite qu'avec des gens sur lesquels je me suis renseigné au préalable. Même si je ne peux plus me résoudre à vivre dans cet endroit, cette maison m'est toujours très chère, et je ne la vendrais pas à une personne qui n'éprouverait rien pour elle. Un promoteur, par exemple, quelqu'un qui la raserait pour construire une résidence à la place.

— Mais je suppose que vous n'enquêtez que sur des acheteurs potentiels qui vous font une offre ?

Tyler acquiesça encore.

— À quoi bon dépenser du temps et de l'argent pour quelqu'un qui fait du lèche-vitrine ?

Il sembla soudain se reprocher une erreur.

— J'aurais dû me renseigner à son sujet.

— Il a très probablement utilisé un faux nom, fit observer Hunter. Vous n'auriez sans doute rien trouvé sur lui.

— Et j'aurais trouvé ça très bizarre, et l'alarme se serait aussitôt déclenchée dans ma tête. (Tyler regarda Hunter droit dans les yeux.) J'ai affaire à beaucoup de gens riches, inspecteur. Ils sont tous fiers de leur réussite sociale et de leur standing. La plupart d'entre eux sont presque tout le temps en représentation. Le genre : c'est moi qui ai le plus gros yacht… Quelqu'un qui veut acheter une maison de quatre millions de dollars et qui n'a aucune existence sociale ? Je m'en serais méfié comme de la peste.

Hunter agréa.

— Je dois vous demander la liste des noms des visiteurs que Mme Reilly vous a donnés depuis la mise en vente.

— Bien sûr.

Tyler fouilla dans le premier tiroir de son bureau et tendit à Hunter une liste de noms. Sept au total. Hunter observa l'homme d'affaires par-dessus la page, intrigué.

Celui-ci lui répondit par un fin sourire.

— C'est comme ça que je gagne ma vie, inspecteur. On me demande d'être logique, pratique et par-dessus tout d'anticiper. Il était évident que vous me demanderiez cette liste.

Hunter lut les noms en silence. Aucun ne lui rappelait quelque chose.

— Pas un seul n'ayant fait de proposition, poursuivit Tyler, je n'ai jamais demandé qu'on vérifie leurs antécédents. (Il se leva et ouvrit la porte vitrée du bar.) Vous ne voulez vraiment rien prendre ? insista-t-il.

— Non, merci, pas pendant le service.

Tyler se versa un verre de bourbon.

— Difficile de croire qu'un lieu où j'ai vécu les moments les plus heureux de ma vie ait pu être le théâtre d'un acte aussi monstrueux, déclara-t-il en sirotant son whisky. C'est vrai, ce que j'ai lu dans la presse ? (Il hésita une seconde avant de reprendre :) Le tueur a vraiment brûlé cette femme dans la cheminée ?

L'inspecteur hocha la tête en silence.

Un instant le regard de Tyler se fit plus distant, et Hunter comprit qu'il se remémorait sa maison. Le salon et la cheminée qu'il connaissait si bien. Il avala une première et presque aussitôt une deuxième gorgée d'alcool.

— Et il s'agit vraiment du même tueur que celui qui a décapité le prêtre la semaine dernière ?

— Vous ne devriez pas croire tout ce que vous lisez dans les journaux, répliqua Garcia.

— Je ne gobe pas tout, c'est d'ailleurs pour ça que je vous pose la question.

— Pour l'instant nous n'avons aucune certitude, ce ne sont que des spéculations, mentit Hunter.

L'homme d'affaires se dirigea vers la grande baie vitrée qui dominait tout le quartier des finances de L.A.

— Cette ville a tellement changé… Je crois que je ne la comprends plus.

— Si vous êtes d'accord, je voudrais vous montrer des clichés qui ont été pris dans la maison, dit Hunter, qui sentit aussitôt le malaise de son interlocuteur. Ne vous inquiétez pas, ce ne sont pas des photos de la victime.

L'homme contempla son verre. Il y avait un autre obstacle pour lui. Hunter comprit lequel. Les photos allaient le projeter dans ses souvenirs de la maison et de sa femme.

— Je sais que c'est dur…

Tyler secoua la tête et retourna à son bureau.

— Pas de problème, inspecteur.

Hunter posa plusieurs clichés sur le bureau. Tous montraient le grand salon de la propriété de Malibu.

— Nous aimerions que vous les examiniez et que vous nous signaliez une bizarrerie, un objet manquant ou qui aurait été déplacé ?

Tyler examina chaque photo attentivement.

— Difficile à dire. Je n'y suis pas retourné depuis des mois… L'entreprise chargée du nettoyage aurait aussi pu déplacer des choses…

— Je vois ce que vous voulez dire. Mais y a-t-il un détail qui attire votre attention ?

L'homme finit son verre, ramassa toutes les photos, en fit une pile et s'adossa dans son fauteuil. Il les examina soigneusement, fronçant parfois les sourcils, plissant les yeux comme s'il cherchait à se souvenir. Les deux inspecteurs observaient ses réactions en silence. Soudain, au milieu de la pile, il s'arrêta.

— Vous voyez quelque chose ? demanda Hunter.

Tyler leva son index droit pour demander un instant. Puis il examina les autres photos jusqu'à ce qu'il trouve celle qu'il cherchait.

— Que voyez-vous ? insista l'inspecteur.

Garcia se pencha en avant, en se tordant le cou pour voir.

Le financier plaça la photo sous les yeux des inspecteurs. On voyait la grande cheminée en grès.

— Quelque chose a changé dans la cheminée ? demanda Hunter.

— Oui, sur la tablette.

Les deux inspecteurs regardèrent attentivement les clichés. Sur la tablette il y avait quelques objets et des petits vases, deux photos encadrées, quelques figurines.

— Et qu'est-ce qui a changé ?

— Ma mémoire peut me jouer des tours, parfois, mais il y a une chose dont je me souviens très bien : Kate avait exclu les photos du salon. Elle en avait accroché dans la grande entrée, mais pas dans le salon. Elle était superstitieuse. Elle disait que ça portait malheur. Ces photos sur la tablette de la cheminée… (Il secoua vigoureusement la tête.) Elles n'y étaient pas quand nous habitions la maison, j'en suis sûr.

58

— S'il vous plaît, ma jolie…

La serveuse brune se retourna vers la table placée dans l'encoignure de la salle.

— Oui ?

Elle faisait de son mieux pour paraître détachée. Ça faisait un quart d'heure que les quatre types ne la lâchaient pas.

— Vous êtes fatiguée ? demanda le plus grand.

Les trois autres ricanaient déjà.

— Pourquoi ? répliqua-t-elle, un peu perplexe.

— Parce que traaavaaailler, c'est trop dur, bébé !

Ils éclatèrent de rire.

Quelqu'un cria depuis la cuisine effervescente. Mollie repartit chercher les commandes. Elle sentait le regard des inconnus, dans son dos, déchirer le tissu de sa robe rouge et blanc.

Les tables du petit restaurant étaient toutes occupées. Il y avait là une majorité d'individus patibulaires, dans le genre des quatre du coin, persuadés que les serveuses de Los Angeles n'avaient qu'une idée en tête : coucher avec eux. Mollie n'aimait ni son boulot ni les mauvais traitements dont elle faisait l'objet, mais elle n'avait pas le choix. Elle avait désespérément besoin de ce salaire.

Elle porta sa commande à un homme d'âge moyen assis seul. Lorsqu'elle déposa l'assiette devant lui, il lui agrippa la main.

— Excusez-moi, ma petite chérie, mais ce n'est pas du tout ce que j'avais commandé.

— Vous n'avez pas commandé un double cheese et une frite ?

— Si, mais j'ai demandé expressément qu'on ne me mette pas ces saloperies de cornichons. Je hais les cornichons. Et ça, c'est quoi, à votre avis ?

Il souleva le petit pain et désigna trois longues lamelles vertes.

— Je suis absolument désolée, monsieur, répondit Mollie avec embarras en s'approchant. Je vais demander au chef de les retirer.

— Non, pas de les retirer ! rétorqua l'homme entre ses dents serrées. Je veux qu'il m'en prépare un nouveau. Celui-ci est foutu.

— Pas de problème, monsieur. Je vais tout de suite vous en chercher un autre.

— Pauvre idiote ! siffla-t-il pendant qu'elle emportait l'assiette.

Sur le chemin de la cuisine, Mollie remarqua un type debout près de la porte d'entrée. Habillé de vieux vêtements sales et déchirés, il avait l'air mexicain – 30 ans à peine. Il accrocha son regard et, quand elle le dépassa, il l'interpella d'une voix mal assurée.

— Excusez-moi, mademoiselle… Je peux rentrer pour manger ? J'ai un peu d'argent.

Il tapota la poche de son pantalon, et Mollie entendit

le bruit des pièces de monnaie qui s'entrechoquaient. La question lui parut pour le moins étrange.

— Oui, bien sûr.

Elle fit volte-face et observa la salle. Une table venait de se libérer près de la porte.

— Prenez cette table. Je vous apporte un menu.

Il sourit avec entrain.

— Merci beaucoup, mademoiselle, c'est très aimable à vous. Ce ne sera pas long. Je mangerai rapidement.

Mollie lui rendit son sourire. Elle ne comprenait pas très bien pourquoi il était aussi reconnaissant. Elle se dirigea vers la cuisine pour expliquer l'histoire des cornichons à Billy, le massif Texan qui faisait office de chef. Soudain elle entendit une voix stridente provenant de la salle.

— Qui est-ce qui t'a permis de t'asseoir ici ?

Devant la table de l'entrée, Donna Higgins, la propriétaire du restaurant, invectivait le nouveau venu.

— Je suis désolé, bredouilla le Mexicain, la serveuse m'a dit que c'était O.K.

— La serveuse ? Quelle serveuse ?

L'air confus, il regarda ses pieds sans répondre.

— Ce ne sera pas long, reprit-il, je mangerai rapidement, c'est promis.

— Je m'en fous de savoir si tu manges rapidement, du moment que ce n'est pas dans mon restaurant.

— Je ne vous demande pas la charité, madame. J'ai de l'argent. Je peux payer pour ce que je mange.

— Bien sûr que tu as de l'argent ! (Donna gesticulait frénétiquement.) Tu l'as probablement volé…

— Non, je ne l'ai pas volé. J'ai aidé quelqu'un à pousser sa voiture sur le bas-côté de la route, et ce monsieur a eu la gentillesse de me laisser quelque chose.

Il lui tendit une main pleine de pièces et de billets de un dollar.

— Je peux manger dehors ou tout au fond, mademoiselle. Ça m'est égal. J'ai juste besoin d'un repas chaud. Peut-être des œufs au bacon et un verre de lait… Ça fait plusieurs jours que je n'ai pas mangé.

— Eh ben, ce n'est pas ici que tu vas le faire. Je parie que tu es sans papiers, évidemment.

L'homme se raidit.

— C'est bien ce que je pensais. Allez, dégage, tu pues, ordonna-t-elle en désignant la porte, ou je préviens les services de l'immigration.

Les yeux tristes de l'homme embrassèrent la petite salle. Tout le monde le regardait. Sans un mot il rangea sa monnaie dans la poche de son pantalon et sortit.

Après qu'il eut fait quelques pas, il entendit qu'on l'appelait.

— Hé, attendez !

Il se retourna. La serveuse brune était sortie par l'arrière du restaurant. Elle tenait un sac en papier marron.

— Vous aimez les cornichons ? demanda Mollie.

Il fronça les sourcils.

— Vous savez, les cornichons. Comme des concombres, en plus petit.

Il acquiesça.

— Oui, c'est très bon.

— Prenez.

Elle lui tendit le sac.

— C'est un double cheeseburger avec des frites et une bouteille de lait. Il y a des cornichons dans le cheeseburger.

Elle souriait.

Il la regarda avec gratitude et chercha au fond de sa poche.

— Non, non, dit-elle en secouant la tête. Vous n'avez pas besoin de me payer. Ça va très bien comme ça.

— Je ne veux pas qu'on me fasse la charité, mademoiselle. J'ai de l'argent pour payer ma nourriture.

— Je sais. J'ai vu votre argent.

Elle sourit à nouveau avec bienveillance.

— Mais ce n'est pas de la charité. Ils m'en ont préparé beaucoup trop pour le déjeuner. Et, moi, je suis au régime.

Son mensonge énoncé, elle lui tendit de nouveau le sac.

— Allez, prenez-le. Je ne peux pas manger tout ça. Ça va être jeté, sinon.

Il hésita un moment avant d'accepter le sac et de sourire.

— Merci beaucoup. Vous êtes très gentille.

Mollie le regarda s'éloigner et regagna le bistrot.

— Tu peux te chercher un nouveau job, petite garce.

Elle venait de rentrer dans la cuisine, où Donna Higgins l'attendait de pied ferme.

— Quoi ? Mais pourquoi ?

— Qui t'a permis de faire une pause alors qu'on est en plein rush ?

— Ça n'a duré que trois minutes…

— Rien à foutre. Tu as fait une pause alors que tu n'y étais pas autorisée. En plus, tu as volé de la nourriture.

— Je n'ai rien volé du tout !

— Ah, non ? Et le cheeseburger, les frites, la bouteille de lait que tu as prise dans le frigo ?

Le visage de Mollie se contracta.

— J'allais les payer.

— C'est sûr, que tu vas les payer. C'est bien pour ça que tu ne toucheras rien aujourd'hui.

— Quoi ? bredouilla Mollie qui sentait la panique la gagner. Je vous en prie, madame Higgins, je suis vraiment désolée. Je n'aurais pas dû prendre la nourriture et je la paierai. Je ferai des heures supplémentaires si vous voulez. J'ai vraiment besoin de cet argent pour mon loyer.

— Oh, pauvre chérie… se moqua Donna Higgins avec un air faussement contrit. Tu aurais dû y penser avant de me voler. Maintenant prends tes affaires et tire-toi de mon restaurant.

Huit heures qu'il était assis à la même table devant la fenêtre. De l'autre côté de la rue, face au restaurant, à l'arrêt d'autobus. Chaque fois qu'il en passait un, son regard pénétrant dévisageait tous ceux qui montaient dedans ou en descendaient.

Il commanda un autre café et vérifia sa montre. Encore trois minutes avant le prochain bus. Un délai suffisant pour faire un tour aux toilettes. Tous les jours il avait suivi la même routine : il arrivait autour de midi et ne partait qu'à la fermeture, à 23 heures. Mais il n'avait toujours pas trouvé ce qu'il cherchait.

Il se passa un peu d'eau fraîche sur le visage et caressa de son index droit la vilaine cicatrice qui lui barrait le front.

— Ça ne devrait plus être très long, maintenant, murmura-t-il à son reflet.

Lorsqu'il regagna la salle, le bus s'ébranlait pour repartir, en avance d'une bonne minute au moins sur l'horaire annoncé. Il se maudit intérieurement et courut vers la fenêtre. Ses yeux scrutèrent la rue frénétiquement, mais la plupart des passagers s'étaient déjà dispersés.

La petite brune en uniforme de serveuse rouge et blanc avait été obligée de courir. Elle avait rattrapé l'autobus juste avant qu'il ne redémarre. Elle s'assit à l'avant, côté fenêtre, le visage enfoui dans ses mains. Elle se demandait ce qu'elle allait bien pouvoir dire à son propriétaire.

L'homme ne l'avait pas vue.

59

L'odeur de chair brûlée était aussi forte que la veille : en franchissant le seuil de la maison de Malibu, les deux inspecteurs en eurent un haut-le-cœur. Garcia avala deux cachets avant de se couvrir nez et bouche des deux mains. À l'approche du salon son estomac se souleva, et il s'arrêta à la porte. Vacillant, il se concentra avec force pour ne pas vomir cette fois encore.

— Tu devrais attendre ici, suggéra Hunter en tirant sur les gants en latex qu'il venait d'enfiler. Je vais aller regarder la cheminée.

— C'est un programme qui me convient assez bien, répondit Garcia en expirant profondément.

Hunter releva le col de sa chemise et s'en fit un masque lui couvrant la bouche et le nez. Il s'approcha de la cheminée. Tout avait été recouvert d'une poudre servant à recueillir les empreintes digitales. Il manquait juste le fauteuil auquel Amanda Reilly avait été attachée, emporté pour d'autres investigations médico-légales. Cette grande pièce qui avait été si belle ressemblait désormais à une salle de torture. Hunter sentit les poils de sa nuque se hérisser.

Il inspira un bon coup et dirigea sa torche électrique vers la vaste cheminée. Elle était surmontée de plusieurs figurines décoratives, de deux bougeoirs et de quatre vases aux couleurs assorties. Mais l'attention de l'inspecteur s'arrêta sur deux cadres en métal argenté, disposés à chaque extrémité du chambranle. En eux-mêmes ils n'avaient rien d'original ; on en trouvait des dizaines du même genre dans n'importe quelle grande surface. Hunter examina d'abord celui de droite, séparé du mur par quelque vingt centimètres : c'était suffisant pour regarder derrière sans avoir à le déplacer. Il ne remarqua rien de particulier. Il inspecta le second et ne trouva rien de plus. Finalement, il décida de les soulever tous les deux.

Les photographies qu'ils renfermaient ne représentaient ni Dan Tyler ni son épouse. La première montrait une femme au joli sourire, confortablement installée dans un canapé en cuir noir. Elle tenait de sa main droite un verre de vin rouge. Elle était séduisante, particulièrement apprêtée. Trop maquillée, elle avait les cheveux blonds et courts, et un regard énigmatique bleu pâle. Il y avait en elle quelque chose d'arrogant. La seconde photo représentait un homme nonchalamment adossé à un mur blanc. Mince, les cheveux clairs soigneusement coupés, des yeux bruns inexpressifs, il portait un T-shirt vert pâle et un jean délavé. Au premier regard, aucun de ces deux personnages ne présentait la moindre singularité. Mais qui étaient-ils ?

— Tout va bien là-dedans ?

Hunter sursauta. C'était Garcia qui appelait depuis l'entrée.

— Oui, oui. Encore une minute.

En retournant les cadres, Hunter détacha lentement les quatre petits clips qui en retenaient le fond. Soudain, il se sentit frissonner. Comme si quelqu'un avait ouvert une fenêtre et laissé pénétrer un courant d'air glacé. Il leva la tête, fouilla la pièce du regard et de la torche, mais ne remarqua rien. Rien d'autre que l'odeur putride de la mort.

— Carlos, tu es toujours là ?

Il avait appelé d'une voix aussi assurée que possible.

— Oui, qu'est-ce qui se passe ?

Garcia toussa deux fois avant de pointer la tête à la porte.

— Rien. Mais fais juste attention.

Quelque chose dans la voix de Hunter inquiéta son partenaire. Il porta instinctivement la main à son arme et dirigea sa lampe vers le sol de l'angoissant couloir. Il dressa l'oreille attentivement un long moment. Rien.

Hunter reprit son examen du premier cadre. Il en fit glisser soigneusement le fond et découvrit le dos de la photo.

— Oh, putain…

Hunter ferma les yeux, saisi par une montée brutale d'adrénaline.

Il posa le premier cadre et répéta rapidement la même manipulation avec le second. Il savait déjà avec certitude ce qu'il allait trouver, mais il retenait sa respiration en procédant très lentement au détachement du fond.

— Fils de pute…

— Tout va bien, Rob ? cria Garcia avec anxiété. Tu as trouvé les photos ?

Hunter examina de nouveau la pièce sombre. Un salon luxueux, désormais marqué à jamais du sceau du mal. La senteur écœurante commençait à lui attaquer les narines et à lui remuer l'estomac. Il fallait qu'il sorte.

— Tu as trouvé quelque chose ? demanda Garcia.

— Oui. Je vais te montrer ça dehors. J'ai besoin d'air frais.

— Pas d'objection.

Une fois qu'ils furent sortis, Hunter se tourna vers Garcia.

— Voici ce que j'ai trouvé.

Il tendit à son partenaire les deux photographies.

— Ce sont les clichés des deux cadres qui n'auraient pas dû se trouver là, si l'on en croit Dan Tyler.

Garcia les étudia attentivement pendant quelques instants.

— C'est qui ?

Hunter prit une profonde inspiration et souffla très lentement.

— Regarde derrière.

Garcia retourna les photos. Son sang se glaça.

— Tu te fous de moi ?…

— On ne dirait pas.

Garcia contempla de nouveau les photos. Les visages prenaient maintenant une tout autre signification.

60

Il était tard quand ils quittèrent Malibu. Hunter contacta Hopkins et lui demanda de les rejoindre chez Footsie's, sur North Figueroa Street.

Footsie's ressemblait à tous les bars de Los Angeles, le snobisme et la frime en moins : c'était un petit troquet cosy avec quelques tables de billard, le confort de banquettes en cuir rouge, un juke-box diffusant du bon vieux rock. Une ambiance cool. Footsie's était devenu l'un des repaires favoris de Hunter.

Hopkins les attendait au bar devant un verre de Jack Daniel's.

— Qu'est-ce que vous voulez boire, les gars ? demanda-t-il.

— Je m'en occupe, Ian, fit Hunter après l'avoir salué d'un léger signe de tête.

— Je prendrai la même chose que toi, à condition que ce soit du single malt, dit Garcia. Je reviens tout de suite.

Il se dirigea vers la porte des toilettes.

Une banquette s'était libérée dans le fond de la salle. Hunter demanda à Hopkins de courir l'occuper avant que quelqu'un d'autre ne la leur souffle.

Il commanda deux verres de Laphroaig avec glace. Au bar le type à côté de lui était en train de lire le *Daily News*. Le regard de l'inspecteur tomba sur le titre d'un petit article : « L'ÉGORGEUR REVENDIQUE UNE SECONDE VICTIME ». Il tendit le cou péniblement et parcourut le texte avant que son voisin ne tourne la page. Une seconde prostituée avait été retrouvée morte dans une chambre sordide du côté de South Gate. Ses mains avaient été liées devant elle, ses doigts joints en prière. Exactement comme la première victime, quelques jours plus tôt, elle avait été trouvée nue, agenouillée, et égorgée. La presse avait d'ores et déjà baptisé le coupable l'Égorgeur.

Cette ville est complètement déjantée, se dit Hunter en récupérant sa commande. Il rejoignit ses collègues dans leur alcôve.

— Vous êtes sûrs que ça va, les gars ?

La pesanteur ambiante n'avait pas échappé à Hopkins.

Hunter porta à ses lèvres une gorgée de Laphroaig et la garda en bouche jusqu'à sentir l'alcool puissant lui brûler le bout de la langue. Il posa sur la table quatre sachets de pièces à conviction ; les deux premiers contenaient les cadres démantelés, les deux autres les clichés qui s'y étaient trouvés. Hunter raconta à Hopkins le rendez-vous avec Dan Tyler et la raison pour laquelle ils étaient retournés vérifier ces photos.

— Et alors ? Qui sont ces deux personnes ? interrogea Hopkins d'un air sceptique.

Garcia prit les sacs renfermant les photos et les retourna. Les yeux du jeune agent s'écarquillèrent. Il ne put retenir un petit cri d'excitation. Au dos de la photo de l'homme, sur près de quinze centimètres et en lettres de sang, était tracé le chiffre 1. Derrière le cliché de la jeune femme souriante, le chiffre 2.

Hopkins mit un moment avant de détacher les yeux de la photo, bouche bée.

— Je ne comprends pas…

Il se tourna vers Hunter.

— Pourquoi le meurtrier fait-il un truc pareil ? Je veux dire, pourquoi laisser sur la cheminée les clichés des deux premières victimes ? Il savait forcément que tôt ou tard nous finirions par les trouver.

Hunter s'enfonça dans sa banquette et fit courir le bout de son doigt sur le bord du verre à whisky.

— Pour être sûr que nous sachions que ces deux victimes sont les siennes. Il ne veut pas que leur meurtre soit attribué à quelqu'un d'autre. C'est un tueur orgueilleux.

Hopkins s'agitait sur son siège, mal à l'aise. L'univers des grands psychopathes maléfiques lui passait très au-dessus de la tête.

— Alors où sont ces deux victimes ? demanda-t-il après un moment de silence. Et, si elles ont été « numérotées » comme le père Fabian et Amanda Reilly, pourquoi ne sommes-nous pas déjà au courant ?

L'inspecteur but une autre lampée de scotch.

— À ton avis ?

Hopkins regarda à nouveau les photos posées sur la table. Hunter pouvait presque l'entendre réfléchir.

… Peut-être que l'histoire de la numérotation n'a commencé qu'après le meurtre de la deuxième victime ? fit-il timidement.

— Continue, encouragea Hunter.

— Évidemment, il ne pouvait pas revenir en arrière et numéroter les deux premiers cadavres. Vu les circonstances, ces photos, c'était ce qu'il pouvait faire de mieux.

— Mais pourquoi l'assassin aurait-il seulement commencé à numéroter ses victimes à partir de la troisième ? interrogea Garcia.

— Je ne sais pas. Peut-être qu'au départ, il n'y avait simplement pas pensé. Peut-être espérait-il que la police s'apercevrait que les deux premières victimes avaient été tuées par la même personne. Mais ça ne s'est pas passé comme ça.

— Une bonne théorie, admit Hunter, approbatif.

— Peut-être, mais je ne la sens pas, répliqua Garcia en secouant la tête. Nous savons que ce tueur est extrêmement organisé et méthodique. Il planifie ses crimes dans le moindre détail. Il ne laisse rien au hasard. Il l'a prouvé avec le père Fabian et avec Amanda Reilly.

— C'est exact, acquiesça Hunter.

— Un assassin aussi organisé ne changerait pas de stratégie à mi-parcours. Moi, je pense qu'il a numéroté les victimes dès le début.

— O.K., admit Hunter. Alors revenons à la question : qui sont ces deux victimes ? Et pourquoi ne savons-nous rien d'elles ?

— Peut-être qu'on ne les a pas encore trouvées, tout simplement, risqua Garcia. L'ordre dans lequel elles ont été tuées ne correspond pas forcément à l'ordre dans lequel nous les découvrons. Peut-être sont-elles encore portées disparues, enfermées dans un coffre de voiture ou dissimulées dans une crevasse, quelque part dans la montagne ?

— C'est possible, répondit Hunter en s'étirant le cou. Il y a juste une chose qui m'ennuie dans cette théorie. Le tueur n'a fait aucun effort pour dissimuler les corps des victimes 3 et 4. On les a trouvées le lendemain de leur mort. Alors pourquoi cacherait-il les cadavres des victimes 1 et 2 dans un coffre de voiture ou dans la montagne ? Ça ne correspond pas à son mode opératoire. Il veut que nous sachions ce qui arrive à ses proies.

— C'est pour ça qu'il a laissé les photos sur la cheminée, avança Hopkins en une sorte de constat incertain.

— Exactement, confirma Hunter. Il veut que ces meurtres lui soient attribués.

Ils se turent pendant quelques secondes.

— Et toi, Rob, qu'en penses-tu ? demanda l'agent avec empressement. Pourquoi est-ce qu'on n'a pas encore mis la main sur les victimes 1 et 2 ?

Hunter observa une brune aux jambes fuselées se diriger vers le juke-box, y glisser quelques pièces et faire sa sélection. Un vieux morceau des Skid Row s'éleva dans le bar.

— Je pense que, avec ta théorie, tu mets le doigt sur un truc important, répondit Hunter en regardant Hopkins.

— Quoi donc ?

— Le fait que le tueur ne pouvait pas revenir en arrière. Avoir accès aux cadavres. C'est pour cette raison qu'il s'est servi des photos. Les cadavres avaient déjà été découverts.

61

Garcia et Hopkins échangèrent un coup d'œil furtif et embarrassé. Les Skid Row hurlaient toujours dans les haut-parleurs.

— Si les corps ont déjà été découverts, que sont devenus les numéros ?

Du bout des doigts, Garcia tapotait les sachets.

Hunter désigna la photo de la première victime et le 1 dans son dos.

— Regardez la façon dont le tueur a écrit le chiffre. Vous ne remarquez rien ?

Garcia et Hopkins scrutèrent l'inscription un moment.

— C'est très rudimentaire, admit le premier. Il n'y a pas de base horizontale. Ce n'est qu'un simple trait vertical.

— Évidemment ! s'exclama le second. Il a raison. Sur un cadavre, ça aurait pu passer pour une simple traînée de sang. On peut très bien ne pas l'avoir remarqué.

— O.K., ça peut expliquer l'absence du 1, fit Garcia en posant l'autre photo au milieu de la table. Mais quid du numéro 2 ?

Hunter secoua la tête comme si tout était possible.

— Peut-être le numéro s'est-il effacé.

— Hein ?

La brune était retournée au juke-box. Cette fois son regard s'attarda sur Hunter quelques instants, suivi d'un grand sourire. Sur un air de Bon Jovi.

— Le tueur ne trace pas les numéros dans la chair de ses victimes ; il les dessine avec du sang.

Hunter continua son explication en se penchant vers l'avant.

— Et s'il avait laissé la victime 2 dans un endroit humide ou mal abrité ? Une forêt, par exemple. Et si quelque chose s'était passé, par la suite, qui avait effacé la marque sanglante ?

Garcia et Hopkins semblaient songeurs.

— La pluie aurait pu facilement l'effacer, ou en tout cas la rendre illisible, admit le jeune agent.

— C'est vrai qu'il a beaucoup plu ces derniers temps, ajouta Garcia.

Hunter jeta un œil à sa montre.

— Je vais porter ça au légiste et te faire préparer des copies numériques des photos, dit-il à Hopkins. Je veux que tu lances une recherche dans le fichier des personnes disparues et dans celui des homicides.

— Merde ! (Hopkins se frappa le front de la main.) Ça me rappelle un truc. Vous aviez raison à propos de la fille, cette Monica : vous m'aviez dit de chercher d'abord dans le fichier des disparitions de Pennsylvanie.

Il tendit à Hunter une photo en noir et blanc.

— J'ai trouvé ça dans le fichier, pour la Pennsylvanie, justement.

Les inspecteurs ne mirent qu'une poignée de secondes à analyser l'image.

— Waouh, fit Garcia. À l'exception de ses cheveux et de cette cicatrice à la lèvre, elle n'a pas vraiment changé. Sauf si elle a une sœur jumelle.

— Ce n'est pas le cas, répondit l'agent en sortant une feuille de papier.

La fille sur la photo s'appelait Mollie Woods. Née dix-sept ans plus tôt, le jour de Noël, dans le comté de Huntingdon, Pennsylvanie, elle était recherchée depuis près de quatre ans : John Woods, son père, avait signalé sa disparition le surlendemain de l'accident de sa mère, écrasée par un automobiliste ivre et tuée sur le coup. Peu après la mort de sa femme, John Woods avait déménagé à York, toujours en Pennsylvanie.

— Je n'ai pas encore essayé de contacter cet homme, ajouta Hopkins pendant que Hunter finissait de lire son rapport.

— N'en fais rien. En tout cas, pas tout de suite.

Garcia parut contrarié.

— Vous ne pensez pas qu'on devrait ? Il se fait sûrement un sang d'encre pour sa fille, ce gars. Ça fait presque quatre ans…

— Si elle est partie de chez elle, c'est qu'elle avait ses raisons. Elle a 17 ans. Si elle avait voulu entrer en contact avec son père, rien ne l'empêchait de le faire spontanément. Quand je l'ai croisée, j'ai eu l'impression qu'elle avait vraiment peur de quelque chose. Et pas seulement de ses visions.

62

Officiellement, le LACDC ouvre ses portes au public à 8 heures, du lundi au vendredi, mais Hunter n'avait pas l'intention d'attendre. Mike Brindle était un lève-tôt, il le savait ; il lui téléphona à 6 h 45. L'expert médico-légal était en route. À 7 heures, Hunter le retrouva à l'entrée de service.

La découverte des deux photos surprit Brindle, contrarié qu'elles aient pu échapper à l'attention de ses hommes. Il annonça à Hunter que les premières analyses de la maison de Malibu venaient d'arriver. L'empreinte digitale partielle recueillie dans l'une des chambres du premier étage ne correspondait jusque-là à aucune des fiches stockées dans la base de données nationale. Quant aux fibres extraites de l'aspirateur retrouvé dans la buanderie, elles étaient trop banales pour fournir la moindre piste sérieuse. Les examens dentaires, eux, confirmaient que le crâne découvert dans la cheminée était bien celui du père Fabian. En revanche, le sang utilisé pour tracer le 4 dans le dos d'Amanda Reilly n'appartenait pas à une femme enceinte.

— Qu'est-ce qu'on a, alors ? demanda Hunter.

Brindle lui tendit le rapport du laboratoire. L'inspecteur le lut en diagonale et fronça les sourcils.

— C'est le sang du père Fabian ?

L'homme répondit par un signe affirmatif.

Machinalement, Hunter vérifia les chiffres au dos des deux photos trouvées sur la cheminée. Ses pensées s'enchaînaient à vitesse accélérée.

C'est elle, le numéro 2, se dit-il intérieurement. Brindle le relança :

— Alors, qu'en penses-tu ?

Hunter agita la tête brusquement, comme s'il sortait d'une transe.

— Il utilise le sang de la victime précédente pour numéroter celle qu'il vient de tuer.

Brindle se pinça la lèvre inférieure. Hunter montra la photo de la femme.

— C'est elle, le numéro 2 ; c'est la femme enceinte dont le sang a servi à tracer le 3 sur la poitrine du prêtre. J'en suis sûr.

— C'est plausible, reconnut Brindle. Je vais faire analyser immédiatement le sang qui a servi pour le dos de ces deux photos. Tu auras les résultats très vite.

Quand Hunter arriva à son bureau, le capitaine Blake l'attendait, en avance sur leur rendez-vous de 9 heures. Garcia lui avait demandé de passer afin qu'elle puisse être informée des événements de la nuit précédente. Hopkins frappa à la porte et les rejoignit.

— Vous pensez que ça s'est vraiment passé ainsi, ou que le tueur nous balade ? demanda-t-elle calmement en contemplant les photos punaisées sur le panneau en liège.

— Nous balade comment ?

— En nous donnant deux inconnus à rechercher. Je suis sûre qu'il sait très bien que leur identification et la confirmation de leur mort vont prendre du temps. En déposant ces deux photos sur la cheminée, il nous ligote. Il essaie probablement de nous ralentir, de nous envoyer sur une piste complètement bidon pendant qu'il a tout le loisir de chercher sa prochaine victime.

Hunter secoua la tête.

— Les actes de ce tueur ont un sens d'abord symbolique. Je ne pense pas qu'il se soucie beaucoup de nous égarer. S'il nous a laissé les photos des deux premières victimes, c'est pour s'assurer que nous savons qu'il est leur assassin.

— Et pourquoi cela ? (Le capitaine Blake paraissait agacé.) Il pense que nous ne sommes pas assez compétents pour le découvrir par nous-mêmes ?

— Si les numéros avaient été effacés du cadavre des victimes, pour une raison ou une autre, nous n'aurions peut-être pas découvert la vérité par nous-mêmes, capitaine, répliqua Hunter à la surprise de celle-ci. Prenez les deux dernières victimes, par exemple. Si nous savons qu'Amanda Reilly a été tuée par l'assassin du père Fabian, c'est bien parce que le tueur nous l'a indiqué. Enlevez la numérotation, et l'affaire aurait rejoint le bureau du shérif de Malibu. Au moins jusqu'à l'analyse du crâne découvert dans la cheminée et la confirmation qu'il s'agissait bien du père Fabian.

— C'est vrai, admit Garcia, accoudé sur son bureau.

— Souvenez-vous : nous pensions que le père Fabian avait été assassiné dans une sorte de rituel. Tout semblait aller dans ce sens.

Hunter se tourna vers les photos affichées.

— Le meurtre d'Amanda Reilly procède d'un mode opératoire complètement différent. Le prêtre a été tué rapidement, pratiquement sans douleur. La nuque tranchée d'un seul coup de sabre, une mort instantanée. La scène était complexe, j'en conviens, mais rien ne laisse supposer qu'il a été torturé. Amanda Reilly, elle, a été grillée vive. Elle a souffert pendant des heures. La moitié de ses organes ont explosé en elle, capitaine.

Blake grimaça et porta à sa bouche une pastille de menthe.

— Sans la numérotation, Sherlock Holmes lui-même aurait été incapable d'attribuer ces deux meurtres au même assassin.

Hunter se racla la gorge avant de reprendre d'une voix posée :

— Nous avons affaire à un genre très particulier de tueur en série.

— Particulier en quoi ?

— Les tueurs en série changent très rarement de mode opératoire quand celui-ci leur convient. Et, lorsqu'ils le font, ils ne s'en éloignent que légèrement, en général pour évoluer peu à peu vers quelque chose d'encore plus cruel. Ce tueur-ci est assez calme et organisé pour modifier intégralement sa stratégie d'une victime à l'autre, sans paniquer.

— Les tueurs en série, généralement, sont à la recherche d'une satisfaction quelconque, non ? interrogea Hopkins.

— Tout à fait.

— Et le nôtre, alors, il court après quel genre de satisfaction ?

Hunter se passa lentement la main sur le visage.

— La peur de ses victimes.

63

— Leur peur ?

Le capitaine répéta les derniers mots de Hunter.

— Vous avez lu le rapport de Garcia sur ce qu'il a trouvé dans le journal du père Fabian ?

— L'histoire du rêve ? demanda-t-elle.

— Oui, l'histoire du rêve. À nous, cela peut sembler dingue. Mais le prêtre, lui, faisait depuis plus de vingt ans ce rêve qui le terrifiait. Quant à Amanda Reilly, elle avait une telle hantise du feu qu'elle ne voulait même pas de cuisinière au gaz dans sa cuisine.

Hunter fouilla son bureau à la recherche du rapport de sa conversation avec Tania Riggs. Il le lui tendit.

— Même les bougies étaient bannies de chez elle… compléta Garcia.

— Cette hantise la suivait depuis son adolescence.

Hunter marqua une pause qui permit au capitaine Blake de réfléchir quelques instants et de parcourir le rapport.

— Il n'a pas pu le deviner tout seul, j'imagine, dit celle-ci.

L'inspecteur lui répondit par un hochement de tête presque imperceptible.

— Alors comment le tueur est-il au courant de leurs peurs ? Est-ce qu'il les force à les lui avouer avant de les mettre à mort ?

— Je ne sais pas encore comment, capitaine, mais il est clair qu'avant de se retrouver face à ses victimes, il connaît déjà leurs peurs.

— Qu'est-ce qui vous en rend si sûr ?

— La somme de recherches et de préparatifs qu'il consacre à ses meurtres.

Hunter tapota l'une des photos du père Fabian sur le panneau en liège.

— Pour donner forme au pire cauchemar du père Fabian, le tueur a eu besoin d'un sabre et d'une tête de chien.

— Qu'il avait apportés avec lui, ajouta Garcia.

Hunter poursuivit :

— À Malibu, le tueur a choisi la maison idéale, vide, où il ne serait pas dérangé. Une maison avec une cheminée équipée d'un contrôle d'intensité et si grande qu'il aurait pu y faire rôtir un hippopotame. On est à Los Angeles, capitaine. Notre hiver, ce n'est pas vraiment le cercle polaire. Des énormes cheminées comme celle-ci, on n'en trouve pas dans toutes les demeures de la ville, c'est le moins qu'on puisse dire.

Il s'appuya contre le mur, à la droite du panneau de photos.

— Le tueur connaissait bien ses victimes.

— Bien… Jusqu'à quel point ?

— C'est la question clé. Tania Riggs nous a dit que, lorsque le tueur avait téléphoné pour prévenir qu'il serait en retard au rendez-vous avec Amanda Reilly, il avait demandé à parler à « Mandy ».

Le capitaine plissa les yeux et chercha la transcription de la déposition.

— Mandy, c'est un diminutif affectueux, avança-t-elle.

— Précisément, répondit Hunter. Ce n'est pas ainsi qu'on se parle quand on discute affaires. Ça lui a peut-être échappé.

— Est-ce qu'on a confronté les deux nouvelles photos aux fichiers des disparitions et des homicides ?

Elle s'adressait à Hopkins.

— J'ai commencé ce matin, répondit celui-ci timidement. Rien pour le moment. Mais il est encore tôt.

— Dan Tyler, le propriétaire de la maison de Malibu, n'a aucune idée de l'identité des deux personnes photographiées. Il ne les a jamais vues. Je lui ai montré les clichés.

Hunter s'arrêta d'un coup, le regard rivé aux quatre visages punaisés côte à côte sur le panneau en liège.

Garcia reconnut son expression.

— À quoi penses-tu, Rob ?

Hunter leva la main d'un geste qui voulait dire : « Attends une seconde. »

— Si le tueur connaissait bien ses victimes...

Ses paroles restèrent suspendues quelques instants.

— Il y a une chance qu'elles se connaissent entre elles, déduisit Garcia.

— Une forte possibilité, confirma Hunter.

— Mais Amanda ne pouvait pas connaître le père Fabian par l'église des Sept-Saints, poursuivit son partenaire.

— Pourquoi pas ? interrogea Blake.

— Tania Riggs nous a dit qu'Amanda n'était pas du tout pratiquante. Ni même croyante, d'ailleurs. Si elle avait connu le père Fabian quelque part, ce n'était donc pas dans son église.

— Si nous parvenions à savoir où, ça pourrait nous faire gagner beaucoup de temps, ajouta Hunter.

— Comment ça ?

— D'après ce que nous avons découvert jusqu'ici, le père Fabian était du genre ermite. Il vivait pour son église et ses paroissiens, mais rien de plus. Il n'avait aucune vie sociale en dehors de l'Église catholique.

— Oui, et alors ?

Le capitaine reposa le rapport sur le bureau.

— Alors nous savons qu'Amanda Reilly n'est pas allée à l'église. Il sera facile de savoir si elle faisait des dons ou était liée d'une façon ou d'une autre aux œuvres caritatives du père Fabian.

Hunter inclina la tête vers Hopkins qui nota de vérifier ce point.

— Alors où ont-ils pu se rencontrer ?

Personne ne répondit.

— Ils ne vivaient pas dans le même quartier ; ils ne faisaient pas leurs courses dans les mêmes magasins. Je suis persuadé que le père Fabian n'a jamais loué ni acheté de bien immobilier par l'intermédiaire de l'agence d'Amanda Reilly. Leurs chemins n'avaient aucune raison de se croiser, sinon à la suite d'une parfaite coïncidence.

— Donc, s'ils se connaissaient, c'était depuis bien plus longtemps.

Le capitaine commençait à comprendre où Hunter voulait en venir.

Ce dernier se tourna vers Hopkins.

— Trouve-nous tout ce que tu peux au sujet d'Amanda Reilly et de Brett Stewart Nichols.

— De qui ?

— Brett Stewart Nichols était le vrai nom du père Fabian, expliqua Garcia.

— Vérifie où ils ont vécu, quelle école ils ont fréquentée, tout ce que tu pourras trouver. Depuis leur adolescence.

— C'est comme si c'était fait.

Le portable de Hunter sonna. Retournant à son bureau, il sortit l'appareil de la poche de son blouson – *numéro inconnu*.

— Inspecteur Hunter.

La conversation, à voix basse, fut très brève. Quand il raccrocha, Hunter affichait une expression étonnée.

— Qu'est-ce qui ne va pas ? demanda Garcia.

— Je dois filer.

Il se saisit de sa veste.

— Filer où ?

Mais son partenaire avait déjà remonté la moitié du couloir.

64

Hunter sortit du Parker Center, l'immeuble de huit étages qui abritait les bureaux du RHD sur North Los Angeles Street. Il se dirigea, suivi de Garcia, vers le grand parc de stationnement. Mais avant d'arriver aux voitures, il obliqua à droite en direction d'East 1st Street.

— Où vas-tu ? demanda Garcia, ses clés de voiture à la main. La caisse est là-bas.

Il montrait la Honda Civic bleu métallisé, étincelante, garée vers l'aile nord du parking.

Hunter ne répondit pas et pressa le pas. Il traversa la rue. Garcia dut attendre une brèche dans le trafic pour courir derrière son partenaire.

— On va quelque part en particulier, ou on joue à « Suivez le guide » ?

— On va au Starbucks.

— C'est pour boire un café que tu as quitté le bureau en courant et sans rien dire ?

— On a rendez-vous.

Au-dessus d'eux se formait une barre de nuages sombres, mais la pluie ne tombait pas encore, malgré l'odeur de terre humide, caractéristique, qui flottait dans l'air. Une brise menaçante avait chassé tous les clients de la terrasse du café. Presque tous. Ce fut Garcia qui la vit le premier.

— Eh ! C'est cette Monica, ou... Mollie, non ?

— C'est elle qui vient de m'appeler.

Garcia ralentit l'allure.

— Tu ne crois pas qu'on aurait dû en parler au capitaine ? demanda-t-il, hésitant. Elle préférerait qu'on fasse ça dans les règles, non ?

Hunter acquiesça mais continua à avancer du même pas pressé.

— Qu'est-ce qu'on va dire au capitaine ? murmura Garcia, tout en se hâtant de rattraper Hunter.

Ils s'approchèrent de la petite table, au bout de la terrasse. La brune les aperçut quand ils arrivèrent à sa hauteur.

— Bonjour, commença Hunter d'un ton affable, soutenu par son sourire le plus chaleureux.

Elle leva la tête, et les deux inspecteurs éprouvèrent la même surprise. Sa chevelure brune était nouée en arrière en une élégante queue-de-cheval ; un maquillage subtil soulignait finement ses yeux noisette, étonnamment intenses. Son visage révélait une maturité et une vivacité charmantes, indécelables lors de leur première rencontre. La cicatrice sur ses lèvres charnues était à peine perceptible. Elle avait également remplacé ses vêtements miteux par un T-shirt blanc, un blouson très court, un jean délavé et des santiags noires. Elle paraissait complètement transformée.

— Merci d'avoir appelé. J'apprécie vraiment que vous ayez repris contact avec nous.

Elle rendit à Hunter son sourire, en trahissant toutefois une pointe de nervosité. L'inspecteur remarqua que sa tasse était vide.

— Laissez-moi vous en offrir une autre, proposa-t-il. Qu'est-ce que vous prenez ?

— Un chocolat chaud.

— Pour moi ce sera un expresso, fit Hunter en direction de Garcia qui hésita un instant avant de se diriger vers le comptoir.

Hunter s'assit face à la fille et remonta la fermeture Éclair de son blouson.

— Vous n'avez pas un peu froid, assise dehors comme ça ?

Elle fit non de la tête.

Pour se réchauffer, il se croisa les bras sur la poitrine.

— Moi, je gèle !

Elle fit la moue, et il frissonna.

— Bon, j'ai l'air d'un grand frileux, là, hein ?

Il rit.

— C'est ce qui arrive quand vous passez toute votre vie dans une région chaude. Dès que la température descend sous les quinze degrés, on s'emmitoufle dans les trucs le plus épais possible.

Garcia revint avec les cafés et le chocolat chaud.

— Vous êtes sûrs que vous voulez rester dehors ? (Il frissonna lui aussi et désigna l'intérieur du Starbucks.) Il fait bon et chaud là-dedans.

— Vous voyez ce que je voulais dire ? lança Hunter tout sourire.

— J'ai dit quelque chose de drôle ? interrogea Garcia en tendant sa tasse à la jeune fille.

— Carlos, ici présent, est né au Brésil. Il est arrivé à L.A. quand il était tout gosse. Pour lui, c'est le pôle Nord ici.

Hunter essayait de détendre l'atmosphère.

Garcia fronça les sourcils en se saisissant d'une chaise.

— Eh, vous ne trouvez pas qu'il fait froid ?

La question était adressée à Monica.

— Mon Dieu, n'allez jamais en Pennsylvanie si vous trouvez qu'il fait froid aujourd'hui.

Elle avait à peine prononcé ces quelques mots que son visage se crispa. Elle détourna nerveusement les yeux.

— Ça va aller, fit Garcia d'un ton rassurant. En fait, Rob savait d'où vous veniez, votre accent vous a trahie…

Elle lança à Hunter un regard interrogatif.

— Vraiment ?

— *Pennsylvania Dutch*, c'est ça ? répondit-il d'un ton neutre.

— Il sait plein de petits trucs comme ça, ajouta Garcia, c'est pour ça qu'il n'est jamais invité nulle part !

Elle sourit. À eux deux, ils étaient parvenus à briser la glace. Hunter vit que les épaules de la jeune femme se relâchaient, ainsi que la respiration qu'elle semblait retenir depuis leur arrivée.

— Vous avez raison. Je viens de Pennsylvanie.

Elle regarda les deux hommes l'un après l'autre et s'interrompit un instant. Sans y être poussée, elle décida de commencer par le début.

65

Mollie Woods était née le jour de Noël dans le comté de Huntingdon, en Pennsylvanie. L'accouchement, long et compliqué, avait épuisé l'organisme de sa mère, qui n'avait pas eu d'autre enfant après elle.

La naissance de Mollie, fille unique, modifia l'équilibre d'une famille profondément pieuse. Son père, John, admettait difficilement de devoir renoncer au fils dont il avait toujours rêvé. À ses yeux, la naissance de cette fille était un châtiment infligé par le Ciel. Un châtiment à rendre.

Dès qu'elle fut capable de parler, Mollie dut apprendre à prier : trois fois par jour, nue dans un coin, agenouillée sur des grains de maïs séché.

Le temps n'apaisa pas l'amertume de John Woods, bien au contraire. Sa foi lui servait à masquer sa colère, dont la petite Mollie faisait systématiquement l'objet. Tout au long de son enfance, elle eut la peau marquée d'empreintes noires et bleues.

Physiquement Mollie ressemblait à sa mère, avec un visage fin en forme de cœur, de belles lèvres roses, de grands yeux bruns magnétiques et une chevelure ondulée aux reflets châtains. À 13 ans, elle était plus grande que la plupart des filles de son âge. Son corps de femme se développait très vite.

John Woods considéra cette beauté comme une nouvelle épreuve divine. Mollie attirait déjà l'attention de garçons plus âgés. Son père savait qu'elle ne tarderait pas à céder à la tentation et au péché. Il devait lui apprendre à discerner le bien du mal.

L'initiation débuta juste après son treizième anniversaire. Deux nuits par semaine, sa mère allait travailler dans un supermarché du centre-ville. Mollie redoutait ces nuits-là. Dans la pénombre de sa chambre, elle se blottissait au creux du lit et priait, mais aucun dieu ne l'écoutait. Elle dut endurer, nuit après nuit, le corps de son père collé au sien pour lui montrer, disait-il, ce que les garçons avaient l'intention de lui faire subir.

Les cauchemars commencèrent à peu près au début de ces visites nocturnes. Elle se mit également à saigner du nez. Les premières fois, Mollie ne parvint pas à interpréter les images violentes qui lui venaient, mais elles lui semblaient réelles. S'endormir était devenu si effrayant qu'elle aurait fait n'importe quoi pour rester éveillée. Bientôt ses visions s'amplifièrent. Elles ne se limitaient plus au cadre de ses cauchemars mais survenaient désormais en plein jour – des images d'enfants battus et abusés par leurs parents, de femmes brutalisées par leur mari. Les visions se succédaient sans cesse, jusqu'au jour où l'une d'entre elles lui glaça le cœur.

Elle vit sa mère écrasée par un conducteur ivre. Cette nuit-là, elle la supplia vainement de ne pas aller travailler. Son père la gifla et l'envoya dans sa chambre. Il en avait assez de ses rêves insensés. Il lui adressa son habituel petit sourire complice et lui dit que, une fois sa mère partie, il la rejoindrait dans sa chambre pour prier avec elle.

La police frappa à la porte une heure plus tard. La mère de Mollie avait été heurtée par un chauffard qui avait pris la fuite. Elle avait été tuée sur le coup.

Ce fut cette nuit-là que Mollie s'en alla. Et que quelque chose se brisa dans l'esprit de son père.

66

Les deux inspecteurs écoutaient en silence. Mollie ne leur disait pas tout. Elle prenait soin de ne pas mentionner son véritable nom, ni aucun détail des violences et humiliations que son père lui avait fait subir. Elle avait honte.

Hunter ne s'était pas trompé. Partie de chez elle à 14 ans, Mollie avait été obligée de mûrir plus rapidement que les autres.

Elle leur expliqua que les cauchemars et les visions avaient cessé à son départ de Pennsylvanie et qu'elle s'en était crue enfin débarrassée. Mais quelques jours plus tôt, à la gare de Los Angeles, les visions étaient revenues.

— Qu'avez-vous vu exactement ?

Hunter parlait bas et d'un ton monocorde. Elle se tendit et joignit les mains autour de la tasse de chocolat chaud.

— Malheureusement, je ne peux pas contrôler ces visions. Les images sont floues, souvent sombres. La plupart du temps, c'est comme si j'étais en train de regarder un film sur un écran.

— Comme un spectateur ? suggéra Hunter.

— Oui. (Elle fit un bref signe de tête.) Mais l'autre jour, à la gare, c'était différent.

— Différent de quelle manière ?

Elle respira profondément et baissa les yeux.

— J'étais là. C'était moi qui l'attaquais.

Sa voix faiblit.

— Vous étiez le sujet de l'action ? demanda Garcia.

Elle eut un léger hochement de tête.

— J'étais l'assassin.

Un instant, Garcia se sentit mal à l'aise.

— Attendez, coupa Hunter. Vous attaquiez qui ?

Elle souffla profondément.

— Un prêtre.

Hunter réprima sa stupeur. Il savait qu'une réaction émotionnelle brutale, même une expression du visage, pouvait rendre la situation plus difficile encore pour elle.

— Nous étions dans une espèce d'église sombre, je ne sais où. Le prêtre était à genoux devant moi, il pleurait.

Elle but une gorgée de chocolat. Hunter remarqua qu'elle avait les mains qui tremblaient.

— Je lui ai montré quelque chose… Un bout de papier, je crois.

— « Un bout de papier » ? répéta Garcia.

Elle acquiesça.

— Est-ce qu'il aurait pu s'agir d'une photographie, ou peut-être d'un dessin ? demanda Hunter.

— Peut-être. Je n'en suis pas sûre.

La circulation s'intensifiait. Une voiture cala dans une rue voisine, déclenchant un concert de klaxons. Le jeune fille attendit que le vacarme retombe.

— Je n'ai pas pu voir le papier. Je l'ai juste montré au prêtre.

Hunter inscrivit quelque chose dans son calepin noir.

— Qu'avez-vous vu ensuite ?

Elle hésita une seconde, comme si ce qu'elle s'apprêtait à dire n'avait pas de sens.

— Une tête de chien. J'ai montré au prêtre une tête de chien, et ça l'a terrifié.

— D'où venait-elle, cette tête ? demanda Garcia.

— Je ne sais pas. Je l'avais avec moi.

Elle eut une nouvelle et brève hésitation.

— Avec le sabre que j'ai utilisé pour…

Sa voix se brisa.

Hunter laissa passer quelques secondes de silence avant de lui demander si elle se souvenait de quelle main elle tenait le sabre.

— La droite, répondit-elle avec conviction.

— Vous rappelez-vous quelque chose de particulier à propos de cette main ? Une couleur de peau ? La présence de bagues aux doigts ? Une montre ?

Elle réfléchit un instant.

— Des gants noirs.

Le vent avait amassé d'autres nuages sombres au-dessus de la ville. Il faisait de plus en plus froid, mais la jeune fille ne semblait pas s'en apercevoir.

— Y a-t-il autre chose dont vous vous souveniez ?

Elle fit un signe affirmatif et regarda Hunter droit dans les yeux.

— Le numéro 3. Je l'ai tracé sur le torse du prêtre après l'avoir tué.

Cette fois, ce ne fut pas le froid qui fit frémir Garcia.

Hunter soutint le regard de la jeune fille. Jusque-là, toutes les informations livrées par Mollie auraient pu avoir été recueillies dans la presse. Le détail de la photo montrée par le tueur à sa victime pouvait aussi avoir été inventé. C'était invérifiable. Mais pas l'histoire du numéro.

Hunter rompit le silence gênant qui s'était installé.

— Quand vous êtes venue nous voir… Juste avant que je ne sorte, vous m'avez dit quelque chose, vous vous en souvenez ?

Elle ne répondit pas.

— Vous avez dit : « Il savait, pour le feu. Il savait qu'elle en avait atrocement peur. » Vous vous rappelez ?

— Oui.

— Que vouliez-vous dire par là ?

Hunter repoussa sa tasse vide sur le côté et se pencha vers la jeune fille.

— Au début, je ne savais pas. C'était comme si je n'avais aucun contrôle. Ces mots sont simplement sortis de ma bouche. Mais une minute après votre départ, j'ai vu la scène. Et là c'était encore plus fort que la première fois.

Sa voix vacilla.

— Qu'avez-vous vu ?

— Une femme attachée à un fauteuil. Elle était aussi terrifiée que le prêtre, mais elle ne pouvait pas crier.

Garcia se passa la main sur le menton comme s'il lissait sa barbe.

— Elle était bâillonnée ?

— Non. Ses lèvres avaient été…

Mollie secoua la tête, elle semblait avoir du mal à croire à ce qu'elle disait.

— … collées.

— Collées ? Comme avec de la glu ?

Elle acquiesça.

— Son visage aussi était couvert de quelque chose de gluant, un genre de gel bizarre.

Encore autre chose qu'elle ne pouvait pas savoir. Hunter remonta le col de son blouson en cuir.

— Vous avez vu cette scène comme si vous en étiez la protagoniste, cette fois encore ? interrogea Garcia.

— Oui.

Elle rougit, comme si tout était sa faute.

Hunter, lui, voulait creuser l'histoire de la photo.

— Est-ce que vous avez montré à la femme un morceau de papier comme vous l'aviez fait avec le prêtre ?

— Oui. Mais, là non plus, je ne sais pas ce que c'était.

— Vous disiez que cette vision était plus forte que la précédente. Plus forte de quelle manière ? questionna Garcia.

Mollie ne répondit pas immédiatement, et Hunter comprit son hésitation. En quatre ans elle n'avait pas eu une seule vision. Et voilà qu'elles revenaient. Sous la forme des meurtres les plus monstrueux que Hunter ait jamais vus.

Elle ferma les yeux.

— Mes visions sont généralement muettes – il n'y a que des images. Sauf dans celle-ci.

Elle marqua une pause.

— J'ai dit quelque chose à la femme.

Hunter garda le silence pour lui permettre de poursuivre à son rythme.

— J'ai dit : « Bienvenue dans ton pire cauchemar, Mandy. (Hunter sentit son cœur bondir dans sa poitrine.) Je sais ce qui te fait le plus peur. »

67

Ils étaient tellement surpris par ce qu'ils venaient d'entendre que les deux inspecteurs mirent quelques secondes à réaliser.

— Était-ce votre voix ? demanda Hunter, toujours interloqué. Quand vous avez dit ces mots à la femme attachée, était-ce votre voix ou celle de quelqu'un d'autre ?

— C'était ma voix, murmura-t-elle.

Garcia se frotta le visage vigoureusement, incapable de prononcer le moindre mot.

— D'une certaine manière, je savais que la femme dans le fauteuil avait peur du feu, reprit Mollie. C'est pourquoi je vous ai dit ce que je vous ai dit.

Hunter se renfonça dans sa chaise et resta un moment sans parler.

— Ces visions durent à peu près trente secondes, une minute tout au plus. J'ignore pourquoi elles me viennent. Je ne sais pas pourquoi elles semblent à ce point réelles. Je ne sais pas pourquoi je n'étais pas spectatrice, comme dans les autres visions. J'aurais préféré l'être, mais ça ne s'est pas passé comme ça.

Elle s'interrompit et évita le regard de Hunter.

— Ce que j'essaye de vous dire, c'est que ce tueur, qui que ce soit, connaît les peurs de ses victimes.

Clic, clic, clic. De l'autre côté de la rue, quelqu'un venait de prendre trois photos de suite en toute discrétion.

— Mollie, est-ce qu'il y a autre chose dont vous vous souveniez ? reprit Garcia.

Il vit les yeux de la jeune fille s'écarquiller, comme en état de choc. Elle sembla hésiter une fraction de seconde avant de se saisir de son sac.

Hunter tenta de lui prendre la main.

— Attendez.

Mollie le regarda, puis rejeta sa main avec colère et se leva.

— S'il vous plaît, écoutez-moi, implora l'inspecteur, qui s'était levé en même temps que Garcia.

— Je me suis trompée.

— Non, vous ne vous êtes pas trompée. (Hunter parlait d'une voix ferme mais évitait toute intonation menaçante.) Laissez-moi juste une minute pour vous expliquer. Ensuite, si vous voulez partir, personne ne vous en empêchera.

Elle marqua un temps d'arrêt assez long pour que Hunter ne laisse pas l'incertitude la gagner.

— Je ne savais pas si vous rappelleriez. Vous étiez partie avant qu'un agent n'ait eu le temps de prendre vos coordonnées. Vous ne nous avez rien laissé, aussi j'ai dû me contenter du seul indice que j'avais : votre accent de Pennsylvanie. Nous avons mené une recherche rapide. Votre nom figurait parmi les personnes disparues.

Elle se figea.

— Nous n'avons rien dit à votre père.

Un peu plus tôt, quand elle leur avait parlé de la bigoterie de ses parents, elle avait centré son récit sur sa mère et rarement évoqué son père. Quand elle le faisait, son corps se raidissait, sa posture changeait. Ses gestes devenaient fébriles. Hunter avait noté à quel point son père la terrorisait.

— Et nous ne lui dirons rien.

Ses yeux soutinrent un moment le regard de l'inspecteur avant de se tourner vers Garcia. Celui-ci hocha la tête et lui adressa un sourire qui confirmait qu'ils ne diraient rien.

Son corps se détendit.

— Je vous le promets, Mollie, nous n'avions pas l'intention de nous imposer.

Hunter s'arrêta un instant.

— Et votre aide peut vraiment nous être précieuse.

L'homme qui se tenait devant elle avait quelque chose de rassurant. Il inspirait confiance. Le moment de tension passé, elle se rassit.

— Si je vous ai appelé aujourd'hui…

— Vous avez eu une autre vision ? tenta de deviner Garcia.

— Non. Pas une vision. Un flash.

Clic, clic, clic. Trois photos de plus.

— Un flash ? Que voulez-vous dire ?

— Parfois j'ai des flashes rapides, des fragments de mes visions précédentes. Des choses que je n'avais pas vues avant. Ça ne dure que quelques secondes.

— On appelle ça des « flashes résiduels », confirma Hunter sans entrer dans les détails.

Mollie le regarda avec curiosité.

— Il lit beaucoup, expliqua Garcia.

— Donc, que montrait ce flash ?

— C'était quelque chose que je disais.

— Quelque chose que vous disiez à qui ?

— Au prêtre. Juste avant de le tuer.

Clic, clic, clic.

— Mais vous disiez qu'il n'y avait pas de sons dans votre vision du prêtre, remarqua Garcia.

— Il n'y en avait pas. Pas dans la vision.

— Mais dans le flash, si, poursuivit Hunter.

Mollie acquiesça et soupira.

— Alors, que disiez-vous ?

Elle respira profondément.

— « Ils vont tous mourir. »

68

Quinze jours avant le premier meurtre

Le miroir lui renvoyait son reflet. Il passa sa langue sur ses lèvres sèches et craquelées. Quatre ans déjà… Mais c'était de dix ans qu'il avait l'impression d'avoir vieilli. Son visage accusait désormais plusieurs rides profondes, et ses yeux semblaient s'être enfoncés dans leurs orbites. Quiconque connaissait John Woods savait que les rides, chez lui, ne trahissaient pas les ravages du temps mais une angoisse intense.

Après la mort de sa femme, il avait quitté Huntingdon pour York, plus au sud en Pennsylvanie. Il ne se sentait plus capable de rester dans sa ville. Tout, là-bas, lui rappelait l'adolescente dont les rêves démoniaques avaient transformé sa vie en malédiction.

Il se passa un peu d'eau froide sur le visage et rabattit derrière ses oreilles ce qui lui restait de ses fins cheveux noirs. Ce soir, il y avait une soirée de charité au lycée catholique de York. On attendait plus de trois cents personnes, étudiants et parents.

Au lycée, John travaillait comme concierge. Il avait pris l'habitude d'aider le père Laurence pour toutes sortes de choses : plomberie, jardinage, décoration des fêtes... La soirée ne devait débuter que dans une heure, mais plusieurs familles commençaient à arriver, chargées de pâtisseries qui seraient proposées à la vente dans le gymnase aménagé à cet effet. À cette occasion, le boulot de John consisterait à s'assurer de la propreté des sanitaires tout au long de la fête.

Les yeux toujours fixés sur son reflet, il récita une brève prière avant de quitter le petit appartement qu'il louait à proximité de l'établissement.

Le père Laurence lui avait demandé de s'occuper plus particulièrement des toilettes du gymnase, qui seraient les plus fréquentées. Quant au bâtiment abritant les salles de classe, il était en principe fermé pour la soirée. John savait toutefois que les étudiants n'étaient pas très à cheval sur le règlement.

Il était 20 heures passées lorsqu'il s'engagea dans le sombre couloir de l'édifice. Après avoir vérifié les deux sanitaires du rez-de-chaussée, il monta au premier. Il avait parcouru ces couloirs si souvent qu'il n'avait pas besoin de lampe électrique.

Alors qu'il approchait des toilettes de l'étage, il entendit un petit rire venant de l'intérieur. Il ralentit et tendit l'oreille. Il perçut trois voix au moins, dont une féminine. Les lumières étaient éteintes, ce qui lui permit de se glisser à l'intérieur sans être repéré. Tout doucement, sur la pointe des pieds, il se dirigea vers le dernier des cabinets, d'où provenaient les bruits.

La porte était grande ouverte. Grâce à la faible lueur d'un téléphone portable, il vit quelqu'un qui se tenait debout derrière une fille elle-même penchée sur la cuvette des W.-C. L'un et l'autre étaient déshabillés. De la main droite, le garçon claquait les fesses nues de la fille sans cesser d'aller et de venir en elle. Tous deux gémissaient de plaisir.

Vêtu de noir, John n'en était que mieux dissimulé. Il avança d'un pas et put discerner, assis sur la cuvette, devant la fille, un autre type nu qui tenait un smartphone de la main gauche et de la droite plaquait la tête de la fille contre son entrejambe. Elle le prit dans sa bouche avec avidité. Le type filmait tout.

John sentit qu'il commençait à bander.

— Nick, viens derrière moi maintenant, fit la fille après avoir relevé la tête.

— Et toi, Shawn… (Elle se tourna vers le garçon dans son dos.) Je veux tout ça dans ma bouche.

Elle désignait le sexe dressé.

Aussi silencieusement que possible, John fit deux pas en arrière. Il ne voulait pas les déranger.

Les deux garçons échangèrent leur position, et la scène recommença. Nick, celui qui se tenait derrière la fille, avait toujours son portable à la main. La fille se mit à gémir plus fort. John comprit qu'elle allait jouir. Et lui aussi.

Il rentra dans l'un des cabinets. Il n'avait pas besoin de voir la scène : les gémissements de la fille suffisaient à le rendre fou. Il ferma les yeux, laissant aller son imagination et sa main. Mais son esprit ne lui ramenait pas les images qu'il venait de contempler quelques secondes plus tôt. Il ne voyait que Mollie et les nuits dans sa chambre lorsqu'il allait la délivrer des tentations de ce bas monde.

Il ne lui fallut que quelques secondes pour atteindre l'orgasme.

Il resta là quelques minutes, essayant de reprendre le contrôle de son corps. Quand il fut arraché à son extase et assez lucide pour se tenir debout, il se nettoya et quitta les lieux aussi discrètement qu'il y était entré. Les étudiants étaient toujours en action.

— John !

Il entendit quelqu'un l'appeler. Il venait juste de rejoindre le gymnase.

Gardant la tête baissée et les yeux rivés au sol, il fit comme s'il n'avait rien entendu et continua à marcher.

— John Woods ?

Une main se posa sur son épaule droite.

— Tu ne m'as pas entendu t'appeler ?

John se retourna nerveusement. Ce qu'il vit le laissa bouche bée.

Le vieil homme qui se tenait devant lui avait de fins sourcils, du même blanc que ses rares cheveux peignés de gauche à droite. Son nez rond et ses joues roses, soulignant son regard bienveillant, lui donnaient l'air le plus amical qui soit.

— Père Lewis ?

John ne pouvait cacher son étonnement. Il baisa la main droite du vieux prêtre.

— Dieu te bénisse, mon fils.

— Je ne savais pas que vous viendriez.

— Je l'ai décidé à la dernière minute, John.

Depuis toujours, ou presque, le père Lewis avait exercé son ministère à l'église de la Sainte-Trinité de Huntingdon, celle que John Woods avait fréquentée toute sa vie.

— Comment va l'église, mon père ?

— Elle va bien, John. Nous avons pu la faire repeindre il y a un an. Tu devrais venir nous voir un de ces jours.

Le regard de John s'assombrit.

— Je sais, je sais, dit le père Lewis avant que l'homme n'ait ébauché une réponse. Les souvenirs sont encore trop vifs, n'est-ce pas ?

John répondit par un hochement de tête timide.

— Je te connais depuis que tu es gamin, mon fils. Tu as toujours été un fervent catholique et tu es, dans mon cœur, comme un membre de ma famille. Ça me fait mal de savoir que tu as eu besoin de nous quitter pour parvenir à supporter ton deuil.

John ne put soutenir le regard du prêtre.

Celui-ci lui adressa un sourire affectueux.

— Mais si je suis ici, John, c'est pour t'apporter une bonne nouvelle.

John finit par relever les yeux.

— Peux-tu m'accompagner dehors quelques instants ? Il y a un peu trop de bruit ici.

Ils trouvèrent un coin tranquille à l'extérieur du gymnase.

— Est-ce que tu te souviens de Sarah Matthews ? interrogea le prêtre.

John plissa les yeux.

— Une dame pas très grande, blonde aux cheveux bouclés, de jolis yeux. Elle rit très fort quand je raconte une de mes blagues, précisa le prêtre. Elle apportait toujours des tartes aux pommes quand on organisait nos kermesses. Elle a une très jolie fille qui s'appelle Emily.

John sourit. Il se souvenait très bien d'Emily Matthews. Une grande fille mince dont la sensualité, dès 14 ans, faisait tourner bien des têtes. John se rappelait la façon avec laquelle elle le regardait pendant la messe du dimanche. Comme si elle savait qu'elle était une vilaine fille. Comme si elle voulait qu'il la délivre de la tentation charnelle. Exactement comme avec Mollie.

— Ah, oui, je me souviens d'elle, maintenant, répondit John en masquant son excitation. La dame aux tartes aux pommes et au gros rire !

— C'est ça. Eh bien, figure-toi qu'Emily, sa fille, est partie pour Los Angeles il y a deux ans. Elle veut suivre des cours de comédie et devenir actrice. (Le père Lewis dodelina de la tête en signe de réprobation.) Les enfants d'aujourd'hui veulent tous devenir des stars, peu importe ce que nous tentons de leur enseigner.

John ne commenta pas.

— Elle est revenue le week-end dernier. Elle passera Noël avec sa famille, à Huntingdon. Je lui ai parlé après la messe, dimanche, et elle m'a dit quelque chose que je voulais te dire. Cela pourrait soulager un peu ta peine, John.

Ce dernier fronça les sourcils, sans comprendre où le prêtre voulait en venir.

— Pour payer son loyer, poursuivit le père Lewis, Emily a pris un petit boulot de serveuse dans un restaurant de Los Angeles.

Il marqua un temps d'arrêt, comme si ce qu'il s'apprêtait à révéler le remplissait de joie.

— Eh bien, Emily me jure qu'elle a vu Mollie il n'y a pas plus d'une semaine !

Le cœur de John fit un bond. Il fixait le père Lewis d'un air ahuri.

— Je sais. (Le prêtre souriait, apparemment ravi.) C'est difficile à croire, mais Emily m'a dit qu'elle était certaine de ce qu'elle avançait. Il y a un arrêt d'autobus devant le restaurant où elle travaille, et c'est là qu'elle a vu Mollie. Apparemment, Mollie n'a pas beaucoup changé, en dehors de sa coiffure et d'une petite cicatrice à la lèvre.

John se rappela la nuit du départ de Mollie. C'était lui, le responsable de cette cicatrice.

— Emily n'a pas réussi à lui parler. Elle servait des clients et, quand elle en a eu fini avec leur commande, Mollie était déjà montée dans le bus. Elles étaient amies à l'école, tu te souviens ?

John sentit son corps commencer à trembler et les mots lui manquer.

— Dis, est-ce que ce n'est pas une grande nouvelle, John ?

Le prêtre souriait.

— Mollie est vivante et elle va bien. Ça m'a fait tellement plaisir quand Emily m'a annoncé ça qu'il fallait que je vienne ici te le dire. Je sais à quel point tu t'es fait du souci.

John n'écoutait déjà plus. D'autres voix, dans sa tête, avaient pris le relais.

69

En début de soirée, Hunter reçut un e-mail accompagné d'une pièce jointe contenant les derniers résultats d'analyse du LACDC. Le mélange utilisé sur le visage d'Amanda Reilly pour produire l'effet de cire fondue était proche de ce qu'avait suggéré le Dr Winston, mais pas en tout point. Il s'agissait d'un mélange de caoutchouc et de paraffine qui avait la consistance d'une gelée. Cette gelée, quand on la mêlait à une petite quantité d'oléate de plomb, donnait un plâtre gélatineux qui présentait une bonne adhérence à la peau humaine, puisqu'elle ne coulait pas ni ne se délitait. Lorsqu'on l'exposait à une forte température, l'ensemble du mélange fondait. Ainsi, selon la force des propriétés adhésives du plâtre, la peau d'un corps pouvait se décoller pendant la fonte. Ce qu'on avait retrouvé sur le visage d'Amanda Reilly, ces agrégats qui ressemblaient à de la cire, c'était donc le mélange de sa peau arrachée et de la combinaison de caoutchouc et de paraffine fondus utilisée par l'assassin.

— Où est-ce que le tueur a pu se procurer tout ça ? demanda Garcia quand Hunter lui eut lu le rapport à haute voix.

— La paraffine, en fait, c'est juste de la gelée de pétrole, expliqua Hunter. On peut en acheter dans n'importe quelle droguerie. L'oléate de plomb se commande facilement sur Internet. Quant au caoutchouc, le tueur peut très bien avoir fait fondre un masque d'Halloween. Pour couvrir le visage d'Amanda, il n'avait pas besoin d'une quantité très importante.

Garcia se contenta de l'explication, mais il semblait préoccupé.

— Qu'est-ce qui te tracasse ? demanda Hunter.

Garcia rassembla ses cheveux en un catogan.

— La conversation que nous avons eue avec Mollie ce matin, et tout ce qu'elle nous a dit. C'est comme si elle avait été présente chaque fois qu'il y a eu un meurtre.

— Et qu'est-ce que ça t'inspire ?

Garcia marchait en long et en large dans la pièce.

— Elle connaît trop de détails sur les deux scènes de crime pour que ce soit une mystification. Elle savait, pour les numéros. Sa description des deux nuits coïncide également avec ce que nous savons.

Il leva les mains comme s'il renonçait à comprendre.

— Je vais être franc avec toi, Rob. Je n'ai jamais vraiment cru à ces trucs parapsychomachins. Mais à moins qu'elle ne connaisse personnellement le tueur et qu'il lui ait tout raconté en détail, je pense que tu as raison. C'est elle qui a la clé. Et, si c'est le cas, elle nous a également appris quelque chose que nous ignorions.

— Le tueur a montré aux victimes un morceau de papier, convint Hunter.

Garcia acquiesça.

— Et, comme tu l'as déjà suggéré, il peut très bien s'agir d'un dessin ou d'une photo représentant un lieu ou une personne.

— Quoi que ce soit, dit Hunter, les yeux fixés sur Garcia, si Mollie dit vrai, ce morceau de papier est le chaînon qui relie les victimes entre elles.

70

Une double-note discrète signala à Hunter l'arrivée d'un nouvel e-mail sur son ordinateur. Il s'agissait des analyses de sang réalisées à partir des photographies trouvées sur la cheminée. Hunter en prit connaissance puis tendit à son partenaire le document imprimé.

— C'est le même sang pour les deux photos ?

La voix de Garcia était mal assurée.

Hunter acquiesça et se frotta les yeux.

— Est-ce que ça ne fiche pas en l'air notre théorie selon laquelle le tueur marque chaque nouvelle victime avec le sang de la précédente ?

— Pas du tout.

Hunter retourna à son siège et se saisit de la souris. Il cliquait, faisait défiler le texte, cliquait encore.

Son partenaire attendit quelques secondes, en vain.

— Tu veux bien préciser ?

— Ce ne sont pas les vraies victimes. Suppose que le tueur tue une victime et s'en aille avec juste assez de sang pour numéroter la suivante. Ça veut dire qu'il n'a pas prévu que le numéro puisse s'effacer et qu'il devra peut-être le redessiner.

Hunter pressa plusieurs touches de son clavier.

— Donc… Quand le tueur se retrouve dans la situation de devoir utiliser des photos pour revendiquer les meurtres des victimes 1 et 2, il est à court de sang.

Garcia réfléchissait à l'hypothèse.

— C'est pourquoi il s'adapte à la situation et doit utiliser le même sang pour marquer les deux photos.

Hunter s'arrêta net et regarda Garcia.

— Il n'a pas utilisé leur sang, murmura-t-il.

— Hein ?

— Le tueur était sur les lieux d'un crime quand il a laissé les deux photos sur la cheminée.

— Oui, et alors ?

— Eh bien, il aurait pu utiliser le sang d'Amanda. Elle était à sa disposition et il ne lui en aurait pas fallu beaucoup pour dessiner deux petits chiffres au dos des photos. Pourquoi n'a-t-il pas utilisé son sang à elle ?

Garcia remuait la tête lentement en signe d'ignorance.

— Il aurait tout autant pu se servir du sang du père Fabian, poursuivit Hunter. Il en avait évidemment avec lui pour dessiner le 4 dans le dos d'Amanda. Quelques gouttes lui auraient suffi pour tracer les deux chiffres.

Garcia continuait à se mordiller la lèvre inférieure, l'air pénétré.

— Peut-être a-t-il dessiné les chiffres au dos des photos *avant* d'arriver à la maison de Malibu, suggéra-t-il.

— O.K., mais alors pourquoi ne pas utiliser le sang du père Fabian ? Comme je l'ai dit, il en avait avec lui depuis le meurtre des Sept-Saints.

— Peut-être qu'il lui restait du sang des précédentes victimes.

— D'après les analyses, ce n'est ni le sang d'Amanda ni celui du père Fabian, et ce n'est pas non plus celui que le tueur a utilisé sur le prêtre, le sang de la femme enceinte.

— Donc si tes suppositions sont exactes et que le tueur utilise réellement le sang d'une précédente victime pour marquer la suivante, ça veut dire que celui qui est utilisé sur les photos ne provient pas des victimes 2, 3 et 4.

— Exactement.

Garcia jeta à Hunter un regard bref et attentif.

— Tu ne crois pas non plus que le sang appartienne à la première victime, j'ai l'impression.

— Je pense que le tueur ne conserve qu'une petite quantité du sang de ses proies pour numéroter celle qui doit suivre. Je pense qu'il se débarrasse ensuite du sang restant.

Garcia se gratta le menton en fronçant les sourcils.

— Si ta théorie est exacte, pourquoi agit-il ainsi ? Pourquoi le tueur utilise-t-il le sang d'une précédente victime pour marquer la suivante ?

Hunter sentit son pouls s'accélérer.

— Il les relie entre elles.

— Les victimes ? Il les relie entre elles ?

Hunter acquiesça.

— En utilisant leur sang de l'une à l'autre, il a relié les victimes 1 et 2, les victimes 2 et 3, et les victimes 3 et 4. Peut-être avaient-elles un lien quelconque, nous n'en savons rien pour le moment. Mais le tueur nous indique qu'il existe entre elles une connexion.

Garcia s'arrêta un instant, l'esprit traversé par une nouvelle idée.

— O.K., alors j'ai deux questions à te poser. Si ta théorie est exacte, quel sang le tueur a-t-il utilisé pour numéroter la première victime – puisqu'il n'y en a pas eu avant ? Et, si tu ne crois pas que le tueur se soit servi du sang des victimes pour inscrire les chiffres au dos des deux photos, d'où provient ce sang, alors ?

Hunter s'immobilisa devant la fenêtre et resta un moment à contempler la circulation.

— Peut-être n'y a-t-il qu'une réponse à ces deux questions.

Garcia dressa le sourcil gauche.

— Il a utilisé son propre sang.

71

Deux jours avant le premier meurtre

Il pressa la sonnette et attendit devant la vitre de la réception. C'était un vieil hôtel crasseux du quartier de Lynwood, au sud de Los Angeles. Un de ces établissements où l'on pouvait louer une chambre à l'heure, à la journée, à la semaine ou au mois. Du moment qu'on payait, tout était négociable. Sans question gênante.

La réception était exiguë et sale. On aurait dit que l'endroit n'avait pas été nettoyé depuis des années. Le plafond présentait des traces d'infiltration humides, la moquette était constellée de brûlures de cigarette, il y avait des toiles d'araignée dans tous les coins, et le papier peint se détachait des murs.

Il pensa que des endroits de ce genre n'existaient qu'au cinéma dans certaines séries noires. Mais c'était exactement l'endroit qu'il cherchait. Un lieu où personne ne ferait attention à lui.

Il actionna de nouveau la sonnette plusieurs fois.

— J'arrive, j'arrive… Enfile ton pantalon, ma poulette.

La voix grave, à l'accent sudiste marqué, venait

de derrière une cloison en bois située dans le renfoncement du bureau. Au bout de quelques secondes apparut une jeune Noire d'à peine plus de 18 ans, suivie d'un homme particulièrement obèse. Elle portait un jean slim, un chemisier de coton jaune sans manches et semblait pressée de partir. Le gros type lui lança un clin d'œil lourdingue tout en boutonnant son pantalon.

— La semaine prochaine tu me paieras ta note dans les délais, c'est compris ?

La fille garda les yeux baissés, l'air gêné, et disparut dans l'étroit escalier.

— Qu'est-ce que je peux faire pour vous ? finit-il par demander en s'approchant de la vitre.

Il sentait l'ail. Ses cheveux gras et rares auraient eu grand besoin d'un shampooing et d'une coupe.

— Je voudrais une chambre.

Le gros homme étira le cou pour examiner le hall d'entrée. Pas le moindre bagage, à part une petite valise aux pieds du visiteur. Quand les gens venaient louer une chambre dans son hôtel, c'était généralement en compagnie d'une ou deux putes.

— C'est cinq dollars l'heure, mais si vous êtes en rut, je vous fais les six heures à vingt dollars.

De son index gauche il retira d'entre deux dents quelque chose qui s'y était manifestement coincé.

— J'ai besoin de la chambre pour quelques jours. Peut-être davantage.

Le gros homme fronça les sourcils et regarda avec suspicion le visiteur et son mètre quatre-vingt-huit.

— Je paie d'avance.

La suspicion s'évapora dans l'instant.

— Vous savez, avec Noël qui approche, on est chargé en ce moment. Mais je peux sûrement vous trouver quelque chose.

Le visiteur attendit patiemment.

— Si vous souhaitez rester toute la semaine, je peux vous laisser la chambre pour…

Il marqua un temps d'arrêt, comme s'il était en train de calculer le montant précis.

— … Deux cents.

Le visiteur émit un rire étrange, prit sa valise et se dirigea en silence vers la porte.

Le gros homme le rappela avec empressement :

— Attendez, attendez… O.K., je vois que vous êtes dur en affaires. La semaine pour cent cinquante, ça vous va ?

Le visiteur réfléchit quelques instants avant de sortir quatre cent cinquante dollars de son portefeuille.

— Voilà pour trois semaines. Jusqu'au nouvel an.

Le gros homme ramassa l'argent et le compta avidement.

— Si vous voulez faire une vraie bonne affaire, je peux vous faire tout le mois pour cinq cents. C'est une super occase.

Le visiteur rangea calmement son portefeuille dans sa poche arrière et fixa son interlocuteur droit dans les yeux.

— O.K., O.K. (Le gros homme leva les mains en signe de reddition et lui tendit le registre.) Signez juste ici, et c'est bon.

Le visiteur ne bougea pas.

Passèrent plusieurs secondes silencieuses et désagréables.

— O.K., capitula le réceptionniste qui avait compris. Je vous inscris sous le nom de Jim Rob, ça vous va ? Vous serez le troisième Jim Rob inscrit chez nous.

Il griffonna quelque chose, jeta le registre sur son bureau encombré et attrapa une clé.

— La 34B, annonça-t-il en tendant la clé. Troisième étage sur rue. C'est une bonne chambre. Une de nos meilleures. (Sa bouche grimaça un sourire qui dévoilait des dents tachées et sales.) Si vous avez besoin de distraction…

Il fit au visiteur le même clin d'œil graveleux qu'à la jeune Noire un peu plus tôt.

— Filles, garçons… Vous voyez ce que je veux dire. Prévenez-moi juste. Je peux vous arranger le coup.

Le visiteur ne faisait plus attention au réceptionniste. Il n'avait plus besoin de lui.

72

En se garant devant le vieil immeuble de Montebello, Garcia jeta un bref coup d'œil à sa montre. Adossé à l'appuie-tête, il leva les yeux vers les guirlandes de Noël qui scintillaient aux fenêtres. De quoi égayer un peu cet immeuble en brique pour le moins impersonnel.

Anna avait décoré la fenêtre de leur appartement, au premier étage, avec de la neige artificielle, des lampes bleues scintillantes et une vielle peluche de Rudolf le Renne, dont la truffe rouge avait viré au rose délavé ; mais c'était l'objet de son enfance auquel elle tenait le plus et qui l'accompagnait depuis ses 4 ans.

Garcia avait appelé Anna du bureau pour l'avertir qu'il serait rentré à temps pour le dîner, ce qui n'arrivait plus si souvent. Ils étaient ensemble depuis le lycée, la terminale plus précisément. Garcia n'aurait pu rêver d'une épouse plus compréhensive. Elle savait à quel point il aimait son métier. Elle savait quels efforts il avait déployés pour en arriver là et comprenait l'engagement et le sacrifice qui allaient de pair avec un tel boulot. Elle les acceptait comme s'il s'était agi d'elle-même. Mais malgré sa force de caractère et tout ce que Garcia lui avait dit pour la rassurer, Anna avait parfois peur. Elle avait peur de recevoir un soir un coup de téléphone lui annonçant que son mari ne rentrerait pas, ne rentrerait plus. Elle avait peur que toutes les horreurs auxquelles Garcia assistait jour après jour ne finissent par le changer en profondeur. On a beau être mentalement préparé, il existe une limite à la barbarie que l'on peut supporter. Il y a une limite à la violence psychologique qu'on peut encaisser avant de parvenir au détachement. Elle avait lu ça quelque part et en était absolument persuadée.

Anna était douillettement installée sur leur canapé bleu quand Garcia arriva dans le salon, tendant vers elle un joli bouquet de roses rouges et une bouteille de vin blanc. Elle leva les yeux de son livre et lui adressa ce sourire de bienvenue qui chaque fois faisait battre plus vite le cœur de son mari.

Il lui rendit son sourire.

La beauté d'Anna était inhabituelle et fascinante. Elle avait les cheveux noirs coupés court et des yeux noisette auxquels on ne pouvait rester indifférent. Sa silhouette droite et assurée trahissait la majorette qu'elle avait été.

— Des fleurs ? (Elle posa le livre sur la table basse et se leva.) En quel honneur ?

Garcia la regarda. Anna lut dans ses yeux un soupçon de tristesse.

— Rien de spécial. J'ai simplement réalisé que ça faisait une éternité que je ne t'avais pas offert de fleurs. Je sais combien tu les aimes.

Elle prit le bouquet et l'embrassa délicatement. Elle faillit lui demander si tout allait vraiment bien, mais elle connaissait déjà la réponse à sa question. Son homme allait toujours bien. Peu importait ce qui lui trottait dans la tête ou la difficile journée qu'il venait de passer : jamais il ne lui confiait ses soucis.

Du fait de sa récente aversion pour les steaks grillés, Anna lui avait préparé les fameuses lasagnes de sa grand-mère. La bouteille de pinot agrémenterait le repas. Au dessert ils partagèrent une salade de fruits et de la glace à la vanille. Puis il l'aida à débarrasser la table. Dans la cuisine il fit couler l'eau chaude et commença la vaisselle pendant qu'Anna terminait son vin, assise à la petite table.

— Ma chérie… Est-ce que je peux te poser une question ? fit-il d'un ton détaché, en évitant son regard.

— Bien sûr.

— Crois-tu qu'il soit possible que quelqu'un voie des choses qui arrivent à d'autres, sans être lui-même présent physiquement ?

Elle fronça les sourcils.

— Qu'est-ce que tu veux dire ? Je ne saisis pas.

Carlos finit de laver la dernière assiette, s'essuya les mains avec le torchon à petites fleurs et se tourna vers sa femme.

— Tu sais bien : il y a des gens qui prétendent voir des choses. Des choses qui arrivent à d'autres gens. Des gens que parfois ils ne connaissent même pas.

— Comme des visions ? dit-elle lentement.

— Oui, quelque chose de ce genre, ou une sorte de rêve.

Anna but une gorgée de vin.

— Eh bien, c'est en effet une question très étrange, venant de ta part ! Je sais que tu ne crois pas aux trucs comme ça. C'est bien de voyance qu'on parle, hein ?

Garcia s'assit à côté d'elle et remplit leurs verres.

— Tu crois aux trucs comme ça, toi ?

73

Anna observait son mari en essayant de deviner ce qu'il dissimulait. Ils se disputaient rarement, habitués aux rapports directs et aux conversations les plus franches sur toutes sortes de sujets. Mais Garcia ne parlait jamais de son travail ni des enquêtes en cours. Sans qu'il ait besoin de le préciser, elle sut que sa dernière question dénotait bien autre chose que la simple curiosité.

— Tu te souviens d'une fille qui s'appelait Martha ? demanda-t-elle, s'adossant à sa chaise.

Garcia plissa les yeux.

— C'était au lycée. Une drôle de fille. Cheveux courts châtains, épaisses lunettes, mal fagotée. Une solitaire, toujours assise à l'écart à la cantine. Très loin des autres.

— Ça ne me rappelle rien de rien, fit Garcia.

— Elle était une année en dessous de nous.

Anna claqua des doigts comme si elle se rappelait quelque chose.

— C'est la petite qui s'était fait bizuter ! Les salopes de notre classe l'avaient barbouillée de ketchup et de moutarde, tu ne te souviens pas ? Pendant le barbecue sur le terrain de foot ?

— Oui, ça y est, je me souviens, répondit Garcia. Pauvre fille. Ils l'avaient recouverte de la tête aux pieds.

Il hésita un instant.

— Tu ne l'avais pas aidée ce jour-là ?

— Si. Je l'ai aidée à se nettoyer. Je lui ai prêté des vêtements et je l'ai emmenée au Lavomatic. Elle m'a fait promettre de ne rien dire à ses parents – jamais. Nous avons bavardé plusieurs fois, par la suite, mais elle était très timide. C'était très dur de se lier avec elle.

— Bon. Et donc, pourquoi me parles-tu d'elle ?

Anna se concentra sur son verre de vin.

— C'était en avril 1994, deux jours avant que notre équipe de basket féminine ne joue les quarts de finale du championnat scolaire de Californie.

Garcia sentit sa gorge se nouer.

— Contre Oakland ? demanda-t-il péniblement.

Anna acquiesça doucement, les yeux toujours rivés à son verre.

— C'était la pause de midi, et Martha était assise à l'autre bout du réfectoire, comme elle en avait l'habitude. Je suis passée près d'elle pour lui dire bonjour, mais elle semblait encore plus distante que d'habitude. Pour dire quelque chose, je lui ai demandé si elle viendrait au match le samedi. Nous étions les outsiders, et l'équipe avait besoin de tout le soutien possible.

Garcia se pencha en avant, de plus en plus intéressé.

— Martha m'a regardée, et ça m'a fichu la trouille. Elle avait un regard spécial – froid, sans émotion, les yeux comme deux noyaux vides et noirs.

Anna promenait nerveusement les doigts sur ses lèvres.

— Et puis elle m'a dit avec une voix de zombie : « Il n'y aura pas de match. »

Garcia vit la chair de poule sur les bras de sa femme et lui prit la main. Elle lui adressa un faible sourire avant de continuer.

— Je lui ai demandé ce qu'elle voulait dire. Le match était annoncé partout. On ne pouvait pas faire deux mètres au lycée sans tomber sur une affiche. C'était la meilleure équipe féminine du lycée depuis des années, et nous avions de grandes chances de gagner, cette fois.

Anna marqua un autre temps d'arrêt, puis regarda Garcia, les yeux vitreux.

— Martha m'a dit : « Oakland ne viendra pas. Le bus n'arrivera pas. »

Cette fois, c'est Garcia qui eut la chair de poule. Il se souvenait très bien de cette année-là. L'équipe de basket d'Oakland devait arriver la veille du match. Mais leur chauffeur s'était endormi au volant sur l'autoroute. Le bus avait heurté de front un semi-remorque. Personne n'avait survécu.

— Doux Jésus… murmura Garcia en serrant la main d'Anna.

— C'était quel jour, cette conversation ?

— La veille du jour de l'accident.

— Tu rigoles ?

La température dans la cuisine semblait avoir brutalement chuté.

— C'est pour ça que tu as quitté l'équipe, reprit Garcia, qui venait de comprendre. Ce n'était pas à cause de l'accident lui-même. C'était à cause de ce que cette Martha t'avait dit.

Anna ne le confirma pas, mais Garcia savait qu'il avait raison.

— Je n'ai plus jamais parlé à Martha. Quelques semaines plus tard elle a quitté le lycée.

— Tu ne m'avais jamais raconté ça.

— Je ne l'avais jamais raconté à personne.

Anna reprit un peu de vin.

— D'une façon ou d'une autre, Martha savait ce qui allait se passer, Carlos. Avec un jour d'avance. Je ne sais pas si elle en a rêvé ou si elle a eu une vision. Le fait est qu'elle ne pouvait pas l'avoir deviné. Personne ne le pouvait.

Garcia lâcha la main d'Anna et but, silencieusement, le fond de son verre.

— Pour répondre à ta question, reprit-elle en lui touchant doucement le bras, je crois en effet qu'il existe des gens capables de voir ou de sentir des choses que la grande majorité d'entre nous ne perçoivent pas. Mais ce ne sont pas les voyants dont on trouve la publicité au dos des magazines, tu sais, ces gens qui vous promettent de lire l'avenir contre quelques centaines de dollars. Ceux-là ne sont que des escrocs. S'ils lisaient vraiment l'avenir, ils vivraient tous à Las Vegas et passeraient leur temps à faire sauter la banque.

Garcia sourit.

— C'est bien vu, ça.

— Alors, dis-moi, pourquoi me demandais-tu ça, mon cœur ?

Garcia secoua la tête et détourna les yeux.

— Comme ça. C'est sans importance.

Anna comprit qu'elle n'en saurait pas davantage.

74

Hunter se retournait dans son lit sans réussir à trouver la bonne position. Ses yeux tombèrent sur le réveil digital de la table de nuit, et il marmonna un juron. 4 h 55. Il avait dormi moins de deux heures. C'était déjà difficile de trouver le sommeil dans son propre lit, alors dans celui d'une étrangère…

Il s'étira, frotta ses yeux qui le piquaient, mais la démangeaison persista. La lueur chétive d'une lampe posée près du téléphone, dans le couloir, empêchait l'obscurité d'engloutir toute la chambre.

Hunter avait quitté son bureau très tard et n'avait pas eu envie de rentrer chez lui directement. Il avait roulé un moment en bénissant l'effet apaisant qu'avaient sur lui les décorations de Noël. Sur Hollywood Boulevard, l'artère pavoisée avec le plus de faste et d'extravagance, il s'était arrêté au Scorpion, un bar gothique à motifs rouges et noirs qui servait une variété considérable de tequilas et de whiskies. Il n'avait pas prévu d'y faire long feu, mais sa résolution n'avait pas résisté à l'irruption d'une grande blonde aux cheveux courts et aux lèvres terriblement séduisantes. Elle l'avait bousculé en renversant son verre sur sa chemise. La pauvre ne savait pas comment s'excuser de sa maladresse. Elle lui avait offert un autre verre et, de fil en aiguille, il s'était retrouvé dans son lit.

Il repoussa les couvertures et quitta le lit aussi discrètement que possible. Il rassembla en un paquet informe ses vêtements dispersés aux quatre coins de la pièce. Mais impossible de trouver ses chaussures. Il se souvint en souriant du sentiment d'urgence qui avait rythmé leur déshabillage… La fille lui avait arraché deux ou trois boutons en lui retirant fébrilement sa chemise. Leurs ébats avaient été sauvages et bruyants – très bruyants. Hunter s'était dit que, sauf épaisseur hors norme des murs de l'appartement, cette belle blonde ne devait pas être très populaire auprès de ses voisins.

Il se mit à quatre pattes et chercha ses chaussures sous le lit. Il faisait trop sombre, et il n'y voyait rien.

— Tu as perdu quelque chose ?

Elle avait beau avoir une voix aussi douce et sexy que le reste, il sursauta.

— Désolé de t'avoir réveillée. Je cherchais juste mes chaussures.

Elle sourit et s'assit, adossée à la tête de lit.

— Elles sont de ce côté.

Elle désignait sa droite.

Hunter se releva. Les yeux de la fille s'allumèrent en se promenant sur son corps nu. Il fit le tour du lit et, au moment où il se baissait pour ramasser les chaussures, elle sortit son pied droit des couvertures et le frotta délicatement contre le bras de Hunter. Ils se regardèrent.

— Tu ne vas pas partir déjà, quand même ?

Son maquillage avait presque totalement fondu, mais elle restait toujours aussi attirante. Elle avait les yeux aussi bleus que ceux de Hunter, des taches de rousseur charmantes sur son petit nez, le teint parfaitement doré. Elle remarqua le bref coup d'œil qu'il lança au réveil.

— Il est encore très tôt. Le soleil n'est même pas levé, murmura-t-elle en souriant.

Hunter réfléchit une fraction de seconde avant de se pencher vers elle et de l'embrasser doucement. Elle gémit lascivement et il l'embrassa encore, un peu plus intensément et un peu plus longuement. Elle repoussa les couvertures au bas du lit et attira Hunter en elle. Instantanément, ses gémissements montèrent de plusieurs tons.

75

Occupé par une conférence de presse à propos d'une autre affaire, le capitaine Blake avait dû reporter leur réunion quotidienne à la fin de l'après-midi. Hunter décida de retourner à l'église des Sept-Saints et à la maison de Malibu. Il espérait qu'en restant seul un moment sur les lieux des crimes il comprendrait, sinon l'ensemble, du moins certains des motifs d'une telle brutalité, d'autant de rage et de colère. La plupart des scènes de crime, quand on réussit à les « lire », sont comme des témoins. Elles ont des secrets à révéler sur la victime, sur l'assassin, sur le déroulement réel des faits. Hunter était particulièrement habile pour les analyser et les interpréter. Il percevait des choses, décelait des pistes que la plupart des autres flics ne voyaient pas. Mais les scènes de crime, cette fois, taisaient leurs secrets, à l'exception d'un mot qu'elles semblaient hurler aux visiteurs : PEUR.

Hunter prit également un peu de temps pour retourner à l'appartement d'Amanda Reilly, sur Sunset Strip. Il examina les trois chambres, le salon, la cuisine et l'entrée. Il fouilla chaque tiroir, chaque boîte d'archives, les placards, toute la penderie. Il ne savait pas vraiment ce qu'il espérait trouver. Probablement un journal intime ou d'anciennes photos d'elle et de ses amis. Mais Amanda ne gardait rien. L'appartement était décoré avec goût, le mobilier, raffiné, les murs étaient ornés de jolis tableaux, et le parquet était couvert de tapis précieux. Seulement, il n'y avait pas là le moindre souvenir. Pas même une photo de famille. Tout ce que put apprendre Hunter, c'était qu'Amanda Reilly était orgueilleuse, très organisée, et qu'elle n'avait pas vraiment envie qu'on lui rappelle son passé.

Vers le milieu de l'après-midi Hunter passa au RHD. L'unité d'analyses criminelles du LAPD est située dans l'immense sous-sol du Parker Center. Au moment où Hunter et Garcia entrèrent, Hopkins était en train de rassembler quelques papiers.

— J'allais justement monter vous voir, les gars, lança Hopkins en agitant les documents qu'il venait d'imprimer.

— On a été plus rapides, se vanta Hunter en contemplant l'espace de travail du jeune agent.

Le petit bureau de Hopkins se trouvait dans un recoin de la pièce juste assez grand pour accueillir le clavier et l'écran de son ordinateur ainsi qu'un téléphone.

— Je vois qu'ils t'ont donné le bureau enfant.

Le regard de Hunter tomba sur Jack Kerley, le chef du service informatique.

— C'est ce qu'on a pu trouver de mieux en aussi peu de temps, répondit ce dernier en se levant.

Il serra avec fermeté la main des deux inspecteurs. Son visage rasé de frais luisait comme s'il venait de l'enduire de cire.

— Comment vas-tu, Rob ?

Celui-ci fit un signe de tête mais ne répondit rien.

Jack posa une main sur l'épaule gauche de Hopkins.

— C'est un bon petit gars. Il apprend vite. Il nous en faudrait d'autres comme lui ici. On est submergés de boulot.

Son téléphone sonna.

— Tu vois ce que je veux dire ? Sûrement une nouvelle demande.

Il retourna à son bureau.

— On a du nouveau sur l'environnement du père Fabian et d'Amanda Reilly ?

Hunter faisait face à Hopkins, qui avait déjà plongé dans ses feuilles de papier.

— La seule œuvre de charité du père Fabian, c'était sa paroisse. Il ne faisait rien à l'échelon municipal. Quant à Amanda Reilly, rien ne laisse penser qu'elle ait été portée sur les bonnes œuvres. Dans les quinze à vingt dernières années, je n'ai trouvé aucune piste où leurs chemins auraient pu se croiser.

— Et en remontant plus loin encore ?

Hunter s'appuyait contre le mur.

Hopkins marqua un temps d'arrêt pendant lequel il mit ses notes en ordre.

— Brett Stewart Nichols, alias le père Fabian, a grandi à Compton. Il y a passé toute sa vie. Il a fréquenté le lycée local, sur South Acacia Avenue. Il n'était pas ce qu'on appelle un « élève modèle ». Ses notes étaient franchement médiocres, en fait. Il avait très rarement la moyenne et a obtenu son diplôme de justesse. Il n'était pas que mauvais sur le plan scolaire : il était mauvais partout, si vous voyez ce que je veux dire. Spécialiste en heures de colle.

Hopkins chercha une feuille.

— J'ai aussi : « insulte à ses camarades ». « Dégradation de biens scolaires et privés ». « Fraude aux examens ». Difficile d'imaginer qu'un gosse avec un tel dossier deviendrait prêtre.

— Quel séminaire a-t-il fréquenté ? demanda Hunter.

— C'était un an et demi après la terminale. Un élève aussi indiscipliné que lui… Il avait dû sérieusement changer de mentalité pour faire ce choix.

— Mais c'était où, ce séminaire ? Ici, à L.A. ?

Hopkins vérifia dans ses papiers.

— Non. C'était le petit séminaire de Saint-Jean à Camarillo. Je les ai appelés, mais sans mandat, ils n'ont rien voulu me dire.

— Je ne pense pas que nous aurons besoin des détails de son passage au séminaire. Et pour son assiduité au lycée ? interrogea Hunter.

— C'est drôle que vous demandiez ça, gloussa l'agent. Épouvantable, vraiment. Il avait un goût évident pour l'école buissonnière.

— Montre-moi cette feuille, fit Hunter en tendant la main. Et que sait-on d'Amanda Reilly ?

— Elle n'était pas dans la même école, ne vivait pas à Compton. Elle allait au lycée de Gardena.

— C'est un établissement gigantesque, commenta Garcia.

— Elle vivait à Gardena ? demanda Hunter en levant les yeux de la feuille.

Hopkins acquiesça.

— Oui. Jusqu'à ce qu'elle quitte l'école et se lance dans l'immobilier.

— Attends. (L'inspecteur leva la main.) Gardena, ce n'est pas très loin de Compton. Et sur son assiduité à elle, tu sais quelque chose ?

— Pas terrible non plus. Comme Brett, elle séchait beaucoup les cours.

— Quel âge avait-elle en quittant le lycée ?

— Elle a redoublé sa seconde, donc… 18 ans.

— À peu près le même âge que le père Fabian, remarqua Hunter. Où habitait-elle ?

Il s'était approché du grand plan de Los Angeles accroché au mur.

— South Ainsworth Street, à Gardena, répondit Hopkins.

Hunter trouva la rue et y planta une punaise rouge avant de retourner aux informations concernant le père Fabian. Puis il se servit d'une punaise bleue pour marquer la rue où avait vécu le prêtre dans son enfance. Tous s'immobilisèrent, les yeux fixés sur la carte.

— Ça alors, fit Garcia, ils habitaient à deux pas l'un de l'autre.

76

Garcia et Hopkins s'approchèrent pour examiner le plan.

— Les gamins du même âge adorent traîner ensemble. Ils ont pu faire partie de la même bande, tous les deux, suggéra Hopkins.

— Les quartiers de L.A. ne se mélangent pas vraiment bien, répliqua Garcia. Compton tout particulièrement. Surtout avec Gardena.

Hunter répondit d'un hochement de tête.

— Oui, mais il y a vingt-cinq ans, la situation était moins tendue. Les histoires de gangs n'étaient pas aussi graves qu'aujourd'hui. Les quartiers se mélangeaient beaucoup mieux à cette époque.

— C'est vrai, admit Hopkins.

Hunter fixa le plan un moment et regarda sa montre.

— C'est ce qu'on a trouvé de mieux, alors allons faire un tour à leurs écoles et voyons s'il n'y a pas quelque chose à trouver. Il faut interroger les gens, fouiner dans les archives…

Il demanda au jeune agent la feuille contenant les infos sur Amanda.

— Vous voulez que j'appelle les deux lycées ? demanda ce dernier.

— Ils vont te renvoyer d'un interlocuteur à l'autre. En plus, je suis sûr qu'ils ont des photos qui peuvent nous intéresser.

Hunter se tourna vers Garcia.

— Je vais à Compton High, l'école du prêtre. Toi, passe à Gardena High, celle d'Amanda.

— J'ai soumis les deux photos de la maison de Malibu aux bases de données des disparitions et des homicides, dit Hopkins. J'attends toujours les résultats.

Il se tourna vers son ordinateur. Au bout de quelques clics, les deux clichés apparurent à l'écran.

— Pour l'instant, ils ne correspondent à rien.

— Continue de chercher, fit Hunter d'un ton confiant.

Il remarqua une expression de doute sur le visage de Hopkins.

— Un problème ?

— Je pensais à un truc. Et si ces deux-là avaient été tués il y a un moment ? Peut-être même des années ?

Il avançait son hypothèse d'une voix prudente, sans cesser de fixer les deux photos.

— Ça expliquerait pourquoi nous ne les avons pas encore trouvés et pourquoi nous ne repérons pas de lien apparent entre eux. Peut-être que l'assassin a commencé à tuer il y a longtemps et qu'il s'est arrêté pour une raison ou une autre. Et il fait son come-back.

Hopkins regarda sa montre, l'air absent.

— Et merde !

Le regard écarquillé de Hunter allait et venait sur l'écran, d'une photo à l'autre.

— Qu'est-ce que j'ai fait ? demanda l'agent avec nervosité.

— Ces deux-là n'ont pas été tués il y a longtemps, affirma l'inspecteur. Ils ont été tués dans les cinq derniers mois.

Garcia fronça les sourcils. Il avait du mal à suivre son partenaire.

— Et qu'est-ce qui te rend si sûr ?

— Sa montre, fit remarquer Hunter en touchant l'écran.

Garcia et Hopkins se penchèrent et plissèrent les yeux pour essayer de distinguer le bracelet à peine visible que l'homme portait au poignet gauche. Garcia renonça au bout de quelques secondes.

— C'est impossible de discerner la montre en entier, dit-il en se redressant. Elle est à moitié coupée par le cadre de la photo.

— Mais oui, fit cette fois Hopkins. C'est une montre des Los Angeles Lakers ! La montre commémorative de la finale de la NBA, en juin dernier. Elle est sortie en juillet.

— Comment est-ce que tu peux savoir un truc pareil ? demanda Garcia.

— Parce qu'il porte la même, répondit Hunter.

Les regards se braquèrent sur le poignet de Hopkins.

— Contacte les morgues. Demande un inventaire de tous les effets personnels récupérés sur un cadavre mâle dans les huit dernières semaines. Si on trouve la montre, on trouvera la victime 1.

77

Un peu plus tôt, le même jour

Malgré la fatigue, il n'avait pratiquement pas dormi de la nuit. Les bruits permanents qui provenaient de la chambre voisine le réveillaient en sursaut chaque fois qu'il s'assoupissait. Il aurait pourtant dû s'y habituer. Des voix d'homme étranglées qui rugissaient comme des fauves blessés et des petits cris de femelle qui répétaient « plus fort, chéri, plus fort ». C'était comme ça toutes les nuits. À certains moments, il avait cru se réveiller au milieu d'un tremblement de terre comme on les connaît bien en Californie : les martèlements violents contre la paroi ébranlaient toute sa chambre. Pour quelque raison mystérieuse, les cris de la nuit précédente avaient été plus aigus, et les coups sourds, plus soutenus, presque rageurs. Ils s'étaient prolongés bien après 5 heures du matin.

Comme chaque jour, il quitta très tôt l'hôtel pouilleux. Sa première halte était toujours pour la petite église catholique située à proximité. *Quelle indignité*, pensait-il, *qu'un tel antre de saleté et de débauche, où défilent prostituées et toxicos, soit aussi proche d'un lieu sacré.* Une fois qu'il aurait trouvé ce qu'il était venu chercher, il ne remettrait plus les pieds dans cette ville. Ce n'était vraiment pas la cité des anges, mais la ville du péché. La cité des diables.

Vers 9 heures, le matin, il ne faisait pas plus de onze degrés. La plupart des gens marchaient emmitouflés dans leur manteau, le col relevé. À l'entrée d'une boutique abandonnée, un type hirsute en T-shirt sale et déchiré tentait de s'abriter du vent. Il grattait son imposante bedaine et buvait à une bouteille enveloppée dans un sac en papier marron. Leurs regards se croisèrent. Le clochard tendit la main.

L'homme sentit la colère lui parcourir l'échine. Au fond de sa poche il serra entre ses doigts son étrange crucifix en métal. Il luttait contre l'envie de foutre une trempe au mendiant. De le battre jusqu'au sang.

Ils se regardèrent près d'une demi-minute. L'homme sentait le fer du crucifix lui entailler la chair de la paume. Le sang collant lui coulait dans la main.

— Merci, Seigneur, murmura-t-il avant de détacher son regard de l'ivrogne et de s'obliger à poursuivre sa route.

Il s'arrêta au bord du trottoir, attendit que le feu passe au rouge. La circulation était dense. Il avait la gorge sèche. Il se massa la nuque en faisant des mouvements de tête de gauche à droite. C'est à ce moment qu'il aperçut le kiosque à journaux et se figea, les yeux écarquillés, la bouche grande ouverte. Il ne pouvait pas croire ce qu'il avait devant lui. Il sentit tout son corps vaciller. Son cœur faisait des bonds dans sa poitrine avec une violence inimaginable. Dieu était avec lui. Maintenant, il en était sûr.

78

Peu d'établissements scolaires sont aussi vastes que le lycée de Gardena, dont la superficie couvre la moitié d'un pâté de maisons. Le sport y tient manifestement une place importante : on y dénombre trente terrains de jeux les plus variés, dédiés au tennis, au basket, au volley, au base-ball, au football américain ou européen. Trente bâtiments accueillent plus de cent classes. La bibliothèque, elle, abrite presque autant d'ouvrages que la grande bibliothèque de la ville.

Garcia se gara sur l'un des trois grands parkings et se présenta à l'accueil. Une jeune métisse au look exotique examina son insigne sans répondre au téléphone qui sonnait. Elle renversa sa chevelure noire en arrière, fixa l'homme et vérifia le registre.

— M. Kennedy, notre directeur, est très occupé aujourd'hui.

— Eh bien, moi aussi, ma chère petite ! répliqua Garcia. Je ne le dérangerai pas longtemps, mais je dois lui parler.

Elle rejeta de nouveau sa crinière en arrière.

— Il est en rendez-vous avec des parents d'élève, mais il devrait avoir fini d'ici à cinq minutes.

— Si c'est cinq minutes, je peux attendre.

Six minutes plus tard, Kevin Kennedy accueillait Garcia dans son bureau. Il n'avait pas loin de 50 ans, une prestance austère, la même taille que l'inspecteur, quoique plus solidement charpenté. Ses cheveux noirs peignés en arrière lui donnaient un petit air de Dracula, mais son visage inspirait la confiance et certainement le respect à ses élèves. Il portait des lunettes à fine monture élégante et un joli costume gris clair impeccablement repassé. Il accueillit son visiteur d'un sourire chaleureux accompagné d'une poignée de main ferme.

— Asseyez-vous, je vous en prie, inspecteur.

Le directeur indiqua l'un des fauteuils en cuir noir qui faisaient face à son grand bureau en palissandre. Garcia passa en revue chaque détail de la grande pièce. Les murs étaient tapissés de belles toiles et de diplômes encadrés, les étagères, jalonnées de dizaines de petites figurines primitives. Deux meubles de classement en métal jouxtaient le bureau, à sa gauche. Kennedy se tenait devant la haute fenêtre qui donnait sur le principal terrain de sport.

— Je suis navré de vous avoir fait attendre.

Il adressa à Garcia un sourire de compassion, un rien nerveux.

— Les élèves ont beau être en vacances de Noël depuis cinq jours, nous avons encore un programme chargé. En plus aujourd'hui est le dernier jour pour les professeurs. Vous seriez venu demain, vous n'auriez trouvé personne. Mais dites-moi, que puis-je faire pour vous, inspecteur ?

Garcia lui parla d'Amanda Reilly. Il expliqua combien il serait important de trouver toute information disponible en rapport avec ses fréquentations du temps de sa scolarité. Le directeur tapa quelques touches sur son clavier d'ordinateur et repositionna son écran afin que l'officier puisse également le voir.

— Nous avons transféré la plupart de nos archives sur une base de données informatique, expliqua-t-il. Mais pas la totalité. En tout cas pour le moment. C'est un processus fastidieux et onéreux, qui requiert de la main-d'œuvre. Et, en ce moment, nous en sommes un peu à court.

Nouveau sourire mal à l'aise.

— De toute façon, nos archives ne mentionneraient pas les amis de cette élève. Voici à peu près tout ce dont je dispose à propos d'Amanda Reilly.

Garcia déchiffra les informations sur la page affichée à l'écran de Kennedy. Il n'y trouva rien de plus que ce qu'avait déjà appris Hopkins.

— Et les annuaires de promotion ? demanda-t-il.

Le directeur remonta ses lunettes. Son expression ne rendait pas Garcia très optimiste.

— Nous avions un département de la bibliothèque dédié aux annuaires des différentes promotions, expliqua Kennedy. Nous gardions un exemplaire pour chaque année. Mais il y a quelque temps, ils ont commencé à disparaître.

— Volés ?

— C'est ce que nous avons pensé. Le problème, c'est que certains ados prennent l'habitude de voler sans raison. Ils volent compulsivement, sans envie ni réel besoin.

Garcia sourit.

— Je suis navré, reprit Kennedy, vaguement embarrassé, qui se souvenait qu'il était en train de parler à un policier. Je suppose que vous savez tout cela mieux que moi. Bref, la plupart de nos vieux annuaires ont été volés.

— Vous n'avez pas commandé de nouveaux exemplaires ?

— Si, une fois.

Garcia se recula dans son fauteuil.

— Volés de nouveau ?

Kennedy acquiesça.

— Nous pensions les commander une fois encore, mais l'imprimerie qui s'occupait de nos plus anciens annuaires a été détruite par un incendie il y a quelques années.

Garcia lâcha un soupir de découragement.

— La plupart ont été volés, mais pas tous. Laissez-moi vérifier si la chance est avec nous.

Kennedy décrocha le téléphone et composa le numéro interne de la bibliothèque. Après une brève conversation, il raccrocha.

— Mme Adams, notre bibliothécaire, va vérifier et elle nous rappellera. En attendant, puis-je vous offrir quelque chose à boire ? Un café ? Un verre d'eau ?

Garcia déclina d'un léger signe de tête. Le téléphone sonna. Kennedy répondit immédiatement. La conversation se réduisait à des « O.K. » et à des « Je vois ».

— Je suis désolé. (Il hocha la tête avec tristesse.) Toute la décennie en question est manquante. Il ne reste pas un seul annuaire de cette période.

Garcia se pinça l'arête du nez en se demandant quoi faire.

Le téléphone sonna encore. Kennedy s'excusa et répondit. Il regarda l'inspecteur et leva les sourcils.

— C'est une excellente idée, madame Adams, merci.

— Un espoir ? interrogea Garcia.

— Mme Adams suggère que vous alliez jeter un coup d'œil aux espaces de stockage que nous avons aménagés dans les caves du bâtiment principal. Je les avais oubliés. Dans ces réserves, nous conservons de très vieilles choses. Mme Adams m'a rappelé qu'il y avait là une multitude de cartons remplis de vieux clichés pris par les clubs de photo de l'époque. Et notamment les clichés qui n'ont pas été retenus pour figurer dans les annuaires. (Il sourit avec confiance.) À mon avis, c'est votre meilleure piste.

Le regard de Garcia s'alluma.

— Comment puis-je avoir accès à ces cartons ?

— Il vous faut voir notre brave et cher M. Davis. Peut-être même vous aidera-t-il à fouiller là-dedans. Il a été notre concierge, ici, pendant plus de quarante ans. Il s'occupe toujours des jardins. Et il est le seul à avoir les clés des vieilles caves.

— Où puis-je le trouver ?

— Il habite dans l'aile du personnel, au numéro 3C, si je ne fais pas erreur. (Kennedy se tourna instinctivement vers la grande fenêtre.) Vous pouvez aller sonner chez lui, mais aujourd'hui, c'est son jour de repos. S'il n'est pas là, essayez le Roosevelt Memorial Park. C'est à cinq minutes de marche d'ici.

Garcia plissa le front.

— Le Memorial Park ?

Kennedy acquiesça.

— Sa femme est enterrée là. Il passe la plus grande partie de son temps libre à lui parler.

L'homme haussa les épaules, comme s'il voyait là pure folie.

79

Darnell Douglas contempla avec le plus vif intérêt l'homme qui tournait autour de la Cadillac Escalade noir corbeau. Depuis quinze ans qu'il vendait des voitures d'occasion, s'il était fier de quelque chose, c'était de sa capacité à distinguer les vrais acheteurs des emmerdeurs juste venus là pour mater. Et ce grand monsieur, avec son pardessus sombre et élégant, appartenait clairement à la première catégorie.

Dans la vitrine, Darnell vérifia rapidement sa propre allure. C'était un beau Noir au crâne rasé, le bouc parfaitement taillé au centre d'une mâchoire carrée. Il rajusta sa cravate bleu et blanc et se dirigea vers le client.

Celui-là, il est pour moi.

— Une sacrée allure, hein ?

Il adressa au visiteur un sourire accueillant, mais sans en faire trop.

L'homme acquiesça et continua de tourner autour de la voiture.

— Elle n'a que 6 500 kilomètres au compteur. Le propriétaire a dû s'en séparer. Ennuis d'argent.

Le client ouvrit la portière du côté du conducteur.

À l'intérieur comme à l'extérieur, la voiture était en parfait état.

— Elle a toujours l'odeur de voiture neuve, vous avez remarqué ? fit Darnell, tout en restant à distance.

Il savait que les bons acheteurs n'aimaient pas qu'on les colle. Il attendit quelques secondes supplémentaires avant de lâcher une autre information.

— Ce qu'il y a de bien, en fait, c'est que c'est une voiture neuve au prix de l'occasion !

— Je peux m'asseoir à l'intérieur ? finit par demander l'homme en pardessus avec un accent nasillard typiquement texan.

— Bien sûr. Vous ne trouverez pas de véhicule plus confortable. Les Cadillac sont les Rolls américaines !

L'homme s'installa et saisit le volant à deux mains tout comme un gamin l'aurait fait. Durant une fraction de seconde, un sourire ravi passa sur ses lèvres. Darnell comprit qu'il le tenait.

— Combien elle consomme ? demanda le client, les mains toujours agrippées au volant.

— En ville vingt litres au cent, un peu plus de douze sur autoroute.

— Vraiment ?

— Je vous l'ai dit, elle assure, la garce !

Le sourire gai reparut aux lèvres du client.

— Vous savez ce qu'on va faire ? fit Darnell en s'approchant de la portière. Je vais aller chercher les clés, et elle va nous montrer ce qu'elle sait faire. Ça vous dit ?

L'homme réfléchit un moment.

— O.K.

— Super. J'arrive tout de suite. Monsieur ?…

— Turner. (L'homme tendit la main.) Ryan Turner.

80

Pendant près d'une minute, Garcia frappa à la porte numérotée 3C. Personne. Le parc du Roosevelt Memorial n'était pas loin – quasiment en face du lycée. Muni de la description que lui avait faite le directeur, Garcia ne mit pas longtemps à repérer M. Davis. L'air affable, l'homme devait avoir dans les 70 ans. Il était assis sur un banc de pierre devant une paisible roseraie. Son chapeau à bord tombant rappela à Garcia son grand-père. Ses lèvres fripées bougeaient doucement, murmurant quelque chose que l'inspecteur ne distinguait pas.

— Monsieur Davis ?

Le vieil homme avait sursauté en entendant son nom. Il leva la tête et vit Garcia qui le surplombait. Il plissa les yeux comme ébloui par le soleil. Il cherchait manifestement, parmi les milliers de visages qui peuplaient sa mémoire, lequel se tenait devant lui.

— Mon nom est Carlos Garcia.

Davis plissa les yeux avec encore plus d'intensité. C'était maintenant parmi les patronymes que sa mémoire fouillait fiévreusement.

— Vous ne me connaissez pas, dit l'inspecteur en montrant son insigne.

Le vieil homme put cesser son épuisante recherche.

— Je travaille au LAPD.

Garcia jugea préférable de ne pas préciser le département particulier dont il relevait. Accolés ensemble, les termes « section spéciale » et « homicide » avaient le don de rendre la plupart des gens nerveux.

— Il y a un problème ? demanda M. Davis d'une voix frêle et inquiète. Il n'y a pas eu un accident à l'école, au moins ?

Son expression alarmée était touchante.

Garcia sourit doucement et lui assura qu'il n'avait pas à s'inquiéter. Il expliqua la raison de sa visite impromptue, sans préciser qu'Amanda Reilly avait été assassinée.

— Le directeur, M. Kennedy, m'a dit que vous pourriez m'aider à accéder aux réserves du lycée et peut-être même à chercher parmi les photos.

— Ce sera avec plaisir, si je le peux.

Le vieil homme hocha la tête avant de contraindre sa carcasse fatiguée à se redresser. Il jeta un regard à la roseraie et leva une main parsemée de taches de vieillesse.

— Au revoir, Bella, je serai de retour dans deux jours.

C'est dans la grande roseraie du Roosevelt Memorial Park que sont dispersées les cendres des défunts incinérés. Garcia s'inclina respectueusement, comme s'il disait lui aussi au revoir.

Pour atteindre les réserves du lycée de Gardena, il fallait emprunter un long couloir en brique, mal éclairé, dans les caves du bâtiment principal. Les toiles d'araignée et l'odeur viciée témoignaient de la rareté des visites.

Davis déverrouilla la porte de la pièce principale et l'ouvrit en grand.

— La plupart des cartons de photos sont stockés ici, dit-il.

Il pressa l'interrupteur électrique.

C'était une grande pièce remplie d'ancien mobilier, principalement des bureaux et des chaises, de vieux instruments de gymnastique, à quoi s'ajoutaient les centaines de cartons empilés sur des planches en bois couvrant trois des quatre murs. La poussière régnait en maîtresse des lieux, et l'odeur du couloir était encore plus pénible à supporter. Du plafond pendaient de vieilles ampoules faiblardes.

Garcia se racla la gorge deux fois et se servit de sa main comme d'un éventail, ce qui ne fit que soulever davantage de poussière.

— Mon Dieu… dit-il en contemplant le nombre de cartons littéralement décourageant. Par où commencer ?

Davis lui adressa un sourire réconfortant.

— Ça pourrait être pire, vous savez. J'ai passé une grande partie de mon temps libre dans cette cave à essayer de répertorier et de classer ce qui pouvait l'être. J'ai horreur de ne rien faire.

Il commença à tourner autour des vieux pupitres, pour la plupart cassés.

— C'est une façon de rester occupé.

Garcia avait les doigts transis par le froid et l'humidité. Il frotta les cicatrices de ses paumes.

— Quelle année devons-nous chercher ? demanda Davis en s'approchant d'une pile de cartons.

— Elle a quitté le lycée en 1985.

Le regard du vieil homme parcourut les cartons placés devant lui.

— Ça devrait être au bout de cette rangée.

Il montrait le mur opposé.

Garcia ne tarda pas à trouver quatre grandes boîtes marquées *1985*.

— Nous y voilà.

Il les tira des étagères, les déposa au sol et sortit de sa poche une photo d'Amanda Reilly que Tania Riggs leur avait donnée.

— C'est la seule photo que j'aie d'Amanda. Elle a été prise il y a juste un an. Espérons qu'elle n'a pas trop changé.

Le vieil homme prit la photo des mains de l'inspecteur et l'examina pendant quelques secondes.

— Elle me dit quelque chose, murmura-t-il en hochant la tête.

Les quatre cartons devaient contenir quelque deux mille clichés. Des photos de groupe, des photos de classe, des photos individuelles ; des élèves en train de s'amuser, de faire du sport, d'étudier, de déjeuner. Certaines étaient clairement posées, d'autres prises sur le vif. On découvrait une large palette de rires, de cris de colère et de larmes.

Garcia et Davis entamèrent patiemment le processus consistant à passer en revue ces images et à essayer d'identifier quelqu'un qu'ils n'avaient jamais vraiment rencontré. Le concierge de l'école s'arrêtait de temps à autre, quand une photo lui ramenait à l'esprit un souvenir ou une histoire qu'il racontait alors à Garcia.

Ils étaient là depuis plusieurs heures lorsque Davis s'interrompit brusquement et plissa les yeux sur une photo en la rapprochant de son visage.

— Remontrez-moi la photo de cette Amanda, celle que vous avez apportée, dit-il en tendant la main.

Garcia lui passa le cliché et attendit impatiemment.

— C'est elle ! s'exclama Davis avec un sourire réjoui.

Il tendit les deux photos à l'inspecteur. L'image en question représentait quatre filles très maquillées, vêtues comme des mannequins de grands couturiers – dans des tenues apparemment fort onéreuses. Deux d'entre elles riaient, une autre arborait un air amusé et la dernière, sur le côté, avait les yeux baissés. Elles se tenaient devant l'un des terrains de basket du lycée, où jouaient un groupe de jeunes.

Garcia n'eut pas besoin de demander laquelle était Amanda. Elle avait assurément changé, mais il ne faisait aucun doute que c'était elle, la deuxième en partant de la gauche. Elles étaient toutes impressionnantes, chacune à sa façon, mais Amanda sortait du lot. Elle était belle à tomber. Sa chevelure blonde coupée au carré flottait au gré d'une brise légère. Elle riait. Même figée par le temps, son hilarité restait communicative.

— Je me souviens de ces filles, commença M. Davis d'un air mélancolique. Elles étaient toujours ensemble, et les garçons…

Il remua la tête. Son sourire s'amplifia à mesure que les souvenirs revenaient.

— … Ils étaient tous fous d'elles. Mais, ces filles, elles n'en avaient rien à faire.

— Que voulez-vous dire ? Elles n'avaient pas de petits copains ?

— Oh, si, bien sûr, mais si ma mémoire est bonne, ce n'étaient pas des garçons du lycée. Ils étaient plus âgés, à mon avis.

— Est-ce que vous vous souvenez du nom de ces filles ?

Davis éclata de rire.

— J'ai une bonne mémoire, inspecteur, mais quand même pas à ce point !

Garcia hocha la tête et reprit l'examen de la photo.

— Impossible, murmura ce dernier au bout de quelques secondes, les yeux fixés sur le cliché.

— Qu'est-ce qui se passe ? Quelque chose qui ne va pas ? interrogea le vieil homme en tendant le cou.

— Vous n'auriez pas une loupe ? demanda Garcia sans quitter la photo des yeux.

L'homme sourit et sortit de sa ceinture un vieux couteau suisse. Il y avait là tout ce dont on pouvait avoir besoin : pince coupante, tire-bouchon, décapsuleur… et une petite loupe.

— Je savais bien qu'un jour elle servirait !

Il la tendit à Garcia qui la porta fébrilement à son œil, scrutant la photographie pendant un temps qui lui parut une éternité. Il avait la bouche sèche.

— Que je sois damné…

81

Ils descendirent Yukon Avenue et tournèrent à gauche vers Artesia Boulevard. Darnell Douglas était au volant. Ryan Turner, confortablement installé à son côté, inspectait du regard l'intérieur de la voiture.

— Le moteur a l'air très souple, avança-t-il d'un ton détaché.

— Oh, oui ! C'est un V8. Un 6,2 litres aussi souple qu'un vieux whisky.

Darnell jeta un coup d'œil à son passager.

— Vous aimez les bonnes bouteilles, Ryan ?

— Il m'arrive d'apprécier un bon whisky, oui.

— Vous allez apprécier cette voiture, je vous le dis.

— J'en suis sûr.

Il comprit que le moment était venu de jouer au gentil vendeur.

— J'ai une idée, Ryan.

Il se rangea sur le bas-côté de la route.

— Je ne devrais pas vous dire ça, parce que je ne vous ai pas fait remplir la fiche obligatoire. Mais si vous voulez vraiment savoir ce qu'elle a dans le ventre, il faut que vous la conduisiez vous-même.

Ryan eut l'air surpris.

Le truc du « gentil vendeur qui fait une entorse au règlement », ça marchait toujours. Ça faisait vieux copains. Ça mettait en confiance.

— Il suffit d'aller sur l'autoroute de San Diego. Vous pourrez la pousser un moment. Elle ne demande qu'à respirer.

— Vous êtes sûr ? demanda Ryan qui paraissait hésiter.

— Mais oui, pourquoi pas ? Vous êtes un type responsable et sérieux, apparemment. Je pense que je peux vous faire confiance.

Ryan soutint quelques instants le regard du vendeur.

— Sérieusement, si cette bagnole ne vous fait pas prendre votre pied, aucune voiture n'y parviendra jamais.

— D'accord.

Ryan hocha la tête avant de déverrouiller la portière côté passager et de faire le tour de la voiture, lentement. Il prenait son temps.

L'affaire est dans le sac, songea Darnell.

— Vous faites quoi, sinon, dans la vie, Ryan ? demanda-t-il en laissant sa place au volant.

— Je suis médecin…

Ryan attacha sa ceinture.

— Waouh…

— … anesthésiste.

— Oh !

Le corps de Darnell fut secoué d'une sorte de spasme.

— Quelque chose ne va pas ?

Darnell grimaçait.

— Vous savez, j'ai vraiment horreur des piqûres… Elles me foutent une trouille bleue.

La main de Ryan attrapa la seringue dans sa poche. Il sourit.

— Oui…

Il regarda Darnell fixement. Sa voix était plus rauque.

— C'est quelque chose que je savais déjà.

On dit que l'homme, comme n'importe quel animal, est capable de sentir le danger. Un instinct ancestral nous alerte. À cet instant, quelque chose au fond de lui cria à Darnell de descendre au plus vite de cette voiture.

Trop tard : Ryan enclenchait le verrouillage centralisé et souriait de nouveau.

— Vous savez quoi ? murmura-t-il. Je sais exactement ce qui vous fait peur.

82

Au lycée de Compton, Hunter avait réussi à mettre la main sur un annuaire de 1985, l'année au cours de laquelle le père Fabian avait été diplômé. Il était également parvenu à retrouver certaines pièces du dossier du jeune homme. Celui-ci avait été exclu à sept reprises en une seule année. Et, chaque fois, les exclusions avaient été décidées par le même professeur, Patricia Reed, qui enseignait la trigonométrie – le point faible du futur prêtre à en croire ses notes. Les professeurs tendent à se souvenir de leurs pires élèves, plus que des meilleurs. Si quelqu'un avait gardé Brett Stewart Nichols en mémoire, il y avait de bonnes chances pour que ce soit Patricia Reed.

Le jour glissait lentement du bleu pâle à la nuit sombre lorsque Hunter arriva à son bureau. Garcia, qui l'avait précédé de quelques minutes, se tenait devant le panneau en liège où étaient affichées les photos, en train d'examiner avec soin l'une d'entre elles. Il se retourna vers Hunter.

— Tu n'imagines pas ce que j'ai trouvé.

Ses paroles trahissaient son excitation. Il agita un tirage 6 × 12 cm.

Hunter leva un sourcil et s'approcha.

— J'ai trouvé ça dans les réserves du lycée de Gardena.

Il tendit la photo à Hunter.

— Les réserves ?

Garcia résuma brièvement sa journée avant de pointer la photo de l'index.

— Regarde. La deuxième à partir de la gauche.

Hunter examina la fille que désignait Garcia. Ça ne lui prit pas longtemps.

— Amanda Reilly, avança-t-il sans hésiter.

— Tout juste.

Garcia sortit de son tiroir une vieille loupe du plus pur style Sherlock Holmes et la tendit à son partenaire.

— Mais ce n'est pas tout. Regarde la dernière fille sur la droite, celle qui a une sorte d'expression amusée.

Hunter examina de nouveau la photo, un peu plus longtemps cette fois. Il ne remarquait rien de particulier chez cette fille et s'apprêtait à demander à son collègue ce qu'elle avait de spécial lorsqu'il sursauta.

— C'est une blague ?

— Elle te dit quelque chose ? fit Garcia en haussant les sourcils.

Hunter se tourna vers le panneau en liège et détacha la photo de femme qu'ils avaient trouvée sur la cheminée de la propriété de Malibu. Celle avec, dans le dos, le numéro 2. Il la posa sur le bureau à côté de celle des lycéennes. Ses yeux volèrent d'un cliché à l'autre. Il se tourna vers Garcia.

— C'est elle.

Garcia acquiesça posément.

— C'était bien mon avis, mais je n'avais pas la photo de la cheminée avec moi. Il a fallu que je vienne ici pour en être sûr. Maintenant je le suis. Elles ont fréquenté le même bahut, Rob. Amanda et la supposée victime 2 se connaissaient très bien.

— Comment s'appelle-t-elle ? Qui est-elle ?

— Ça, je l'ignore toujours.

— Tu as récupéré un annuaire ?

Garcia relata l'histoire des annuaires volés et de l'imprimerie incendiée.

— Peut-être le lycée a-t-il conservé une photo de sa remise de diplôme, mais je n'en suis pas certain. Comme je te l'ai dit, il fallait d'abord que je vérifie mon intuition. Et, à l'heure où je suis remonté des réserves, il n'y avait plus personne au lycée. Aujourd'hui, c'était le dernier jour des professeurs et du personnel avant Noël. L'école est fermée pour les vacances. S'ils ont gardé une photo de la remise du diplôme et qu'elle n'a pas été volée, elle se trouvera probablement à la bibliothèque.

— Ce M. Davis n'en a pas les clés ?

— Si, probablement, mais je ne saurais pas par où commencer. Leur bibliothèque est gigantesque. Ça ne servirait qu'à nous faire perdre du temps. Il nous faut la bibliothécaire ou quelqu'un qui travaille là-bas. Or, à partir d'aujourd'hui, ils sont tous en congés.

Hunter se représenta la situation.

— O.K., essayons alors d'entrer en contact avec le directeur du lycée ou avec quelqu'un qui soit susceptible de savoir où trouver ces photos de remise de diplôme.

Il jeta un coup d'œil aux quatre filles.

— Deux d'entre elles sont mortes. Les deux autres sont probablement en grand danger. Il faut que nous les retrouvions, et vite.

CLANG.

La porte du bureau claqua dans un fracas assourdissant. Le capitaine Blake venait d'entrer. Elle paraissait furieuse.

— Bordel de merde, à quoi est-ce que vous jouez tous les deux ?

83

Les deux inspecteurs froncèrent les sourcils en se regardant, perplexes.

— Vous êtes sûre d'engueuler les bons, capitaine ? lâcha Hunter.

Le regard perçant de sa supérieure se fixa sur lui.

— Vous êtes sûr que vous voulez être gentil avec moi, aujourd'hui, Rob ?

Hunter se redressa.

— Capitaine, nous avons été dehors toute la journée. Je n'ai pas la moindre idée de ce dont vous parlez.

Il se tourna vers Garcia.

— Moi non plus, affirma ce dernier.

Il secouait la tête, contemplant alternativement Hunter et le capitaine Blake.

— Vous pourriez nous expliquer ? demanda son partenaire calmement.

— Je croyais avoir été claire à propos de cette voyante, si c'en est une.

L'incompréhension de Hunter redoubla.

— Elle a appelé ?

— Comment voulez-vous que je le sache ? Vous me prenez pour votre secrétaire particulière ?

Hunter observa Garcia qui regardait le capitaine, les yeux écarquillés.

— Peut-être pouvez-vous en venir au fait avant que cette petite veine sur votre front n'éclate, capitaine. Nous ne savons absolument pas à quoi vous faites allusion.

— Vous avez vu les journaux aujourd'hui ?

Garcia secoua la tête négativement. Hunter n'était pas plus expressif.

— Oh, j'oubliais, vous ne lisez pas le journal parce que ça vous déprime, c'est bien ce que vous disiez ?

Hunter était de moins en moins d'humeur à poursuivre ce petit jeu.

— Qu'y a-t-il dans le journal, capitaine ?

— Vous deux. En première page.

Le capitaine Blake jeta sur le bureau un exemplaire du *Los Angeles Times*. Le journal était plié en deux. Sur un quart de page on pouvait voir une photo en noir et blanc des deux hommes assis à une terrasse en compagnie d'une jeune femme. Hunter se saisit du journal. Son collègue s'approcha et tenta de lire l'article par-dessus son épaule. La fille sur la photo était Mollie Woods.

Hunter lut le petit article en silence. Il racontait comment les inspecteurs Rob Hunter et Carlos Garcia, de la SSH, étaient à ce point bloqués dans leur enquête sur les meurtres du père Fabian et d'Amanda Reilly qu'ils avaient dû avoir recours à une voyante. L'article était signé par Claire Anderson.

— Salope, murmura Hunter.

Garcia empoigna le journal quand son partenaire eut fini de lire.

— Vous avez fait ça dans mon dos, lâcha Blake avec rage.

— Nous n'avons fait que lui parler, capitaine. Nous avons écouté ce qu'elle avait à nous dire. C'est notre rôle, dans une enquête, vous vous souvenez ? Nous parlons aux gens. Nous posons des questions.

— D'après cet article, vous lui avez demandé de vous aider dans votre enquête. Est-ce exact ?

Ils ne répondirent pas.

— Sans même en avertir votre supérieure ? En l'occurrence : moi ?

Elle avait maintenant les poings sur les hanches.

Hunter passa une main sur son visage et respira profondément.

— C'est de la psychologie, capitaine.

— Quoi ?

— Elle était nerveuse, hésitante. Je devais faire en sorte qu'elle se sente à l'aise et protégée. En lui disant que nous avions besoin de son aide, j'ai pu modifier le rapport de force.

— Donc vous lui avez bien demandé son aide ?

— C'était une façon de procéder pour qu'elle en vienne à nous parler. Je suis l'inspecteur principal en charge de cette enquête. J'ai fait ce que j'ai jugé bon de faire. C'est comme ça que je travaille.

— Attendez, attendez.

Le capitaine Blake leva une main, interrompant Hunter et lui jetant un regard furibond.

— Vous me lancez votre titre au visage, c'est ça ? Vous êtes responsable de cette enquête parce que je l'ai décidé, Rob. Et c'est une décision que je commence à regretter. Nous sommes la risée des forces de l'ordre de L.A. L'article nous appelle la « police mystique ». Les « flics au tarot ». Vous voyez le tableau ?

Elle marqua un temps d'arrêt. Son regard passa de l'un à l'autre.

— Évidemment le maire a appelé. Il hurlait comme un possédé au téléphone et maintenant il m'accuse d'être incapable de diriger ce service correctement. Il a dit que je manquais d'autorité, à l'inverse de mon prédécesseur. Vous savez à quel point ça m'a contrariée ?

Elle poursuivit sans leur laisser le temps de parler :

— Il est en campagne pour vous faire muter à la circulation, Rob, voire pour vous faire carrément virer. Je peux vous dire que cette histoire le sert à merveille. (Elle commença à marcher de long en large.) Je vous ai prévenu : je voulais que cette enquête se déroule dans les règles. Strictement. Je vous ai dit que, si vous retrouviez cette fille, vous deviez la ramener ici. Il fallait l'interroger en l'informant de ses droits, et je devais assister à l'interrogatoire depuis la salle d'observation.

Hunter se frotta les yeux et se pencha sur son bureau.

— Elle avait *peur*, capitaine, expliqua-t-il lentement. Elle voulait parler, mais pas ici. Ici elle avait peur. Elle voulait qu'on se voie dans un lieu public.

— Donc vous avez enfreint mes ordres parce que c'était ce qu'elle préférait ?

— Il fallait prendre une décision, répondit-il avec fermeté. Suivre les règles ou entendre ce qu'elle avait à dire. C'était l'un ou l'autre.

— Comment ce putain de canard a-t-il pu savoir de quoi nous parlions ? demanda Garcia. Des micros directionnels ?

Hunter fit non de la tête.

— Ce genre d'espionnage peut mener droit à des poursuites pénales. Claire Anderson est peut-être une garce, mais elle n'est pas stupide. Elle ne prendrait pas ce risque. En plus, si elle avait enregistré notre conversation, elle se serait fait un plaisir de publier tout ce que Mollie nous a dit sur ce qu'elle avait vu.

— Et qu'est-ce qu'elle vous a dit exactement, cette fille, alors ?

L'exaspération dans la voix du capitaine avait atteint un nouveau palier.

Hunter relata toute la conversation que Garcia et lui avaient eue avec Mollie Woods. Le capitaine écouta sans l'interrompre. Seuls ses sourcils parfaitement effilés réagissaient, par moments, en se soulevant légèrement.

— Elle était au courant de l'histoire des numéros ? finit-elle par demander, les yeux braqués sur Hunter, qui acquiesça sans un mot.

— J'ai toujours été sceptique sur ces histoires de perceptions extrasensorielles, capitaine, intervint Garcia. Mais depuis hier, je crois que cette fille dit vrai.

— Même si c'est le cas, le fait est que vous avez désobéi à mes ordres. À cause de vous, l'ensemble du service est ridiculisé.

Elle s'interrompit quelques instants. Elle se demandait manifestement quelle attitude adopter.

— Il est évident que votre amie journaliste a parlé à cette Mollie. Maintenant elle va avoir une armée de reporters à ses trousses. Où est-elle ?

Silence.

— Putain, ne me dites pas que vous ne le savez pas…

— Je lui ai dit que nous avions besoin de rester en contact avec elle. Elle a dit qu'elle appellerait aujourd'hui. Elle ne l'a pas encore fait.

— Et pourquoi est-ce que vous ne l'appelez pas, vous ?

— Elle n'a pas de portable.

Le capitaine émit un long soupir.

— Elle vous a dit où elle habitait ?

— Non, et je ne pouvais pas l'y forcer.

Hunter s'assit à son bureau.

— Et on ne peut pas la retrouver ?

Le capitaine se massa la nuque, essayant de relâcher la tension de ses épaules.

— Elle est trop jeune pour avoir signé un bail régulier où que ce soit, et je serais très étonnée si elle utilisait son vrai nom pour louer une chambre quelque part. Si elle a vu les journaux, et j'imagine que c'est le cas, elle est morte de trouille. Le problème, c'est que visions ou pas, elle connaît certains détails de cette enquête qui ne doivent pas filtrer. Vous entendez, Rob ? (Sa voix impérieuse était plus calme.) Vous n'êtes pas le seul à avoir des notions de psychologie. Si l'un de ces journalistes la débusque, il la convaincra de parler, je peux vous le garantir. Trouvez-la.

Elle ouvrit la porte mais se retourna avant de sortir :

— Vous me refaites une bavure de ce genre, une seule, vous désobéissez à un ordre, un seul, et je vous donne ma parole que dans votre prochain boulot vous ramasserez la merde à pleines mains.

Elle claqua la porte assez fort pour faire trembler toute la pièce.

Garcia rompit le silence en lâchant un petit rire nerveux.

— As-tu la moindre idée de l'endroit où pourrait se trouver Mollie ?

— Je la trouverai, répliqua Hunter. Fais-moi confiance.

84

Au 9876 Wilshire Boulevard se dresse la silhouette majestueuse de l'hôtel Hilton de Beverly Hills. À quelques centaines de mètres du célèbre Rodeo Drive et de Century City, l'établissement est la retraite privilégiée des stars et de ceux qui aiment être traités comme telles.

Il était 20 h 30. Hunter attendait seul dans un coin près de l'entrée du bar chic et animé. Devant lui, sur une petite table, un grand verre à whisky vide et une soucoupe garnie de cacahuètes. Il suivait du regard un type d'une trentaine d'années, très élégant, qui venait d'entrer et tentait d'attirer l'attention d'un barman au bronzage outrancier. Hunter attendit quelques secondes avant de s'approcher. Leur échange dura moins d'une minute.

Le Beverly Hilton abrite deux restaurants dignes de ce nom, dont le Trader Vic's Lounge, décoré dans le style polynésien. L'homme élégant en sortait. Hunter y entra.

Elle était seule à une table éclairée par une petite bougie et sirotait une coupe de champagne.

— Vous avez vu des gens célèbres ? demanda Hunter, debout devant la table. On m'a dit que c'était l'endroit rêvé pour apercevoir des stars. Mais je n'en ai vu aucune pour l'instant. (Il sourit.) De toute façon j'aurais du mal à les reconnaître. Je regarde peu la télé et je vais rarement au cinéma.

Elle reposa sa coupe et l'observa avec étonnement. Après les quelques secondes nécessaires pour encaisser le choc elle réussit à articuler :

— Qu'est-ce que vous fichez ici ?

— Comment ? Vous plaisantez. C'est un de mes repaires.

Claire Anderson ricana d'un air cynique.

— Ça m'étonnerait beaucoup, inspecteur Hunter. Mais je dois reconnaître que le blazer et la cravate vous vont plutôt bien.

Hunter rajusta son col.

— Merci. Je pensais que nous avions dépassé le stade de l'« inspecteur Hunter » et de « mademoiselle Anderson ».

— Comment saviez-vous que je serais ici ce soir, Rob ?

L'homme fronça les sourcils.

— C'est une question sérieuse ? Je vous donne un indice : mon métier.

— Ah, oui, j'avais oublié ! Le grand Rob Hunter. Vous feriez mieux d'employer vos pouvoirs à pister un certain tueur sadique, plutôt que de m'espionner, vous ne croyez pas ?

— Vous êtes bien placée pour m'accuser d'espionnage.

Il prit le siège vide et s'assit face à elle.

— Vous avez quelques longueurs d'avance en la matière.

— Qu'est-ce que vous faites ? Vous ne pouvez pas vous asseoir ici. J'attends quelqu'un.

— Vous parlez du type marié en costume anthracite, cheveux noirs coupés court, avec une fossette au menton ? (Hunter hocha la tête et prit un air contrit.) Il vient de partir.

— Hein ?

Elle comprit brusquement.

— Alors c'était vous, c'est ça ?

Hunter eut l'air de ne pas savoir de quoi elle parlait.

— Le serveur est venu il y a quelques instants et a murmuré quelque chose à l'oreille de Sean. Qui s'est levé et m'a dit qu'il revenait tout de suite. C'était vous, n'est-ce pas ?

L'inspecteur ne répondit pas.

— Qui vous a dit que Sean était marié ? interrogea-t-elle.

Hunter se recula dans sa chaise et croisa les jambes.

— Je ne suis pas vraiment venu ici pour discuter de votre petit copain, Claire.

Le maître d'hôtel revint annoncer que les entrées étaient prêtes. Claire s'apprêtait à le renvoyer, mais Hunter fut le plus prompt.

— Merci. Vous pouvez nous servir. (Il se tourna vers la jeune femme.) Puisque vous les avez commandées, autant nous faire plaisir.

— Dans le genre goujat, vous vous posez là !

Elle passa une main dans ses cheveux, qu'elle avait lissés à la perfection.

— Ça vous va bien, les cheveux comme ça, fit remarquer Hunter, la déstabilisant.

Un grand serveur apporta les entrées.

— Pardonnez-moi. Qu'est-ce que c'est ? demanda Hunter en désignant son assiette.

— Raviolis au crabe Rangoon et fromage frais, répondit le serveur avec un sourire poli. Quelque chose ne va pas, monsieur ?

— Non, non, tout va bien.

— J'imagine que vous m'en voulez pour l'article, lâcha Claire, une fois qu'ils furent seuls.

— L'article ne me dérange pas le moins du monde.

Hunter montra la carafe d'eau.

— Je peux prendre un peu d'eau ?

— Je vous en prie.

Il se servit un verre et but une gorgée.

— Ce qui m'a ennuyé, c'est la photo.

— Pourquoi ? Je trouve que vous y êtes mignon.

— C'est une gamine, Claire. (Le ton de Hunter avait changé.) Vous avez mis sa vie en danger.

— De quoi parlez-vous ?

— Vous croyez que les tueurs psychopathes ne lisent pas les journaux ?

— Et alors ?

Hunter secoua la tête.

— Vous n'avez pas fait vos devoirs. La plupart des tueurs ont un programme qu'ils feront *tout* pour respecter. S'ils sentent que ce programme est menacé d'une façon ou d'une autre par qui ou quoi que ce soit, ils s'efforcent en général d'éliminer cette menace. Non seulement votre article précise que cette fille est une menace pour le tueur mais en plus vous lui fournissez sa photo. Maintenant, il peut la reconnaître.

85

Claire cessa de picorer dans son plat exotique et dévisagea Hunter, mal à l'aise. Elle ne souriait plus.

— Vous pensez qu'elle est en danger ?

— Il est un peu trop tard pour vous poser la question, vous ne croyez pas ? Si vous voulez vous spécialiser dans le reportage criminel, le minimum est d'apprendre à construire une bonne relation avec les flics. Et plus particulièrement avec les inspecteurs.

Il s'interrompit, ironique.

— Oh, mais je suis inspecteur, au fait… Vous auriez pu m'appeler et me raconter votre papier avant de le publier. Normalement, c'est comme ça que ça se passe. Et de cette manière vous évitez de nous causer des problèmes. Nous pouvons nous faire une idée du genre de foutaise que vous vous apprêtez à publier et, s'il y a quelque chose que nous jugeons préjudiciable à l'enquête, nous vous demandons de ne pas le sortir. Il n'y a rien de mieux pour nous permettre de rester gentils, et même, qui sait, de partager de l'info avec vous.

— J'ai essayé de vous joindre, répliqua-t-elle avec irritation. Mais vous ne m'avez jamais rappelée. Est-ce que vous écoutez vos messages, au moins ?

Hunter mit l'index devant sa bouche pour lui suggérer de baisser d'un ton.

— Comment l'avez-vous convaincue de vous parler ?

— J'ai mes méthodes.

— On croirait entendre une tortionnaire.

— Ce n'était pas de la torture.

Claire agita la tête et sourit.

Hunter la regarda avec colère.

— Vous lui avez menti, n'est-ce pas ? Que lui avez-vous dit ? Que vous travailliez avec moi et que vous aviez besoin de détails supplémentaires ?

Elle eut un sourire énigmatique.

— Salope…

— Merde, Rob. J'ai essayé de te parler, mais tu n'as rien voulu savoir…

Elle avait presque crié. Des tables voisines montaient des regards réprobateurs.

— Tu as essayé de me ramener chez toi. Tu appelles ça « parler » ?

— Va te faire foutre ! Et ne viens pas me dire comment je dois faire mon boulot !

— Il faut bien que quelqu'un s'en charge, parce qu'à l'évidence tu es en train de tout foutre en l'air.

— Il n'y a qu'un connard prétentieux comme toi pour prétendre que faire la une du *Los Angeles Times* équivaut à « tout foutre en l'air ».

— Il s'agit d'une enquête, Claire, et il y a des vies humaines en jeu.

Hunter marqua un temps d'arrêt et respira profondément.

— Tu lui as fait peur. Maintenant il faut que je la retrouve avant qu'il ne lui arrive quelque chose.

Claire plissa les yeux.

— Tu veux que je t'aide, c'est ça ?

— Est-ce que tu sais où elle est ?

— Attends, attends... Tu fais un cirque pas possible, tu joues le flic macho, tu fais déguerpir mon mec, tu me traites de nulle et maintenant tu me demandes de t'aider ?

Elle s'inclina en arrière et prit un air blasé.

— Pas marié, pas de copine... Rien d'étonnant. Aucun tact avec les femmes.

Hunter garda le silence, les yeux plantés dans ceux de Claire.

— Si je te dis où la trouver, qu'est-ce que j'aurai comme info en retour ?

Hunter plissa les yeux.

— Tu es sérieuse ?

— Jamais été aussi sérieuse.

— Un peu de décence, Claire. Cette fille est une gosse, elle doit probablement crever de trouille. Je te demande seulement de faire ton devoir.

— Si tu me frottes le dos, je te frotterai le dos.

Elle avait ajouté à ses mots une note de séduction.

— Rien n'est gratuit en ce bas-monde. En tout cas pas les bonnes choses.

Elle lui adressa le clin d'œil sans équivoque dont elle l'avait gratifié lors de leur première rencontre.

— Sa vie est probablement en danger, Claire.

Elle ne réagit pas.

— Tu n'en as rien à foutre, hein ?

— Chaque jour il y a des tas de gens qui meurent dans cette ville, Rob. C'est la vie, c'est un fait. On ne peut pas sauver tout le monde.

— Mais nous *pouvons* aider cette fille. Et c'est tout ce que je te demande.

— Et, moi, tout ce que je demande, c'est quelque chose en retour.

Le portable de Hunter sonna. Il continua de regarder Claire fixement. L'atmosphère était électrique.

— Tu ne réponds pas ? demanda-t-elle, consciente que le vent était en train de tourner.

Hunter chercha dans la poche de sa veste.

— Inspecteur Hunter.

— *Inspecteur, c'est Monica.* (Un temps d'arrêt.) *Je veux dire, Mollie.*

Hunter eut l'impression qu'elle pleurait. Il se détourna de Claire.

— Comment allez-vous ? Où êtes-vous ? demanda-t-il.

Il couvrit le combiné de la main et regarda la journaliste.

— Tu as tort, Claire. (Il se leva et jeta cinq billets de vingt dollars sur la table.) Il y a plein de choses gratuites en ce bas-monde.

86

Hunter couvrit en un temps record les quarante kilomètres séparant Beverly Hills de South Gate. Mollie avait dit qu'elle l'attendrait au Café Kashmir, sur Tweedy Boulevard. Il le connaissait.

Il gara sa Buick devant l'établissement, étonné d'y trouver autant de monde à 22 h 30. Plus surprenant, tous les clients semblaient avoir moins de 25 ans. Mollie était assise à une table ronde près d'un mur couleur ocre orné de plusieurs toiles, l'œuvre d'un jeune artiste qui exposait là. Elle avait à ses pieds un petit sac à dos.

— Salut, dit-il en la rejoignant.

Elle essaya de lui répondre mais n'y parvint pas. La nuit sans sommeil et l'angoisse se lisaient sur son visage : cernes noirs édifiants, yeux rougis, joues congestionnées. Elle referma et rangea le carnet sur lequel elle était en train d'écrire.

— Vous écrivez ?

Mollie parut gênée.

— Oh, ce n'est rien. Des histoires pour enfants.

Hunter s'assit.

— Quand j'étais petit je rêvais de devenir écrivain.

— Vraiment ?

— J'aimais tellement la lecture que ça me semblait tout naturel de suivre cette voie.

Mollie jeta un coup d'œil au sac à dos dans lequel elle avait glissé le carnet.

— Moi aussi.

— Vous avez l'intention de quitter la ville ?

— J'ai eu tort de venir à Los Angeles.

Sa voix se voulait assurée mais manquait de conviction.

— Vous pensez que si vous étiez allée ailleurs vous auriez échappé aux visions ?

Elle ne répondit pas. Évita son regard.

Hunter laissa passer quelques instants.

— J'ai faim, dit-il en se tournant vers le gâteau posé sur le comptoir. Je prendrais bien un cheese-cake ou quelque chose de consistant, pas vous ?

Mollie semblait hésiter.

— Allez. Je ne vais pas manger mon cheese-cake tout seul. Vous allez bien prendre une pâtisserie ? Prenez une tranche de celui-ci, par exemple, le gâteau au chocolat.

Elle hésita un instant avant de hocher la tête.

— O.K.

— Un chocolat chaud ?

Il montra la tasse vide devant elle.

— Oui.

Une minute plus tard Hunter revenait avec deux tranches de gâteau, un café et un chocolat chaud. Pendant qu'elle touillait sa boisson, Hunter remarqua qu'elle avait les ongles rongés jusqu'à la garde.

— Je suis désolée, dit-elle, sans cesser de remuer sa petite cuillère.

— Il n'y a rien dont vous devriez être désolée.

— La femme à qui j'ai parlé. Je ne savais pas que c'était une journaliste. Elle m'a dit qu'elle travaillait avec vous. Je ne lui ai jamais dit que j'étais voyante. Il faut me croire.

— Je vous crois. Ce n'est pas votre faute, ajouta-t-il d'un ton posé. Malheureusement cette ville est remplie de gens prêts à tout pour décrocher la timbale. C'est moi qui suis désolé de vous avoir exposée ainsi. J'aurais dû le prévoir.

Hunter sortit de sa poche un téléphone portable tout neuf et le tendit à Mollie. Il lui expliqua que son numéro et celui de Garcia étaient enregistrés dans les contacts et que l'appareil était équipé du dernier G.P.S. C'était la meilleure façon pour elle et eux de rester en contact. Elle promit de ne jamais l'éteindre.

— La photo dans le journal… dit-elle après un bref silence. J'ai peur que quelqu'un m'ait reconnue.

Hunter comprit ce qui l'effrayait.

— Et en parle à votre père ?

Elle passa machinalement sa main droite sur son bras gauche.

— C'est lui qui vous a fait ça ?

Elle leva les yeux d'un air interrogatif.

— Le bras cassé…

— Comment le savez-vous ?

— Juste en vous regardant, vraiment, répondit-il.

Elle regarda son bras et sa courbure légèrement irrégulière au niveau du coude. Quand elle parla, sa voix était mêlée de colère et de tristesse.

— Il me battait pratiquement tous les jours.

Hunter écouta Mollie lui raconter les brutalités. Le bras et les doigts fracturés. La haine infinie que son père lui vouait parce qu'elle avait eu le malheur de naître fille. Elle confia à quel point sa mère lui manquait. Et que son père la tenait pour responsable de la mort de cette dernière. Elle n'avait toujours pas évoqué les violences sexuelles. C'était inutile.

Hunter serra les poings en pensant aux innombrables blessures psychologiques qui affecteraient la jeune fille pour le restant de ses jours.

— Je sais que vous avez peur, Mollie. Mais fuir ne résoudra rien. Ça ne résout jamais rien.

— C'est la seule solution qui me reste, répondit-elle. Vous ne savez pas ce que c'est. Vous ne savez pas ce que ça a été. (Sa voix se fit pressante.) Mon père ne renoncera jamais.

— Je ne suis pas en train d'essayer de vous dire ce que vous devez faire, Mollie, dit Hunter d'une voix calme.

— Alors ne le faites pas.

Hunter la regarda. C'était la peur qui avait provoqué sa réaction, pas la colère. La même peur qui l'avait poussée à fuir sans s'arrêter. La même peur qui semblait diriger son existence.

— Je suis désolé. Je ne voulais pas vous contrarier.

Mollie inspira profondément et contempla sa tasse de chocolat. Une longue minute s'écoula, puis Hunter parla.

— Vous paraissiez très inquiète au téléphone. Est-ce que quelque chose est arrivé ?

— J'ai eu une autre vision.

Il se pencha vers elle.

— Quand j'ai vu ma photo sur le journal ce matin, j'ai paniqué. Je voulais repartir.

Elle montra le sac à dos à ses pieds.

— J'ai marché jusqu'à la gare routière.

— Où seriez-vous allée ?

Mollie eut un rire étranglé.

— N'importe où. Là où un tout petit peu d'argent aurait pu m'amener. Je m'en foutais. Je voulais juste partir d'ici.

— Et c'est la vision qui vous a fait changer d'avis ?

La jeune fille acquiesça et recommença à jouer avec sa petite cuillère.

— C'est arrivé quand j'étais à la gare, au moment où je cherchais une destination.

— Qu'avez-vous vu ?

Ses yeux croisèrent ceux de Hunter. Il y lut de l'effroi.

— Depuis qu'elles reviennent, les visions sont très différentes de celles que j'avais quand j'étais plus petite.

— Vous aviez dit qu'elles se passaient maintenant à la première personne et que parfois elles n'étaient plus muettes.

— Ce que j'ai vu aujourd'hui, ce n'était pas une personne, un lieu, rien de tout cela. Ça ne se déroulait pas comme dans un film. Mais je sais que c'était quelque chose de très important pour le tueur.

Hunter attendit.

— J'ai vu une date.

— Quelle date ?

Mollie prit une nouvelle inspiration et frissonna.

— Le 1er janvier.

87

Garcia passa chercher Hunter à 7 heures du matin. Après une longue succession de coups de téléphone pendant la nuit, la bibliothécaire du lycée de Gardena, Mme Adams, avait accepté de les recevoir à 7 h 30.

— J'ai retrouvé Mollie, fit Hunter au moment où son collègue s'engageait sur Hollywood Freeway, l'autoroute qui mène au nord-ouest de la ville.

La nouvelle prit Garcia par surprise, et il jeta un coup d'œil à Hunter.

— Hein ? Vraiment ? Comment as-tu fait ?

— En fait, c'est elle qui m'a retrouvé. Elle m'a appelé hier soir.

— Elle a dit quoi ? Où est-elle ?

— J'ai eu du mal à la convaincre, mais je lui ai pris une chambre au Travel Inn, à deux pas de chez moi.

— Tu lui as pris une chambre ? Et elle est d'accord ?

Garcia avait l'air inquiet.

— Elle a peur. Elle était sur le point de filer.

— Où ça ?

— N'importe où, mais loin d'ici.

Son partenaire garda le silence quelques instants.

— C'est à cause de l'article ?

Hunter fit oui de la tête.

— Elle s'est un peu confiée, hier soir. Elle a été abusée de toutes les façons possibles. Elle est terrifiée à l'idée que son père la retrouve.

— Comment peux-tu être certain qu'elle ne va pas encore se tailler ?

— Impossible d'en être certain. Mais j'essaie de gagner sa confiance.

Garcia ne connaissait personne qui inspirait mieux confiance que Hunter.

— Je lui ai donné un téléphone avec une carte prépayée. Nos numéros sont enregistrés, et il est équipé d'un G.P.S. Je lui ai dit de ne jamais l'éteindre.

En arrivant sur Harbor Freeway, la circulation devenait de plus en plus difficile.

— Elle a eu une autre vision.

Garcia fixa Hunter.

— Une autre victime ?

Son partenaire fit un signe de tête négatif. Garcia soupira avec soulagement.

— Alors qu'est-ce qu'elle a vu cette fois ?

L'inspecteur relata tout ce que Mollie lui avait raconté. Le trafic avançait au pas, mais Garcia n'y prêtait aucune attention.

— Le 1er janvier ? Qu'est-ce que ça veut dire ?

— Je ne sais pas, mais Mollie était certaine que ça avait beaucoup d'importance pour le tueur.

— C'est peut-être le moment qu'il a choisi pour frapper à nouveau.

Hunter ferma les yeux et se massa le front.

— Ou le jour qu'il a choisi pour s'arrêter. Cela veut peut-être dire que, d'ici au 1er janvier, ils seront tous morts.

— Tous ? Il y en a combien ?

— Je ne sais pas, mais quoi qu'il doive arriver ce jour-là, ça ne nous laisse pas beaucoup de temps.

— Neuf jours, pour être précis.

Hunter comprenait et partageait la frustration de Garcia. Ils n'avaient encore rien de concret, aucune vraie piste, juste des hypothèses fondées sur le peu qu'ils savaient et sur les visions d'une fille de 17 ans.

On klaxonnait derrière eux. Garcia avança de quelques centimètres.

— Et la logique derrière tout ça, elle l'a vue ? Pourquoi le tueur en a-t-il après ces gens ? Est-ce qu'il y a vraiment un rapport avec le lycée, avec les élèves ?

Hunter secoua la tête en signe d'ignorance.

Le reste du parcours se passa en silence.

88

Ils arrivèrent à Gardena High avec un quart d'heure de retard.

Mme Adams était une sexagénaire bien en chair, avenante, et ses cheveux argentés étaient soigneusement coiffés. À en juger d'après son chaleureux sourire, la bibliothécaire était ravie de rendre service. Elle conduisit les deux inspecteurs jusqu'à une salle d'archives remplie de boîtes et de cartons de rangement.

— Tous les cartons sont étiquetés par année, indiqua-t-elle d'une voix aussi douce que son regard vert pâle.

Hunter se tourna vers elle. Elle mesurait près de trente centimètres de moins que lui.

— Merci beaucoup de votre gentillesse, madame Adams. Nous allons commencer.

Elle hésita un instant devant la porte.

— Ne vous en faites pas, sourit Hunter, on ne va pas mettre la pagaille, c'est promis.

— Si vous avez besoin de moi, je serai dans la grande bibliothèque.

Elle referma la porte derrière elle.

Hunter prit dans une chemise qu'il avait apportée la photo des quatre filles trouvée la veille par Garcia.

Il la posa sur une grande table au centre de la pièce. Il sortit également la photo d'homme récupérée sur la cheminée de la maison de Malibu. Si la deuxième victime avait étudié à Gardena High, on pouvait imaginer que c'était aussi le cas de la première.

— Elle a été prise en 1985.

Hunter montrait la photo des filles.

— Cherchons entre 1984 et 1987.

Garcia fronça les sourcils.

— Si les filles étaient copines, ça ne veut pas forcément dire qu'elles étaient dans la même classe, expliqua Hunter.

Ils sortirent des étagères les cartons correspondants. Il leur fallut peu de temps pour dénicher quatre photos de classe en noir et blanc. Hunter commença par 1987, l'année qui aurait coïncidé avec le diplôme d'Amanda Reilly si elle n'avait pas quitté prématurément le lycée. Le cliché montrait cent vingt-six élèves étroitement serrés.

Armé d'une loupe, Hunter prit son temps. Il allait de la photo de classe au cliché des quatre filles puis au portrait de la première victime, en comparant avec soin les visages.

Rien.

Il passa à la photo suivante et reprit son lent et minutieux travail de rapprochement. Au bout de vingt-cinq minutes stériles, il mit enfin le doigt sur une pépite.

— Je l'ai.

— Qui ça ?

Garcia leva les yeux avec fébrilité.

— Notre victime 2.

Hunter montra la photo et désigna, sur l'avant-dernière rangée, une fille cachée derrière deux garçons à la carrure de rugbymen. On ne distinguait que son visage.

Garcia prit sa loupe et examina à son tour les photos.

— C'est bien elle.

Hunter consulta la liste des noms agrafée à l'arrière de la photo.

— Elle s'appelle Debbie Howard.

Il contacta rapidement Hopkins et lui demanda de déterrer tout ce qu'il pourrait trouver à propos de cette Mlle Howard.

Garcia mit vingt-cinq minutes supplémentaires à trouver la première des deux autres filles – Emily Wells, promotion 1984. Un quart d'heure plus tard Hunter trouva la dernière – Jessica Pierce, promotion 1985. Ils avaient regardé les photos aussi attentivement qu'ils l'avaient pu. La victime 1 ne figurait sur aucune d'entre elles. Ils en étaient l'un et l'autre tout à fait certains.

Les noms d'Emily Wells et de Jessica Pierce furent aussitôt transmis à Hopkins.

— Retrouve-les.

C'était tout ce qu'avait dit Hunter.

89

Patricia Reed, le professeur de trigonométrie du père Fabian, habitait à Pomona. La cinquième plus grande ville du comté de Los Angeles était également le siège de Cal Poly, la célèbre université polytechnique de l'État de Californie. Après une heure et demie de trajet depuis Gardena, Hunter et Garcia arrivèrent à Minnequa Drive, une rue tranquille située à dix minutes du campus. Ils trouvèrent sans difficulté l'adresse qui leur avait été donnée. De style moderne, en retrait de la rue, la maison à deux étages était nichée derrière une haie méticuleusement taillée. Sur la gauche, une petite pelouse. À droite, un garage pour deux véhicules. Une Dodge Journey noire était garée dans l'allée de pavés noirs et blancs.

— Eh, joli petit nid pour une retraite ! siffla Garcia en se garant devant la maison. Joli chemin aussi.

Ils gravirent les marches en pierre menant à la porte d'entrée et sonnèrent. Après quelques instants, une Mexicaine toute petite et toute maigre leur ouvrit. Elle avait la trentaine et portait une tenue de femme de chambre, ses cheveux noirs retenus dans une résille serrée.

— Bonjour, commença Hunter en souriant avec autant de cordialité que possible.

Il avait rangé son insigne au fond de sa poche. Il savait que de nombreux employés de maison, à L.A., étaient sans papiers. En général, la vue d'une plaque de policier les faisait paniquer.

— Nous cherchons Mme Reed.

— M. Reed ? répliqua la bonne en souriant, avec un accent appuyé.

— Non, non. Mme Reed. Patricia Reed.

— Ah. Pardon. Pas Mme Reed.

— Que voulez-vous dire par « pas Mme Reed » ? Elle n'est pas chez elle ?

— Non. *Ella se ha ido para siempre.*

Hunter fronça les sourcils.

— Elle est partie pour toujours ?

— Il y a un problème, Emilia ?

Un homme d'une petite quarantaine d'années apparut. Il était vêtu d'un costume gris à fines rayures, d'une chemise bleu ciel à col boutonné et d'une cravate rayée ton sur ton. Athlétique et élancé, de grands yeux bleus, la mâchoire carrée, il avait tout d'une star de cinéma.

L'employée se tourna vers lui.

— *Creo que estos señores están en busca de su madre*, monsieur Reed.

— *Está bien*, Emilia, *tranquila*. Je vais leur parler.

Il la renvoya à ses occupations.

— Bonjour, messieurs. Je suis James Reed. Puis-je vous aider ?

— D'après ce qu'a dit Emilia, Patricia Reed semble être votre mère ? demanda Hunter avec politesse.

— Je croyais que tu ne parlais pas espagnol, murmura Garcia entre ses dents.

— Patricia Reed était ma mère. Elle nous a quittés il y a cinq mois.

— Je suis désolé. Nous ne savions pas.

— C'est à quel sujet, messieurs ?

Hunter et Garcia se présentèrent et montrèrent leurs badges.

— Nous espérions pouvoir poser à votre mère quelques questions sur l'un de ses anciens élèves à Compton High, expliqua le premier.

Un éclair intéressé traversa le visage de James Reed.

— Un élève de quelle année ?

— Autour de 1984, 1985.

— J'étais moi-même élève à Compton High en 1984. J'ai passé mon diplôme en 1987.

— Vraiment ? (L'intérêt de Hunter croissait aussi.) Est-ce que ça vous ennuierait de regarder quelques photos pour nous ? Peut-être certaines vous diront-elles quelque chose.

Reed vérifia sa montre, et son visage se rembrunit.

— J'enseigne à Cal Poly. Je dois commencer mon cours dans peu de temps. Il ne me reste qu'une heure avant d'y aller. Ne pourriez-vous pas revenir ce soir, plutôt ?

— Ça ne prendra pas plus de dix à quinze minutes, maximum, insista Hunter.

— J'ai des textes à lire absolument avant de partir. J'ai vraiment très peu de temps.

— C'est très important, monsieur Reed, affirma Hunter.

Reed dévisagea ses deux interlocuteurs avant de capituler.

— Entrez, je vous en prie, dit-il.

90

Sur le parquet du salon, un canapé en forme de L faisait face à un écran plat accroché au mur. Les rideaux étaient fermés. L'unique lumière provenait d'un lampadaire positionné dans un coin de manière à éclairer une grande table ronde. Sur cette table, les milliers de pièces d'un puzzle inachevé étaient disposées soigneusement par groupes de couleur différente. Tous les bords avaient déjà été assemblés et formaient un grand cadre rectangulaire. Hunter nota à quel point James Reed était passionné et méticuleux.

— Sept mille cinq cents pièces, confirma Reed qui avait suivi le regard de l'inspecteur. Ça ne me prendra pas trop de temps de le terminer, dit-il avec dans la voix une nuance de fierté. Je ne l'ai commencé qu'hier. Vous aimez les puzzles, inspecteur ?

Hunter leva les yeux des pièces posées sur la table.

— Oui.

— Il n'y a rien de mieux pour exercer la vision et l'esprit d'analyse.

Reed s'arrêta près de la table. Son regard étudiait les pièces. Il en ramassa une et l'inséra à sa place dans le coin droit.

— C'est aussi une excellente thérapie, ajouta-t-il avant d'inviter les deux policiers à s'asseoir.

Hunter et Garcia s'enfoncèrent dans le canapé. Reed choisit une vieille chaise qui leur faisait face.

— Est-ce que vous recherchez un élève en particulier ? demanda-t-il.

Il croisa les jambes et posa les mains sur ses genoux.

— Oui, répondit Hunter. (Il posa l'annuaire de Compton High sur la table basse en verre et l'ouvrit.) Il n'était pas de votre promotion, mais trois années au-dessus. Il s'appelle Brett Stewart Nichols.

James Reed se raidit et changea de position.

— C'est lui.

Hunter montra la photographie au milieu de la page : un adolescent maigrelet aux cheveux noirs en bataille et aux yeux sombres, farouches.

Reed ne se donna pas la peine de regarder. Ses yeux impassibles fixaient Hunter.

— Inutile de regarder la photo. Je me souviens de lui.

— De quoi vous souvenez-vous à son sujet ?

Reed passa une main devant sa bouche, à deux reprises, comme s'il cherchait les mots les plus justes.

— Ce n'était pas… quelqu'un de très bien.

— Que voulez-vous dire ?

— Qu'est-ce qu'il a fait, inspecteur ? Il a tué quelqu'un ? Ça ne m'étonnerait pas beaucoup. Au lycée il avait tout du futur psychopathe.

Hunter pas plus que Garcia ne s'attendaient à une telle remarque.

— Qu'est-ce qui vous fait dire ça ? Pouvez-vous nous en raconter un peu plus à son sujet ?

Reed se recula contre le dossier de sa chaise, le cou rentré dans les épaules.

— C'était une brute. Il n'allait pas en cours pour apprendre. Le lycée, pour lui, c'était avant tout un vivier de pauvres gamins que lui et ses amis pouvaient persécuter jusqu'à plus soif.

— Il vous a persécuté ?

Hunter observait chaque mouvement, chaque réaction les plus subtils.

Reed eut un petit rire nerveux. Il sortit de sa poche un stick hydratant à la cerise qu'il se passa sur les lèvres.

— Ils brutalisaient tout le monde, inspecteur. Peu importait la classe. Ça ne les dérangeait pas. Tout le monde avait peur d'eux.

— Peur ?

— Vous savez, quand on évoque des petit caïds de ce genre, on imagine généralement des gamins turbulents qui insultent leurs camarades. Ou qui se moquent d'eux parce qu'ils sont trop gros, habillés pas comme il faut ou nuls en gym. Mais Brett et ses amis, c'était autre chose. Imaginez un chef de gang d'aujourd'hui, affecté d'un grave problème psychologique. Alors vous aurez une idée assez juste du genre de type qu'était Brett.

Reed s'interrompit un instant et se gratta le menton avec une sorte d'appréhension.

— Je me souviens de cette fille. Katherine, je crois. Elle n'était pas dans ma classe. J'étais en troisième, elle, en première, mais je me souviens qu'elle était très timide, très ronde aussi, toujours toute seule. Elle n'était pas jolie, mais étrange, avec un nez aquilin, des dents mal alignées, des cheveux gras et des yeux enfoncés cachés par d'épaisses lunettes. Brett et ses amis prenaient un malin plaisir à la tourmenter. Chaque fois qu'ils la voyaient, ils lançaient des cris de cochon et la traitaient de tous les noms. En tout cas, un jour, je pense que c'était en fin de journée, ils l'ont suivie aux toilettes et lui ont balancé sur la tête un seau rempli d'excréments.

Garcia grimaça.

— Quelqu'un a vu Brett faire ça ? demanda Hunter.

— Non, mais tout le monde savait qu'il n'y avait personne d'autre à Compton High qui soit capable de faire une chose pareille.

— Personne n'a jamais averti ni les autorités ni le directeur de l'école ? insista Garcia.

— Je ne pense pas qu'il y ait eu des témoins lors de cet incident particulier.

— Et le reste de leurs brutalités ? interrogea Hunter. Ils s'en tiraient toujours sans être inquiétés ?

Reed regarda Hunter.

— … Vous savez comment fonctionnent ces groupes de gosses, inspecteur ?

Hunter soutint son regard.

— Oui. À l'intimidation.

— Voilà. À l'intimidation. Ils étaient très forts à ce jeu-là. Au lycée, et en dehors. Ils faisaient des choses dans le genre de ce qu'ils ont infligé à cette Katherine, juste pour rire. Sans raison. Rien de spécial contre qui que ce soit. Ils jouissaient simplement de persécuter les gens. Ça les faisait rigoler. Imaginez ce qu'ils auraient fait s'ils en avaient eu plus particulièrement après vous…

— La bande à laquelle vous faites référence… Ils étaient combien ? Vous pourriez nous les désigner ?

Hunter poussa l'annuaire vers Reed.

— Je ne me souviens pas vraiment.

Reed haussa les épaules sans regarder l'annuaire.

— C'était il y a vingt-cinq ans. Je venais d'arriver, Brett était un grand. J'ai fait de mon mieux pour me tenir à l'écart, comme tout le monde. Mais Brett n'était pas le pire. Ce n'était pas lui, le… (Il dessina des guillemets dans l'air.)… chef.

Hunter échangea un bref regard avec Garcia.

— Qui était le chef, alors ?

Reed se mordit la lèvre un moment.

— Vous ne m'avez toujours pas dit de quoi il était question, inspecteur. Il est recherché pour être interrogé ?

— Pas exactement, répondit Hunter.

Reed dévisagea les deux hommes.

— Attendez… Vous travaillez au département des homicides, c'est ça ? Est-ce que quelqu'un a fini par tuer Brett ?

Un léger sourire se dessina sur ses lèvres.

— Vous pensez que quelqu'un aurait eu des raisons de le faire ?

— Avez-vous écouté ce que je vous ai raconté, inspecteur ?

Reed plissa le front.

— Ils ont terrorisé tout le monde dans ce lycée. Plusieurs élèves et au moins un professeur ont quitté Compton High à cause d'eux. Je ne serais pas étonné outre mesure que les types de cette bande soient devenus des criminels endurcis.

Hunter se pencha, le coude appuyé sur les genoux.

— Seriez-vous très étonné si je vous disais que Brett Stewart Nichols est devenu prêtre ?

Le professeur fixa sur les deux inspecteurs des yeux ébahis.

— Vous plaisantez ?

Ils se turent.

— Il paraît que tout le monde a droit à la rédemption… Mais oui, en effet, je serais abasourdi.

— Le leader, reprit Garcia en approchant encore l'annuaire. C'était lequel ?

Le regard de Reed finit par se tourner vers le vieil album. Il tourna les pages une bonne minute avant de s'arrêter un long moment sur une photo. Un spasme nerveux fit tressaillir légèrement sa mâchoire. De l'index droit, il désigna la photo.

— C'était lui.

91

La photographie que Reed venait de désigner montrait un garçon pâle aux lèvres épaisses et aux inquiétants yeux de chat. Sa chevelure noire lui arrivait aux épaules. La légende, sous la photo, indiquait *Peter Elder*.

Hunter écrivit le nom dans son petit carnet noir.

— De quoi vous souvenez-vous, à son propos ?

— Je vous l'ai déjà dit. Ces types étaient des brutes, et je faisais le nécessaire pour les éviter. Je ne peux rien vous dire d'autre.

— Pourriez-vous reconnaître quelqu'un d'autre ? pressa Garcia. D'autres membres de leur bande ?

— Non, répondit le professeur sèchement en refermant l'annuaire d'un coup sourd et en le repoussant vers Hunter.

— Et elles ?

Hunter lui montra la photo d'Amanda et des trois autres filles.

Reed regarda le cliché attentivement pendant près d'une minute. Il secoua la tête.

— Non, je ne les ai jamais vues au lycée.

Ses yeux ne quittaient pas la photo.

— Ce ne sont pas des élèves de Compton High, précisa Hunter. Je me demandais si vous ne les aviez pas vues en dehors du lycée, peut-être avec la bande de Brett et de Peter.

— Inspecteur, c'était il y a vingt-cinq ans. Malheureusement je n'ai pas une bonne mémoire visuelle. Et, comme je l'ai dit, je faisais tout ce que je pouvais pour éviter ces types-là.

Reed regarda sa montre.

— On a largement dépassé les quinze minutes, inspecteur. Cette fois il faut vraiment que j'y aille.

— Votre mère, quand elle enseignait là-bas, a fait exclure plusieurs fois Brett, n'est-ce pas ? continua Hunter.

— En effet.

Reed avait répondu avec un soupçon d'indignation.

— Ma mère était un excellent professeur avec des principes. Elle a toujours agi comme elle pensait qu'il fallait agir, en fonction de chaque situation. Elle refusait de se laisser intimider par qui que ce soit, encore moins par une petite brute au milieu de ses élèves.

— Est-ce qu'il l'a menacée après avoir été exclu ?

— Brett et Peter ne menaçaient pas. Ils agissaient.

La mâchoire tressaillit de nouveau.

— Qu'est-ce qu'il a fait ?

La question irrita Reed.

— Messieurs, il faut vraiment que j'y aille. J'ai une classe qui m'attend.

Il se redressa, ses visiteurs également. Reed les guida vers la porte.

Au moment où Hunter passait devant la grande table au puzzle, il s'arrêta et examina les pièces quelques instants. Il en saisit une et l'inséra à sa place.

Reed lui lança un regard furieux.

— Coup de pot, fit Hunter en haussant les épaules.

Sur le seuil, Reed plissa les yeux comme si quelque chose lui revenait.

— Attendez. Je me souviens où je vous ai vus, tous les deux. Vous étiez dans le journal, hier. Les « flics au tarot », c'est ça ? Une histoire de prétendue voyante recrutée pour une enquête, je me souviens.

— Il ne faut pas croire tout ce que raconte la presse, répliqua Garcia.

— C'était à cause du meurtre d'un prêtre, c'est ça ?

Reed continuait.

— Décapité ? Les journaux appellent le tueur l'« Exécuteur ». Vous disiez que Brett était devenu prêtre, n'est-ce pas ? C'est lui qui s'est fait tuer ?

Un éclair de plaisir brilla dans son regard.

Hunter remonta son blouson et acquiesça.

— Oui. Brett Stewart Nichols a été sauvagement assassiné.

Il attendit une réaction de l'homme, mais celle-ci ne vint pas.

— Merci de votre temps et de votre aide, monsieur Reed.

— Bonne chance pour votre enquête, inspecteurs.

Reed referma calmement la porte. Un sourire satisfait éclairait son visage fin et austère.

Une fois sorti, Hunter s'empara de son téléphone et rappela Hopkins.

— Ian, écoute-moi. Il y a encore autre chose qu'il faut que tu recherches…

92

La journée de Shauna Williams s'annonçait importante, et elle n'en était pas peu fière. Pour la première fois, le jeune agent allait patrouiller en solo.

Shauna avait vu le jour à Inglewood, un quartier chaud au sud-ouest de Los Angeles. Elle était la benjamine et la seule fille d'une fratrie de quatre enfants. À l'école, contrairement à ses frères, elle était attentive et studieuse. Ses notes descendaient rarement au-dessous de 14 sur 20. Grande et athlétique, elle jouait ailier au basket et troisième base au softball. Elle était la seule de sa famille à être sortie du lycée diplômée. Si les choses avaient tourné autrement, peut-être même aurait-elle été la seule à aller à l'université.

La jeune femme savait que ses frères avaient mal tourné, mais elle ignorait le degré de gravité de leurs méfaits. Il n'est pas facile de grandir en milieu défavorisé dans une ville comme Los Angeles et de rester à l'écart de la terrible culture des gangs qui gouverne la rue. Être né Afro-Américain n'arrange pas la situation.

Shauna n'avait jamais oublié la nuit où elle avait ouvert aux deux policiers venus annoncer à ses parents la pire nouvelle qui soit : leurs trois fils avaient été abattus à bord d'une voiture volée. Une affaire de représailles entre bandes rivales, vraisemblablement. Elle venait d'avoir 19 ans.

La jeune fille abandonna ses rêves d'université et, quelques mois plus tard, après avoir passé avec succès les épreuves d'admission, elle rejoignit l'académie de police du LAPD.

Suivirent six mois d'un entraînement rigoureux qui ne la découragea pas. Shauna sortit major de sa promotion. Elle avait l'ambition de devenir inspecteur ou de rallier l'équipe du SWAT (unité des Armes et Tactiques), spécialisée dans les opérations paramilitaires.

Au sein de la West Office Pacific Division, Shauna faisait équipe avec un agent plus expérimenté, de douze ans son aîné. Il n'y avait pas cinq mois qu'elle était sortie de l'école de police, mais elle apprenait vite. C'était une fille extrêmement intelligente et particulièrement équilibrée. Le lieutenant Cooper jugea qu'il était temps qu'elle commence à se débrouiller de temps à autre par elle-même. Aussi, ce matin, quand son partenaire habituel appela pour prévenir qu'il était souffrant, Cooper vit là une occasion idéale pour exercer la jeune femme.

Shauna fut avertie qu'un groupe de jeunes faisaient du tapage près de Marina Del Rey, non loin de l'endroit où elle se trouvait. En fait il ne s'agissait que de deux gamins éméchés qui se défoulaient du côté d'un chantier abandonné. Avec tout le doigté requis, Shauna parvint à désamorcer la tension. Mais en retournant à son véhicule, quelque chose attira son attention. Une Cadillac Escalade noire semblait en partie dissimulée derrière une moitié d'immeuble inachevé. Elle se rappela avoir entendu le signalement par radio, la veille, d'une Cadillac noire disparue d'un garage de West Hollywood. La voiture, une occasion à vendre, était sortie pour un test routier et n'était jamais rentrée à son point de départ. Shauna vérifia sur son ordinateur : l'immatriculation coïncidait.

Elle appela le central pour avoir davantage d'informations. Elle apprit que le vendeur, un Noir nommé Darnell Douglas, avait quitté le garage en compagnie d'un acheteur potentiel. On n'avait pas de nouvelles de l'acheteur. Rien de particulièrement dangereux n'avait été signalé. La jeune femme prévint le centre radio qu'elle allait vérifier.

La carrosserie de la voiture était intacte, sans bosses ni rayures. *A priori* elle n'avait pas subi d'accident. Les portes étaient toutes verrouillées. Shauna alluma sa torche électrique pour éclairer l'intérieur – rien de suspect. La voiture était stationnée sur une zone goudronnée. Il n'y avait pas d'empreintes visibles au sol.

Elle rappela le central radio et leur dit qu'elle allait pénétrer dans le bâtiment pour s'assurer que ni Darnell ni le client inconnu ne s'y trouvaient en éventuelle difficulté. Elle prévint qu'elle rappellerait si elle trouvait quoi que ce soit.

La première pièce était vaste et remplie de gravats. Il y flottait une âcre odeur d'urine.

— Il y a quelqu'un ?

Shauna avait appelé d'une voix forte et assurée.

— Il y a quelqu'un ici ?

Pas un bruit. Des panneaux en plastique jadis transparents faisaient office de portes. Shauna se servit de sa torche pour les repousser et pénétra dans l'autre pièce.

— Darnell, vous êtes là ? LAPD. Vous avez besoin d'aide ?

Rien.

Shauna avança avec précaution dans l'immeuble abandonné. Plus elle progressait, plus il faisait sombre. L'atmosphère était particulièrement viciée.

Une autre pièce vide. Encore une autre. Et une autre. Tout semblait calme, mais Shauna sentait instinctivement que quelque chose clochait. Elle était sur le point de revenir sur ses pas lorsqu'une rafale de vent agita une vieille porte en plastique sale à l'entrée d'une autre pièce.

Ce qu'elle crut apercevoir lui glaça le sang.

Ses réflexes professionnels prirent le dessus, et elle empoigna son arme en approchant à tout petits pas de la porte battante.

— Darnell ?

Pas de réponse.

— LAPD. Il y a quelqu'un ici ?

Avec sa torche elle écarta la bâche de plastique et s'avança à l'intérieur.

Quatre secondes plus tard elle vomissait.

93

Debbie Howard, la camarade d'école d'Amanda Reilly et possible deuxième victime de l'Exécuteur, était fille unique. Elle avait été élevée par sa mère après le départ de son père quand elle avait 8 ans. Sa mère ne s'était jamais remariée et vivait maintenant dans une maison de retraite réservée aux patients séniles.

Tout comme Amanda Reilly, Debbie avait grandi à Gardena. Elle avait quitté le lycée en 1986 et s'était installée peu après à Seattle pour étudier le droit à la Washington State University. Diplômée avec mention, elle avait immédiatement trouvé du travail chez Foster Harvey, l'un des plus grands cabinets juridiques de la région. Cinq ans plus tard, elle avait épousé William Clark, avocat et associé au sein de Foster Harvey. Leur mariage n'avait duré que trois ans et demi. Après son divorce, Debbie avait décidé de quitter son entreprise et Seattle. Elle avait regagné Los Angeles. Ses références professionnelles et son succès au barreau local lui avaient valu de se voir proposer un poste au bureau du procureur de la ville, sur le secteur d'Antelope Valley.

Debbie était intelligente, ambitieuse, déterminée. Le genre d'adversaire difficile à affronter dans un tribunal. Depuis son retour en Californie, elle avait fait condamner plus de cinq cents criminels, dont les forfaits allaient du délit de droit commun au crime passible de la peine de mort. Deux ans plus tôt elle était tombée amoureuse de Jonathan Hale, un architecte renommé qu'elle avait épousé.

Voilà deux semaines on l'avait retrouvée morte à leur domicile, dans la ville de Lancaster. Le rapport de police ne faisait pas état d'un quelconque numéro dessiné sur son corps.

Quand Hunter et Garcia arrivèrent au bureau, Hopkins avait déjà rassemblé toutes les infos dans un rapport de deux pages soigneusement tapé.

— Comment est-elle morte ? demanda Hunter en lisant le compte rendu.

— Selon l'inspecteur local à qui j'ai parlé, elle a été retrouvée morte dans sa salle de bains. L'affaire étant toujours en cours, et vu que la victime travaillait auprès du procureur de L.A., ils n'ont rien voulu me dire de plus. J'ai parlé au capitaine Blake, et elle les a appelés en insistant comme elle sait le faire. Du coup, ils vont nous refiler leurs infos.

— Où est le dossier ? insista Hunter.

— Il arrive. L'inspecteur Ross, à Lancaster, est en train de faire des copies de ce qu'ils ont récolté sur la mort de Debbie Howard. Le capitaine Blake leur a dit de nous envoyer immédiatement tout ce qui leur tombait sous la main. C'était il y a juste une demi-heure. Ça devrait arriver sous peu.

— Parfait. Qu'est-ce que tu as trouvé d'autre ?

Il ne fallut pas longtemps pour prendre connaissance des informations recueillies au sujet de Peter Elder, l'acolyte du père Fabian, celui qu'avait identifié James Reed sur l'annuaire du lycée. Il n'avait jamais obtenu son diplôme et, à la différence de Brett, ne s'était pas davantage assagi. Il était passé du vol à l'étalage aux agressions, puis au vol à main armée et enfin au meurtre.

Hopkins tendit aux inspecteurs le mince rapport concernant le criminel.

— Il est en taule ? demanda Garcia avec étonnement.

La prison d'État de Tehachapi est l'un des trois seuls pénitenciers californiens dotés d'un quartier de haute sécurité : l'échelon le plus sûr dans un établissement de niveau IV, qui garantit l'isolement et la surveillance la plus étroite possible des détenus à forte dangerosité.

— Il avait été retrouvé sur les lieux d'un crime, couvert de sang et un cadavre à ses pieds, celui d'un commerçant, précisa Hopkins.

— La seule raison pour laquelle il n'a pas été condamné à mort est d'ordre technique. Les flics ont salopé la scène du crime. Il a eu la perpétuité incompressible.

— Et les deux autres filles de la photo de Gardena High ? interrogea Hunter. Emily Wells et Jessica Pierce. Est-ce qu'on les a trouvées ?

Hopkins fit un signe de tête négatif.

— J'ai plusieurs recherches parallèles en cours, mais jusqu'ici ça n'a rien donné. Il faut que vous me laissiez encore un peu de temps.

— J'ai l'impression que notre réserve de temps s'épuise à vue d'œil, fit remarquer Garcia en jetant un coup d'œil à Hunter, bien qu'ils préférèrent ne rien dire de la vision de Mollie relative au 1er janvier.

— Pour Debbie Howard, j'ai eu de la chance, reprit Hopkins. Elle avait choisi de garder son nom de jeune fille. En plus, comme elle travaillait pour le bureau du procureur, ça m'a facilité les choses. Son nom est sorti presque instantanément dans la base de données des homicides. Emily Wells et Jessica Pierce, elles, sont probablement mariées. Je vais devoir fouiller dans les archives et même rechercher leurs parents. Je vais aussi vite que je peux. Je vais y arriver, mais il me faut encore quelques heures.

Il passa une main sur son visage creusé par la fatigue.

— Et quoi de neuf sur notre première victime potentielle, l'homme non identifié ? Et sur cette histoire de montre ? demanda Garcia.

— Toujours rien pour le moment dans la liste des effets personnels trouvés sur des cadavres. Mais vous le croirez si vous le voulez, ces inventaires ne sont toujours pas informatisés.

Hopkins haussa les épaules en signe d'incompréhension.

— Aujourd'hui encore, au XXIe siècle, ils sont rédigés à la main !

Hunter hocha la tête et émit un soupir fatigué en se passant les deux mains sur le visage.

— J'enverrai des gens dans les morgues pour examiner ces inventaires. Il faut absolument retrouver ce type.

94

Le capitaine Blake entra sans frapper. Elle paraissait un peu plus maquillée que d'habitude. Hunter supposa qu'elle essayait de dissimuler les cernes noirs qui lui creusaient les yeux.

— Est-ce que c'est vrai, Rob ? Debbie Howard serait la deuxième victime ?

Elle tourna la tête vers les photos affichées au mur.

— C'est très possible, oui. Mais j'ai besoin de voir le dossier pour en être sûr.

— Il sera ici sous peu, confirma Blake. Une collaboratrice du procureur de L.A…

Le capitaine secoua la tête d'un air réprobateur.

— Quand le chef de la police et le maire vont apprendre ça, les emmerdements vont voler bas.

— Pour le moment nous ne faisons qu'envisager des pistes, capitaine, dit Hunter calmement. Personne n'a besoin de savoir quoi que ce soit.

— Depuis que vous avez fait la une du *Times* hier, le boss veut que je lui adresse un rapport quotidien sur l'état de l'enquête. Il veut avoir à l'œil les « flics au tarot ». Je suis sûre que c'est aussi le cas du maire…

— Alors faites-lui un rapport. Est-ce que quelqu'un sait que vous avez demandé le dossier Howard, en lien avec notre enquête ?

Elle jeta à Hunter un regard glacial.

— Je ne suis pas conne à ce point, Rob.

— Alors nous ne sommes pas obligés de le leur dire. En tout cas, pas maintenant.

— Vous me demandez de mentir au chef de la police ?

— Non, capitaine. Seulement d'arranger la vérité pendant un ou deux jours.

Le capitaine contempla Hunter puis Garcia avec une rage froide.

— Vous avez vraiment un problème avec l'autorité et les règlements, inspecteur. Avez-vous oublié que nous relevons du chef de la police et du maire ? Je ne sais pas comment William Bolter dirigeait ce service, mais aussi longtemps que ce sera moi le capitaine, mentir et désobéir à ses supérieurs ne sera plus autorisé ici. Si nous obtenons confirmation que Debbie Howard est réellement la deuxième victime de notre tueur, ça figurera dans le rapport.

Elle s'interrompit.

— Où en sommes-nous ?

Hunter lui parla des photos du lycée de Gardena et de leur rencontre avec James Reed.

— Alors ce Peter Elder, l'ami d'enfance du prêtre, il est à la prison de Tehachapi ? répéta-t-elle.

— Oui, grâce à une scène de crime mal préservée par les flics, confirma Hopkins. Le type devrait plutôt être à San Quentin dans le couloir de la mort.

— J'aimerais lui parler aussi vite que possible, capitaine, précisa Hunter en regardant sa montre. En combien de temps pensez-vous qu'on puisse obtenir le droit de l'interroger ?

Elle soupira et parcourut le dossier de Peter Elder.

— Il est dans un quartier de haute sécurité, Rob. Il y a très peu de droits de visite, peut-être même aucun. Je dois faire une demande officielle au directeur. Même si j'insiste sur l'urgence de la requête, elle prendra de toute façon probablement au moins vingt-quatre heures.

Elle reposa le dossier sur le bureau de Hunter.

— J'ai un très bon ami dans l'administration pénitentiaire de Californie. Il peut faire accélérer les choses. Mais en quoi pensez-vous que Peter Elder puisse nous être utile ? Il est en prison depuis…

Elle chercha le regard de Hopkins.

— Quatorze ans.

— Quelque chose me dit que, ces quatorze dernières années, il n'a pas beaucoup vu son vieux copain de lycée.

Hopkins chercha dans son rapport.

— C'est exact, capitaine. Il ne recevait qu'un seul visiteur, sa mère, et ce jusqu'à la mort de celle-ci il y a cinq ans.

Hunter se frotta les yeux du dos de la main.

— Nous savons déjà qu'Amanda Reilly et Debbie Howard étaient des amies de lycée. (Il désigna la photo du groupe des quatre filles.) Mais il nous reste à établir un lien entre les filles et le père Fabian quand il était jeune. Nous savons qu'ils ne se sont pas connus au lycée. Mais regardez ceci, capitaine.

Hunter attira l'attention de son supérieur vers la grande carte de Los Angeles accrochée au mur.

— Les punaises indiquent l'endroit où habitaient Amanda et le prêtre quand ils étaient adolescents. Tout près l'un de l'autre.

Hunter prit sur son bureau le dossier de Debbie Howard.

— Debbie vivait dans la même rue qu'Amanda.

— Vous pensez qu'ils faisaient partie d'une même bande ? interrogea Blake.

— Quelque chose dans le genre.

Hunter s'appuya contre le rebord de son bureau.

— Mais pour en avoir confirmation, poursuivit-il, je dois trouver quelqu'un qui les a connus à cette époque. Quelqu'un qui ait été un ami proche. Ou un membre de la bande. (Il montra l'annuaire de Compton High.) Ce quelqu'un, c'est Peter Elder.

— Et s'il confirme votre hypothèse, où est-ce que ça nous mène ?

— Au mobile.

Personne ne disait rien. Tous les regards étaient braqués sur Hunter.

95

— Je vous écoute, Rob, pressa le capitaine.

— La persécution.

— La persécution ? Vous parlez de persécution au lycée ?

— Nous avons découvert aujourd'hui que le père Fabian, au lycée, était une brute, et même une sale petite brute. Lui et sa bande harcelaient tout le monde. Y compris les professeurs. Peter Elder n'était pas seulement l'un des membres de cette bande. D'après James Reed, il en était le chef.

— Le prêtre était un petit caïd ?

— C'est difficile à croire, n'est-ce pas ? commenta Garcia.

— Mais attendez. Amanda et Debbie n'étaient pas dans ce lycée-là.

Hunter fouilla sur son bureau.

— Regardez ça.

Il tendit au capitaine le dossier scolaire d'Amanda Reilly. Les yeux de Blake examinèrent lentement le document.

— Mauvaises notes, quelques colles, elle séchait souvent…

Elle haussa les épaules.

— La moitié des lycéens de L.A. ont le même palmarès. Bon, ce n'était pas une élève modèle. Et alors ?

— La plupart des petites terreurs de lycée ne sont pas des élèves modèles.

Les yeux du capitaine s'écarquillèrent.

— Êtes-vous en train de me dire qu'Amanda persécutait ses condisciples ? Parce qu'elle avait des mauvaises notes ? Vous allez un peu vite en besogne, Rob !

— Non.

Hunter hocha la tête avec calme.

— Regardez le nombre de colles qu'elle a récoltées.

Blake jeta un regard au dossier.

— Ça en fait pas mal. Et donc ?

— On ne se fait pas coller parce qu'on a eu de mauvaises notes, capitaine. C'est une punition infligée aux éléments perturbateurs, insolents, voire agressifs. Tout ce que je dis, c'est qu'il y a de bonnes chances qu'Amanda Reilly ait été une sacrée emmerdeuse à l'époque. Et si ce n'était pas le cas, il est toujours possible qu'elle ait fréquenté la bande de Brett et de Peter.

Le capitaine réfléchit à ce que venait de dire Hunter.

— Vous pensez que ce tueur en a après les gens qui l'ont brutalisé quand il était jeune ?

— Oui, je le pense, acquiesça Hunter.

— C'était il y a plus de vingt ans, intervint Hopkins. Vous pensez que quelqu'un peut garder une telle rancune aussi longtemps ?

— Il y a des gens chez qui la rancune ne meurt jamais, répondit Hunter. Mais dans ce cas, je n'appellerais pas ça de la « rancune ».

Le capitaine chassa une mèche rebelle qu'elle accrocha derrière son oreille.

— Continuez.

— Les jeunes gens sont très sensibles aux traumatismes psychologiques. Les adolescents sont par nature peu sûrs d'eux, même s'ils essaient de passer pour des durs. À cet âge, les portes de leur insécurité sont grandes ouvertes : rien ne peut empêcher une vraie brute d'en profiter et de perturber en profondeur leur subconscient, sans même qu'ils le réalisent.

— Une perturbation assez profonde pour que quelqu'un en vienne à commettre ces meurtres ? demanda le capitaine en montrant les photos épouvantables des deux crimes.

— Les persécutions lors de l'enfance peuvent être extrêmement destructrices et laisser derrière elles des cicatrices psychologiques qui mettront des années à s'apaiser, quand elles y parviennent.

— Mais pourquoi maintenant ? Vingt-cinq ans après ? Alors que les bêtises de jeunesse de tous ces gens sont loin derrière eux ? Vous n'allez quand même pas prétendre que le père Fabian et Amanda Reilly continuaient de persécuter leur entourage ?

— Les traumas psychiques peuvent dormir dans le subconscient de quelqu'un pendant des années en attendant le moment de réapparaître.

Hunter s'approcha de la fenêtre et contempla la rue animée.

— Vous ne vous êtes jamais interrogée sur les sans-abri ?

Dans la pièce, chacun fronça les sourcils.

— Vous fumez de la moquette, Rob ? Qu'est-ce que les sans-abri ont à voir avec ça ? demanda Blake.

— Parfois, quand je vois un SDF assis au coin d'une rue, frigorifié et affamé, je me demande jusqu'où il faudrait remonter dans le temps pour retrouver le moment précis qui l'a brisé.

Hunter regarda un vieil homme traverser la rue.

— C'est sûrement le moment où il a perdu son travail. Ou sa femme. Ou son gosse. Ça peut être n'importe quoi. Mais il y a toujours quelque chose, capitaine. « La goutte d'eau qui fait déborder le vase. » Tout le monde a un point de rupture.

Il se retourna.

— Maintenant, imaginez que ce tueur ait été affreusement brutalisé quand il était petit. Son inconscient est rempli d'une rage et d'une colère dont il n'a même pas idée. Vingt-cinq ans après, sa vie ne se déroule pas aussi bien que ça. Il a perdu son boulot, ou sa femme est sur le point de le quitter, etc. Il est au point d'ébullition. Et enfin la goutte d'eau fait déborder le vase. Quelque chose en lui appuie sur la détente et rouvre en grand la blessure. En un instant, toute cette rage, toute cette colère remontent à la surface.

— Alors, enchaîna Garcia, il revient à ce qu'il considère comme la racine de tout ce qui lui est arrivé de mauvais : les persécutions quand il était petit.

Hunter acquiesça.

— Quelle qu'ait été cette « goutte d'eau », elle a réveillé un monstre.

— C'est clair.

Le capitaine Blake hochait la tête en observant les photos des meurtres.

— Dans l'un de ses carnets, continua Hunter en revenant à son bureau, le père Fabian mentionne un groupe de gamins des rues avec qui il avait l'habitude de traîner. D'après ce que nous avons pu apprendre, il semble que ça n'ait pas été une évocation agréable.

— Et vous pensez qu'Amanda Reilly, que Debbie Howard et Peter Elder ont pu faire partie de ce groupe ? commenta le capitaine.

— C'est fort possible.

— Alors les brutalités dont nous parlons n'étaient pas scolaires, mais urbaines, conclut le capitaine.

— La plupart des lycéens habitent à proximité de leur école, répondit Hunter posément.

— Merde…

Le capitaine Blake ferma les yeux en réalisant ce que voulait dire Hunter.

— Double persécution. À l'école et au-dehors. Double possibilité d'un sérieux traumatisme psychologique.

— Les persécuteurs de ce genre ont des cibles favorites, poursuivit Hunter. Peut-être, si je suis assez persuasif, puis-je obtenir de Peter Elder qu'il les identifie.

— Pourquoi nous aiderait-il ? demanda Blake.

— Parce qu'il n'a plus rien à perdre.

Elle respira profondément, mais elle était convaincue.

— Je vais immédiatement rédiger une demande d'interrogatoire et je vais contacter Clayton à l'administration pénitentiaire. Avec un peu de chance, on l'aura dès demain.

— Ça marche.

Hunter hocha la tête.

— Je peux y aller en voiture. Tehachapi est à moins de deux heures de route.

Le capitaine prit le dossier de Debbie Howard sur le bureau de Garcia et lut les quelques informations qui y figuraient.

— Et Jonathan Hale, le mari de Debbie ?

— Je ne peux pas l'interroger sans avoir lu le dossier complet. Nous ne savons même pas précisément comment elle est morte.

— Je vais rappeler Lancaster, dit le capitaine avec résolution. Vérifiez si ce foutu dossier n'est pas arrivé. Il devrait déjà être ici.

Le téléphone sonna sur le bureau de Hunter.

— Inspecteur Hunter.

Il écouta quelques instants avant de raccrocher le combiné et de regarder autour de lui. Avant qu'il n'ait dit un seul mot, chacun avait compris.

96

Cette fois, le capitaine Blake voulut constater par elle-même de quelle brutalité l'Exécuteur était capable. Ils mirent un peu plus d'une demi-heure à rejoindre le chantier en ruine de Marina Del Rey. Plusieurs véhicules de police étaient déjà sur place. Hunter reconnut le cabriolet B.M.W. gris métallisé du Dr Winston, garé à côté de la fourgonnette du laboratoire. Une grande femme noire en uniforme était adossée à une voiture de service, assistée par un auxiliaire médical.

— Qu'est-ce qu'on a ? demanda Hunter au policier qui gardait l'entrée du bâtiment et de la scène de crime protégée par des rubans de signalisation jaunes.

— Je ne sais presque rien, inspecteur, répondit-il avec embarras.

Il commença à raconter l'alerte déclenchée la veille à propos de la Cadillac noire.

— L'agent Williams, indiqua-t-il en désignant du menton la policière noire, a localisé le véhicule il y a deux heures environ. Il n'y avait personne à l'intérieur, alors elle a décidé d'aller voir dans le bâtiment. (Il fixa Hunter et secoua la tête.) Dieu seul sait ce qui s'est passé là-dedans.

Il se signa.

Garcia avala deux comprimés antireflux sous les yeux interrogateurs du capitaine Blake. Silencieux, ils enfilèrent leur combinaison à usage unique. La perspective de ce qui les attendait électrisait l'atmosphère.

Ils pénétrèrent dans la première pièce remplie de gravats. L'air était aussi glacé que putride, mêlé d'âcres senteurs d'urine et d'excréments. Le capitaine grimaça et se protégea le nez de la main. Après avoir franchi le panneau en plastique au fond de la pièce, ils s'engouffrèrent plus avant. Le froid désagréable s'intensifiait, et la lumière faiblissait à mesure qu'ils progressaient. Une fois passée la quatrième pièce, ils virent briller à travers le rideau en plastique crasseux l'éclat puissant des projecteurs de police. Un agent du labo attendait dans l'encadrement de la porte, le regard perdu dans le vague. Il ne parut pas remarquer les nouveaux arrivants.

Hunter, Garcia et le capitaine Blake entrèrent ensemble dans la pièce illuminée. En un instant, Hunter sentit se dissoudre le froid qui les avait saisis depuis leur arrivée. Ce n'était pas l'effet de la chaleur émise par les projecteurs, mais son cœur qui battait deux fois plus vite. Les trois paires d'yeux contemplèrent abasourdis le centre de la pièce.

— Doux Jésus, murmura le capitaine en portant à sa bouche une main tremblante.

97

Un homme noir était assis, nu, sur une chaise en métal surélevée. Sa peau avait viré au gris terne. Sa tête était légèrement renversée vers l'arrière. Un mince tube de plastique transparent sortait de sa bouche ouverte. Mais ce qui fit frissonner le capitaine Blake n'était pas le tube enfoncé dans la gorge de l'homme. C'étaient les deux cent cinquante seringues de 10 ml remplies de sang dont le corps de cet homme était bizarrement hérissé. Sur toute sa surface : les yeux, les oreilles, la tête, le torse, les parties génitales, les jambes et les pieds – aucun organe n'avait été oublié.

Le Dr Winston était debout à la droite de la victime. Il s'approcha lentement des deux inspecteurs et du capitaine. Hunter ne lui avait jamais vu une mine aussi accablée. Tous observèrent un long silence. Le capitaine Blake le rompit enfin. Sa voix habituellement calme et posée tremblait quand elle demanda avec une certaine nervosité :

— Le tueur a transformé la victime en une sorte de pelote à épingles ?

— À peu près. (Une petite pause.) Ces seringues contiennent environ la moitié de tout son sang.

Le regard interrogatif du capitaine passa du spécialiste à Hunter.

— Sans assistance médicale, un être humain qui perd plus de 40 % de son sang ne peut pas survivre, précisa ce dernier.

Garcia poussa un soupir étranglé.

— Êtes-vous en train de me dire que le tueur a littéralement aspiré la vie de la victime ? demanda le capitaine.

— Par ponctions successives de 10 ml, confirma Winston.

La scène était aussi révoltante qu'hypnotique. Insupportable, mais ils ne pouvaient en détacher leurs yeux.

Avec précaution, ils s'approchèrent de la victime.

À la vue des deux seringues remplies de sang fichées dans les yeux ouverts de l'homme, l'estomac de Blake se noua. Elle se força à détourner le regard.

— Le nombre ? demanda Hunter.

Dans le silence, le Dr Winston leur indiqua le dos de la victime. Pile entre ses omoplates, sur dix centimètres de hauteur, le chiffre 5 avait été tracé avec du sang.

Hunter revint se poster devant la chaise.

— Que savons-nous de la victime ?

— Il s'appelle Darnell Douglas. 41 ans. Habitait à West Hollywood avec sa femme, marié depuis sept ans.

Hunter leva les yeux.

— On ne l'a pas encore prévenue, mentionna Winston avec un hochement de tête triste.

— Il était vendeur de voitures chez Princeton Cars, une concession également située à West Hollywood. Vous savez probablement déjà qu'il a disparu hier après avoir pris l'un des véhicules du garage pour le tester avec un client.

Hunter hocha la tête.

— Mon équipe est en train de passer tout l'habitacle au peigne fin. Si le tueur a laissé quelque chose derrière lui, nous le trouverons.

— Comment le tueur est-il parvenu à extraire autant de sang ? demanda Garcia qui scrutait les seringues, mâchoires serrées.

— Très bonne question, admit le légiste, et la réponse est : très lentement. (Il désigna la face interne du coude de la victime.) Comme vous le savez tous, étant donné sa pression artérielle élevée, la veine basilique du bras est celle que l'on choisit d'ordinaire pour les prises de sang. Si vous vous approchez un peu plus, vous remarquerez que la région de la veine basilique de ses deux bras a été ponctionnée jusqu'à épuisement.

En raison de la couleur de peau de la victime, les hématomes étaient difficiles à repérer, mais Hunter avait déjà remarqué l'impressionnante quantité de piqûres d'aiguille sur la section médiane de son bras.

— Si vous essayez d'extraire le sang de la jambe de quelqu'un, ou du torse ou de n'importe quel autre endroit qui n'est pas une zone propre à la ponction à l'aide d'une seringue, poursuivit le médecin, sauf si vous êtes assez chanceux pour toucher une veine, vous recueillerez très peu de liquide, voire pas du tout.

Hunter réfléchit une seconde.

— Alors, le tueur remplit une série de seringues de 10 ml en piquant les bras de la victime et puis…

Il n'acheva pas sa phrase.

Winston hocha la tête et montra du doigt le cou de la victime, où des dizaines de piqûres rapprochées étaient visibles des deux côtés.

— Il n'a pas seulement piqué les bras. Il a également exploité les veines du cou. Chaque fois qu'il remplissait une seringue, le tueur avait besoin d'un endroit où la « stocker » avant de passer à la suivante.

Il regarda Barbara Blake qui le fixait, bouche entrouverte, les yeux écarquillés.

— Il n'a donc pas utilisé le corps de la victime comme une pelote à épingles, Barbara. Plutôt comme une unité de stockage.

Oh, mon Dieu !

— Une telle opération a dû lui prendre des heures, poursuivit Winston, mais à en juger par ce que nous avons vu des victimes précédentes, je suis certain que c'est ce qu'il a fait.

— Et il a fait souffrir sa victime, intervint Hunter.

— Atrocement, acquiesça le médecin légiste. Chaque nouvelle seringue remplie de sang a été plantée brutalement dans son corps, comme un poignard. (Il pointa chaque partie du corps, à mesure qu'il les mentionnait.) Les tympans, les testicules, les mamelons et les yeux ont très probablement été poignardés les premiers, parce qu'ils étaient à même de causer le plus de douleur. Dans les parties du corps moins charnues, comme le visage, les tibias, les genoux et ainsi de suite, les aiguilles ont touché l'os.

— Le tueur n'a certainement pas commencé par les yeux, objecta Hunter, après avoir regardé de plus près le visage de la victime.

Le Dr Winston et le capitaine Blake froncèrent les sourcils.

— Il voulait que la victime voie les aiguilles s'enfoncer brutalement dans sa chair, expliqua Hunter.

— Pourquoi ? demanda le capitaine.

— Oh, mon Dieu ! murmura Garcia, suivant la pensée de son partenaire. Le tueur exploite toujours la peur de sa victime… (Tout le monde porta son attention sur lui.) Darnell Douglas avait une peur panique des aiguilles.

98

L'immense *open space* composait un labyrinthe de bureaux petits et grands. Chacun d'eux était envahi de piles de livres, de journaux et de photos. Des écrans informatiques géants, des téléphones, des photos de famille encadrées, voire des ours en peluche, occupaient ce qui restait d'espace disponible. Il n'y avait pas de plaques nominatives pendant du plafond, ni d'ailleurs aucun nom nulle part. Impossible de savoir qui était qui ou qui faisait quoi. On aurait dit une ruche bourdonnant de conversations téléphoniques et de crépitements de claviers. Plus de deux cents personnes s'affairaient à boucler le contenu de la prochaine édition du *Los Angeles Times*.

Claire Anderson était assise dans un coin de la salle, devant un bureau qui ressemblait davantage à une table de bistrot qu'au poste de travail d'un journaliste. Elle avait beau avoir décroché la première page, la veille, avec son article « LE SERIAL KILLER ET LA VOYANTE », elle était toujours à l'essai. Son coup d'éclat lui avait certes valu quelques bons points, mais elle savait que dans ce métier rien n'était jamais acquis. La une d'hier pouvait très bien se retrouver complètement dépassée aujourd'hui. Elle ne devait pas lâcher l'affaire. Remuer les braises, entretenir l'intérêt autour de son histoire. Son instinct lui disait qu'elle n'était pas au bout de ses découvertes. Elle devait à tout prix glaner d'autres informations. Malheureusement, elle était bien placée pour savoir qu'elle avait envoyé bouler le principal flic chargé de l'enquête. Et pourtant elle ne pouvait pas se permettre de laisser cette histoire lui échapper. Il lui fallait explorer la piste qu'elle seule avait réussi à dénicher : celle de la jeune voyante.

Au Trader Vic's, la veille au soir, Claire avait senti que le coup de fil reçu par Hunter concernait cette fille. Mais le temps de récupérer son manteau et de sortir, le policier avait filé. Décidée à perdre le moins de temps possible, Claire avait sauté dans un taxi en direction du vieil hôtel minable, à Lynwood, où elle avait suivi la fille après son rendez-vous au Starbucks avec Hunter et Garcia. Mais elle n'y était pas. Le réceptionniste, un grand type chauve, lui avait dit ne pas avoir revu cette fille – qu'il appelait Monica – depuis la veille.

— Vous amie elle ? avait-il demandé de son haleine empestant l'alcool et avec un accent étranger impossible à identifier. Si vous bonne amie, vous payer argent qu'elle doit moi, hein ? Elle pas payer chambre depuis trois semaines.

Il avait levé trois longs doigts maigres aux ongles incrustés de crasse.

— Je ne suis pas une grande amie, avait répliqué Claire en se couvrant discrètement le nez de la main droite. Mais je vais vous dire une chose, monsieur ?...

— Petrosky. Pat Petrosky.

— Je vais vous dire, Pat.

Elle avait écrit son nom et son numéro sur un bout de papier qu'elle avait déposé sur le comptoir de la réception.

— Si vous m'appelez aussitôt que vous la revoyez, je veux dire à la seconde même où vous la voyez, vous vous ferez cent dollars, Pat. Vous êtes partant ?

Petrosky avait lu le papier sans le prendre. En relevant les yeux, il les avait laissés traîner sur le décolleté de la jeune femme.

— O.K., mademoiselle Claire. Marché conclu.

Depuis, pas de nouvelles. Elle contemplait son écran en se tapotant les dents avec un stylo bille. Il lui restait un joker. Par chance, elle avait réussi à repérer l'une des copines de Mollie. Une serveuse de 23 ans, une certaine Susan, qui avait travaillé avec elle.

Le portable de Claire vibra sur le bureau. Elle l'attrapa en une fraction de seconde.

— Claire Anderson.

C'était la standardiste du journal. Claire n'avait pas de ligne directe – les journalistes en période d'essai n'y avaient pas droit, aussi tout appel arrivant au standard du *Los Angeles Times* et demandant Claire Anderson était transféré sur son portable personnel.

— *Mademoiselle Anderson, j'ai quelqu'un en ligne pour vous.*

— Quelqu'un ? Qui ?

— *Il ne veut pas donner son nom. Il a appelé plusieurs fois hier et ce matin. J'ai reconnu sa voix.*

— O.K., passez-le-moi.

Il y eut une sorte de claquement.

— Claire Anderson.

— *La journaliste ?*

— Oui, gloussa-t-elle, la journaliste. Comment dois-je vous appeler ?

— *Vous pouvez m'appeler votre « ami ».*

Claire ferma les yeux et hocha lentement la tête. Le terme de « cinglé » lui vint rapidement à l'esprit.

— Et que puis-je faire pour vous, monsieur mon ami ?

— *Je me demandais si nous n'aurions pas pu nous rencontrer. Nous pouvons, je pense, nous aider mutuellement.*

— Et à quel propos voulez-vous que nous nous rencontrions, monsieur ?

Pas de réponse. Juste une respiration haletante.

— Allô ? Vous êtes encore là ?

— *Je suis là.*

— Eh bien, quel serait le motif de cette rencontre ?

— *Quelqu'un que, dans votre article, vous avez appelé la « voyante ».*

Claire se redressa. Quelque chose dans cette voix la fit frissonner.

— *Elle n'est pas celle que vous croyez.*

99

Pendant une bonne minute, personne ne parla. Le capitaine Blake piétinait d'un pied sur l'autre. La remarque de Garcia sur les piqûres qui faisaient peur à Darnell Douglas avait touché une corde sensible : à elle aussi cette hantise était familière.

— S'il avait peur des piqûres, qu'est-ce que c'est que ce foutu tube qui sort de sa bouche ? demanda-t-elle en montrant Darnell. Est-ce que le tueur l'a forcé à avaler quelque chose ?

Le Dr Winston se frotta le visage et prit le temps de répondre.

— Je ne pourrai pas en être certain avant d'avoir autopsié la victime, mais je ne crois pas. C'est un cathéter d'intubation.

Un nouveau frisson parcourut l'échine du capitaine.

— Le tueur a intubé la victime ? Pourquoi ?

— Regardez de plus près. Il ne manque rien ?

Ils tournèrent de nouveau leur regard vers le spectacle hallucinant du cadavre orné de deux cent cinquante seringues pleines de sang.

— Je ne trouve pas, et je ne suis pas d'humeur à

jouer aux devinettes, Jonathan, lâcha-t-elle avec fermeté. Qu'est-ce qu'il manque, alors ?

— Les entraves, répondit Hunter en s'approchant. La victime n'est pas attachée à la chaise. Il est assis comme s'il l'était de son plein gré.

— Bingo, confirma Winston. Dans le cas de ce meurtre, les entraves ne serviraient à rien.

— Je ne vous suis pas.

Blake secouait la tête.

— Quel est le rapport entre les entraves et l'intubation de la victime ?

— Une victime entravée n'aurait pas pu s'enfuir, mais elle aurait certainement pu se débattre, expliqua le médecin.

— C'est sûr, il n'y a pas eu beaucoup de résistance, apparemment, répliqua le capitaine, toujours perplexe.

— Pas de résistance alors qu'on le piquait ? fit Hunter.

— Apparemment non, confirma le médecin. Il aurait pourtant suffi à Douglas de bouger pour que le tueur soit incapable d'attraper une bonne veine. Mais assommer la victime n'aurait pas non plus satisfait le meurtrier. Il voulait qu'elle soit consciente.

— Alors il fallait qu'il réussisse à l'immobiliser complètement ? demanda Garcia.

Le médecin légiste prit sa respiration.

— Il fallait qu'il paralyse sa victime.

— En la droguant ? demanda le capitaine Blake.

— Très probablement, répondit le médecin. Mais je dois attendre les résultats d'analyse pour en être sûr.

— Une substance paralysante qui aurait maintenu le sujet en état de conscience ? interrogea Hunter.

— Pas seulement en état de conscience. Je suis sûr que le tueur voulait aussi que la victime ressente tout.

— Oh, non… (Garcia croisa les bras contre sa poitrine comme si le froid s'était intensifié.) Il existe des substances comme ça ? Un agent paralysant qui permet au sujet de tout sentir quand même ?

— Bien sûr. Il y en a même plusieurs, en vérité. Et très faciles à obtenir, sur Internet et sur tous les sites de drogue illégaux.

— Mais quand même… (Le capitaine Blake intervint, en remuant la tête avec incrédulité.) Pourquoi l'avoir intubé ?

— Parce que la substance utilisée lui a certainement paralysé le diaphragme, suggéra Hunter. Il aurait suffoqué. Or, le tueur le voulait vivant.

— C'est exactement ce que j'étais en train de me dire, confirma Winston. Le cathéter lui a fourni de l'oxygène et l'a maintenu en vie pendant que le tueur lui infligeait la pire douleur humainement supportable.

Le téléphone de Blake sonna. La tension monta d'un cran. Elle s'éloigna dans un coin de la pièce. La conversation ne dura que quelques secondes.

— À vous de jouer, dit-elle à Hunter en rejoignant le groupe. Clayton a fait intervenir ses contacts : il vous a obtenu un parloir au pénitencier avec Peter Elder à la première heure demain matin. À 7 heures exactement.

Elle se tourna vers le corps de Darnell Douglas.

— Il faut retrouver le salopard qui a fait ça, et vite.

À 4 h 30, après avoir passé la plus grande partie de la nuit sur le lieu du crime en compagnie du Dr Winston, Hunter avait pris la route pour Tehachapi. Garcia, de son côté, était retourné au Parker Center vers 22 heures. Hunter lui avait demandé de récupérer toutes les infos disponibles sur Darnell Douglas, la nouvelle victime.

Ce qu'avait récolté Garcia était inégal mais suffisant pour fournir à Hunter ce qu'il cherchait.

Si Darnell n'avait été ni à Compton High ni à Gardena High, il habitait, adolescent, à deux rues de chez Brett Stewart Nichols. L'information entretenait l'excitation de Hunter. Sa théorie sur la bande de quartier commençait à tenir la route.

Hunter avait attendu Winston et deux autres agents du labo criminel tout au long du laborieux et pénible processus d'extraction des deux cent cinquante seringues du cadavre de Douglas. Même s'il n'en espérait pas de résultats, Hunter savait que chaque seringue devait être analysée en vue d'y retrouver peut-être des empreintes digitales. Le médecin lui avait dit qu'ils auraient les résultats de l'autopsie à peu près au moment où il en aurait fini avec son rendez-vous au centre de détention.

100

La soirée avait démarré mollement, et, plus le temps passait, plus son espoir de ramasser un client s'évaporait rapidement. Honey vadrouillait dans West Hollywood depuis plus de trois heures. Et elle n'avait jusque-là gagné que vingt-cinq misérables dollars en faisant une fellation à un chauffeur de taxi, poilu et qui puait le curry, sur la banquette arrière de sa voiture. Le client se faisait rare. Le trottoir était risqué et payait mal, mais pour les filles comme elle qui prenaient de l'âge ou étaient trop accros à la drogue pour travailler comme escort, dans un peep-show ou pour l'un des gros macs de Los Angeles, c'était la seule solution.

À 21 ans, Honey n'était pas encore trop vieille, mais sept années de surconsommation d'héroïne avaient dévasté ses traits magnifiques d'adolescente. Elle cumulait une maigreur d'anorexique, des yeux enfoncés dans leurs orbites, une peau marquée, des lèvres gercées et un regard perdu dans le vague.

Honey, de son vrai nom Aisha Kemp, était originaire de South Pasadena. Sa magnifique carnation de miel doré lui avait valu le surnom de Honey alors qu'elle n'était encore qu'un adorable nourrisson. Mais l'innocence n'a qu'un temps, et les enfants s'identifient à leurs parents pour le meilleur… ou pour le pire.

C'était un père alcoolique et accro au crack qui la berçait le soir dans le salon pour l'endormir quand sa mère absente faisait le trottoir pour trouver coûte que coûte les quelques dollars censés lui payer son prochain shoot. Les disputes des parents étaient fréquentes et violentes, et, quand Honey pleurait de faim, personne ne lui prêtait attention. La petite avait eu sa première gueule de bois avant l'âge de 10 ans et très peu de temps après elle avait fumé son premier joint. À 13 ans elle avait perdu sa virginité dans une tournante de gosses du quartier et dès 14 ans elle savait manier la seringue en experte.

Exactement comme sa mère, Honey avait rapidement découvert que son habitude était onéreuse. Quand elle avoua à son dealer qu'elle n'avait pas de quoi le payer, il lui proposa un marché : coucher avec lui et ses amis pour s'approvisionner. Elle se contenta d'un sourire pour marquer son accord.

Mais à l'âge de 15 ans, Honey se trouva propulsée dans un monde bien différent, un monde où les gens étaient prêts à payer les plaisirs qu'elle pouvait leur offrir. Elle apprit vite, et l'une des premières choses qu'elle intégra, c'était que moins elle avait de tabous, plus elle aurait de clients prêts à débourser un maximum. Honey eut donc bientôt la réputation d'être d'accord pour à peu près tout : rapports S.M. non simulés, scato, soumission, violences, humiliations diverses, rien n'était trop pour elle, du moment qu'elle ramassait le paquet. Mais ce style de vie ajouté à son alcoolisme et à ses shoots quotidiens avaient eu raison de sa santé en six ans à peine.

À 20 ans sa peau avait perdu son velouté et son éclat, elle était d'une maigreur inquiétante, et ses cheveux étaient si clairsemés qu'elle ne sortait plus sans perruque. Elle avait beau ne pas lésiner sur les fonds de teint et autres rouges à lèvres, plus personne ne la trouvait jolie. Les types friqués ne sillonnaient pas les rues pour trouver de la compagnie ; ils préféraient appeler des agences de call-girls et des marchands de sexe depuis leur chambre d'hôtel ou leur limousine. À 21 ans, Honey devait se contenter des clients les moins ragoûtants : les ivrognes, les malpropres, les radins qui cherchaient à tirer un coup.

La pluie qui s'était mise de la partie avait encore raréfié les promeneurs, et Honey s'était résignée à sa maigre recette de vingt-cinq dollars. Ce n'était pas assez pour son trip quotidien, mais il lui restait l'espoir que Cliff accepterait de la dépanner contre un paiement en nature. Elle connaissait parfaitement ses goûts.

Elle venait de se repasser un peu de rouge sur les lèvres et d'en imprimer l'excédent sur un Kleenex quand elle remarqua un homme de 40 ans qui l'observait depuis le trottoir d'en face. Elle lui sourit sans obtenir de réponse. L'homme détourna timidement le regard. Honey flaira la bonne occase quand elle comprit à qui elle avait à faire : un touriste en quête de tendresse. Elle attendit qu'il relève la tête, ce qui ne prit que cinq secondes. Honey était imbattable au racolage et en moins d'une minute sa cible arborait le sourire qu'elle escomptait. Elle ôta son imper, fit pigeonner sa jolie poitrine ronde et jeta un coup d'œil à son décolleté avant de traverser la rue.

— Hello ! fit-elle d'une voix chantante et légèrement nasillarde en arrivant à la hauteur du touriste. Je m'appelle Honey.

Elle lui tendit la main.

— Salut, Honey.

— Waouh, vous avez une sacrée poigne ! reprit-elle d'une voix excessivement charmeuse. Je parie qu'il y a pas mal de muscles sous ces vêtements, hein ?

Il inclina la tête sur le côté, trop réservé pour acquiescer.

— J'aimerais bien voir ça de plus près… poursuivit la jeune femme. (Clin d'œil sexy.) Peut-être que je pourrais te montrer ce que j'ai sous mes fringues, moi aussi ? ajouta-t-elle en faisant un tour sur elle-même. Ça te dirait ?

— Je crois que oui. (Son sourire fit apparaître des pattes-d'oie aux coins de ses yeux.) Mais je n'ai que cent dollars, avoua-t-il, embarrassé.

Dans la poche. Elle lui prit la main.

— Pour cent dollars, Honey peut te donner beaucoup de plaisir, chéri.

101

La chambre miteuse n'était éclairée que par le néon rose kitsch d'une lampe à l'effigie du fameux lapin de Playboy. Le papier peint à fleurs, la moquette chocolat foncé, les gravures criardes sur les murs, les rideaux crasseux qui masquaient les fenêtres, tout était glauque. Jusqu'au lit qui donnait l'impression qu'il allait s'aplatir au sol pour peu qu'un couple de plus décide de s'y ébattre.

— Je vais faire un brin de toilette dans la salle de bains, chéri, O.K. ? fit Honey en passant la main sur la joue du touriste. Quand je sortirai, j'espère bien te retrouver un peu moins habillé, en tout cas, moi, ce sera le cas.

Honey recompta son argent. Règle d'or : toujours se faire payer avant. Elle avait commis une seule fois l'erreur d'oublier, et tout ce qu'elle avait récolté en rétribution de ses services, c'étaient un œil poché et une lèvre éclatée.

Elle rajusta sa perruque, vérifia son maquillage et ôta ses vêtements. Sa lingerie n'était pas neuve, loin de là. Elle ne se rappelait même plus quand elle s'en était payé une neuve, mais au moins elle était propre, et, de toute façon, elle allait l'ôter tout de suite.

Au boulot, ma fille ! annonça-t-elle à son reflet dans le miroir en faisant la moue.

Le touriste était assis au bord du lit, toujours complètement habillé, les mains entre ses jambes, le menton sur la poitrine.

— Qu'est-ce qui t'arrive, mon lapin ? demanda Honey en s'agenouillant devant lui.

Il garda les yeux baissés, trop embarrassé pour la regarder.

— Je… je n'ai jamais fait ça avant.

Honey sourit et posa une main sur sa jambe, qu'elle caressa doucement.

— Ne t'en fais pas, chéri, j'ai toute l'expérience dont tu as besoin.

— Ça vous ennuie si je vais me laver un peu ?

— Bien sûr que non, prends ton temps, je t'attends ici. (Elle lui décocha son sourire le plus aguicheur.) Toute nue.

Quand l'homme revint de la salle de bains, Honey était au lit, nue, adossée à la tête de lit métallique dans une position flatteuse mais inconfortable. Elle avait frotté et pincé ses mamelons pour qu'ils durcissent et pointent. Elle estimait toujours que c'était l'un de ses meilleurs atouts. Mais, en découvrant l'accoutrement de son client, son expression rêveuse changea subitement. Il portait une sorte de long imperméable en plastique transparent et rien d'autre. Elle remarqua son imposante érection.

Waouh, dis-donc, tu fais dans le pervers… (Elle se rassit.) C'est bien, j'aime les pervers !

— C'est pour toi que je suis là, Honey.

La timidité de la voix et de l'attitude s'était évaporée. Ce changement de ton donna la chair de poule à la jeune femme. Elle se leva d'un bond, mais il était déjà sur elle. Elle vit la lueur du néon rose se refléter dans un objet métallique qu'il tenait à la main droite. Elle se figea, ayant reconnu l'éclat typique d'une lame. Elle voulut crier, mais il était trop rapide pour elle : sa main lui fermait déjà la bouche avec une force terrible. Quand il pressa son corps contre le sien elle sentit son pénis dressé glisser contre sa cuisse. Ses yeux terrifiés trouvèrent ceux de l'homme, et la lueur diabolique qu'elle y vit la fit uriner de terreur.

— Tu vas devoir t'agenouiller et prier, murmura-t-il, alors qu'elle tremblait comme une feuille entre ses bras.

Elle savait qui était ce type. Le matin même elle avait lu un article sur lui dans un journal. Ils l'appelaient l'« Égorgeur ».

En approchant le couteau de sa gorge, il se lécha les lèvres doucement. Il lui chuchota à l'oreille : « Je suis ton salut, Honey. »

102

Hunter attendait patiemment, assis à la table métallique de la petite pièce réservée aux visites de détenus dans le pénitencier d'État de Tehachapi. Le tintement des chaînes sur le sol du couloir se fit plus sonore, et la porte s'ouvrit. La première personne à entrer fut un gardien au physique de Hulk, dont les biceps saillants semblaient sur le point de déchirer son uniforme XXL. Ce géant écrasait de sa hauteur celui qui le suivait, un homme de taille moyenne au teint pâle et en uniforme blanc de détenu.

La chaîne, qui entravait les mains de l'homme attachées devant lui, lui enserrait aussi la taille et les chevilles, lui laissant juste assez de jeu pour avancer à tout petits pas. Ses cheveux étaient coupés court, mais Hunter remarqua qu'ils grisonnaient aux tempes. Ses lèvres n'étaient plus aussi pleines que sur la photo de l'annuaire du lycée. Une cicatrice mal refermée dessinait un vilain bourrelet sur sa joue gauche. Ses yeux avaient gardé leur aspect félin mais ils n'avaient plus rien de menaçant. Il s'arrêta à la porte et fronça les sourcils en découvrant son visiteur.

— Dis donc, Dubal, c'est qui, ce guignol ? demanda-t-il à Hulk, qui répondit d'un haussement d'épaules indifférent en le faisant asseoir à la table.

— Si vous avez besoin de quelque chose, je serai juste derrière la porte, prévint Dubal en laissant l'épaisse porte se refermer derrière lui avec un claquement métallique.

Peter Elder était assis, les mains posées sur les cuisses, le menton rentré, tassé sur lui-même, mais il gardait les yeux fixés sur Hunter comme un prédateur scrute sa proie.

— Tu dois être un flic super important, dit-il à voix basse.

L'inspecteur, qui avait adopté une posture très décontractée, resta immobile.

— Ah oui, pourquoi ?

Elder sourit, découvrant des dents mal soignées.

— Ce ne sont pas les heures normales de visite ; ce n'est pas la salle de visite normale. C'est pour ça que je suis enchaîné de partout. Normalement on me menotte les bras dans le dos, mais il y a une sacrée trotte jusqu'au quartier de haute sécurité, et ils ne prennent aucun risque ici. Tu dois être un gros ponte et avoir sacrément besoin de moi pour avoir droit à cette pièce.

— Je m'appelle Rob Hunter, je suis inspecteur de la brigade criminelle de Los Angeles.

Hunter montra son insigne.

— Je n'ai rien à foutre de qui tu es et d'où tu viens, flic. Ce que je veux savoir, c'est ce que tu attends de moi.

Hunter étudia l'homme en face de lui pendant quelques secondes.

— Ton aide, répondit-il calmement.

Elder s'esclaffa grassement et posa les mains sur la table dans un raclement sonore de la chaîne sur le plateau métallique.

— Et qu'est-ce que j'en ai à cirer, de t'aider, flic ?

Hunter savait qu'une des règles de base de la prison, c'était qu'un détenu n'aidait jamais un représentant de la loi, sous aucun prétexte. Aider un flic, c'était trahir ses frères, changer de camp, être une balance, et, si les autres détenus l'apprenaient, ils réglaient son compte au traître. Une fois pour toutes. Si Hunter voulait l'aide de Peter Elder, il devrait abattre ses cartes avec discernement.

— Ce n'est pas moi que tu dois aider, mais tes potes.

Elder haussa les sourcils, stupéfait.

— Mes potes ? s'exclama-t-il en partant d'un grand rire. T'as fumé la moquette, flic ? Ça fait quatorze ans que je suis ici, dans ce quartier de haute sécurité. (Il parlait d'une voix neutre, égale, articulant chaque mot du même ton monotone.) Je n'ai pas d'amis ici. Je suis isolé, complètement, de tout le monde. Même mon courrier est surveillé. Tous les potes que j'ai, ils sont dans ma tête, flic.

— Mais les potes dont je te parle, ce sont ceux d'avant, bien avant la prison.

Elder le regarda avec intérêt.

— Tu te rappelles un gosse de Compton High qui s'appelait Brett Stewart Nichols ?

Elder se renversa en arrière en esquissant un sourire rusé. Pendant quelques secondes son regard se fit distant comme s'il voyait le passé défiler devant ses yeux.

Quand il se remit à parler, il y avait un peu plus d'entrain dans sa voix.

— Tu es venu me parler de Brett ?

— Oui, entre autres.

— Ce qui veut dire quoi, au juste ?

Hunter raconta à Elder une version légèrement modifiée des derniers meurtres.

— … Nous croyons que ce tueur en a après ton ancien groupe de copains.

— De Compton High ?

— Pas nécessairement.

— Ça te défriserait d'arrêter de parler par énigmes, flic ? Tu commences à me prendre la tête. Ça veut dire quoi, « pas nécessairement » ?

D'une chemise en plastique Hunter sortit la photo de Gardena High avec les quatre filles.

— Ces filles-là n'étaient pas des élèves de Compton High. (Il poussa le cliché vers le détenu.) Tu les reconnais ?

Elder examina les visages un bon moment avant de secouer la tête négativement.

— *Niet* ! affirma-t-il froidement.

Hunter savait qu'il mentait, mais il fit comme s'il ne l'avait pas compris.

— Je me disais que certaines de ces filles avaient peut-être l'habitude de traîner avec vous et Brett après l'école…

Il ramena la photo vers lui et lut dans le regard d'Elder une nuance de dépit.

— Le tueur en a déjà supprimé deux.

— Lesquelles ? répliqua nerveusement Elder sans réfléchir, trahissant sa préoccupation.

— Peu importe, poursuivit Hunter en secouant la tête. Si ces filles ne traînaient pas avec toi, je ne vois pas en quoi ça te concernerait. On n'a plus rien à se dire.

Hunter rassembla ses papiers comme s'il allait partir.

— Attends une minute, fit Elder en se penchant vers lui, d'une voix pressante. Je voudrais revoir cette photo.

— Pourquoi ?

— C'était il y a longtemps, flic. J'ai la mémoire qui flanche un peu. Mais peut-être que si je les regarde encore…

Hunter poussa lentement le cliché vers le détenu. Cette fois, le taulard la prit dans ses mains sous le regard attentif de l'inspecteur. La façon dont ses yeux passaient d'une fille à l'autre… Il revenait sans cesse à l'une d'elles, la deuxième en partant de la gauche – Amanda Reilly.

103

— C'est lesquelles qu'ont été tuées ?

La voix d'Elder s'était un peu radoucie.

— Tu te souviens de l'une d'elles ? insista Hunter.

Le prisonnier leva des yeux durs et perçants sur l'inspecteur. Il plissa les paupières à deux reprises comme pour mieux accommoder sa vision et retroussa les coins de sa bouche en un rictus.

— C'est toi qu'es pressé, flic, pas moi. (Il était repassé au ton monotone.) C'est toi qu'essaies d'arrêter le tueur. Pour moi, ça changera rien, de toute façon je sortirai jamais d'ici. Tu peux jouer à tous les jeux que tu veux, ça me dérange pas. Ça se peut que je me rappelle ces nanas, mais tu vas d'abord me dire lesquelles ont été tuées.

Peter Elder avait besoin d'une raison pour aider Hunter. À sa manière de regarder Amanda Reilly, il était clair qu'il combattait une émotion qu'il n'avait pas ressentie depuis de longues années. Et la photo avait visiblement provoqué des remous en lui. Hunter tenta un pari.

— Les deux sur la droite – Debbie Howard et Jessica Pierce.

Le visage d'Elder se détendit, soulagé, une fraction de seconde. Hunter comprit qu'il avait touché juste. Il devait bluffer encore :

— Les autres filles sont en danger, comme tous ceux qui faisaient partie de ta bande. On a des raisons de croire que la prochaine sur la liste du tueur sera la deuxième en partant de la gauche, Amanda Reilly. Tu la connais ?

Peter Elder se raidit.

— Si vous croyez que c'est la prochaine victime, pourquoi ne la protégez-vous pas ?

— Elle est introuvable. On pense qu'elle s'est enfuie, qu'elle est terrorisée. Notre seul espoir, c'est de coincer le tueur avant qu'il ne frappe encore. Nous savons que ces filles se connaissaient, mais nous n'avons pas encore établi de lien entre elles et Brett.

— Et en quoi ça vous aiderait ?

Hunter se pencha en avant.

— Écoute, je sais que, toi et tes copains, vous pourrissiez la vie des gamins du coin quand vous étiez jeunes, ça arrive dans toutes les écoles d'Amérique. D'après ce qu'on sait pour l'instant, il semble que pour une raison ou pour une autre l'un des gamins que vous emmerdiez a décidé que l'heure de la vengeance avait sonné.

Elder fronça les sourcils.

— Ça s'est passé il y a vingt-cinq ans…

— Il y a des gens qui n'oublient jamais.

— Mais ces filles n'étaient même pas au lycée de Compton High. Pourquoi le tueur voudrait se venger d'elles ?

Hunter expliqua sa théorie de la bande qui sévissait dans le quartier.

Elder se gratta le front à deux mains.

— Vous avez besoin de moi pour prouver votre théorie ? Un pauvre petit martyr qui voudrait se venger de ma bande vingt-cinq ans après ?…

Hunter acquiesça.

— C'est raté.

— Que voulez-vous dire ?

— Votre théorie est foireuse, flic. (Elder examina encore la photo, et son regard s'adoucit.) Certains de nous ont traîné ensemble, c'est sûr.

Il désigna la fille à l'extrême droite de la photo.

— Debbs, poursuivit-il, une des filles dont tu as dit qu'elle avait été tuée, était l'une d'elles, et il y avait Mandy aussi, dit-il en montrant Amanda Reilly. Mais cette autre fille qui est morte, comment elle s'appelait déjà ?

— Jessica Pierce.

— Je ne l'avais jamais vue avant. Elle ne faisait pas partie de ma bande. Pas plus que l'autre, d'ailleurs. Donc ce tueur dont vous parlez n'en a pas après mes anciens potes.

— Vous étiez combien dans cette bande ?

Elder réfléchit un instant.

— Huit avec moi.

Hunter sortit une autre photo d'une chemise et la fit glisser vers le détenu, qui étudia l'homme svelte aux cheveux bien coiffés négligemment adossé contre un mur blanc. C'était l'un des deux clichés qu'il avait trouvés dans la maison de Malibu, la première victime toujours pas identifiée. Hunter observa les yeux d'Elder et son expression. Il avait reconnu le mystérieux inconnu en cinq secondes.

— C'est la première victime, annonça Hunter.

Elder garda le silence.

— Il faisait partie de la bande ? insista Hunter.

Elder reposa ses mains sur ses cuisses et réfléchit à ce qu'il allait dire.

— Strutter était le plus dingue des fils de pute que j'aie connus… gloussa-t-il.

104

Hunter haussa les sourcils.

— Strutter ? répéta-t-il.

— C'est comme ça qu'on l'appelait. C'était un super fan du groupe Kiss, et « Strutter » était sa chanson préférée.

— Une bonne chanson, concéda Hunter.

Elder sourit spontanément et sans méfiance.

— C'était un fils de pute, mais un type très cool. S'il y avait un chef dans le groupe, c'était bien lui. Strutter n'avait peur de rien, sauf des guêpes. Elles le rendaient maboul. Si une guêpe voletait dans le secteur, Strutter se tirait en courant…

— Il était élève à Compton High ?

Le sourire se mua en franc éclat de rire.

— Strutter ne se serait jamais laissé enfermer dans une école, quelle qu'elle soit. Il détestait toutes ces conneries d'éducation. Il disait que, tout ce qu'il avait besoin de savoir, il pouvait l'apprendre dans la rue.

Il examina la photo une fois encore et secoua la tête presque tristement.

— C'était quoi son vrai nom ?

— Ça, alors, j'en sais foutrement rien, flic, pouffa

Elder. On s'était connus dans la rue. Je connaissais le nom de Brett, parce qu'on avait été à l'école ensemble. Dans la rue, tout le monde avait un surnom. Lui, c'était Strutter ; elle, Mandy ; elle, Debbs. Brett, c'était B.S. ; moi, Kicker, et puis il y avait JayJay, Double D et Lipz. (Elder remarqua le regard intrigué de Hunter et s'expliqua :) JayJay était une fille toute maigre, barge et géniale ; Double D, un Noir qui dansait comme personne ; et Lipz, une Portoricaine très chaude. Elle avait les lèvres les plus chaudes que j'aie jamais embrassées, conclut-il en souriant à ce souvenir.

— Et vous ne les avez jamais appelés par leur véritable nom ?

— Pas vraiment, rétorqua-t-il calmement. Je ne crois pas avoir connu le vrai nom de Strutter ni de JayJay. Celui de Lipz était trop bizarre à prononcer. Celui de Double D, c'était Darnell ou Darrell, quelque chose comme ça.

Double D : Darnell Douglas. Hunter décida de ne rien dire pour l'instant. L'urgence était d'identifier les deux derniers membres de la bande.

— Et en ce qui concerne JayJay et Lipz ? Ils étaient scolarisés à Compton High ?

— Non, ils allaient au lycée mais pas à Compton High. Je n'ai jamais su où et je n'en avais rien à cirer. On vomissait tous l'école, de toute façon. Je crois qu'ils se sont fait virer, exactement comme moi.

Hunter sortit un dernier objet de son dossier : l'annuaire de Compton High.

— Une dernière question, si tu veux bien.

Il plaça l'annuaire sous les yeux d'Elder, qui haussa un sourcil.

— Tu peux jeter un coup d'œil à cet annuaire et me montrer les élèves que vous avez le plus emmerdés ?

— Pourquoi ? Je vous ai déjà dit que votre théorie, c'était de la connerie. Votre tueur a zigouillé une fille qui ne faisait pas partie de la bande.

C'est le moment d'abattre la dernière carte, se dit Hunter en sortant une photo de Darnell Douglas qu'il posa devant le détenu.

— Tu le reconnais ?

Toujours renversé contre le dossier de sa chaise, Elder abaissa le regard et scruta le cliché un moment. Quelques secondes plus tard son expression détendue laissa place à un froncement de sourcils. Il se pencha et prit la photo à deux mains.

— Putain, c'est Double D ! dit-il en émettant un gloussement rauque. Il a pris du poids depuis la dernière fois.

— On a découvert son cadavre hier.

Elder releva la tête brusquement.

— C'était le même tueur.

Hunter devait réfléchir rapidement.

— Jessica Pierce ne faisait peut-être pas partie de votre bande, mais il se peut qu'elle l'ait harcelé à l'époque. Peut-être le tueur avait-il un faible pour elle, qu'elle se moquait de lui, qu'elle le tournait en ridicule devant ses copains. (Hunter montra de nouveau la photo.) Les chemins de Brett, Strutter, Double D et de ces filles ne se sont plus jamais recroisés dans leur vie adulte. Vous avez tous suivi des voies différentes. Rien ne relie les cinq victimes, sauf leur jeunesse et votre vieille bande. Ce n'est pas une coïncidence.

Elder cligna de l'œil nerveusement.

— On peut encore les sauver, martela Hunter en tapotant la photo des filles, s'assurant que son doigt atterrissait sur Amanda Reilly. Mais elles ont besoin de ton aide.

Il tendit un crayon bleu au détenu.

Elder resta silencieux un long moment avant de s'en saisir et de tracer un cercle sur la table autour de l'annuaire.

— Et maintenant ? On a emmerdé à peu près tout le monde dans cette école.

— Très bien. Et si on resserrait le cercle autour de ceux que tu as emmerdés dans l'école *et* au-dehors ? Juste ceux que tu as vraiment persécutés…

— Et pourquoi je me donnerais cette peine ? Aucun d'eux n'est jamais venu me voir. Ils n'avaient rien à faire de ce qui m'arrivait. Même B.S. n'a jamais mis les pieds ici. C'était mon meilleur pote.

Hunter essaya de trouver une réponse. Il pouvait mentir et dire que ce n'était pas vrai. Que Brett et Amanda avaient demandé l'autorisation de lui rendre visite, mais qu'on leur avait refusée. Mais ce mensonge, Elder le ressasserait pour le restant de ses jours, et personne ne méritait ce genre de torture psychologique.

— Je ne peux pas répondre à cette question, lâcha enfin Hunter. Tu es le seul à savoir si tes potes en valent la peine.

Suivit un face à face interminable où les deux hommes s'observèrent sans rien dire.

— Ça peut prendre sacrément longtemps, flic, fit soudain Elder en ouvrant l'annuaire de Compton High.

105

Hunter appela Winston dès sa sortie du pénitencier. L'autopsie avait confirmé leurs hypothèses : Darnell Douglas était mort d'une hémorragie sévère. L'analyse toxicologique révélait qu'on lui avait injecté de la succinylcholine, un curare utilisé en chirurgie qui paralyse sans affecter le système nerveux. Le sujet est incapable de bouger, mais ses sensations demeurent intactes. La Cadillac noire découverte à proximité de la scène de crime n'avait rien apporté à l'équipe médico-légale, on n'avait même pas retrouvé les empreintes de Darnell : le tueur avait parfaitement nettoyé la voiture.

Il fallut à Hunter un peu moins de deux heures pour revenir à L.A. Arrivé au Parker Center, il se rendit tout droit au sous-sol. Hopkins n'était pas à son bureau, Jack Kerley non plus. Hunter appela le jeune agent sur son téléphone portable.

— Ian, où diable es-tu ?

— *À la morgue.*

— Mais qu'est-ce que tu fiches là-bas ?

— *J'examine les inventaires des objets personnels*

des victimes. Ils sont écrits à la main, vous savez : impossible de les vérifier par ordinateur.

— Trouve quelqu'un d'autre pour les inventaires, j'ai besoin de toi à la SSH, et tout de suite.

— *Très bien, j'arrive.*

Garcia était à son bureau en train de parcourir des dossiers quand son partenaire entra.

— Alors, comment ça s'est passé avec Elder ? demanda Garcia impatiemment.

Hunter résuma son entretien en quelques mots tout en parcourant le fax que le Dr Winston venait d'envoyer.

— Le dossier de Debbie Howard n'est arrivé que ce matin de Lancaster, annonça Garcia avec une grimace en tendant à son partenaire quelques-uns des documents qu'il examinait depuis une heure.

Celui-ci les prit et s'assit à son bureau, feuilletant d'un doigt rapide les photos de la scène de crime et fronçant les sourcils à plusieurs reprises.

— On a le dossier de l'autopsie ?

— La chemise verte sur ton bureau.

Il le parcourut en diagonale.

— Selon le rapport, Debbie Howard s'est noyée. Les photos de la scène du crime la montrent dans une baignoire vide.

Garcia lui tendit un nouveau dossier.

— Le témoignage de Jonathan Hale, le mari de Debbie.

Hunter le lut en silence.

Jonathan s'était absenté pendant quatre jours pour assister à un congrès d'architectes. Son vol de retour de Dallas, le 13 décembre, avait eu un retard de trois heures, et il était arrivé chez lui à minuit passé. Il n'avait pas réussi à joindre Debbie, mais il lui avait laissé un message pour lui annoncer son retard. Sa femme travaillant souvent tard le soir à son bureau, il n'avait pas été très surpris de trouver la maison plongée dans le silence et l'obscurité. Le système d'alarme était activé, et il n'y avait aucun signe d'effraction. Se préparer un sandwich et le manger, accompagné d'une tasse de café brûlant, prit environ dix minutes à Jonathan Hale. Il monta ensuite dans la chambre conjugale qui était propre et rangée. Pas le moindre signe de lutte. Il gagna la salle de bains pour prendre une douche, et ce fut à ce moment précis que son existence vola en éclats.

Le corps nu de Debbie Howard était pendu par les pieds au-dessus de leur grande baignoire. Seules sa tête et ses épaules étaient immergées dans l'eau. Jonathan, paniqué, sauta dans la baignoire et souleva son corps sans vie. Il coupa la corde et la tint serrée contre lui au moins une heure avant de se décider à vider la baignoire et à appeler la police.

— En sectionnant cette corde et en vidant la baignoire, Jonathan Hale a complètement détruit l'essentiel des preuves… précisa Garcia alors que Hunter finissait de lire le compte rendu.

— Bien sûr, mais son attitude est compréhensible, répliqua celui-ci en se frottant les yeux. Tu rentrerais chez toi et tu découvrirais ta femme pendue par les pieds au-dessus de la baignoire, la tête plongée dans l'eau, tu ferais quoi ?

Le regard de Garcia s'assombrit, et Hunter comprit qu'il pensait à Anna.

— La plupart des gens feraient exactement comme Jonathan Hale. Ils se précipiteraient sur leur femme, la prendraient dans leurs bras, sangloteraient et demanderaient : « Pourquoi ? » Dans ce genre de moment, on ne pense pas à préserver la scène du crime – pas un instant.

Garcia poussa un profond soupir, et les deux hommes observèrent un moment de silence.

— Regarde encore le rapport d'autopsie, fit-il, au bas de la première page.

Hunter jeta un coup d'œil.

— Elle… elle était enceinte.

106

Garcia se massa les tempes.

— De trois semaines, confirma-t-il.

— Le labo a-t-il comparé son sang avec celui utilisé pour dessiner le 3 sur la poitrine du père Fabian ?

— Non, Debbie Howard a été assassinée il y a deux semaines et, bien que l'enquête se poursuive, Jonathan Hale, avec le soutien du bureau du procureur, a fait le maximum pour qu'on lui restitue le corps. Elle a été incinérée il y a deux jours.

— Génial, maugréa Hunter en se passant les doigts dans les cheveux.

— Ce n'est pas très grave, Rob, elle était enceinte juste comme tu l'avais prévu pour la seconde victime, poursuivit Garcia sur un ton plus animé. Le tueur a laissé sa photo sur la scène du crime d'Amanda Reilly avec le chiffre 2 dessiné au dos. Il me paraît assez évident que Debbie Howard a été victime du même psychopathe.

— Le qualifier de psychopathe est méprisant, ne commets pas cette erreur, Carlos.

Celui-ci prit un document sur son bureau.

— Dans un interrogatoire ultérieur, Jonathan Hale

a déclaré que Debbie avait une peur panique de l'eau. Elle avait peur de plonger, d'avoir la tête sous l'eau. L.A. est une ville où le soleil brille et chauffe presque toute l'année. Ce couple est riche, leur maison est la seule de la rue à ne pas avoir de piscine. Pourquoi ? Parce que Debbie n'en a jamais voulu. Elle ne s'approchait d'ailleurs ni des piscines, ni de la mer, ni d'aucune étendue d'eau. Elle a failli se noyer quand elle était petite. Exactement comme l'autre victime, Rob : on l'a tuée en lui faisant vivre ce qui la paniquait le plus. Comme tu le disais, ce type exploite leurs peurs les plus profondes.

Hunter réfléchissait.

— C'est parce qu'il a coupé la corde, murmura-t-il. C'est pour ça qu'on n'a pas retrouvé le 2 sur son corps.

Il se leva, s'approcha du tableau et se mit à dessiner quelque chose avec le gros feutre.

— Debbie est pendue tête en bas au-dessus de sa baignoire. (Il la représenta par un personnage filiforme.) Son mari arrive et la trouve dans cette position. Il panique, coupe la corde, mais la baignoire est toujours remplie d'eau.

Garcia s'approcha.

— Jonathan a laissé glisser le corps dans l'eau…

— Et si quelqu'un avait dessiné un chiffre sur son corps, alors celui-ci a été effacé.

— Mais pourquoi le tueur ne lui a-t-il pas maintenu la tête sous l'eau comme on le voit faire dans les films ? Pourquoi ce temps perdu à la pendre par les pieds ? L'effet aurait été le même.

— Justement pas, objecta Hunter. On n'a pas dc photos, mais le rapport précise que seules sa tête et ses épaules étaient immergées.

— Oui, c'est vrai.

— Si ce tueur travaille sur les peurs de ses victimes, comment tirer le meilleur parti de la terreur qu'inspirait l'eau à Debbie ? Comment la terrifier vraiment ?

Garcia se frotta le visage en examinant le petit personnage dessiné sur le tableau.

— Mon Dieu… (Il se tourna vers son partenaire, il venait de comprendre.) La baignoire était vide quand il a suspendu Debbie Howard par les pieds à la poutre en bois du plafond.

Hunter acquiesça vigoureusement.

— C'est absolument évident.

— Merde… Debbie savait que sa tête était bien au-dessous du niveau supérieur de la baignoire. Elle a vu l'eau monter lentement. Elle l'a sentie mouiller ses cheveux puis son front et continuer à monter, inexorablement… Elle a vu son pire cauchemar se muer peu à peu en réalité.

— Le tueur a probablement raffiné sa torture en arrêtant l'eau juste au moment où elle submergeait ses narines, reprit Hunter, la forçant à respirer par la bouche un certain temps. Mais même pour quelqu'un de calme dans une position normale, ce serait une épreuve redoutable, alors une femme terrifiée et pendue par les pieds, bien consciente qu'elle va mourir… La noyade a été lente et très douloureuse.

— Mais c'est absolument monstrueux ! reprit Garcia avec une grimace écœurée.

— C'est comme ça que le tueur a procédé, poursuivit Hunter. Il a regardé Amanda Reilly rôtir pendant deux jours entiers. Il a lentement et patiemment extrait deux litres et demi de sang du corps de Darnell Douglas, par doses de 10 ml, avant de lui enfoncer des dizaines de seringues dans tout le corps. Je suis sûr qu'il a regardé Debbie Howard se noyer et qu'il a fait durer le plaisir le plus longtemps possible.

Garcia frissonna.

— Je suis bien content de ne pas avoir embêté mes petits camarades quand j'étais au lycée. Quand on voit ce que peuvent devenir vos ex-copains…

Hunter feuilleta les photos de classe, mais il s'arrêta au milieu de la pile.

— Elle avait une marque d'aiguille de seringue sur le bras droit, déclara-t-il en brandissant une photo à l'intention de Garcia et en poursuivant sa lecture des commentaires du médecin légiste. Sans doute faite le jour de sa mort.

Garcia approuva.

— Le tueur avait besoin de son sang.

— Exactement. Debbie s'est noyée. Un meurtre qui ne fait pas couler le sang. Mais il lui en fallait pour dessiner le chiffre sur sa victime suivante – le père Fabian. Il faut que nous parlions à Jonathan Hale.

— Ça me paraît difficile… rétorqua Carlos.

— Pourquoi ?

— Il passe Noël chez ses parents, loin de L.A.

— C'est-à-dire ?

— Dans le Tennessee.

— Zut !

On toqua à la porte.

— Entrez ! cria Garcia.

Hopkins entra avec son habituel dossier bleu sous le bras.

— Je l'ai trouvé !

107

— Qui ça ? Qui as-tu trouvé ? demanda Hunter.

Les deux hommes fixèrent Hopkins, qui fronça les sourcils en découvrant le petit personnage dessiné par Hunter sur le tableau.

— Vous jouez au pendu, les gars ?

— Laisse tomber le dessin, Ian, et dis-nous ce que tu as trouvé.

L'agent sourit.

— La victime 1. Juste après votre appel, à la morgue, je suis tombé sur son dossier. Homme blanc, un mètre quatre-vingt-huit, cent kilos. Le seul à posséder une montre souvenir des Lakers lors de la finale du championnat de NBA. Le corps a été découvert il y a trois semaines. (Il secoua la tête.) C'était pas joli à voir. Et vous savez comment il est mort ? C'est à peine croyable.

— Laisse-moi deviner, l'interrompit Hunter. Des piqûres de guêpe ?

Hopkins et Garcia regardèrent Hunter.

— Mais comment le saviez-vous, inspecteur ?

Il expliqua que Peter avait identifié Strutter, que ce dernier avait été le chef de leur bande autrefois, qu'il était allergique au venin des guêpes et qu'il avait une peur panique de celles-ci.

— Une mise en scène satanique… Voilà à quoi ressemblait Strutter quand on l'a retrouvé enchaîné à un mur dans sa propre cave de Culver City.

Hopkins tendit la photo à Hunter, qui fit une grimace de dégoût en la découvrant.

Assis par terre, nu, adossé à un mur en brique, les bras tendus au-dessus de la tête, les poignets liés par des chaînes, le corps boursouflé, Strutter était méconnaissable. Son visage enflé avait une expression grotesque, ses paupières bouffies étaient closes, ses lèvres avaient tellement enflé que la peau s'était fendue sous la pression. Son nez devenu rouge vif avait pris la taille d'une balle de tennis, on ne voyait plus ses narines. Ses bras, eux aussi, avaient démesurément enflé, comme le reste de son corps, sur lequel on apercevait des petits points noirs disséminés un peu partout. On aurait dit une poupée gonflable trop gonflée. Sa cheville droite avait été brisée, on voyait l'os saillir à travers la peau. On lui avait planté trois clous dans le genou droit. Sur sa poitrine, une longue traînée de sang verticale.

— Voici notre chiffre 1, fit Hunter en montrant la photo à Garcia.

— Pas étonnant que personne ne l'ait reconnu, commenta Garcia. On dirait que la victime a saigné de la bouche et que ça a dégouliné sur sa poitrine.

— Le rapport d'autopsie précise que le sujet a eu une réaction systémique et qu'il est mort d'un choc anaphylactique provoqué par une allergie sévère au venin de guêpe, expliqua Hopkins. Le tueur l'a enchaîné au mur et l'a enfermé dans sa cave. Auparavant, il était allé chercher un énorme nid de guêpes, qu'il avait placé dans une caisse en bois et qu'il a ensuite projetée sur le sol à côté de Strutter, la faisant exploser et provoquant la fureur des insectes. La victime a été piquée plus de cinq cents fois. On a retrouvé des guêpes dans sa bouche, au fond de sa gorge et même dans son estomac.

Garcia se frotta le visage comme s'il venait lui-même de se faire piquer.

— J'ai horreur des guêpes.

— On a son nom ?

Hopkins acquiesça.

— Gregory Carlson. Comme je viens juste de le découvrir, je n'ai pas eu le temps de constituer un dossier sur lui, mais je n'en aurai pas pour longtemps, promit-il avant même que Hunter ne lui ait posé la question.

— Bon, rapporte-nous vite tout ce que tu pourras trouver.

— Eh, au fait, est-ce qu'on pourrait me dire ce que fait ce bonhomme sur le tableau ?

Garcia expliqua brièvement pourquoi personne n'avait retrouvé le chiffre 2 peint sur le corps de Debbie Howard.

— C'est cohérent, approuva l'agent en arrachant une page de son calepin. J'ai beau chercher, je n'ai toujours pas retrouvé les deux filles non identifiées sur la photo de Gardena High…

— Ça peut attendre un peu, l'interrompit Hunter, le tueur n'est pas vraiment sur leurs traces.

— Et pourquoi ?

Hunter expliqua que son bluff avec Peter Elder avait failli tourner au vinaigre.

— Donc elles ne faisaient pas partie de la bande ?

— Sur la photo, seules Amanda et Debbie en étaient membres. Et malheureusement on arrive trop tard pour elles.

— Ouais, mais ça confirme votre théorie, reprit l'agent tout excité. Le tueur en veut aux ex-membres de cette bande.

— C'est l'impression que ça donne. Ce qui nous laisse trois membres : d'abord, Peter Elder, détenu dans un pénitencier, qui est une cible très difficile à atteindre.

— … et qui n'en sortira jamais, souligna Hopkins. Le tueur n'a pas à l'atteindre, il a déjà été définitivement puni.

— On a aussi un homme de type caucasien qu'ils surnommaient JayJay, poursuivit Hunter. Et une femme portoricaine, une certaine Lipz.

Garcia s'étira.

— Si c'est tout ce qu'on a sur eux, on va avoir du mal à les retrouver. Même s'ils sont encore dans le secteur, ces surnoms sont trop courants.

— Exact, approuva Hunter. Mais on a autre chose à creuser. (Il tendit à Hopkins l'annuaire du lycée de Compton High.) C'est pour ça que j'avais besoin de toi ici. Peter Elder a entouré quelques photos, celles des élèves que la bande a persécutés jusqu'à plus soif.

Hopkins se mit à tourner les pages.

— Je veux que tu enquêtes sur tous ceux dont Elder a entouré la photo. Sur qui sont ces gens, ce qu'ils sont devenus après avoir quitté l'école et, plus important, où ils se trouvaient ces trois dernières semaines. Mets tous les gars qu'il faut là-dessus. Et, si tu as besoin d'aide, dis-le-moi, j'en parlerai au capitaine Blake. Chaque minute compte.

— Pas de problème, je vais m'y… (Le jeune agent cessa de tourner les pages et se pencha sur celle qu'il venait de découvrir.) Vous les avez regardées, ces photos ?

— Pas encore. J'ai sauté dans la voiture en sortant du pénitencier et j'ai foncé ici. Je peux faire plusieurs choses en même temps, mais quand même pas… Pourquoi ?

Hopkins fit pivoter l'annuaire et le poussa vers les inspecteurs. Trois photos étaient entourées sur les deux pages ouvertes.

— La deuxième photo, fit Hopkins, lisez le nom au-dessous.

— Ça alors, pas possible ! s'exclama un Garcia interloqué.

108

L'homme inspira profondément avant d'examiner les photos scotchées sur le mur en brique dans le sous-sol éclairé à la bougie. Les visages qui le regardaient avaient tous leur histoire particulière. Une vague d'excitation le parcourut à la pensée de ce qu'il avait déjà accompli et de ce qu'il lui restait à faire.

Ce ne sera plus très long maintenant. Il sourit en passant sa langue sur ses lèvres gercées. *Déjà cinq de liquidés, il n'en reste plus que deux.* Il consulta le grand calendrier accroché à un clou rouillé. *Et j'ai tout le temps nécessaire...*

Il étudia les dessins et les plans posés sur la grande table métallique et éclata de rire. Il avait décidé de garder le meilleur pour la fin. Il connaissait leurs peurs les plus folles : pour l'un, c'étaient les araignées ; pour l'autre, les rats. Un grisant sentiment de toute-puissance l'envahit. Ce qu'il gardait en réserve pour eux était un chef-d'œuvre, une toute nouvelle dimension de panique et de souffrance. Il lui tardait vraiment de les retrouver, face à face. De lire la peur dans leurs yeux. De savourer le goût de leur sang. De les faire souffrir. Mais il savait à quel point la patience était importante.

Il ouvrit le frigo miniature dans le coin de la pièce et passa délicatement ses doigts sur la petite fiole du sang qu'il avait extrait de sa dernière victime.

Jusque-là, tout s'était passé comme prévu, pourtant un événement inattendu s'était produit. Il jeta un regard furieux sur la photo en une du *Los Angeles Times*. Voilà quelque chose qu'il n'aurait jamais pu prévoir. Mais une chose était certaine : rien ni personne ne l'empêcherait d'atteindre son but.

109

— Enfoiré ! Ce salaud nous a menti ! murmura Garcia en examinant la photo que Hopkins venait de leur montrer.

— Et ces vérifications que je t'ai demandées à son sujet, tu as trouvé quelque chose ? demanda Hunter au jeune agent.

Celui-ci fit oui de la tête en fouillant dans sa chemise.

— Contrairement à Brett, James Reed était exemplaire en tout : étudiant parfait, citoyen irréprochable, etc. Il s'est maintenu à une moyenne de 16 sur 20 pendant toutes ses études secondaires et a obtenu son diplôme avec mention très bien en 1987. Il n'a pas perdu une minute, puisqu'il a commencé l'UCLA cette même année. Deux matières principales, les maths et la physique, là encore avec une moyenne stratosphérique. Il s'est lancé dans la conception de logiciels juste après la fac et pendant quelques années il a travaillé pour Konami, une société de jeux basée ici même à Los Angeles. Un des géants du secteur. Il a gagné beaucoup d'argent grâce à ses compétences en maths et en physique en développant des jeux du type

Tuez-les tous ! Sa mère, qui avait été la prof d'algèbre du père Fabian au lycée de Compton High, est tombée malade il y a trois ans environ, et il a donné sa démission. (Il regarda Hunter.) Vous m'aviez demandé de vérifier où il vivait quand il était jeune. Et vous savez quoi ? poursuivit-il avec un large sourire. Quand Reed fréquentait le lycée, lui et sa mère vivaient à quelques maisons seulement de notre jeune prêtre.

— C'est la raison pour laquelle Elder a entouré sa photo. S'ils vivaient dans la même rue que Brett, la bande de Strutter a dû le persécuter férocement.

— C'est bizarre qu'il n'en ait absolument pas parlé quand nous l'avons vu hier, commenta un Garcia irrité. Je crois que nous devrions lui rendre une seconde visite, un peu moins cordiale, cette fois.

— Vous aviez aussi raison de suggérer que je vérifie tout à son sujet, y compris ses voisins et s'ils avaient des enfants de son âge, reprit Hopkins, je n'y aurais jamais pensé…

— Et tu as trouvé quoi ?

— L'un de leurs voisins avait deux enfants, un garçon et une fille, tous deux de l'âge de James Reed. Aucun d'eux n'a fréquenté Compton ni Gardena High. Ils étaient scolarisés à Centennial High, sur North Central Avenue. Le garçon s'appelait Keyon Powell. Il est médecin et il vit à présent dans le Colorado, mais sa sœur, Kelly Powell, aujourd'hui Kelly Sanchez, est avocate et habite Santa Monica avec son mari et ses deux enfants.

Hopkins tendit sa feuille à Hunter.

Ce dernier la lut rapidement avant de regarder sa montre.

— Je crois que c'est à elle que nous devrions rendre une petite visite. Et tout de suite.

— Ça me va très bien, fit Garcia en attrapant son blouson.

110

Le cabinet d'avocats Hardgrave & Mortimer occupait les troisième, quatrième et cinquième étages d'un grand immeuble de bureaux aux vitres teintées, au coin de la 6e Avenue et de Broadway à Santa Monica.

Hunter avait appelé de la voiture pour s'assurer que Kelly Sanchez était à son bureau, et pas au tribunal, cet après-midi-là.

À la réception, une jeune femme rousse très séduisante leur annonça que sans rendez-vous il était très peu probable que maître Sanchez accepte de les voir, mais la magie de l'insigne de l'inspecteur balaya ses objections.

Ils durent quand même patienter quelques minutes avant que la réceptionniste ne soit autorisée à les laisser entrer. Ils la suivirent le long d'un couloir aux murs couverts de photographies et d'articles de presse encadrés, longèrent une vitrine remplie de trophées de golf et remontèrent un autre couloir. Le bureau de Kelly Sanchez était le second à droite. La réceptionniste rousse toqua doucement et attendit trois secondes pile avant d'ouvrir la porte et de les faire entrer dans une pièce aussi luxueuse que spacieuse. Mobilier dernier cri, toiles contemporaines, une grande baie vitrée derrière un imposant bureau en acajou victorien et un mur tapissé de livres. Un décor dont le seul but était d'en imposer à la clientèle.

Kelly Sanchez vint les accueillir à la porte. C'était une femme noire aux formes sculpturales qui devait avoir un peu moins de 40 ans, avec une magnifique chevelure de jais cascadant sur ses épaules et des yeux noisette acérés comme des rasoirs. Après leur avoir serré la main, elle examina leurs cartes professionnelles avant de les inviter à s'asseoir.

— En quoi puis-je vous être utile, messieurs ? demanda-t-elle en s'installant derrière son bureau.

Sans trop en dire, Hunter expliqua le motif de leur visite impromptue.

— James Reed ? Oh ! là, là ! Pour un retour dans le passé…

— Vous étiez voisins, n'est-ce pas ?

Kelly acquiesça d'un air songeur.

— C'est loin tout ça…

— Vous souvenez-vous d'un garçon surnommé Strutter et de la bande de gamins avec laquelle il traînait ?

L'expression douce de Kelly Sanchez se durcit nettement. Elle regarda les deux inspecteurs.

— Oui, je me souviens d'eux.

— Les fréquentiez-vous, vous ou votre frère, vous rappelez-vous leurs noms ?

Elle secoua négativement la tête.

— Le seul nom que j'aie entendu prononcer à l'époque, c'est Strutter, un surnom. Je les reconnaissais quand je les croisais dans la rue. Chaque fois que je les apercevais, je faisais demi-tour.

— Dans la bande de Strutter, il y avait une fille qu'on appelait « Lipz » et un garçon très maigre, un certain JayJay. Vous les avez connus ? insista Garcia.

Elle fronça les sourcils.

— Je viens de vous dire que je n'en connaissais aucun. (Elle se tourna vers Hunter.) De quoi s'agit-il en fait, inspecteur ? James n'a jamais fait partie de cette bande…

— Oui, nous le savons. Mais, vous et votre frère, étiez-vous ses amis ? Le connaissiez-vous bien ?

— Nous étions copains, mais je ne dirais pas que nous le connaissions bien.

— Et diriez-vous qu'il s'entendait bien avec Strutter et ses potes ?

La jeune femme pouffa.

— Personne ne s'entendait bien avec eux. En fait, tout le monde les évitait.

— Y compris James ?

— Surtout James, mais c'était plus difficile pour lui.

— Pourquoi ?

Hunter changea brusquement de position, et son fauteuil émit un grincement de protestation.

Kelly haussa imperceptiblement les épaules.

— James fréquentait Compton High. Sa mère enseignait là-bas, et je crois que certains des membres de la bande de Strutter étaient ses élèves. James payait le prix fort chaque fois qu'ils récoltaient des mauvaises notes ou des heures de colle à cause d'elle.

— Ou des jours de renvoi… ajouta calmement Garcia.

— La bande de Strutter ne le laissait jamais en paix, c'est lui qui en a le plus bavé.

— Comment ça se passait pour vous et votre frère ?

— On fréquentait une autre école, Centennial High. Aucun des copains de Strutter n'était scolarisé là-bas. C'était plus facile pour nous de les éviter.

Kelly Sanchez se renversa dans son luxueux fauteuil en cuir et posa les deux bras sur les accoudoirs.

— Ils nous harcelaient de temps en temps, mais rien de bien terrible, c'étaient surtout des insultes.

— Contrairement à James ? demanda Garcia.

Elle hocha la tête.

— James était très timide, il n'avait aucune confiance en lui. Je ne sais pas si c'est pour cette raison ou parce que sa mère était prof, mais Strutter a fait de sa vie un enfer. (Elle ramena ses cheveux derrière ses oreilles, et son regard se perdit dans le vague.) James avait un petit chien blanc, très mignon, qui courait tout le temps, débordant d'énergie. Même ma mère aimait ce chien, elle qui ne les apprécie guère en principe, ajouta-t-elle, son expression s'assombrissant. Un jour ce chien a disparu, et James est devenu complètement dingue. Il a dû frapper à toutes les portes dans le quartier, mais personne ne l'avait vu. Je crois qu'il n'a pas fermé l'œil de la nuit, cette fois-là. Je ne suis pas sûre de tous les détails, mais le lendemain il a trouvé une boîte en carton devant sa porte. À l'intérieur, il y avait le petit chien. Sans la tête.

Garcia, mal à l'aise, changea de position sur son fauteuil et lança un regard à Hunter qui demeura impassible.

— James a enterré son cadavre dans le parc. Il a pleuré pendant des semaines.

Un lourd silence plana dans la pièce.

— James accusait les copains de Strutter, affirma Hunter.

Kelly Sanchez approuva.

— Pauvre petit Numéro, fit-elle tristement.

— Vous dites ? s'étonna Hunter.

— Le petit chien blanc de James, il s'appelait Numéro.

111

Une des voies rapides les plus embouteillées de Californie à l'heure la plus chargée de la journée. Ils avançaient à une allure d'escargot, guère plus de trente kilomètres à l'heure. Sur le chemin, entre les bouchons, ils croisèrent le lot habituel de conducteurs agressifs, compulsifs du klaxon et autres slalomeurs kamikazes.

— On devrait l'embarquer et le mettre sous pression dans la petite salle d'interrogatoire, je suis sûr qu'il craquerait. Surtout si c'est toi qui le cuisines, fit Garcia tout en ralentissant pour ne pas emboutir le camion devant eux.

— Tu veux l'arrêter pour quel motif ? S'être fait persécuter par une bande de petits voyous il y a plus de vingt ans et avoir eu un chien qui s'appelait Numéro ? Pour le moment on n'a strictement rien contre lui.

— On a le mobile.

— Le mobile probable, Carlos, une nuance essentielle pour un bon flic.

— O.K., donc on a le mobile probable. James Reed s'est fait sérieusement malmener quand il était jeune et, à tort ou à raison, il tenait Strutter et sa bande pour responsables de la mort de son chien. Un chien qui s'appelait Numéro et qui a été décapité. Le tueur numérote ses victimes, Rob. Le père Fabian a été décapité et sa tête remplacée par celle d'un chien. Coïncidence ? Et tu as remarqué qu'il…

— … mesure un mètre quatre-vingt-cinq, comme toi, interrompit un Hunter approbateur.

— Précisément la taille de l'homme que nous cherchons.

— Je sais. (Hunter s'adossa à la portière et se pinça le menton.) Écoute, je dis une chose et une seule : ne nous précipitons pas. Si on va trop vite, le tueur va nous filer entre les pattes. Notre seul indice est une empreinte digitale partielle trouvée dans la propriété de Malibu. C'est mieux que rien mais ce n'est pas assez, et tu le sais. Même si on arrête James Reed et qu'on compare ses empreintes à celle qu'on a relevée, il obtiendra sans peine l'annulation de la procédure. Cette maison était à vendre depuis des mois, tu te rappelles ? Des tas de gens ont pu la visiter. Si on n'a que la demi-empreinte, aucun jury du pays ne déclarera cet homme coupable. Deux membres de la bande de Strutter sont en danger, et on sait que le tueur les traque. Il faut la jouer très subtile. Si James Reed est notre homme, il sait que le champ des recherches se rétrécit, on a frappé à sa porte hier et on va remettre ça aujourd'hui.

— Et ça pourrait le rendre nerveux.

— Et la nervosité pourrait bien lui faire commettre des erreurs. Une seule nous suffirait.

Le court après-midi hivernal typique de L.A. tirait à sa fin quand ils arrivèrent enfin à Pomona. Hunter regarda sa montre et décida d'aller directement à l'université.

Avec ses mille cinq cents hectares, l'université polytechnique est le deuxième plus grand campus de Californie. Une fois dans la place, il ne leur fallut pas longtemps pour repérer le célèbre bâtiment du CLA à l'architecture futuriste.

— Génial, ce bâtiment, commenta Garcia en garant la voiture.

— Il faut juste espérer qu'il n'y aura pas de secousse dans les trois prochains quarts d'heure, rétorqua Hunter avec un sourire entendu.

Le bâtiment, construit sur la faille de San Jose à une époque où les normes n'étaient pas aussi strictes qu'aujourd'hui, est en effet très vulnérable à d'éventuels tremblements de terre.

— Quoi ?

Hunter haussa les épaules d'un air fataliste.

— T'en fais pas, c'est juste un petit accès d'humour noir.

Garcia accéléra l'allure, vaguement inquiet, et pénétra dans le hall sur les talons de son partenaire.

Le comptoir de l'accueil était à peu près désert. Un gaillard solidement bâti au regard sympathique et à la longue tignasse brune attachée en catogan leur décocha un grand sourire d'une blancheur éblouissante.

— Que puis-je faire pour vous, messieurs ?

— Nous cherchons le Pr Reed, James Reed, annonça Hunter en lui rendant son sourire.

— Vous savez quelle matière il enseigne ?

— Pas vraiment. Vous pouvez vous renseigner ?

— Bien sûr, laissez-moi quelques instants.

— Informatique et ingénierie logicielle.

La réponse était venue d'une grande femme aux traits anguleux et au joli visage délicat encadré d'une chevelure blond cendré. Accoudée au comptoir de l'accueil, elle compulsait un rapport. Les deux inspecteurs se tournèrent vers elle.

— La spécialité de Reed, c'est l'ingénierie logicielle, répéta-t-elle, péremptoire. Mais il n'est pas à la fac en ce moment.

— Oh, fit Hunter d'un air déçu. Et vous êtes ?

— Pr Nicole Pate. (Elle tendit la main.) Je dirige le département d'informatique. Vous voulez vous inscrire ?

Garcia toussota, et Hunter sourit de toutes ses dents.

— On a l'air si jeunes ?

— Vous m'avez l'air encore très en forme en tout cas, lança le réceptionniste, visiblement séduit, avec un clin d'œil discret à l'adresse de Hunter qui arracha presque un hoquet de stupéfaction à Garcia.

Mlle Pate poussa un petit rire encourageant.

— L'université n'est pas réservée aux ados, après tout…

— Ah, donc on n'a plus vraiment l'air d'ados ? la taquina Hunter, qui récolta pour toute réponse un regard réprobateur de son interlocutrice.

— Je ne comprends pas bien, dit-elle en se passant la main dans les cheveux. Si vous n'êtes pas venus vous inscrire, pourquoi êtes-vous là ?

Ils s'éloignèrent du comptoir, et Hunter passa aux présentations officielles.

L'expression de Mlle Pate changea du tout au tout en découvrant les insignes.

— Homicide ?

— N'ayez aucune inquiétude, la rassura Hunter. James Reed n'est recherché qu'à titre de témoin dans cette enquête.

— Alors il s'agit d'un de ses étudiants ?

— Non, nous ne cherchons pas un étudiant. L'enquête que nous menons vise une personne que James Reed a connue autrefois et sur laquelle il aurait pu nous fournir des informations précieuses.

L'universitaire regarda alternativement Garcia et Hunter, et son expression inquiète se fit plus sereine.

— Savez-vous où nous pouvons le trouver ?

Elle fit signe que non.

— Vous arrivez un jour trop tard.

— Quoi ? Comment ça ?

— Nous fêtons Noël dans trois jours, inspecteur. Les enseignants ont donné leurs derniers cours la semaine dernière. M. Reed a quitté la fac pour les congés hier. Il m'a dit qu'il partait quelques jours.

— Et vous a-t-il dit où ?

Mlle Pate hocha la tête.

— Reed est un monsieur très discret. Un grand professeur, mais qui ne se livre guère. Il m'a dit qu'il avait besoin de changer de décor au moins pour quelques jours, et je ne le blâme pas. La vie de prof de fac peut être très fatigante. Je crois qu'il aime bien partir marcher dans la montagne, je ne sais où, mais ne m'en demandez pas plus. Je ne savais même pas qu'il avait l'intention de partir jusqu'au moment où il me l'a dit hier.

Garcia interrogea Hunter du regard, mais ce dernier ne broncha pas.

— Si vous me laissez votre numéro, je vous passe un coup de fil dès que j'ai des nouvelles de lui.

Cette fois son sourire était plus qu'amical.

112

Quand Garcia gara la voiture devant la maison de James Reed, la nuit était déjà tombée sur Los Angeles. La Black Dodge Journey qui était stationnée dans l'allée la veille ne s'y trouvait plus. De l'extérieur, la maison semblait déserte, rideaux tirés et lumières éteintes. Ils firent tinter la sonnette avec insistance, frappèrent à la porte et appelèrent M. Reed mais comprirent vite qu'ils n'obtiendraient pas de réponse.

— Il s'est enfui, décréta sèchement Garcia.

— On ne peut pas en être sûrs pour l'instant. Ce n'est sûrement pas le tueur, et il est sans doute vraiment parti en week-end pour se vider la tête.

— Ou bien il commence à paniquer. Comme tu l'as dit, il sait qu'il est dans le collimateur.

Les voisins confirmèrent les allégations de Mlle Pate : M. Reed était un homme secret, il ne se confiait pas. La femme qui habitait juste en face de chez lui précisa qu'elle était en train d'arroser ses plates-bandes quand elle avait vu Reed mettre un sac à dos et quelques sacs de provisions dans sa voiture avant de partir vers le milieu de l'après-midi.

Depuis la voiture, sur le chemin du retour, Hunter appela Hopkins et lui demanda de trouver le numéro d'immatriculation de Reed et de lancer un avis de recherche sur la voiture. Ils n'avaient pas de raisons de l'interpeller pour l'instant, mais Hunter voulait le localiser.

— Et s'il a quitté la ville ou même l'État ? demanda Garcia.

— Ce serait bon signe, concéda Hunter en fourrant son portable dans sa poche.

— Quoi ?

— Mlle Pate nous a dit qu'il avait donné son dernier cours hier après-midi. Sa voisine nous a dit qu'il était parti aujourd'hui en milieu de journée. Au moment des bouchons, donc. Si tu devais quitter la Californie aujourd'hui, à quelques jours de Noël, tu partirais en milieu d'après-midi ?

— Tu plaisantes ? Si j'avais le choix, je ne ferais sûrement pas le trajet de West Hollywood à Long Beach dans ce créneau-là. Tu as vu le temps qu'on a mis pour venir de Santa Monica ? On a fait du vingt à l'heure presque tout le long.

— Reed est prof d'informatique et fan de puzzles. Son cerveau est formaté pour penser logiquement. S'il avait planifié ce voyage à l'avance, il serait parti hier soir ou tôt ce matin, à une heure où la circulation est encore fluide.

— Ce qu'il s'est bien gardé de faire, sourit Garcia. Je te le dis : il est en train de paniquer.

— On était chez lui hier. Tu as vu des indices suggérant un départ pour un long voyage en voiture ?

Garcia secoua la tête.

— Si c'était le cas, il a omis d'en faire état quand nous lui avons dit que nous pourrions avoir besoin de lui reparler prochainement.

— Peter Elder m'a aussi révélé que les deux derniers membres du gang, JayJay et Lipz, détestaient l'école presque autant que lui, expliqua Hunter. Ils se sont fait virer, tout comme lui. Statistiquement, les petits délinquants qui sortent du lycée sans leur bac ont tendance à rester dans la ville où ils ont grandi. Je suis certain que ces deux-là n'ont pas quitté L.A. Et James Reed non plus. Si c'est notre homme, il n'a pas quitté L.A.

113

Quand ils revinrent au bureau, Hopkins avait déjà tapissé de photos un nouveau tableau en liège.

— J'ai scanné toutes les photos que Peter Elder avait entourées dans l'annuaire de Compton High et je vous ai laissé des copies sur vos bureaux.

Il indiqua les deux piles de photos sur les bureaux des inspecteurs et rit de leur surprise.

— Pas d'inquiétude, vous les avez toutes, poursuivit-il en fourrageant dans ses notes. Parmi ceux-ci, trois sont morts, sept ne résident plus aux États-Unis, trois sont en prison, six servent dans l'armée et sont stationnés dans un autre État, et cinq sont soit en fauteuil roulant, soit gravement handicapés. (Hopkins montra le nouveau tableau.) Voici ceux sur lesquels nous devons nous concentrer. Il y en a vingt et un au total.

— Ça, alors ! s'exclama Garcia qui semblait sidéré. Combien de gens ont-ils persécutés ?

— Un sacré paquet, confirma Hopkins.

La première photo sur le tableau était celle de James Reed.

— Personne n'a aperçu la voiture de Reed jusqu'à maintenant ? demanda Hunter.

— Pas encore, mais j'ai eu des infos sur notre première victime : Gregory Carlson, alias Strutter.

— Je t'écoute, fit Hunter tout en examinant le tableau. Des portraits de fin d'année typiques, coupes de cheveux démodées, sourires forcés et joues couvertes d'acné. Ces ados doivent avoir la quarantaine maintenant.

Hopkins se racla la gorge.

— Apparemment, Greg est resté fidèle à sa mauvaise étoile. Il a quitté le lycée de Rancho Dominguez avant de décrocher son bac. Ensuite il a disparu des écrans radars durant plusieurs années. Pas de boulot, pas de numéro de sécu, aucune trace du lascar. Il s'est quand même fait repérer comme un violent : il a apparemment tabassé toutes ses petites amies successives. Arrêté plusieurs fois pour des bagarres, des agressions ou pour détention de substances illicites. Greg n'était pas un dealer, pourtant, il n'a jamais vécu en revendant de la drogue. En revanche, il s'est spécialisé dans les arnaques informatiques : il a créé plusieurs sites Internet et s'est employé à délester ses victimes de leur fric. Apparemment il aurait aussi été impliqué dans plusieurs escroqueries par e-mail. Du fait de son lourd passé, la police de L.A. semble considérer sa mort sous l'angle de la vengeance. Ils pensent que Greg a escroqué un vrai dur et qu'il en a subi les conséquences.

Hopkins tourna la page de son rapport.

— Il avait un fils ? demanda Garcia.

Hopkins fit non de la tête avant de poursuivre :

— Une fille, Beth, à qui il rendait visite quatre fois par semaine. Elle souffre de sclérose multiple. Sa mère s'est tirée dès que Beth a présenté les premiers symptômes de la maladie. On ne sait pas où elle réside aujourd'hui.

Il tendit le rapport à Garcia.

Hunter examinait toujours les photos.

— J'ai mis sur votre bureau une liste préliminaire avec tous les noms et les lieux au-dessus des photos, reprit Hopkins. On a les adresses, mais on n'a pas encore eu le temps de découvrir où se trouvaient ces vingt et une personnes durant les trois dernières semaines.

Hunter acquiesça.

— On en prend chacun sept et on verra bien ce qu'on trouve à leur sujet d'ici à une heure.

114

Une inquiétude diffuse avait poursuivi Mollie toute la journée. Elle était déboussolée : les flashes résiduels revenaient sans cesse, mais ils devenaient de plus en plus étranges et incohérents. Elle avait l'impression que tout était multiplié par deux, comme s'il y avait deux tueurs et deux séries de victimes. Elle ne parvenait pas à déchiffrer le sens de ses prémonitions, et ça la terrorisait plus que jamais.

Elle se réveilla au milieu de la nuit, saisie de claustrophobie. Sa chambre, assez spacieuse pourtant, sentait le renfermé. Elle ouvrit la fenêtre et sentit une bouffée d'air hivernal froid et humide lui caresser le visage. C'est alors qu'elle éprouva la désagréable sensation qu'on l'épiait. Elle se pencha par la fenêtre et scruta la portion de rue qu'elle apercevait de sa chambre. La rue était déserte.

Mollie retourna se coucher, mais son esprit continua à bouillonner, et elle resta éveillée jusqu'au petit matin. Le soleil se leva à 6 h 53, et la jeune fille réussit enfin à se détendre un peu. La nuit, c'était toujours plus dur. Les images se faisaient plus lancinantes à ce moment-là, plus réelles aussi, et plus douloureuses.

Elle ne quitta sa chambre qu'en fin d'après-midi, tenaillée par la faim qui faisait gargouiller son estomac. Juste au bout de la rue, Mollie trouva une boutique qui vendait des sandwichs, des gâteaux et du café nappé de crème épaisse. Elle commanda un sandwich salami-fromage, une tarte aux pommes avec une boule de glace et un chocolat chaud, puis s'assit à une table à côté de la grande baie vitrée.

Hunter lui avait dit que ce soir-là il lui trouverait peut-être un autre refuge – la maison d'un ami, avait-il précisé –, mais il n'avait pas encore appelé. Elle termina sa tarte et repéra un petit homme rondouillard en habit de Père Noël sur le trottoir d'en face. Il faisait carillonner avec enthousiasme sa cloche d'or afin de récolter des fonds pour une œuvre quelconque. Mollie l'observa pendant cinq bonnes minutes. Pas un seul passant ne lui donna la moindre pièce.

— Les gens ne sont pas très généreux de nos jours, hein ? fit un grand homme assis à la table voisine en remarquant le regard de la jeune fille fixé sur le Père Noël.

— Pas très, non, répliqua-t-elle avec un hochement de tête désolé.

L'homme portait un long pardessus noir et une casquette sombre, démodée.

— Un monde où plus personne ne donne est vraiment un monde triste, dit-il.

Il passa sa langue sur ses lèvres gercées.

Mollie, qui ne savait quoi répondre se contenta de sourire et avala une gorgée de chocolat chaud.

— Vous n'êtes pas de L.A., n'est-ce pas ?

Elle le regarda, intriguée.

— Je repère un sourire de L.A. à un kilomètre. Il a quelque chose de faux, mais pas le vôtre. Le vôtre est… (Il s'interrompit, cherchant le mot juste.)… gentil, sincère.

— Merci, fit-elle en rougissant un peu.

L'homme perçut son malaise. Il se leva et ramassa ses effets.

— Je vous souhaite un excellent séjour en ville, lança-t-il en lui tendant la main.

Mollie la serra avec une grande délicatesse. La main de l'homme était ferme et puissante.

— Je m'appelle Ryan, Ryan Turner.

La jeune fille sourit de nouveau.

— Et moi, Monica.

— Eh bien, joyeuses fêtes, Monica ! conclut-il avant de gagner la sortie.

Il traversa la rue, déposa une pièce dans le panier du Père Noël et s'éloigna.

De retour à l'hôtel, Monica somnola devant la télé, en proie aux mauvais rêves qui l'avaient hantée la nuit précédente. Elle ne savait pas si elle dormait ou si elle était éveillée quand elle eut la vision, mais elle la reçut comme un coup de poing en pleine figure.

Quand elle ouvrit les yeux elle se vit, debout devant le miroir de la salle de bains, nue. Elle saignait.

115

Si l'un des vingt et un visages épinglés sur le tableau en liège avait figuré dans les fichiers de la police, les empreintes digitales correspondantes auraient pu être comparées à l'empreinte partielle découverte dans la maison de Malibu, mais ce n'était pas le cas. Hunter, Garcia et Hopkins regardaient défiler les visages d'Américains on ne peut plus ordinaires, sans doute des citoyens modèles. Pas d'arrestation, aucun problème avec les services fiscaux ou quelque autre administration. Ils n'avaient jamais été jurés ni cités devant un tribunal. Au pire, un ou deux P.V. de stationnement non réglés, voilà tout ce qu'ils avaient fait de mal.

Vingt et une personnes qui n'avaient, selon toute apparence, rien à se reprocher. On y trouvait des profs d'université, un scénariste, plusieurs médecins, quelques chômeurs.

Première étape : éliminer tous ceux dont la taille était inférieure ou supérieure à un mètre quatre-vingt-cinq. Ce qui laissait douze suspects possibles. Après avoir vérifié auprès des compagnies aériennes et des douanes, ils rayèrent cinq noms supplémentaires de la liste.

— Nous pouvons aussi éliminer les Drs Pedro Ortiz et Michael Grifton, déclara Garcia en raccrochant son téléphone. Ils étaient tous les deux de service le soir où le père Fabian a été assassiné.

— Jason Lowell était parti en voyage avec ses étudiants le week-end où Debbie Howard a été tuée, renchérit Hopkins. On le raye.

Hunter se frotta les yeux – la fatigue commençait à se faire sentir. Il n'avait pas fermé l'œil depuis quarante-huit heures et il n'était pas convaincu qu'ils en apprendraient beaucoup plus avec les coups de fil et les recherches sur les bases de données à leur disposition. Celui qu'ils recherchaient portait sûrement, refoulées tout au fond de son subconscient, de profondes blessures psychologiques. Quelque chose, un événement assez récent, avait déclenché sa rage meurtrière, de cela Hunter était certain. La « goutte d'eau », en quelque sorte.

Il était conscient que ce n'était pas en restant dans leur bureau qu'ils parviendraient à identifier l'événement qui avait pu faire franchir au sujet la ligne blanche. Les divers facteurs déclencheurs possibles – une séparation mal vécue, le surmenage au travail, un licenciement, de grosses difficultés financières – supposaient un travail d'investigation fouillé.

— Bon, dit-il en massant son cou raidi par la tension. Il ne nous reste que quatre noms sur la liste. Nous savons que James Reed s'est volatilisé. Tâchons de découvrir où se trouvent les trois autres.

— Tu devrais sûrement faire venir Mollie et lui montrer ces photos, suggéra Garcia. Peut-être sera-t-elle capable de *percevoir* quelque chose.

Mollie ! Hunter regarda sa montre. Il devait l'appeler tout de suite. Il voulait lui trouver une autre chambre pour la nuit.

— Ce n'est pas une mauvaise idée, approuva Hopkins.

— Ce n'est pas comme ça qu'elle fonctionne, objecta calmement Hunter en s'adressant à ses deux collègues. Elle ne contrôle pas ce qu'elle voit. Et elle n'est capable de sentir que la douleur.

— Tu ne crois pas que ça vaudrait la peine de tenter le coup quand même ? insista son partenaire. Le temps passe, et on n'avance pas…

— Non, répondit Hunter. C'est une adolescente de 17 ans qui a déjà encaissé trop de coups durs, plus que la plupart des gens dans une vie entière. Elle est seule, elle a peur et, pour couronner le tout, elle a des visions atroces de gens qui endurent des souffrances inimaginables.

Il regarda Garcia.

— Tu as vu trois des cinq scènes de crime… À Malibu, tu as dû quitter la pièce pour vomir…

— Vraiment ? demanda Hopkins, surpris.

— Ne continue pas sur ce terrain, le prévint Garcia.

— Nous bossons pour la SSH, poursuivit Hunter. On intervient seulement sur les crimes « spéciaux ». On est en principe les experts, les vrais durs à cuire. On est censés avoir l'habitude, et ça nous fait quand même gerber. Imagine l'effet de ces images – aussi réelles que celles qu'on a vues de nos propres yeux – sur une jeune fille comme Mollie. Jamais de ma vie je ne l'amènerai ici pour les lui montrer et lui demander de provoquer délibérément ce type de visions.

Garcia et Hopkins n'avaient rien à objecter à ce que venait de dire l'inspecteur.

Son portable sonna et afficha le numéro de Mollie. Hunter frissonna.

— Salut, Mollie… fit-il en gagnant la fenêtre.

Il comprit tout de suite que quelque chose ne tournait pas rond. Mollie était essoufflée comme si elle avait couru.

— Qu'est-ce qui ne va pas ? reprit-il.

Elle inspira difficilement, et Hunter réalisa qu'elle pleurait.

— Mollie, parle-moi, qu'est-ce qui ne va pas ?

La tension monta d'un cran dans la pièce.

Bruit de respiration dans le combiné. Hunter entendit un coup de klaxon.

— Mollie, tu es à l'hôtel ?

— *Non*, fit-elle d'une voix tremblante.

— Où es-tu ?

— *Je ne sais pas.*

— Quoi ? Comment ça, tu ne sais pas ?

— *Je suis partie.*

— Tu as quitté l'hôtel ?

— *Oui.*

— Quand ?

— *Je ne sais pas. Il y a un moment.*

Elle parlait par bribes entrecoupées de sanglots et la gorge serrée.

— Calme-toi, Mollie. Parle-moi. Que s'est-il passé, pourquoi as-tu quitté l'hôtel ?

— *Je l'ai vue…* murmura-t-elle terrorisée.

— Respire, Mollie, respire à fond. Qu'est-ce que tu as vu ? demanda Hunter qui s'était levé et enfilait son blouson.

Silence.

— Mollie, reste avec moi, tu as vu quoi exactement ?

— *J'ai vu la victime...*

— Quelle victime ?

— *La prochaine victime du tueur. Il va la tuer ce soir.*

Hunter eut une violente décharge d'adrénaline.

— O.K., essaie de te calmer une seconde, Mollie. Comment sais-tu que c'est la prochaine victime ? Ce pourrait être une ancienne victime…

— *Une ancienne ?*

Hunter hésita un moment.

— Les visions que tu as eues avant. Les deux personnes que tu as vues. Ce n'étaient pas les seules victimes, il y en eu d'autres avant et il y en a eu une autre depuis.

— *Non, non, ce n'est pas une ancienne, c'est la prochaine, je le sais !* cria-t-elle d'une voix paniquée.

Hunter franchissait le seuil de la pièce.

— Comment peux-tu en être sûre, Mollie ?

— *Parce que c'est moi. Il m'a retrouvée.*

116

— Où que tu ailles, je viens avec toi ! s'exclama Garcia en attrapant sa veste alors que Hunter quittait le bureau et remontait le couloir au pas de course. Rob, qu'est-ce qui se passe ?

Hunter ne répondit pas. Il continua de courir sans se retourner. Garcia ne revint à sa hauteur que sur le parking extérieur.

— C'est toi qui conduis, fit Hunter en composant le numéro de Mollie.

Il tomba aussitôt sur le répondeur.

— Et où je vais ? demanda Garcia en pressant le démarreur.

— Tu fais comme si tu allais chez moi. L'hôtel où habite Mollie est à trois pâtés de maisons de chez moi.

— Que se passe-t-il ?

Hunter lui raconta la conversation qu'il venait d'avoir avec la jeune fille.

— Nom de Dieu ! s'écria Garcia en écarquillant les yeux. Quand a-t-elle eu cette vision ?

— Je ne sais pas. Je t'ai répété mot pour mot ce qu'elle m'a dit.

— Et la communication a été coupée ?

Hunter acquiesça.

— Comme si quelqu'un avait coupé le portable. Quand j'ai refait le numéro, j'ai eu le répondeur.

Hunter ferma les yeux, se pinça l'arête du nez et s'efforça de mettre de l'ordre dans ses idées. Mollie ne lui avait pas précisé l'heure de son départ de l'hôtel. Ça pouvait être dix minutes ou cinq heures plus tôt. Elle pouvait se trouver encore à proximité ou à des kilomètres à présent. Mais où se dirigeait-elle ?

Hunter se souvint qu'elle avait parlé d'une amie, une certaine Susan, avec laquelle elle avait l'habitude de travailler, mais elle n'avait pas donné de détails qui auraient permis de la localiser.

— Elle a de l'argent ? demanda Garcia.

Hunter rouvrit les yeux et regarda son partenaire.

— Pas assez pour quitter L.A., répondit-il en lisant dans les pensées de Garcia.

Il essaya de rappeler et obtint de nouveau le répondeur.

Ils arrivèrent à l'hôtel Travel Inn, sur East Florence Avenue, en moins de douze minutes. C'était un hôtel de voyageurs typique en U, un genre très répandu aux États-Unis. Pas besoin de passer par la réception pour gagner les chambres. Les deux inspecteurs coururent à la 219, au deuxième étage. Ils frappèrent à la porte, toquèrent au carreau de la fenêtre et appelèrent. Mollie n'était pas là.

117

La grosse dame de la réception leur confirma que la clé de la chambre 219 était dans sa case. L'hôtel ne s'était pas encore converti aux cartes magnétiques : il en était resté aux passes accompagnés d'un porte-clés massif. La réceptionniste n'avait pas vu Mollie. La clé avait été déposée sur le comptoir, et elle n'avait pas la moindre idée de l'heure à laquelle la jeune fille était partie.

L'inspecteur brandit son insigne, s'empara de la clé et retourna à la 219. Les quelques effets que Mollie avait apportés avec elle deux jours plus tôt n'y étaient plus, son sac à dos non plus. Hunter fouilla la chambre et le lit pendant que Garcia s'occupait de la salle de bains.

— Rob, tu devrais jeter un coup d'œil à ça.

Hunter entra dans la salle de bains et se figea sur place en apercevant du sang dans le lavabo. Quelques gouttes. Rien ne semblait avoir été dérangé. Hunter examina la traînée.

— Tu en penses quoi ? demanda Garcia.

— Saignement de nez. Mollie m'a dit qu'elle en avait parfois, surtout après ses visions.

— Qu'est-ce que tu veux faire ?

Hunter appela un numéro sur son portable. Son interlocuteur répondit à la deuxième sonnerie.

— Trevor, c'est Hunter, Rob Hunter. J'ai besoin d'un service.

Trevor Tollino était le plus ancien du service des opérations spéciales du LAPD et un vieil ami.

— *De quoi tu as besoin, Rob ?* chuchota-t-il à l'autre bout du fil.

L'homme avait été un flic de terrain, mais durant un échange de coups de feu avec un gang de trafiquants du sud de L.A., il avait été atteint d'une balle à la gorge qui avait endommagé ses cordes vocales, ne lui laissant qu'un filet de voix presque inaudible. C'était Hunter qui avait risqué sa vie pour ramener à couvert son collègue ensanglanté.

— J'ai besoin que tu localises un portable équipé d'un G.P.S. très récent.

— *Même avec le G.P.S., ce n'est pas toujours simple de localiser un portable, Rob. Si le téléphone est allumé, ça ne devrait prendre que quelques minutes. S'il est éteint, alors on a un problème.*

— Tu peux essayer ? le pria Hunter en lui donnant le numéro de Mollie et toutes les informations qu'il avait recopiées quand il avait acheté le téléphone. Rappelle-moi dès que tu as quelque chose.

Il y eut un silence.

— *C'est une demande officielle, Rob ?*

— Non, mais c'est une question de vie ou de mort.

Autre bref silence.

— *Pas de problème, je m'en occupe et je te rappelle.*

118

Hunter s'efforça de mettre un peu d'ordre dans ses pensées. Il discernait quatre possibilités. La première : Mollie, terrifiée par cette nouvelle vision errait dans les rues de L.A. sans but précis. Mais elle pouvait aussi avoir décidé de quitter la ville comme elle en avait déjà exprimé le désir. Autre possibilité : elle pouvait être partie à la recherche d'une amie, comme cette Susan qu'elle avait mentionnée. Enfin, quatrième option : elle avait été kidnappée.

Mollie n'avait pas assez de liquide pour se payer un billet d'avion, et il n'y avait ni gare ferroviaire ni gare routière dans le quartier de Downey. Si elle avait projeté de quitter Los Angeles, elle n'était pas dans le bon secteur. Downey était par ailleurs un quartier trop excentré pour qu'elle ait pu y aboutir en marchant au hasard sous le coup de la panique. Il devait y avoir une raison pour qu'elle ait appelé Hunter à dix kilomètres du quartier de l'hôtel.

— Rob, ça va ? lui demanda Garcia. Tu te sens bien ? Qu'est-ce qu'on fait maintenant ?

— On va à Downey. D'après Trevor c'est là qu'elle était quand on a été coupés. (Il regarda sa montre.)

C'était il y a moins de vingt minutes. Elle marchait dans la rue, j'ai entendu des bruits de circulation, et Trevor m'a dit qu'elle devait appeler de Firestone Boulevard.

— Très bien, on y va.

Garcia fonça, et ils rallièrent les lieux, au sud-est de la ville, en moins de dix minutes, malgré la circulation toujours très dense dans ce secteur.

— Merde ! maugréa-t-il alors qu'ils arrivaient au carrefour de Firestone et de Lakewood.

Ils venaient de découvrir l'immense centre commercial de Stonewood, bondé de clients et comptant pas moins de cent soixante-dix magasins... Et ce n'était pas tout : en remontant Firestone Boulevard ils pouvaient voir des dizaines de boutiques et de centres commerciaux plus modestes s'aligner à perte de vue. Le paradis du consommateur...

Devant les barrières du parking du Stonewood Center, une longue file de voitures attendait d'entrer. Garcia ralentit comme pour s'insérer dans cette file. Les rues regorgeaient de badauds portant sacs, paquets, et boîtes de tailles variées. Il restait deux jours pour effectuer les dernières courses de Noël, toutes les boutiques restaient ouvertes en nocturne, et les centres commerciaux ressemblaient à des fourmilières en pleine effervescence.

Ils ignoraient comment Mollie était habillée, et ils n'avaient pas de photo d'elle à montrer. Et même s'ils en avaient eu une, à qui demander ? Autant chercher une aiguille dans une botte de foin...

Hunter massa le vilain bourrelet qui lui barrait la nuque. Leur seule vraie chance de retrouver la jeune fille maintenant, c'était qu'elle rallume son portable.

Hunter avait demandé à Trevor de continuer à essayer de le localiser. Si on le rallumait, ils l'apprendraient aussitôt. Mais pourquoi avait-il été éteint ?

S'il avait écouté son instinct, Hunter aurait cherché Mollie dans la foule, mais sa raison lui soufflait que ce serait une perte de temps. Ils n'arriveraient à rien comme ça. Hunter décida de renoncer à explorer le centre commercial.

— On retourne à la SSH, et on coordonnera les recherches de là-bas, décréta-t-il.

Tandis que Garcia manœuvrait pour quitter la file d'attente et repartir sur le boulevard, Hunter, les yeux fermés, entendait les dernières paroles de Mollie résonner à ses oreilles.

« Il m'a retrouvée. »

119

Quand Garcia et Hunter arrivèrent dans leur bureau, ils virent le capitaine Blake, debout devant le tableau en liège, qui examinait les quatre photos de suspects qu'ils avaient épinglées. Hopkins l'avait déjà mise au courant des derniers développements.

— Il y a une chose que j'ai oublié de vous dire quand nous nous sommes rencontrés, commença Blake calmement après avoir refermé la porte et attendu que Hunter et Garcia soient assis à leurs bureaux. Je ne suis pas le genre de personne qui jure facilement. (Elle leva les deux mains dans un geste qui signifiait : j'ai mes petits défauts.) Comprenez-moi bien : je ne prétends pas être parfaite. Et parfois une certaine dose de grossièreté est nécessaire pour exprimer le fond de sa pensée. Dans mon cas, cela ne se produit que quand j'arrive vraiment à ébullition…

— Et sommes-nous à deux doigts de vous voir bouillir, capitaine ? demanda Hunter avec une pointe d'ironie.

— Pour l'instant, vous la fermez et vous m'écoutez, monsieur Hunter. Je n'ai que faire de vos questions et de vos remarques de petit malin. (L'exaspération venait de faire voler en éclats un calme de façade.) Vous avez la cervelle en compote tous les deux, ou bien vous êtes de parfaits crétins ? Je suis fatiguée d'avoir à vous rabâcher tout le temps la même chose ! Je vous ai demandé de me rendre compte dès que vous auriez localisé la fille qui a des visions. Et vous savez ce que je viens de découvrir ?

Elle arpentait la pièce, faisant cliqueter ses talons sur le sol.

— Non seulement vous saviez où était cette fille, reprit-elle, mais vous l'avez transférée dans un hôtel et maintenant vous l'avez perdue. Qu'est-ce que c'est que ce boulot de merde, Hunter ? (Le poing fermé du capitaine Blake s'abattit sur le bureau de l'inspecteur dans un bruit de tonnerre.) Pourquoi ne m'avez-vous rien dit ?

Hunter répondit d'une voix calme :

— Parce que je sais ce qui serait arrivé, capitaine. Vous l'auriez amenée ici, vous l'auriez collée dans la salle d'interrogatoire et vous l'auriez bombardée de questions auxquelles elle aurait été incapable de répondre. Pas parce qu'elle veut cacher quoi que ce soit, mais simplement parce qu'elle ne connaît pas les réponses. Je lui ai déjà posé toutes les questions possibles. Elle ne sait pas pourquoi elle voit les choses qu'elle voit et elle n'a aucun contrôle sur ces visions.

Hunter inspira brièvement avant de continuer.

— Dès que votre rapport serait arrivé sur le bureau du chef Collins ou du maire Edwards, l'un ou l'autre de ces messieurs, j'en suis sûr, aurait demandé qu'elle soit examinée par un psychologue qui se serait employé à la discréditer, au lieu de chercher à la comprendre.

— Mais, vous qui êtes un excellent psychologue, vous auriez pu l'interroger ! rétorqua Blake très en colère.

— Vous vous imaginez que le maire m'aurait laissé faire ?

— Je me serais arrangée avec lui, je vous l'ai dit : c'est mon problème, pas le vôtre. Je couvre toujours mes inspecteurs, mais vous semblez décidé à ne pas me faire confiance. J'aurais commencé par vous écouter, Rob.

Hunter passa une main dans ses cheveux.

— Maintenant, le chef de la police et le maire vont inévitablement apprendre ce qui s'est passé, soit dans mon rapport, soit autrement. Et la pression qu'ils me mettent va atteindre un seuil critique. Vous avez refusé à deux reprises d'obéir à mes ordres. Si je ne réagis pas, j'aurai l'air d'un capitaine faiblard, pas seulement à leurs yeux mais pour tout le monde à la SSH et dans le LAPD.

— Et comment entendez-vous « réagir » ? demanda Garcia.

— Vous êtes suspendus, tous les deux, voilà comment.

120

— Attendez une minute, capitaine, s'écria Hunter qui s'était levé d'un bond. Vous ne pouvez pas nous suspendre, pas maintenant.

Le capitaine Blake partit d'un petit rire mauvais.

— Je peux faire absolument ce que je veux, Rob, vous êtes apparemment les deux seuls ici à ne pas avoir compris que c'est moi qui dirige ce service.

— Capitaine, vous ne pouvez pas faire ça, reprit Hunter d'une voix plus calme. On n'a pas le temps de mettre au courant un autre inspecteur pour qu'il prenne le relais. (Il fit une pause.) Le tueur va frapper une nouvelle fois ce soir.

Le regard de Barbara Blake figea l'homme sur place.

— Vous feriez mieux de tout me dire, et tout de suite, inspecteur. Et j'espère sérieusement que vous n'avez rien à vous reprocher.

Cette fois, Hunter confessa tout ce qu'il savait.

— Et ce portable que vous lui avez donné, il est toujours éteint ?

— Trevor m'a promis de m'appeler dès qu'il réapparaîtrait sur son écran radar.

Le capitaine faisait les cent pas dans la pièce en pesant ses options.

— On ne peut même pas mobiliser des unités, Hunter. Cette fille pourrait se trouver absolument n'importe où. Et je ne sais pas si je dois croire un traître mot de ce que vous venez de me raconter. Ma base de départ, ce sont les visions délirantes d'une fille de 17 ans que je n'ai pas rencontrée.

— Vous avez notre opinion comme base de départ. (Hunter secoua doucement la tête.) Ce n'est pas une simulatrice, ni une dingue.

— Mais pourquoi est-ce que je vous croirais, Rob ? Quand avez-vous été réglo avec moi ?

— D'accord, capitaine, je veux bien l'admettre, j'ai déconné, mais ce n'était pas parce que je voulais vous exaspérer, saper votre autorité ou vous manquer de respect. Je l'ai fait pour protéger une toute jeune fille du cirque destructeur dans lequel on allait la jeter. Les interrogatoires, les gens qui mettent en doute ses propos, les articles dans la presse, les moqueries… La plupart des gens craquent pour beaucoup moins que ça. Mollie ne méritait pas ce traitement. Elle voulait juste rendre service et croyait sincèrement pouvoir être utile. (Hunter fixa sa supérieure dans les yeux.) Vous pouvez faire ce que vous voulez, capitaine. Faites-moi muter à la circulation une fois l'enquête terminée si ça vous chante, mais ne nous retirez pas l'affaire maintenant. Ce tueur a une vengeance à accomplir. Les meurtres vont se poursuivre. Une fois sa mission terminée, il disparaîtra, j'en suis certain. Nous n'avons que sept jours, capitaine. Et il ne reste que deux noms sur sa liste.

— Trois, s'il a vraiment décidé de liquider Mollie ce soir, renchérit Garcia.

— Exact, mais Mollie ne faisait pas partie de son plan initial.

Le capitaine Blake plissa les paupières, comme quelqu'un qui n'arrive pas à suivre.

— En traquant Mollie, le tueur s'écarte de son plan, il improvise, expliqua Hunter.

— Et c'est quand ils s'écartent de leur plan initial qu'ils commettent des erreurs, ajouta son partenaire.

Leur supérieure ne semblait plus très sûre de ce qu'elle devait faire.

— Il y a des procédures à respecter, Rob, martela-t-elle.

— Avec tout le respect que je vous dois, capitaine, rien à cirer des procédures. Je refuse de mettre en danger la vie de quelqu'un à cause de règles bureaucratiques absurdes, lança fermement Hunter à la grande surprise de son interlocutrice. Bolter m'a dit que vous étiez un grand flic. Que vous aviez un instinct unique. Que vous suiviez toujours vos tripes. Vous avez dû cacher une information à vos supérieurs pour une raison ou une autre au moins une fois dans votre carrière ; nous le faisons tous, y compris le chef de la police, et ça ne fait pas de nous des mauvais flics, au contraire : ça fait de nous de vrais flics.

Il la regarda bien en face.

— Et vos tripes, que vous disent-elles en ce moment ?

Elle ferma les yeux et poussa un long soupir.

— Laissez-moi vous poser une question, inspecteur. Vous croyez que cette journaliste du *Los Angeles Times*, Claire Anderson, savait où trouver Mollie ? Savait-elle que vous l'aviez mise à l'abri dans cet hôtel ?

Hunter inclina la tête et réfléchit.

— Possible. Les reporters ont leurs propres sources, leurs indics. Claire a pas mal d'ambition. Pourquoi ?

Blake planta ses yeux dans ceux de Hunter.

— On a découvert son cadavre cet après-midi.

— Quoi ?

— La gorge tranchée.

— Pas possible… murmura Garcia, les yeux écarquillés.

— C'est toute l'information dont je dispose pour l'instant. Les inspecteurs et les gars du labo sont encore sur la scène. Mais si notre tueur en a vraiment après Mollie et si Claire Anderson détenait des informations susceptibles de l'aider à mettre la main dessus, l'éventualité qu'il l'ait tuée pour arriver jusqu'à sa cible me semble tout à fait plausible.

121

Les trois coups frappés à la porte vinrent rompre la tension ambiante. Le capitaine Blake fit entrer Hopkins.

— J'arrive au mauvais moment ? demanda-t-il, sentant l'électricité dans l'air.

— Quelles nouvelles ? répliqua le capitaine.

Hopkins se dirigea d'un pas nerveux vers le tableau en liège.

— Notre seul suspect est à présent James Reed, fit-il en désignant la photo de ce dernier.

— Quoi ?

— Rob m'avait demandé de continuer à creuser l'emploi du temps des trois autres suspects de la liste, expliqua l'agent. Nous savons maintenant où se trouvaient Marcus Tregoni, Philip Rosewood et Harry Lang, expliqua-t-il en montrant leurs photos à mesure qu'il les nommait, et ils ont tous un alibi pour au moins l'un des crimes. Aucun d'eux n'est le tueur. Il ne reste donc que James Reed.

— Il correspond parfaitement au profil du tueur ! s'exclama Garcia avec une excitation perceptible. Un mètre quatre-vingt-cinq, célibataire, jamais marié, vivait avec sa mère jusqu'à la mort de celle-ci il y a cinq mois. (Il se tourna vers Hunter.) Cela a fort bien pu être la « goutte d'eau » dont tu parlais. Il est costaud, très intelligent, plein de ressources, il excelle dans la planification et le calcul. Il a été la tête de Turc de la bande de Strutter autrefois, à l'école et dans la rue, et même sa mère n'a pas été épargnée. Vous imaginez la haine que ces deux-là pouvaient nourrir à l'encontre de ces petits voyous ? Elle était sûrement assez forte pour avoir laissé des cicatrices assez profondes dans son subconscient. Il les tenait aussi pour responsables de la mort de son chien. Un chien qui s'appelait Numéro…

— Une seconde, intervint le capitaine en levant la main. C'est quoi, cette histoire de chien qui s'appelait Numéro ?

Garcia lui répéta le récit que leur avait fait Kelly Sanchez dans son bureau un peu plus tôt ce même jour. Le capitaine fit aussitôt le lien entre le numérotage des victimes et le petit chien décapité.

— On a de quoi le coffrer, hein ? conclut Garcia.

— Vous avez lancé un appel à l'identification du véhicule, non ? demanda le capitaine Blake. Il a été repéré ?

— Pas encore, fit Hopkins en secouant la tête.

— Il faut qu'on retrouve ce type, reprit-elle d'une voix résolue. James Reed est désormais notre suspect n° 1 dans cette affaire. On modifie notre appel à toutes les unités. Je veux que ce type soit retrouvé et arrêté. Il faut le mettre hors d'état de nuire aussi vite que possible. On a une photo récente de lui ?

— On peut en récupérer une sur le site de la fac, acquiesça Hunter.

Elle se tourna vers Hopkins.

— Envoyez-en un double à tous les commissariats.

L'agent chercha furtivement l'approbation de Hunter qui lui adressa un signe presque imperceptible.

— Je m'y mets tout de suite.

Il s'éclipsa.

Le capitaine Blake se tourna vers Hunter, le visage sévère.

— J'espère que mon instinct ne me trompe pas... Faites ce que vous avez à faire, Rob. (Court silence.) Espérons que nous pourrons sauver Mollie et tous ceux que traque ce cinglé.

Elle se dirigea vers la porte, mais Hunter la stoppa sur le seuil.

— Capitaine... si vous avez de nouvelles infos sur le meurtre de Claire Anderson, merci de me les communiquer.

Elle acquiesça et referma calmement la porte derrière elle.

L'inspecteur retourna à son bureau et se frotta le visage, frustré. Il aurait voulu être dehors, à sillonner les rues de L.A. à la recherche d'un suspect ou de Mollie, mais il savait que pour le moment il n'y avait rien d'autre à faire qu'attendre. Et il détestait attendre. Il ne tenait pas en place. Il tendit la main vers la pile de photos que Hopkins avait posée sur son bureau et se mit à les feuilleter machinalement. Il ne les regardait pas vraiment et n'était pas concentré sur ce qu'il faisait, gardant ses mains occupées, tandis que son cerveau travaillait à agencer toutes les pièces du puzzle. *Carlos a raison : James Reed correspond exactement au profil du tueur*. La mort récente de sa mère pouvait avoir été le déclic qui avait libéré sa haine rentrée.

Mais pourquoi Hunter n'éprouvait-il pas la sensation familière qui s'emparait de lui quand il était sûr de tenir un coupable ?

Il cessa d'éplucher la pile de photos et retint sa respiration, les yeux fixés sur la première photo. Il examina le visage de l'homme, cherchant à isoler le détail qui l'avait alerté. Il eut presque un hoquet d'étonnement quand il le détecta enfin. « Oh, mon Dieu… » murmura-t-il avant de bondir sur ses pieds et de montrer la photo à son partenaire.

— Carlos, c'est qui, celui-là ? demanda-t-il. Pourquoi cette photo ne se trouvait-elle pas sur le tableau des suspects ?

L'urgence dans son ton tendit aussitôt Garcia.

— Je ne sais pas. Ce n'est pas moi qui les ai collectées, mais le nom est écrit au dos.

Hunter la retourna.

— Michael Madden ?

Garcia consulta la liste que Hopkins avait préparée.

— Il est là. La raison pour laquelle il n'est pas sur le tableau, c'est qu'il est mort depuis longtemps.

Hunter se concentra sur la photo.

— Pour moi ce type-là n'est pas mort.

Il montra de nouveau le cliché à Garcia.

— Je suis convaincu que M. Madden est vivant et qu'il se porte très bien. Et si j'ai raison nous savons tous deux où le trouver.

122

Garcia, désorienté, examinait le visage de l'homme sur la photo.

— Mais de quoi tu parles ? Qui est ce Michael Madden ?

— Regarde les yeux, Carlos. On peut tout changer sur le visage d'une personne mais les yeux, eux, ne changent pas. Pas plus que les empreintes digitales.

Garcia obtempéra, se concentrant de toutes ses forces.

— Non, fit-il dépité, je ne vois toujours pas qui peut bien être ce type.

Hunter examina encore une fois la photo. Son esprit lui jouait peut-être des tours ? Il n'avait pas droit à l'erreur, il fallait qu'il soit sûr à 100 %.

— On y va ! décida-t-il soudain en se précipitant vers la sortie.

— Et on va où, cette fois ? demanda Garcia en suivant son partenaire qui escaladait l'escalier quatre à quatre.

— Au service scientifique, j'ai besoin de leur aide. Il faut qu'on voie Patricia Phelps.

Garcia fronça les sourcils.

— La fille des portraits-robots ?

— Elle-même, acquiesça Hunter.

Le service scientifique du LAPD est responsable de la collecte, de la comparaison et de l'interprétation des preuves matérielles découvertes sur les scènes de crime ou prélevées sur les suspects et les victimes. Il occupe le dernier étage de l'immeuble qui abrite la division Hold-up et Homicide.

Patricia Phelps était la plus expérimentée des graphistes chargés de composer les portraits-robots des suspects dans les affaires de meurtres. Elle s'apprêtait à rentrer chez elle après avoir fait deux heures supplémentaires quand Hunter et Garcia entrèrent en coup de vent dans son bureau.

— Pat, on a besoin de ton aide ! lui lança tout à trac un Hunter à bout de souffle.

La petite femme brune aux cheveux courts et au visage d'ange regarda l'inspecteur par-dessus la fine monture de ses élégantes lunettes.

— Tu viens de grimper six étages, Rob ? demanda-t-elle de sa voix rauque qui faisait fondre la plupart des hommes. Si tu as risqué l'infarctus pour me voir, c'est que ça ne peut pas attendre jusqu'à demain, hein ?

Hunter inspira un bon coup et ne répondit rien.

— C'est bien ce que je pensais. Bon, tu as besoin de quoi ?

Elle ôta son manteau.

Il lui tendit la photo.

— Je voudrais que tu transformes cette photo.

Elle l'examina un instant et haussa les épaules.

— Très bien. Je vais la scanner.

Une minute plus tard l'image apparaissait sur l'écran de son ordinateur.

— Tu as un logiciel performant ? demanda Hunter.

Patricia arbora un sourire fiérot.

— Le top du top, du niveau de ceux des studios d'animation de Hollywood. Je peux le transformer en Brad Pitt si tu me le demandes.

Hunter sourit et fit signe à Garcia, qui semblait toujours aussi sidéré, d'approcher.

— Très bien, les enfants, maintenant voici le scénario : quand vous étiez jeune tout le monde se foutait de vous, surtout à cause de votre physique. Ça vous arrivait à l'école, dans la rue… Bref un peu partout. Les filles ne vous adressaient pas la parole, et les mecs vous bousculaient, vous insultaient et parfois vous cassaient la figure. Ça a duré si longtemps et vous a tellement miné que vous avez fini par vous détester vous-même. Vous vouliez être un autre. Vous me suivez jusque-là ?

Garcia et Patricia acquiescèrent.

— Maintenant, que se passerait-il si vous étiez devenu très riche assez jeune, et que vous ayez assez d'argent pour exaucer tous vos vœux, y compris un changement complet d'aspect physique ? Voilà que vous pouvez enfin devenir cette autre personne que vous avez rêvé d'être. Plus personne pour se payer votre tête ou vous cogner. Les gens que vous connaissez ne vous reconnaîtront même pas. Vous le feriez ? Vous changeriez de tête ?

123

Garcia réfléchit un moment, les yeux rivés à l'écran de Patricia Phelps.

— Probablement.

Il ne semblait pas très sûr de lui.

— Moi, je n'hésiterais pas une seconde, approuva Patricia, enthousiaste. J'ai vu les dégâts que peuvent entraîner ces violences à répétition entre ados. La fille d'une amie s'est suicidée il y a quelques années à cause de ça.

— Je suis désolé, fit Hunter.

La jeune femme répondit par un sourire plein de douceur.

— Très bien, donc si vous étiez ce gosse, poursuivit Hunter, le doigt pointé vers l'écran, que changeriez-vous ?

Garcia croisa les bras et se mordit la lèvre tout en examinant le visage du jeune étudiant.

— Ces oreilles immenses, c'est par elles qu'il faudrait commencer, fit Patricia en s'enfonçant dans son fauteuil. On a dû le ridiculiser très souvent à cause d'elles. Elles sont vraiment… envahissantes, si j'ose dire.

— Oui, c'est clair, tu as raison, approuva Garcia.

— On peut les modifier ? demanda Hunter en posant une main sur l'épaule gauche de Patricia.

— Regardez l'artiste…

Elle entra quelques algorithmes dans son logiciel et se mit à dessiner avec son stylet sur sa tablette graphique. Ses mouvements étaient précis et gracieux comme ceux d'un peintre devant sa toile. En quelques coups de stylet, elle avait relooké les oreilles de l'étudiant sur la photo.

— Oui, il est nettement mieux comme ça… approuva Garcia.

— C'est clair, il est plus séduisant, sourit la jeune femme.

— Bon, et que changeriez-vous d'autre ? insista Hunter.

— Probablement cette bosse sur son nez : on dirait qu'il a été cassé.

Patricia approuva et effectua la rectification demandée.

— Parfait. D'autres problèmes à régler, selon vous ?

— Ses dents, proposa Patricia.

— Mais on ne les voit pas… objecta Garcia en secouant la tête et en fronçant les sourcils.

— C'est vrai, mais tu vois comment il ferme sa bouche ? (Elle désigna la bouche de son stylet.) Ce n'est pas une occlusion naturelle, il fait une sorte de moue qui révèle que ses dents sont trop grandes et qu'elles pointent vers l'avant.

Les deux inspecteurs plissèrent les yeux pour tenter de comprendre de quoi elle parlait.

— Croyez-moi, les mecs, des photos comme celle-là, j'en vois tous les jours, c'est mon boulot.

— Très bien, fit Hunter avec un haussement d'épaules. Mais comment changer ses dents sur la photo si on ne peut pas les voir ?

— Je peux changer la forme de sa bouche, ramener ses lèvres en arrière et supprimer cette moue. Vous allez voir, dit-elle tandis que ses doigts parfaitement manucurés pianotaient sur le clavier.

Après quelques coups de stylet magique, l'adolescent avait une nouvelle bouche.

— Waouh, il est complètement différent de l'original ! constata un Garcia admiratif.

Hunter secoua la tête, l'air sceptique.

— Quelque chose ne colle pas.

— Sa mâchoire, expliqua Patricia. À cause des modifications sur ses lèvres et ses dents, je suis certaine qu'un chirurgien suggérerait un léger remodelage de la ligne de sa mâchoire pour l'assortir à son nouveau sourire. Peut-être en la faisant un peu plus carrée.

— Tu peux faire ça ?

— Je te l'ai dit : avec ce stylo on fait ce qu'on veut.

Elle procéda donc au remodelage. Une fois l'opération terminée, ils reculèrent d'un pas pour juger de l'effet. Le garçon qu'ils découvraient n'avait plus grand-chose à voir avec celui de tout à l'heure.

— Ça y est, fit Patricia. Je ne vois plus rien à ajouter ou à enlever, et vous ?

Les deux hommes secouèrent la tête.

— On a juste transformé un premier de la classe boutonneux en beau gosse, s'esclaffa Garcia.

— Beau boulot, Patricia, approuva Hunter.

Garcia commençait à reconnaître ce visage, mais le déclic ne se faisait toujours pas.

— Allez, Pat, reprit Hunter en se penchant au-dessus de son bureau, un dernier petit coup de pinceau, et je te laisse tranquille : si tu pouvais juste lui raccourcir les cheveux, les rabattre en arrière, les teindre en châtain foncé et lui griser les tempes, O.K. ?

Ils attendirent que Patricia ait fini.

— Tu peux lui donner l'âge que tu veux ? demanda Hunter.

— Bien sûr.

— Super, je voudrais qu'il ait environ vingt-cinq ans de plus.

Le processus de vieillissement prit un peu plus de temps. Quand Patricia eut enfin terminé, la mâchoire inférieure pendante de Garcia trahissait sa stupéfaction.

— Ça, alors, c'est pas croyable…

124

Susan Zieliski relisait la lettre pour la dixième fois et elle était toujours aussi bouleversée. Elle n'arrivait pas à croire à ce qui lui arrivait.

Susan n'avait pas eu une vie facile ni beaucoup de chance. Elle était née à Cripple Creek, Colorado, vingt-deux ans plus tôt. Ses parents, des immigrés juifs polonais, lui avaient donné une éducation très stricte. Elle s'était efforcée de respecter les règles qu'ils lui avaient inculquées, mais c'était beaucoup demander à une jeune Américaine d'aujourd'hui.

Dès son plus jeune âge, Susan avait eu deux ambitions. D'abord, elle voulait faire de la scène et chanter. Ensuite, elle ne voulait pas devenir la copie conforme de sa mère, une épouse docile voire totalement soumise, qui exécutait sans discuter tout ce qu'ordonnait son mari.

À 13 ans, Susan était déjà très séduisante. Elle avait hérité la chevelure de sa mère, d'un blond très clair presque blanc, et des magnifiques yeux bleus de son père. Beaucoup de garçons lui faisaient des avances, mais Susan n'avait pas eu le droit de sortir avant l'âge de 18 ans, et, même alors, c'était sous la supervision de ses parents, et uniquement avec un juif.

Pourtant, Susan n'avait jamais été le petit ange que ses parents imaginaient. Elle avait embrassé Ken Jordan, son premier garçon, à 14 ans. Ken l'avait emmenée derrière le gymnase à l'heure du déjeuner, et ils s'étaient étreints comme s'ils avaient été les deux seuls êtres humains sur terre. Elle l'avait laissé toucher ses seins, et ses caresses avaient déclenché une vague de chaleur excitante et inconnue. Mais quand il avait essayé de glisser sa main entre ses cuisses, elle avait paniqué et s'était enfuie. La panique n'avait pas duré longtemps, et bientôt les caresses s'étaient faites plus intenses, la respiration de Susan plus saccadée, et l'excitation impossible à contrôler. À 15 ans, Susan avait connu sa première expérience sexuelle complète. Elle avait été brève, douloureuse et peu satisfaisante, mais Susan l'avait quand même jugée plutôt prometteuse.

Cripple Creek est un ancien village de mineurs établi à proximité d'une mine d'or. Un immense dortoir avec une population d'à peine deux mille habitants. Ce cadre étriqué et le carcan familial étouffaient les aspirations de la jeune fille qui rêvait d'autres horizons, d'explorer des territoires inconnus.

La solution était venue sous la forme du softball. Susan n'était pas une passionnée de sport, mais quand elle avait découvert que l'équipe de softball féminin partait régulièrement dans les autres villes de l'État pour disputer les matchs de championnat, elle avait décidé d'en faire partie.

Susan avait 16 ans quand l'équipe était partie pour Colorado Springs à l'occasion d'une série de trois matchs répartis sur un long week-end. Le dimanche soir, le Bomber Gang, un groupe californien de jeunes rappeurs qui montait, se produisait à l'Underground. Susan avait fait le mur avec deux copines de dortoir, et elles avaient foncé au concert. C'était le premier concert *live* auquel Susan assistait, et elle avait été emballée. Les trois copines avaient retrouvé les musiciens dans leur loge après le concert, et ces derniers les avaient emmenées faire la fête. Susan avait fini la nuit avec Kool Roxx, le leader du groupe. Il lui avait juré le grand amour et lui avait même promis de la retrouver après la fin de la tournée. Ils avaient fait l'amour plusieurs fois avant qu'elle regagne le dortoir au petit matin.

Elle n'avait pas eu ses règles à la fin de son cycle sans y prêter attention. Mais bientôt, les nausées matinales, la fatigue et ses seins tendus l'avaient alertée.

Le père de Susan, Jacek, était un homme de la vieille école qui avait des valeurs : obéissance, respect, honneur et, par-dessus tout, virginité jusqu'au mariage. Susan le savait, son père n'accepterait jamais sa grossesse. Peu importait qu'elle soit amoureuse ou s'imagine qu'elle l'était. De son point de vue à lui, elle avait trahi ses parents et déshonoré sa famille de la pire façon possible. Elle décida donc de ne pas attendre sa réaction.

Avec sa naïveté de petite Américaine de la campagne, Susan avait pris au sérieux les déclarations enflammées de Kool Roxx. Elle s'était donc dit qu'il serait heureux de la revoir et même emballé d'apprendre qu'il allait être père. Elle avait économisé assez d'argent grâce à son job dans la librairie locale pour prendre le car pour Los Angeles. Elle allait retrouver le garçon, et ils décideraient ensemble de la suite. Mais l'adresse qu'il lui avait donnée était bidon, et son numéro de téléphone, celui d'un resto chinois. Quatre semaines plus tard, dans les toilettes publiques d'une station de métro d'East L.A., Susan s'était avortée elle-même.

La jeune fille était restée à Los Angeles, bien décidée à réaliser ses rêves malgré tout. Elle s'était donc fait engager comme serveuse dans un restaurant de Lynwood et passait ses après-midi à travailler le chant ou à auditionner pour des comédies musicales. Elle avait une voix exceptionnelle, puissante et originale, mais des talents de comédienne limités. Dès qu'elle avait pu se les offrir, Susan avait donc pris des cours, et cinq ans plus tard, son obstination commençait à payer.

« Nous avons l'honneur de vous informer que vous avez été sélectionnée pour interpréter In The Heights, *la comédie musicale de Broadway. »*

Susan ne se lassait jamais de relire cette phrase. La lettre était arrivée ce matin, et, depuis, elle marchait sur un nuage. L'ironie de l'histoire, c'était qu'*In The Heights* racontait l'histoire de personnages qui quittent leur ville natale pour réaliser leurs rêves et fondent un foyer dans un nouvel endroit.

Les quelques coups à la porte la firent sursauter. Elle n'attendait personne, surtout pas à cette heure. Quand Susan ouvrit la porte de son petit appartement de Downey, elle écarquilla des yeux stupéfaits.

— Oh, mon Dieu !

125

— Vous connaissez ce type ? demanda Patricia en cliquant sur la touche « *Imprimer* » de son clavier.

Hunter hocha la tête, et elle le vit écarquiller les yeux de surprise.

— Il me faut ce bouquin ! dit-il en se prenant le front à deux mains.

— Quel bouquin ? demanda-t-elle.

— L'annuaire du lycée de Compton High.

— Il est en bas, intervint Garcia.

L'inspecteur se tourna vers Patricia.

— Ne bouge pas, je reviens tout de suite.

La jeune femme regarda sa montre.

— Tu vas me devoir un dîner dans le meilleur resto de la ville, Rob.

Mais Hunter dévalait déjà l'escalier à toute allure. Quarante-cinq secondes plus tard, il était de retour.

— Waouh, ça, c'était du rapide ! admira Patricia. Comment fais-tu pour ne même pas être essoufflé ? ajouta-t-elle les sourcils froncés.

L'homme ne répondit pas, toute son attention étant focalisée sur l'annuaire dont il tournait fébrilement les pages, scrutant chaque photo.

— Qui cherches-tu maintenant ? demanda Garcia en s'approchant d'un pas et en jetant un coup d'œil sur le livre.

Hunter s'arrêta enfin à une page et se précipita vers le bureau de Patricia, avec une expression concentrée.

— Tu peux scanner cette photo ? (Il lui montra un cliché au milieu de la page.) Et faire le même boulot que tu as fait sur l'autre ?

Il eut un mouvement du menton en direction du portrait imprimé sur son bureau.

— Pas de problème.

Ils observèrent Patricia Phelps retoucher et redessiner peu à peu ce visage, transformant encore une fois son sujet en une tout autre personne. Une fois le processus de vieillissement achevé, Garcia n'en crut pas ses yeux.

— C'est une mauvaise blague, dis-moi que je rêve…

126

Garcia parcourut le trajet qui sépare la SSH de Holmby Hills en moins de vingt minutes. Ils devaient absolument lui parler à nouveau. Tout comme James Reed, il avait menti sur sa connaissance des victimes.

Ils n'eurent pas de mal à trouver la maison, un manoir orné d'un fronton blanc à colonnes de deux niveaux, style demeure de star, sur Beverly Glen Boulevard. La maison était plongée dans le noir complet, mais le jardin suspendu parfaitement entretenu était éclairé, et les sapins triangulaires qui flanquaient l'entrée étaient d'une impeccable élégance avec leurs décorations de Noël.

Ils grimpèrent deux à deux les marches en pierre menant sur la gauche vers l'entrée de la maison. La sonnette de l'entrée ne fonctionnait pas, et, après avoir frappé une minute à la porte sans désemparer, Hunter sauta la petite haie à gauche de la porte et inspecta les deux grandes baies vitrées qui étaient fermées. Les rideaux tirés l'empêchaient de voir l'intérieur.

— On va essayer le garage, fit Hunter en dévalant les marches jusqu'au garage à droite.

Lui aussi était fermé, ainsi que la porte de bois latérale à droite du garage qui à n'en pas douter menait à l'arrière de la maison. Mais le cadenas ne semblait pas bien solide…

— Tu fais quoi, là ? demanda Garcia, médusé, alors que Hunter, après avoir pris son élan, donnait un violent coup d'épaule sur la porte qui céda aussitôt.

— Je veux juste jeter un coup d'œil à l'intérieur, dit-il d'un ton anodin avant de franchir le seuil. Tu viens ?

— T'es dingue ou quoi ? s'écria Garcia, qui rattrapa en vitesse son partenaire.

Le jardin qui s'étendait à l'arrière de la maison était impressionnant. Au centre, une magnifique piscine en goutte d'eau illuminée sous l'eau par des spots. À sa gauche, un solarium en cèdre derrière lequel on apercevait une grande aire aménagée avec un barbecue. Le tout entouré de hauts frênes de Raywood et de haies taillées au cordeau. La pelouse impeccablement tondue moutonnait en pente douce vers un court de tennis. Hunter se dirigea vers les hautes portes-fenêtres qui ouvraient sur une grande pièce de réception – fermées à clé. Il plaqua son visage contre une vitre, plaçant ses mains en œillères pour scruter l'intérieur. Tout semblait désert. Ôtant son blouson, il l'enroula autour de son bras droit.

— Oh ! là, là, où tu vas, là ? s'exclama Garcia en levant une paume qui signifiait : limite à ne pas franchir.

— Il faut que je rentre dans cette baraque.

— Pourquoi ? Ce n'est peut-être pas notre homme. On a autant de raisons de soupçonner Reed que lui après tout.

— Tu as vu la métamorphose sur les deux photos, rétorqua Hunter calmement. Ce n'était pas une coïncidence. Cette histoire va beaucoup plus loin… Jusqu'au meurtre, selon moi.

— C'est bien possible, mais entrer par effraction n'est pas la solution.

— On a une bonne raison de frapper à cette porte, Carlos.

— Exploser une vitre et frapper à la porte sont deux choses différentes. Ce n'est pas légal, et tu le sais parfaitement, avertit Garcia, comme s'il ne reconnaissait pas son acolyte. Même s'il s'agit de notre bonhomme, n'importe quel avocat pourra faire annuler le procès parce qu'on aura foiré l'enquête et qu'on n'aura pas suivi la procédure, Rob. C'est ce que tu veux ? Entrer par effraction, c'est permettre à ce type d'échapper pour toujours à la prison.

Hunter regarda sa montre.

— Je comprends, Carlos. Et normalement je serais tout à fait en phase avec ton discours, mais je n'ai plus une seconde à perdre. Mollie a disparu, le tueur la pourchasse, et elle est convaincue qu'il va la tuer ce soir. Ça ne me laisse pas beaucoup de temps.

Il planta ses yeux dans ceux de son partenaire.

— Je lui ai promis qu'il ne lui arriverait rien, rappela-t-il. Nous sommes sur une bonne piste. Je n'ai pas le temps de faire une demande de perquisition en bonne et due forme, ni de m'assurer que je ne fais pas une grosse bêtise. Si je joue dans les règles, Mollie est morte. Jamais le bureau du procureur ne nous donnera de mandat, ne serait-ce que pour fouiller la poubelle de ce type. (Il inspira profondément.) Retourne à

Parker Center, Carlos, je nierai que tu étais au courant de mes projets.

— Quoi ?

— Tu l'as dit toi-même : je suis peut-être en train de faire une grosse bourde. Je ne veux pas t'entraîner là-dedans. Tu as une femme à laquelle tu dois penser, Carlos, tu ne peux pas déconner. Moi, si.

127

Garcia était médusé par ce qu'il venait d'entendre. Mais il n'oubliait pas non plus que c'était à l'instinct de Hunter qu'il devait d'être toujours de ce monde. Si ce dernier s'imaginait que son collègue allait faire demi-tour et se tirer, il se fourrait le doigt dans l'œil.

— Bon, eh ben, comme je sens que tu ne te planteras jamais complètement si je ne suis pas dans tes pattes, je viens avec toi, partenaire !

— Tu en es sûr ?

— Si ça se trouve, à la circulation je serai le plus heureux des flics, qui sait ? Allez, on y va !

Hunter sourit et tendit à Garcia une paire de gants en latex avant de donner un violent coup de coude dans la baie vitrée. Il y eut un craquement sourd suivi d'une pluie de verre brisé sur le sol. Les deux hommes regardèrent instinctivement autour d'eux.

Hunter passa la main dans le trou, tourna le verrou et sortit sa lampe torche de son ceinturon, imité par Garcia qui le suivit prudemment à l'intérieur.

La première pièce était un grand volume rectangulaire au sol en marbre noir et meublé de quelques fauteuils. Un bar occupait le mur de gauche sur toute sa longueur. *Une pièce de réception, de toute évidence*, se dit Hunter. En face, une double porte en bois sombre. L'inspecteur traversa la pièce et tourna doucement la poignée – la porte s'ouvrit. Ils pénétrèrent dans un vaste hall décoré à profusion d'antiquités, de porcelaines fines, de vaisselle en argent et de quelques tableaux – pas la moindre photo. Un imposant chandelier en cristal était suspendu au-dessus de l'escalier.

— Cette baraque est trop grande, on ferait mieux de se séparer, murmura Hunter. Tu restes ici, je vais monter au premier.

Garcia acquiesça et, tandis que son acolyte montait précautionneusement les marches menant au premier, il poussa la porte qui se trouvait juste devant lui.

Le grand salon dans lequel il entra était aussi ostentatoire que le hall dont il sortait, bourré de meubles de prix, de peintures à l'huile et de sculptures. Garcia traversa la pièce en silence et franchit la porte vitrée ouvrant sur une immense chambre au fond de laquelle trônait une cheminée en marbre noir. La moquette de haute laine soyeuse était immaculée. Tout le mur de gauche n'était qu'une succession de portes-fenêtres. De l'autre côté, il aperçut une porte en bois plus petite que les autres de la maison. Un pâle rai de lumière filtrait au-dessous. Il approcha lentement et écouta, l'oreille droite collée contre le battant. Il lui semblait entendre une sorte de gémissement au loin. Il se retourna, hésitant visiblement à appeler Hunter à la rescousse mais décida finalement d'y aller seul.

En tournant la poignée, il sentit l'adrénaline monter et son pouls accélérer. Un clignotant rouge familier venait de s'allumer dans sa tête. Il dégaina.

Le battant s'ouvrit sans un bruit, révélant un long et étroit escalier en ciment faiblement éclairé par une unique ampoule pendue à un fil électrique. Tout en bas, une autre porte fermée. Garcia descendit les marches une à une. L'air était humide et lourd, avec des relents de moisi. Son pied gauche dérapa sur le bord d'une marche usée, et il partit en avant. Tendant désespérément les bras vers les murs crasseux pour retrouver l'équilibre, il parvint à stopper sa chute mais laissa échapper sa torche qui vola en éclats. Son cœur battait à tout rompre, et, malgré le froid humide, il transpirait abondamment.

Le doigt crispé sur la détente de son semi-automatique, Garcia fixait alternativement la porte du bas et celle du haut. Il prit quelques instants pour se calmer et évaluer la situation. Une chose était sûre : s'il y avait quelqu'un en bas, la maladresse de Garcia venait de le trahir.

— Vas-y doucement, Carlos, vas-y super doucement, murmura-t-il entre ses mâchoires serrées.

Il resta immobile, guettant d'éventuels bruits de pas, attendant que quelqu'un surgisse, en haut ou en bas. Il essuya la sueur de son front du dos de sa main libre et descendit les dernières marches. Le gémissement venait de l'intérieur.

Avec une prudence de chat il tourna la poignée. Il poussa la porte juste assez pour risquer un coup d'œil au-dedans – un vaste sous-sol. Garcia le scruta sans bouger pendant deux longues minutes, sans détecter le moindre mouvement. Satisfait, il inspira profondément, cala son index contre la gâchette et avança. Une série d'appliques en cuivre s'étageaient à intervalles irréguliers sur les deux longs murs, faisant flotter une pâle lueur dans la grande salle. Il avança lentement, donnant à ses yeux le temps de s'habituer à la pénombre. Ayant repéré quelque chose au fond de la pièce, il s'avança et stoppa net, les yeux fixés sur… Il reconnut aussitôt ce dont il s'agissait.

— Mon Dieu !

Il frissonna de tout son corps.

À la lisière gauche de son champ de vision, il perçut un mouvement flou, trop rapide pour qu'il puisse réagir. Le premier coup asséné avec une précision parfaite l'atteignit au beau milieu du visage. Il entendit un craquement, et son nez déversa aussitôt des flots de sang. Déséquilibré, Garcia recula d'un pas en titubant, une esquive insuffisante pour parer le second coup qui arriva une fraction de seconde plus tard et percuta le haut de sa nuque avec une habileté militaire.

Garcia sombra dans un trou noir.

128

Hunter s'arrêta brusquement, conscient que quelque chose clochait. Il avait passé en revue trois des six pièces du premier, et, pour l'instant, rien ne venait étayer sa théorie. Dégainant son pistolet H&K USP, il pivota sur lui-même, guettant un ennemi invisible qu'il s'attendait presque à voir surgir. Il avait entendu quelque chose, il en était sûr. Un bruit de choc ou de chute…

Carlos. Il redescendit l'escalier rapidement et en silence.

— Carlos ? murmura-t-il, arrivé au bas des marches.

Pas de réponse.

Il passa dans la pièce voisine, un grand salon.

— Carlos ?

Silence. La maison était plongée dans un silence total. Hunter franchit les portes vitrées au fond de la pièce et déboucha dans la grande chambre.

— Carlos, bordel ! J'en ai marre de passer mon temps à sauver ta peau, où es-tu passé, bon Dieu ?

Mais si son partenaire se trouvait dans cette pièce, il ne répondait pas.

Sur le mur d'en face il aperçut le petit palier faiblement éclairé menant au sous-sol.

— Je hais les sous-sols, marmonna-t-il en descendant l'escalier le plus silencieusement possible.

À mi-chemin, Hunter repéra des éclats de verre sur une marche. Il remarqua également des éraflures et une petite encoche sur le mur, à l'endroit où la torche de Garcia l'avait percuté.

Mais qu'est-ce qui s'est passé ici, bordel ?

Son alarme intérieure s'était mise à hurler.

La porte au bas des marches était entrouverte, et, à travers l'étroit interstice, Hunter aperçut un espace assez vaste plongé dans la pénombre.

Il se plaqua contre le mur, repoussant doucement le battant du bout des doigts. De l'extérieur, il sonda de son mieux la pièce et surtout les recoins avant d'en franchir prudemment le seuil. Des murs en brique bordaient le grand sous-sol deux fois plus vaste que la réception du rez-de-chaussée. Une suffocante odeur de moisi le prit à la gorge. Mais il y avait autre chose ici, que Hunter ne parvint pas à identifier. Quelque chose qui lui donna la chair de poule. Une présence redoutable.

À l'autre bout de la cave il aperçut une longue table métallique où étaient alignés une série d'instruments qu'il ne parvenait pas à distinguer depuis le seuil. Il compta sept mannequins grandeur nature alignés contre le mur. À leur droite, des dessins, des schémas, des horaires, des plans. Hunter comprit leur sens avant même d'avoir vu les photos… De grandes photos de sept personnes différentes photographiées sous tous les angles. Les clichés étaient divisés en groupes distincts numérotés de 1 à 7. Les cinq premiers avaient été barrés d'une large croix rouge. Hunter retint sa respiration et parcourut une fois encore les photos des cinq premières victimes du tueur que les médias avaient baptisé l'Exécuteur. L'enquête préliminaire du tueur sur ses victimes avait été d'une rigueur parfaite.

Hunter entendit venir une sorte de mugissement de derrière le large pilier situé aux deux tiers environ de la pièce. Une demi-seconde plus tard, un fauteuil à roulettes en sortait. Hunter se raidit en apercevant Garcia. Inconscient, il saignait du nez, qui semblait cassé. Ses chevilles étaient attachées aux montants du fauteuil, ses mains, menottées derrière son dos au dossier.

Hunter leva son arme, se demandant qui allait bien pouvoir sortir de l'ombre du pilier.

Il vit un Sig Elite 226 noir pointé sur la tête de son partenaire. Hunter reconnut le semi-automatique de Garcia.

— Posez votre arme, inspecteur, ordonna l'homme qui restait caché et dont on ne voyait que l'arme.

Dans une telle pénombre, Hunter était incapable d'ajuster sa cible.

— Posez gentiment, lentement votre arme à terre ou il va y avoir de la cervelle sur les murs.

129

Hunter resta immobile, assurant sa visée de son mieux. Un faux mouvement, trois dixièmes de seconde, c'était tout ce dont il avait besoin.

— Vous m'avez vu à l'œuvre, poursuivit l'autre. Vous savez donc que je ne suis pas du genre à bluffer.

Il parlait d'une voix aussi sereine que lors de leur première rencontre.

— Je vous donne une seconde, pas plus. (Il arma le pistolet.) Maintenant, faites-le glisser par ici.

Hunter obtempéra, et le flingue s'arrêta à une trentaine de centimètres du fauteuil de son collègue.

L'homme, qui sortit enfin de derrière le pilier, n'était autre que Dan Tyler, le propriétaire du manoir de Malibu, le témoin coopératif qui avait indiqué à Hunter et Garcia les photos sur la cheminée. Il ramassa l'arme du flic.

— Avancez vers moi, lentement. Au premier geste brusque votre partenaire y passe.

Hunter avança pas à pas vers Tyler qui reculait au même rythme vers la table métallique.

— Ça suffit, fit-il quand Hunter arriva à la hauteur de Garcia.

— Prenez vos menottes dans votre ceinturon et lancez-moi les clés. Je n'ai pas besoin de vous dire d'agir très lentement, n'est-ce pas ?

L'inspecteur suivit ses instructions.

— Et maintenant, attachez-vous les mains derrière le dos.

Le clic de verrouillage se répercuta en écho dans la grande cave.

— Tournez-vous et montrez-moi vos mains…

Hunter obéit, tirant d'un coup sec sur les menottes pour montrer qu'elles étaient bien fermées.

— O.K., agenouillez-vous à côté de votre partenaire et asseyez-vous sur les talons.

Les yeux décidés de Hunter ne quittaient pas le visage de Tyler.

— C'est fini, Michael, dit-il d'un ton calme. Vous savez bien que vous ne vous en tirerez pas.

Tyler demeura impassible.

— Personne ne m'a appelé « Michael » depuis bien longtemps, répondit-il avec un petit rire de gorge. Je ne cherche à me « tirer » de rien, inspecteur. Je n'ai plus rien ni plus personne à perdre. Une fois que j'en aurai fini, je me fiche pas mal de ce qui m'arrivera. Ma vie a de toute façon pris fin il y a un an.

Hunter se rappela leur première discussion. Tyler lui avait dit que sa femme était décédée douze mois plus tôt.

— Tuer ces gens ne vous ramènera pas Katherine.

— Kate, cria l'homme, elle s'appelait Kate !

— Tuer ces gens ne fera pas revenir Kate, reprit Hunter.

Les yeux de Tyler lançaient des flammes.

— Vous n'avez aucune idée de ce que je fais ni du pourquoi de tout ça…

— On en sait plus que vous ne le pensez.

Tyler eut un sourire défiant.

— Ah, vraiment ? (Il posa les deux pistolets l'un à côté de l'autre sur la table métallique et regarda sa montre.) Très bien, j'ai encore un peu de temps. Distrayez-moi.

130

Hunter sauta sur l'occasion de gagner du temps et peut-être de remplir quelques blancs.

— Très bien, commença-t-il lentement. Vous vous appeliez autrefois Michael Madden. Et votre femme Katherine Davis. Vous avez tous deux été élèves à Compton High. Comme d'autres camarades, vous étiez harcelés, malmenés, ridiculisés par une petite bande, et ça ne s'arrêtait pas aux portes du lycée. À l'époque, ce groupe d'adolescents avait poussé l'art du harcèlement à un niveau encore inédit. Ils vous humiliaient à tel point que vous avez fini par détester votre apparence physique. Vous ne supportiez pas de vous regarder dans le miroir. (Hunter s'interrompit pour scruter le visage de son adversaire.) La « bande à Strutter », c'est comme ça qu'on les appelait.

Tyler ne semblait pas surpris.

— Alors vous avez fini par découvrir leur existence ? C'est très bien. J'espérais bien que quelqu'un finirait par comprendre…

— Et vous nous avez facilité le travail en nous laissant ces photos sur la cheminée. On est d'abord passés à côté, et vous ne l'avez pas supporté. Vous ne pouviez accepter que ces victimes soient attribuées à un autre. Vous vouliez que la petite bande d'autrefois soit identifiée.

L'homme sourit.

Hunter continua du ton le plus neutre possible.

— Et puis vous êtes devenu riche, très riche. Votre argent vous permettait de réaliser toutes vos envies. Par exemple de recommencer votre vie ailleurs. Un ailleurs où personne ne saurait qui vous étiez, loin des persécutions de Strutter et compagnie. Mais ça ne suffisait pas. Les dégâts étaient trop importants. Votre image dans le miroir vous inspirait toujours le même dégoût.

— L'argent peut tout acheter, inspecteur…

— Y compris un nouveau visage.

Tyler rit.

— Continuez, je vous en prie, fit-il d'un ton ironique. L'histoire de ma vie commence à m'intéresser.

Il s'adossa au mur dans une position détendue. Le flic poursuivit :

— Vous vous êtes forgé une nouvelle identité : Dan Tyler. Et la vie est devenue belle. Vous avez même réussi à oublier Strutter et sa bande pendant vingt-cinq ans, n'est-ce pas ? Mais un événement s'est produit, qui a ranimé ce passé enfoui depuis si longtemps.

Hunter se tut, attendant une réaction quelconque de Tyler. En vain.

— Était-ce la mort de Kate ? Est-ce la raison pour laquelle vous les avez traqués, eux et leurs peurs ? Parce que votre pire peur était devenue réalité ?

Tyler ne put réprimer une expression de surprise.

— Ma pire peur ?

Hunter devait peser chaque mot avec soin.

— Perdre l'être que vous aimiez le plus au monde : votre femme. C'était votre terreur, non ?

Tyler applaudit lentement tout en haussant ses deux sourcils et en acquiesçant.

— Vous m'impressionnez. Vous en savez nettement plus que ce que je croyais.

Il s'empara d'un objet sur la table métallique, et Hunter se tendit intérieurement.

— Vous avez trouvé ça tout seul ou c'est elle qui vous a mis au parfum ?

Tyler brandit la une du *Los Angeles Times* avec la photo de Mollie.

Pour la première fois, Hunter détacha ses yeux de Tyler et fouilla rapidement la pièce du regard… Une cachette ? Non, rien.

— Où est-elle, où est Mollie ? demanda-t-il d'un ton un peu hésitant.

Tyler fronça les sourcils.

— Vous croyiez la trouver ici ? Et pourquoi la garderais-je ici ?

— Parce qu'elle vous menaçait, vous et votre plan. Parce qu'elle sait qui vous êtes.

131

Tyler rejeta la tête en arrière et poussa un rire étrange, mi-hoquet, mi-grognement, qui arracha une grimace à Hunter.

— Non, elle n'était pas une menace et elle ne sait pas qui je suis, affirma-t-il, péremptoire. Je suis devenu très proche d'elle, inspecteur. Nous avons échangé une poignée de main. C'est une fille tout à fait charmante.

Hunter sentit un nœud se former dans sa gorge.

— … Et même après m'avoir touché la main, elle ne m'a pas reconnu. Elle ne savait absolument pas qui j'étais. Quelle que soit l'aide qu'elle vous a apportée avec toutes ses visions, tout ça n'était pas assez clair pour faire d'elle une menace.

Tyler poussa un petit rire méprisant.

— Si j'avais voulu la tuer elle serait déjà morte.

Hunter le regardait droit dans les yeux.

— Vous vous imaginiez avoir tout compris, inspecteur ? Vous n'avez aucune idée de ce qui s'est réellement passé, ni de ce dont Strutter et sa bande étaient capables. Vous n'avez pas assez creusé.

Le timbre soudain plus grave de Tyler fit frissonner Hunter.

— Ça n'a pas commencé au lycée. Ça a commencé dans les rues quand on était beaucoup plus jeunes. Ils ne nous laissaient jamais de répit, ils nous harcelaient jusqu'à ce qu'on craque, alors ils en rajoutaient encore une louche. (Il passa sa langue sur ses lèvres gercées.) Presque chaque jour, je voyais Kate en larmes quand elle rentrait de l'école. Ils inventaient toujours un nouveau truc pour la faire pleurer : les insultes, les violences physiques, les crachats au visage, les humiliations les plus écœurantes, tout était bon. Vous avez une idée de ce que ça peut signifier d'être ridiculisé et traité comme un moins que rien chaque jour, des années durant, sans le moindre répit ? Le genre de séquelles psychologiques que ça peut entraîner chez une fille aussi timide que Kate ? Ils n'ont pas hésité à la blesser à vie gratuitement, juste pour se marrer un bon coup. Un jour ils l'ont couverte d'excréments humains, comme ça – c'était si drôle…

Hunter ferma les yeux. La Kate dont il était question était celle dont James Reed avait parlé lors de leur visite chez lui.

— Et puis il y avait le père de Kate, ce pauvre alcoolo minable et pathétique. Quand elle rentrait de l'école en larmes, il ne trouvait rien de mieux à faire que de lui hurler dessus et de la tabasser à son tour. Quant à sa mère, elle faisait semblant de ne rien voir.

Mâchoires serrées, regard sombre, Tyler continua.

— Ils ont pulvérisé sa confiance en elle. Tout le monde s'est tellement acharné à la ridiculiser et à lui rabâcher qu'elle était « affreuse », si souvent et si longtemps, qu'elle avait fini par le croire. Mais Kate était la fille la plus douce et la plus jolie que j'aie connue et j'aurais fait n'importe quoi pour elle. (Il s'interrompit un instant pour se calmer.) J'étais intelligent, très intelligent. J'ai compris très tôt que je pourrais gagner beaucoup d'argent avant même d'avoir un métier. Depuis ma chambre ou même de la rue, je n'avais besoin que d'un téléphone à portée de main.

Hunter se rappela de quoi Tyler vivait.

— En spéculant à la Bourse…

— Exactement, inspecteur, approuva Tyler. Je suis imbattable sur les chiffres, et l'arithmétique boursière était un jeu d'enfant pour moi. C'était même si simple que je ne comprenais pas pourquoi tout le monde ne s'enrichissait pas comme moi. Mes économies de gamin n'ont pas tardé à se transformer en centaines puis en milliers de dollars. Et ça a continué : quand j'ai commencé la fac, j'avais presque cent mille dollars sur mon compte en banque.

Hunter sentit une bouffée de vanité dans le ton de Tyler.

— Vous vous étiez déjà forgé une nouvelle identité avant d'avoir quitté l'école…

— Vous êtes rapide, inspecteur, sourit Tyler. Exactement comme le père de Kate, mon propre père était un ivrogne, un pauvre type, un bon à rien. Après la mort de ma mère, il s'est mis à me tabasser comme il n'avait jamais osé le faire avant. S'il avait découvert que j'avais de l'argent ou que je pouvais en gagner, il n'aurait pas hésité à me poignarder dans le dos pour pouvoir mettre ses sales pattes dessus. Mais il n'a jamais rien obtenu de moi.

Il essuya la salive qui perlait aux commissures de ses lèvres sous l'effet de sa rage.

— Tout ce dont on a besoin pour décrocher son permis de conduire dans ce pays, c'est de passer l'examen et de montrer un certificat de naissance. Rien de plus facile que d'en fabriquer un faux ou de montrer celui d'un jeune décédé. Avec un permis de conduire et un faux certificat de naissance on peut obtenir tous les autres papiers dont on a besoin.

Un grand sourire satisfait à l'adresse de Hunter.

— Au lycée j'étais toujours Michael Madden, mais en dehors j'étais déjà devenu Dan Tyler.

132

Hunter devait continuer à le faire parler… Tant que Tyler parlerait, il ne tuerait personne.

— Mais pour que Dan et Kate Tyler existent, Michael Madden et Katherine Davis devaient disparaître, devina calmement l'inspecteur, attentif à ne pas irriter l'homme.

Celui-ci se mit à arpenter la pièce à grands pas.

— Il m'a fallu un moment pour convaincre Kate que nous en étions capables. Je lui ai dit que nous pouvions partir n'importe où. J'avais plus d'argent qu'il ne nous en fallait pour démarrer une nouvelle vie, et rien ne m'obligeait à rester à L.A. pour gagner ma vie. Mais ses peurs la paralysaient, jusqu'au jour où, pendant un cours de littérature anglaise…

— En cours de littérature anglaise ? reprit Hunter pour gagner du temps.

Le regard de Tyler se fit plus lointain à mesure que les souvenirs revenaient.

— À l'adolescence, Kate souffrait d'un déséquilibre hormonal courant – œstrogènes et progestérone. Vous connaissez les conséquences d'un tel déséquilibre, inspecteur ?

Celui-ci prit appui sur son autre talon avant de répondre :

— Cela peut occasionner des règles hémorragiques.

— Exactement ! confirma un Tyler admiratif. Dans le cas de Kate, les saignements étaient si abondants qu'aucun tampon ne pouvait les arrêter. Et, ce jour-là, surprise, ses règles sont survenues quatre jours avant la fin normale du cycle, juste pendant ce cours.

Hunter imaginait sans peine la confusion qu'avait dû éprouver la jeune fille. Le récit de Tyler trahissait son anxiété.

— Il y avait du sang partout comme si elle avait reçu une balle. Et la rumeur s'est répandue en moins de deux. Strutter et sa bande avaient trouvé une nouvelle arme pour tourmenter leur victime préférée, ils ont sauté sur l'occasion. Ils ont fait courir le bruit que Kate était une pute et qu'elle avait fait une fausse couche pendant le cours.

L'homme passa une main dans ses cheveux et inspira profondément.

— Ils se sont mis à l'appeler la « tueuse de bébés » et à faire des blagues sur la laideur du « résidu de fausse couche », vu la laideur de sa mère…

Tyler ménagea une pause pour que Hunter mesure le caractère traumatisant de cette situation.

— Elle a voulu en finir une fois pour toutes. Elle a songé au suicide. Et c'est à ce moment que je lui ai proposé de mourir avec elle – de mourir pour tous ceux qui nous connaissaient. Trois semaines plus tard nous sommes partis camper et marcher dans les montagnes de l'Arizona, et, depuis, plus personne n'a plus jamais entendu parler de Michael Madden ni de Katherine Davis. On a bien retrouvé des traces d'un accident, cela dit…

Tyler émit un petit gloussement satisfait.

— Saviez-vous que quand un promeneur se perd en montagne, les chances que son corps soit retrouvé par les sauveteurs ne sont que d'une sur deux ?

Hunter connaissait ce chiffre.

— Nous avons donc commencé une nouvelle vie dans le Colorado. Quelques années plus tard nous sommes partis à Rio nous faire « relooker » complètement. Pour que plus personne ne nous regarde ni ne se moque de nos oreilles, de notre nez ni du reste… Mais il y a eu des complications pendant une des opérations de Kate.

Hunter plissa les yeux pour manifester son intérêt.

— Elle a failli mourir, et la peur que j'ai ressentie à la pensée de la perdre ne ressemblait à rien de ce que j'avais pu connaître jusqu'alors. Elle m'a totalement pétrifié. Kate était tout pour moi.

Hunter changea encore d'appui. Il s'engourdissait peu à peu : ses jambes étaient raides, ses muscles, ankylosés, son dos devenait douloureux.

— Malgré cette vie complètement nouvelle, loin de tous ceux que nous détestions, poursuivit Tyler, nous n'avons jamais vraiment réussi à échapper à notre passé. Nous avons essayé des années durant de fonder une famille, mais Kate n'a jamais pu tomber enceinte. Les médecins nous ont confirmé que l'obstacle n'était pas d'ordre physiologique, mais psychologique.

Tyler s'essuya fébrilement le visage des deux mains.

— Elle n'arrivait pas à se débarrasser de l'image que Strutter et sa bande lui avaient inculquée : celle d'un bébé monstrueux. Elle n'arrivait pas à oublier. Elle ne voulait surtout pas que notre enfant souffre comme nous avions souffert. Vous comprenez, inspecteur ? Nous n'arrivions pas à fonder une famille à cause des dégâts psychologiques que Strutter avait causés.

La lueur dans l'une des deux lanternes en cuivre s'éteignit, plongeant la pièce dans la pénombre. L'homme passa devant la table métallique, mais hors de portée de Hunter, trop loin pour que celui-ci puisse tenter quelque chose.

— Une psychologue nous a suggéré de nous réinstaller à L.A. Elle disait que nous devions affronter nos peurs, que les fuir ne ferait qu'alimenter notre insécurité, nous empêcher d'avancer. Selon elle, emménager ici constituait la première étape. Il a fallu des années à Kate pour accepter de revenir. Mais cette psychologue avait raison.

Il esquissa un demi-sourire.

— Il y a treize mois, Kate m'a appelé au bureau. En larmes. Elle n'avait jamais été aussi heureuse de toute sa vie. Elle m'a dit qu'elle venait d'acheter tous les tests de grossesse à la pharmacie du coin. Juste pour être sûre. Ils étaient tous positifs : nous allions enfin devenir une vraie famille.

La joie dans la voix de Tyler donna la chair de poule à l'inspecteur.

— Chaque jour, nous célébrions la bonne nouvelle. Mais j'ai commis l'erreur de l'emmener dîner dans un restaurant de Santa Monica Boulevard un soir.

Il s'interrompit, et Hunter lut de la colère dans ses yeux.

— Pendant que nous mangions, nous avons entendu un client injurier un serveur qui avait commis une simple erreur. En s'arrangeant pour que tous les clients l'entendent humilier ce pauvre gosse. J'ai vu Kate se raidir. Elle avait reconnu la voix.

133

— Strutter… déduisit Hunter qui avait compris.

— Il n'avait pas changé d'un iota, enchaîna Tyler de plus en plus agité. Après tout ce temps, il était resté le salopard hargneux d'autrefois. Il a fait une scène, et le gérant lui a demandé de partir. Tout le monde avait les yeux rivés sur lui, mais pour je ne sais quelle raison, c'est Kate qu'il a remarquée. Il est venu vers nous et lui a lancé : « Pourquoi tu me regardes comme ça, sale truie ? »

Il se mit à frissonner de colère et de peur.

— Il a fait les mêmes grognements de porc avec lesquels il la persécutait avant, comme s'il l'avait reconnue. (Il secoua la tête, l'air dégoûté.) Et moi, pauvre idiot, j'étais paralysé et je n'ai rien fait. Je suis resté immobile et je l'ai regardé partir après avoir humilié ma femme une fois de plus. Kate a été bouleversée par cette scène, elle n'arrêtait plus de pleurer et elle a fait une fausse couche une semaine plus tard.

Hunter frissonna. *Voilà la « goutte d'eau »*.

— Elle avait tellement désiré ce bébé… Plus que tout, plus que la vie elle-même. Et pour en finir avec sa douleur, la veille du 31 décembre de l'année dernière, elle a avalé deux plaquettes de somnifères.

La colère avait encore grimpé d'un cran chez Tyler, qui tremblait de tout son corps.

— Kate était tellement blessée par l'enfer qu'ils lui avaient fait vivre autrefois que, même après toutes ces années, il n'avait fallu que quelques secondes, et le son de cette voix pour faire voler en éclats sa nouvelle personnalité.

Tyler se tourna vers Hunter et le regarda dans les yeux.

— Avec la mort de Kate, je me suis dit que j'avais perdu toute raison de vivre, mon pire cauchemar était finalement devenu réalité. Et puis j'ai vu un article dans un journal avec la photo d'un prêtre souriant, ce fichu Brett Nichols…

Hunter se souvint d'avoir vu, avec Garcia, le même article dans la chambre du père Fabian.

— J'ai réalisé que, alors que je souffrais, alors que Kate avait mis fin à ses jours à cause de ce qu'ils nous avaient fait subir, Strutter et ses vieux copains menaient des vies normales. Ma vie reprenait un sens…

— La vengeance, murmura Hunter.

— Oui, sourit Tyler. La raison la plus forte de toutes. Je me suis juré de tous les retrouver et de les faire payer. Qu'ils seraient tous morts avant l'anniversaire de la mort de Kate. Je marquerais Strutter du sang de la famille qu'il avait détruite, le mien, et je numéroterais tous les autres avec celui de leurs amis. Je les ferais souffrir de la pire façon imaginable. J'avais de l'argent, beaucoup d'argent, et dans ce monde l'argent, c'est le pouvoir. Celui de découvrir où ils se trouvaient et quelles étaient leurs peurs les plus folles. Tout le monde a peur de quelque chose, inspecteur. Pas forcément une peur panique, mais si on creuse assez profond on découvre que chacun de nous redoute viscéralement quelque chose… Ces ordures n'avaient pas le droit de détruire notre vie.

La voix de Tyler commençait à chanceler, il était en train de perdre le contrôle. Hunter fit péniblement passer le poids de son corps sur ses genoux en tirant sur ses mains menottées.

— Kate et moi, nous n'étions que deux, mais combien d'autres vies ont-ils détruites ? Ils croyaient que tout leur était permis et qu'ils n'auraient pas de comptes à rendre ? Mais il y a toujours des comptes à rendre… Et c'est moi qui leur ai annoncé la mauvaise nouvelle, bordel de merde ! hurla-t-il en se martelant la poitrine à coups de poing. Ils m'ont créé, ils ont créé la colère et la haine qui circulent dans mes veines. Cette haine qui m'a donné une nouvelle raison de vivre : voir la peur dans leurs yeux devant la photo de Kate, en comprenant qu'ils allaient vivre l'expérience la plus atroce qu'on puisse imaginer, ça m'a donné des ailes, inspecteur, c'était vraiment exaltant ! Ça m'a transformé. Et tout à coup leur vie et leurs peurs ne m'ont pas suffi. Il m'en fallait plus. Il fallait que je goûte leur sang et que je mange leur chair. Une sensation de puissance telle que je n'en avais jamais connu. Vous devriez essayer, inspecteur. C'est une ivresse incomparable, de « consommer » littéralement votre ennemi, c'est très addictif.

Tyler postillonnait maintenant. Il s'approcha de la table et s'empara du pistolet de Hunter.

— Et personne ne m'empêchera de finir ce que j'ai commencé. Personne ne m'empêchera de boire le reste de leur sang. PERSONNE.

Tyler avança d'un pas, pointa le pistolet sur le visage de Garcia et pressa la détente.

Maintenant ou jamais.

134

Mollie Woods ferma les yeux et laissa le jet d'eau chaude masser ses muscles raidis. Le léger nuage de vapeur qui avait empli la minuscule salle de bains filtrait maintenant sous la porte et embuait le petit couloir. Ça faisait des heures qu'elle avait eu cette vision, et elle ne pouvait toujours pas s'empêcher de trembler comme une feuille. Elle savait qu'il était lancé à ses trousses. Elle avait vu le sang, la peur, la panique et elle avait fui à toutes jambes.

Adossée au carrelage blanc de la cloison, elle se demandait si elle avait bien réagi. Elle ne connaissait pas grand monde à L.A. En fait, la seule véritable amie qu'elle s'était faite depuis son arrivée, trois ans auparavant, c'était Susan Zieliski. Susan avait dit à Mollie, qu'elle connaissait sous le nom de Monica, que si elle avait un jour besoin de quoi que ce soit, elle pouvait toujours compter sur elle.

En découvrant Mollie à sa porte, une heure auparavant, défaite et secouée de sanglots, Susan avait été bouleversée. Pour la rassurer, la jeune fille avait évoqué une histoire de dispute et de rupture avec son petit ami.

— Je ne savais même pas que tu avais un petit ami, répondit Susan en serrant Mollie dans ses bras. Il ne t'a pas frappée quand même ? Parce que s'il a osé faire ça on va appeler les flics tout de suite !

Elles discutèrent un moment en buvant à petites gorgées un bon café fraîchement moulu. Et Mollie se trouva contrainte de broder autour de son mensonge une histoire beaucoup plus détaillée…

— Tu devrais passer la nuit à la maison, Monica, insista Susan. D'ailleurs tu peux rester aussi longtemps que tu veux. J'adore la compagnie.

Le silence de son amie valait remerciement pour l'invitation.

— Tu as l'air transie de froid. Pourquoi ne prends-tu pas une douche chaude pendant que je prépare quelque chose à manger ? Ensuite je te raconterai la bonne nouvelle que j'ai reçue aujourd'hui.

Mollie ferma le robinet et fit coulisser la porte de la petite cabine. Ses vêtements étaient entassés sur le sol à l'endroit où elle s'était déshabillée. Susan lui avait laissé des serviettes propres. Elle s'enveloppa dans un drap de bain et se fit un turban de l'autre. De la main droite elle essuya la buée qui recouvrait le miroir, dessinant un rond dans lequel apparut son visage.

Elle avait décidé d'appeler Hunter, au moins pour lui annoncer qu'elle allait bien. Elle n'avait pas joué franc jeu avec lui alors qu'il faisait tout ce qu'il pouvait pour l'aider. Et, dans sa peur panique de ce qui fondait sur elle, elle avait trahi sa promesse et éteint son portable.

Mollie sursauta soudain, et son cœur se mit à battre la chamade. Saisie d'effroi, elle pivota sur elle-même et fixa la porte de la salle de bains comme si quelqu'un était là à l'espionner. Elle était sûre d'avoir entendu quelque chose, comme une plainte étouffée. Elle resta totalement immobile un moment, aux aguets, mais elle n'entendait que le goutte à goutte de la douche. Elle tendit une main tremblante vers la poignée et entrouvrit la porte de la salle de bains juste assez pour risquer un coup d'œil au-dehors. Toutes les lumières étaient éteintes.

— Susan ? appela Mollie d'une voix hésitante.

Silence.

Prudemment elle fit deux pas dans le couloir et attendit.

Rien.

À gauche, le petit salon et la cuisine ; à droite, la chambre. L'appartement semblait inhabité, comme mort.

— Susan ? Tout va bien ? lança Mollie d'une voix tremblante, prête à fondre en larmes.

À petits pas qui laissaient des empreintes humides sur le parquet, la jeune fille avança encore un peu. Elle ne connaissait pas bien le plan de l'appartement uniquement éclairé par la pâle lueur filtrant de la salle de bains. Elle tendit les mains pour ne pas se heurter aux meubles et stoppa sur le seuil du salon, submergée par une vague montante de panique. Tétanisée, elle essaya de refouler les larmes qui brouillaient sa vue.

— Susan, où es-tu ?

Mollie s'essuya les yeux et fit encore un pas.

Derrière elle, la lumière de la salle de bains s'éteignit.

135

Plus une seconde à perdre

Avec une détermination implacable, Tyler leva son arme, visa Garcia et appuya sur la détente.

Clic.

Rien.

Le visage de Tyler exprima rage et confusion mêlées. Il appuya encore, mais le coup de feu espéré ne partit pas.

En un éclair, Hunter bondit sur ses pieds, ses mains libérées comme par enchantement de ses menottes. Avant que Tyler n'ait pu esquisser la moindre réaction, Hunter lui asséna un coup de poing aussi violent que précis dans le plexus solaire, lui coupant la respiration. Tyler s'effondra par terre mais réussit à projeter sa jambe droite avec une force redoutable dans un balayage qui faucha net l'inspecteur, lequel chuta lourdement sur la zone lombaire. Sous la violence de l'impact il fut parcouru d'un frisson nauséeux. Il roula aussitôt vers la gauche, maladroitement, anticipant un second coup de pied à la tête.

Tyler, qui n'avait pas lâché son arme, comprit soudain ce qui s'était passé. Avant de poser le pistolet à terre et de le faire glisser vers lui, Hunter avait discrètement relevé la sécurité. Cette simple manœuvre lui avait donné les précieuses secondes dont il avait eu besoin. Mais Tyler n'allait pas commettre deux fois la même erreur : il abaissa le cran, brandit l'arme et tira.

Hunter roula vers la droite cette fois, mais pas assez vite. Au tonnerre assourdissant du coup de feu qui se répercutait dans le sous-sol répondit une douleur fulgurante qui transperça son bras gauche et accentua la nausée. Il savait que sa réaction devait être instantanée : la prochaine balle était imminente. Avant que Tyler n'ait pu réarmer, Hunter envoya, au jugé, un coup de pied qui percuta de plein fouet le plexus solaire qu'il venait de meurtrir.

Déséquilibré par le coup de pied, le souffle coupé, incapable de rendre le coup, Tyler réagit en roulant sous la table métallique et en l'utilisant comme bouclier de fortune contre Hunter.

Ils se relevèrent tous les deux en même temps. Le sang gouttait du bras de l'inspecteur, mais il était conscient de sa chance : il avait entendu la balle percuter le mur derrière lui. En dépit de la douleur suraiguë qu'il ressentait, elle était donc ressortie de son bras sans qu'un os ou une artère importante ait été touché. Il vit le pistolet dans la main droite de son adversaire se lever de nouveau dans sa direction.

Cette fois Hunter comprit que la chance risquait de ne pas être de son côté. Dans un réflexe de survie désespéré, il bondit, le bras droit tendu en avant en position de plongée. Il savait qu'il ne parviendrait pas jusqu'à Tyler de l'endroit où il se trouvait, mais il pouvait atteindre la table métallique. Et c'est exactement ce qu'il fit, la repoussant et projetant l'angle du plateau contre les jambes de l'homme. Déséquilibré, celui-ci partit à la renverse et s'affala lourdement contre le mur en brique. Mais il n'avait pas lâché le pistolet. Les yeux débordant d'une haine meurtrière, il releva la tête, cherchant à localiser Hunter, le doigt crispé sur la détente.

À gauche : rien. À droite : rien.

Où était-il donc passé ?

Le balayage de Hunter vint de sous la table et faucha la jambe de Tyler par-derrière. Celui-ci s'écroula et heurta le sol d'abord de l'épaule, puis de la tête dans un grand craquement sourd. La force de l'impact l'assomma quelques instants. En reprenant ses esprits, il vit le canon d'un pistolet pointé sur lui.

— Comme je vous le disais, reprit Hunter, qui brandissait le pistolet de Garcia tombé à terre quand il avait propulsé la table métallique sur son assaillant, la partie est finie, Dan.

136

Hunter passa à Tyler les menottes dont il venait de se libérer une minute plus tôt.

— Carlos, réveille-toi ! ordonna-t-il en tapotant le visage de son partenaire, ce qui provoqua un tic nerveux suivi d'un marmonnement incompréhensible chez celui-ci.

Autre claque sur le visage.

— Carlos, ça va ?

Garcia toussota et rejeta un peu de sang. Il cligna des yeux plusieurs fois en s'efforçant de s'habituer à la pénombre.

— Mais qu'est-ce qui s'est passé, non de non ? demanda-t-il en découvrant la pagaille qui les entourait, Dan Tyler menotté et Hunter en sang.

— Mieux vaut que tu ne le saches pas… fit ce dernier en libérant son partenaire de sa chaise.

— Tu as besoin de te faire recoudre.

— Toi aussi, gloussa Hunter, ton nez m'a l'air assez mal en point.

— Et je le sens un peu trop… Il me fait horriblement mal, en fait, rétorqua Garcia en le touchant du bout des doigts et en grimaçant de douleur.

— J'appelle une ambulance.

Avant que Hunter n'ait pu esquisser un geste, son portable sonnait – le nom de Mollie apparut.

— Mollie ? Où es-tu ? Tu vas bien ?

— *Il... il est là.*

— Qui est là ? Et où es-tu ? Pourquoi est-ce que tu chuchotes ?

— *Parce qu'il est là. Il est dans l'appartement*, souffla-t-elle entre deux respirations oppressées. *Il me traque, le tueur m'a retrouvée.*

— Mollie, calme-toi, murmura Hunter en tentant de garder une voix neutre alors qu'une nouvelle vague de douleur lui déchirait le bras gauche. Le tueur n'est pas à tes trousses, on l'a arrêté. Il est juste en face de moi et il n'est pas près de m'échapper. Tu n'as plus de raisons d'avoir peur, Mollie.

— *Non, il y en a un autre.*

Hunter la comprenait mal à cause de ses sanglots. Ce n'est qu'alors qu'il saisit le sourire de défi méprisant du trader.

— Vous vous trompez, inspecteur.

Son sourire s'élargit et se fit plus glacial encore.

— Ce n'était pas de moi qu'il fallait avoir peur, ajouta-t-il.

Garcia frissonna.

— Qu'est-ce qu'il raconte, celui-là, Rob ?

Hunter sentit sa bouche s'assécher subitement.

— Mollie, parle-moi, tu es toujours là ?

Mollie était tellement effrayée qu'elle errait dans l'appartement, complètement désorientée. L'obscurité était presque totale, hormis le mince filet de lumière argentée qui filtrait à travers l'interstice des rideaux.

Éperdue, tremblante, tétanisée de peur, elle pivota sur elle-même sans bien savoir ce qu'elle cherchait. Du coin de la pièce, cachés dans la pénombre, deux yeux la fixaient.

137

Les pneus de la Honda Civic Type R crissèrent bruyamment dans le virage à la sortie duquel Hunter accéléra sur South Beverly Glen Boulevard. Sans perdre une seconde en explications, il avait sauté dans la voiture de Garcia, le laissant appeler le capitaine Blake pour la briefer sur ce qui venait d'arriver chez Dan Tyler.

Trevor Tollino appela Hunter dès l'interruption de sa conversation avec Mollie.

— Trevor, il faut que tu me dises où je dois aller, hurla Hunter en branchant son téléphone sur la sono de la voiture. OÙ DOIS-JE ALLER, NOM DE DIEU ?

— *Elle est dans Downey, Rob, mais je n'ai toujours pas la localisation exacte. Je n'ai eu le signal de son portable qu'il y a quelques minutes – la bonne nouvelle, c'est qu'il est toujours allumé. S'il reste allumé pendant encore dix à quinze minutes, avec le G.P.S. intégré, je pourrai te dire où elle est à deux mètres près.*

Sur l'autoroute de San Diego, Hunter prit la sortie I-105 Est et rejoignit la voie rapide à cent quarante à l'heure.

— Trevor, guide-moi, je serai à Downey dans trois minutes…

— *Ça vient, je vais avoir la localisation, attends… Elle est quelque part entre Stewart et Gray Road. Tu as besoin de l'itinéraire ?*

— Non, je connais ce coin, il me faut l'adresse.

Le bras gauche de Hunter le lançait terriblement. La balle lui avait perforé le triceps, et, quand il étendait le bras, la douleur était à la limite du supportable. Il avait fait presque tout le chemin en n'utilisant que son bras droit.

— *Ça y est, Rob, je l'ai !* croassa la voix rauque de Trevor dans la petite enceinte. *C'est au 9160 Stewart, au croisement de Gray Road. C'est une résidence de sept immeubles, la Villa Downey. Le signal vient du deuxième immeuble sur la droite en rentrant dans le parking.*

Au moment où Hunter tournait dans Gray Road, la pluie tombait si dru qu'elle masquait en partie la route.

— J'arrive à la résidence, Trevor, envoie-moi des renforts !

Le garrot improvisé par Garcia s'était dénoué, et sa blessure s'était remise à saigner. Il s'arrêta et le resserra du mieux qu'il put de la bouche et de la main droite. La douleur insoutenable lui coupa le souffle, et autour de lui tout se mit à tourner.

Le couloir du deuxième étage était long, étroit, étrangement silencieux et plongé dans l'obscurité. Toutes les lampes de la maison avaient été pulvérisées. Hunter n'avait pas le temps d'attendre les renforts. Le pistolet à bout de bras, il remonta le couloir aussi prudemment et rapidement qu'il lui était possible. Arrivé au bout, il essaya la porte indiquée par Trevor – elle n'était pas fermée. Il l'ouvrit lentement en la repoussant du canon de son arme. Plaqué contre le mur du couloir il passa la main sur la face intérieure de la cloison à la recherche de l'interrupteur qu'il actionna à plusieurs reprises, sans succès.

Merde !

Il avait deux options : se servir de sa lampe torche et tenter d'ignorer la douleur, ou prendre le risque d'avancer dans le noir complet. Hunter grinça des dents en inspirant profondément. Lampe torche en main, il pénétra dans la pièce.

Le salon était petit et l'ameublement, minimal, mais avec assez de recoins pour inciter l'inspecteur à une vigilance maximale. Depuis le seuil, il nota la cuisine américaine et un petit couloir conduisant à une porte fermée. Il devait neutraliser ces recoins menaçants avant tout mouvement. Resserrant sa prise sur son arme, il avança prudemment. Il n'avait fait que quelques pas quand il s'arrêta net. L'odeur métallique qu'il venait de sentir lui retourna le cœur. Il connaissait bien cette odeur.

Du sang.

À la puissance des effluves, il comprit qu'il y en avait beaucoup. Il pivota lentement sur lui-même, balayant la pièce du faisceau de sa torche. Il eut un hoquet étranglé en la découvrant finalement.

— Oh, mon Dieu, non !

Nue et agenouillée dans un coin, elle avait la poitrine et l'abdomen dégoulinant de sang, la gorge tranchée.

138

Hunter se rua sur la fille. En s'agenouillant à côté d'elle, il réalisa alors que sa chevelure était blonde, si blonde qu'elle en était presque blanche. Il pointa la torche sur son visage. Ses grands yeux bleus étaient ouverts. Figés dans une terreur éternelle, un flash des derniers moments atroces qu'elle avait vécus. Mais ce n'était pas Mollie.

Clonk.

Hunter bondit sur ses pieds, tous ses sens en alerte maximale. Le bruit était venu du petit couloir qui longeait la kitchenette. D'un mouvement rapide et silencieux, il se plaqua contre le mur de droite, inspira et pivota sur lui-même, le pistolet pointé à la recherche d'une cible. Tout était immobile, mais quelque chose avait changé : la porte au fond du couloir était ouverte – Hunter était sûr qu'elle était fermée à son entrée dans l'appartement. Une lueur pâlotte et vacillante éclairait la chambre. Des bougies, supposa Hunter. C'était un piège, il n'avait aucun doute là-dessus, mais il n'avait pas le choix.

Il entendit un gémissement étouffé, et une bouffée

d'espoir l'envahit. Il comprit que c'était Mollie, mais il sentit une autre présence. Elle n'était pas seule.

En risquant son premier pas dans le couloir, Hunter fut pris de vertiges. Impossible de savoir combien de sang il avait perdu, mais il avait la tête lourde et s'affaiblissait rapidement. Il s'arrêta un moment pour retrouver son équilibre. Soudain il vit une grande ombre traîner Mollie dans son champ de vision. Un pistolet fermement plaqué contre sa tempe. Elle était nue, terrifiée, et elle pleurait.

— Mollie… murmura Hunter.

Et, en dépit de son instinct de protection qui lui ordonnait de foncer la libérer, il ne bougea pas, le pistolet braqué sur l'ombre mystérieuse qui se cachait derrière elle.

— Jetez votre pistolet, inspecteur.

Hunter hésita.

L'homme pressa le canon de son pistolet sur la tempe de la jeune fille d'un geste menaçant.

— Jetez-le ou dans une seconde elle est morte.

— O.K., fit Hunter, faisant tourner son pistolet autour de l'index. Je pose mon arme à terre, et on parle. Personne ne doit mourir.

Mollie se contracta et se projeta violemment en avant, mais elle fut retenue par la main de fer de l'homme.

— Posez le pistolet à terre et faites-le glisser vers moi. Jusqu'à moi, inspecteur, sinon elle meurt, et ensuite ce sera vous.

Déjà vu, se dit Hunter avant d'obtempérer.

L'homme fit un pas de côté et stoppa du pied droit le pistolet que Hunter venait de faire glisser vers lui.

Il jeta un coup d'œil sur l'arme, trop bref pour que l'inspecteur puisse tenter quoi que ce soit.

— H&K USP tactique ? commenta-t-il, admiratif. L'arme préférée des commandos de marine et du service action de la CIA… Bon choix, je vois que vous n'êtes pas un débutant.

— Vous non plus, j'ai l'impression.

— C'est sûr, lança l'homme avec un sourire faux.

Ses yeux accoutumés à la pénombre, Hunter commençait à distinguer son adversaire. Un visage marqué par une vie dure et malheureuse : des traits creusés, une peau basanée, des yeux froids et tristes, et une vilaine cicatrice qui courait du coin droit de son œil gauche au milieu du front. La ressemblance s'imposa aussitôt : Mollie avait quelque chose de lui. La bouche peut-être, ou le nez, mais c'était indéniable.

C'était son père.

139

John Woods envoya balader le pistolet de Hunter d'un coup de pied. Celui-ci tenait ses paumes levées et tournées vers Woods pour signifier qu'il n'était pas une menace. Les yeux de John avisèrent le chiffon sanguinolent sur le bras gauche de l'inspecteur.

— Ça a l'air douloureux, et vous êtes pâlichon. J'ai l'impression que vous avez perdu pas mal de sang, hein ?

Hunter ne répondit pas.

— Remontez lentement vos jambes de pantalon.

— Je n'ai pas d'arme de secours.

— Je vais vérifier ça moi-même. Remontez-les.

Hunter s'exécuta.

John empoigna Mollie par les cheveux et l'écarta d'un geste brutal. L'adolescente alla s'écraser contre le mur dans un choc sourd qui résonna dans la pièce.

— Retourne dans le coin, agenouille-toi et prie, ordonna-t-il. J'en ai pas encore fini avec toi. Prie pour ta mère et pour tes péchés, espèce de sale garce !

Hunter entendait Mollie s'efforcer de réprimer ses sanglots comme si le bruit de ses larmes risquait d'aggraver encore la fureur de son père. Ce dernier était trop loin pour que le flic puisse tenter quoi que ce soit. Il fallait qu'il réfléchisse à un plan. Profitant de ce que l'autre fixait Mollie, Hunter fit un pas en avant.

— Vous n'avez pas à faire ça, lui dit-il d'un ton hésitant.

— JUSTEMENT, SI ! hurla John. J'ai échoué dans ma tâche la première fois, mais le Seigneur m'a donné une seconde chance. Une possibilité de me racheter. Et, cette fois, je ne vais pas faillir.

— Vous avez échoué à remplir votre mission, parce que vous ne la compreniez pas, repartit Hunter d'une voix rassurante, en prenant bien garde d'adopter un ton neutre pour ne pas exciter encore plus sa fureur.

La lueur de doute dans le regard de John fut brève mais suffisante pour inciter Hunter à pousser son avantage.

Il avança encore d'un pas.

— Vous pensiez que votre tâche consistait à punir votre fille, à la débarrasser de sa tare, ou de ce que vous considérez comme tel, à savoir sa faculté de sentir la peine des autres.

— Elle est possédée par le démon, c'est pour ça qu'elle voit des choses, des choses démoniaques.

John gardait Hunter en joue.

— Non, John. C'est là que vous avez commis une erreur.

Hunter savait que John Woods était extrêmement religieux. Il fallait jouer son jeu pour avoir une chance de sauver Mollie.

— Vous n'avez pas compris ce que Dieu attendait de vous. Votre mission n'était pas de la punir mais de l'aider.

Un instant de flottement.

— J'ai parfaitement compris le message de Dieu : Il me parle, fit John avec confiance, l'index droit fermement pointé vers son front. Elle a été un défi dès le jour de sa naissance.

— Exactement, confirma Hunter. Un défi pour voir comment vous vous en sortiriez avec une enfant aussi spéciale. Pour voir si vous pouviez comprendre.

— IL N'Y A RIEN À COMPRENDRE ! rétorqua John dans un hurlement de rage.

— Si, c'est une constante de notre histoire religieuse depuis le commencement des temps.

Un éclair de curiosité passa sur le visage de John.

— Songez à tous les récits de la Bible : combien de saints, combien de gens qui ne voulaient que le bien de leur prochain ont été incompris, persécutés, considérés comme démoniaques et exécutés avant d'être reconnus comme des élus du Seigneur et réhabilités ? Et tout ça simplement parce que les gens refusaient d'ouvrir les yeux ! Ne commettez pas la même erreur avec Mollie.

— Il n'y a rien de spécial dans le fait d'avoir le diable en soi, rétorqua John, qui parlait de plus en plus vite avec une fébrilité croissante. J'étais censé la débarrasser de sa malédiction, mais j'ai échoué et depuis je vis un enfer. Ma tâche est maintenant de veiller à ce qu'elle demande pardon puis de l'envoyer à Celui-là seul qui pourra lui pardonner.

— Votre mission est de la tuer ?

— S'il plaît à Dieu, le diable disparaîtra.

140

La discussion échappait à Hunter et, s'il ne reprenait pas le contrôle, Mollie et lui étaient voués à une mort certaine.

— Pourquoi Dieu vous confierait-il une tâche aussi vaine alors qu'il est omnipotent ? insista-t-il. Dieu n'est-il pas tout-puissant ? N'a-t-il pas le pouvoir de donner et de reprendre la vie en un clin d'œil ? Si Dieu voulait la mort de Mollie, pourquoi aurait-il besoin de vous ? Un claquement de doigts, et elle serait partie. Et qu'y gagneriez-vous ?

L'inspecteur s'arrêta un instant et vit le doute s'accentuer dans le regard de John Woods. Il poursuivit :

— Rien. Aucun savoir, aucune expérience, aucune leçon apprise. Une tâche futile dont Dieu pourrait se charger en un éclair. Selon moi, Dieu ne confie à personne de tâche futile.

L'expression de John trahissait son hésitation croissante.

— Votre tâche était de comprendre votre fille. De l'aider à comprendre et à maîtriser le don qu'elle avait reçu. Qui lui a fait ce don au premier chef selon vous, John ? Le diable n'a pas ce pouvoir.

Un autre vertige, plus violent cette fois. Hunter sentait le sang dégouliner sur son bras et l'entendait goutter sur le sol. Ses jambes faiblissaient, il savait que le temps lui était compté.

— Elle a maudit sa mère, rétorqua John dans un nouvel accès de fureur. Elle lui a annoncé sa mort.

— Non, elle a essayé de l'empêcher, et, si vous l'aviez écoutée, votre femme serait ici en ce moment. Vous ne comprenez donc pas, John ? Le don de Mollie lui donne le pouvoir d'aider les autres. Elle peut aider à empêcher que les gens souffrent, mais pas seule : elle a besoin que les autres l'écoutent.

— Comme vous l'avez fait ?

— Oui, comme je l'ai fait. Elle a réclamé votre aide. Et elle la réclame encore. C'était tout ce qu'elle demandait : votre soutien, votre compréhension. Votre tâche était de voir par-delà les apparences. De vaincre vos préjugés et de reconnaître le bien dans ce que vous preniez pour le mal.

John dansait d'un pied sur l'autre, il semblait de plus en plus mal à l'aise, doutant de lui. Il relâcha sa prise sur son pistolet une fraction de seconde, et Hunter fit encore un pas, mais John aboya rageusement, comme s'il s'éveillait d'un rêve :

— NON ! J'ai suivi la mission telle qu'elle m'a été confiée. Elle doit mourir. Comme toutes les autres devaient mourir.

Les autres ? se demanda Hunter.

— Elles devaient mourir pour que je puisse retrouver la fille du démon.

Et soudain Hunter entrevit la vérité. La blonde dans le salon, à genoux, la gorge tranchée ; Claire Anderson, la gorge tranchée ; les autres filles… Hunter avait lu l'article si vite qu'il avait tout oublié à leur sujet. Toutes des brunes de l'âge de Mollie. Et on les avait trouvées nues, à genoux, les mains attachées en position de prière, la gorge tranchée. John Woods avait passé des jours à chercher Mollie dans L.A. Son échec avait engendré une frustration et une colère croissantes. C'est alors qu'il avait projeté sa haine sur des filles qui lui ressemblaient : c'était Mollie qu'il tuait chaque fois, encore et encore. Mais surtout, John croyait que sa fille était un être à part, qu'elle sentait la souffrance des autres. Il savait qu'elle était bonne, qu'elle voulait toujours aider. Il avait tué ces filles non seulement parce qu'elles ressemblaient à Mollie mais aussi pour que cette dernière le sente et intervienne. Pour la débusquer. John Woods était l'Égorgeur.

— Elle mourra, fit Woods en levant son arme. Et vous aussi, vous mourrez.

Hunter vit la détermination dans le regard de John, qui commençait à presser la détente.

Fin de la partie.

141

Le coup de feu résonna comme un coup de tonnerre, mais fut étouffé par l'averse torrentielle qui tambourinait sur les vitres. Le mur derrière lui fut éclaboussé de sang et de débris de chair. Une odeur de cordite emplit instantanément la pièce.

Le corps de Hunter partit en avant, mais dans un dernier sursaut il réussit à se retenir au mur avec son bras droit. L'hémorragie et la décharge d'adrénaline combinées lui avaient coupé les jambes et fait perdre l'équilibre. Reprenant ses esprits, il aperçut John Woods, tombé à genoux, blessé, la main droite dégoulinante de sang et amputée de trois doigts. La bouche entrouverte, les yeux écarquillés d'horreur. Hunter la vit seulement à ce moment : Mollie tenait le pistolet de l'inspecteur dans lequel John avait shooté un peu avant. Il la vit réarmer le pistolet, décidée à faire feu encore une fois.

— Mollie, non ! cria Hunter en se jetant en avant les deux paumes face à elle. Ne fais pas ça.

Elle tremblait comme une feuille, le visage dégoulinant de larmes.

— Il a tué… tué Susan. Il allait vous tuer.

— Je comprends, Mollie. Mais cette fois tout est vraiment fini. Laisse-moi faire.

John Woods poussa un grognement bestial avant de vomir brusquement. La douleur de ses doigts arrachés, des os brisés, des ligaments déchirés et la perte de sang l'avaient terrassé.

— Il m'a violée si souvent…

Il n'y avait pas de colère dans sa voix, seulement de la douleur. Mollie tourna son regard vers Hunter.

— J'ai eu tellement peur…

— Je sais, Mollie, je sais. Mais il n'y a plus de raisons d'avoir peur, plus aucune. C'est vraiment fini, je te le promets. Il ne fera plus jamais de mal à personne.

Soudain, on entendit un bruit de cavalcade dans le couloir.

— Lâchez cette arme, tout de suite ! crièrent les deux agents du LAPD à l'adresse de Mollie.

— Attendez ! fit Hunter en se tournant vers eux les mains en l'air, plaçant son corps entre les pistolets et la jeune fille. Je suis de la brigade criminelle – inspecteur Hunter.

Il indiqua l'insigne accroché à son ceinturon.

— Cette situation est sous contrôle. Abaissez vos armes.

Les agents échangèrent des regards anxieux.

— La situation ne semble pas sous contrôle, inspecteur, objecta l'un d'eux.

— C'est comme ça que je contrôle mes situations.

Les deux policiers froncèrent les sourcils.

— Gardez un œil sur lui, fit Hunter avec un coup d'œil en direction de Woods. C'est l'Égorgeur, que tout le monde recherche.

— Quoi ?

— Vous allez sans doute trouver un couteau sur lui avec des traces de sang de toutes les victimes de l'Égorgeur, reprit Hunter en inclinant tristement la tête. Et… malheureusement, il y a une autre victime dans le salon.

Après une brève hésitation les deux flics pointèrent leurs armes sur John Woods.

Hunter se tourna vers Mollie pendant que l'un des agents diffusait l'étonnante nouvelle par radio et réclamait une ambulance.

— Allons, Mollie, chuchota Hunter en faisant un pas vers la jeune fille.

Il s'empara d'une serviette à terre et la lui tendit.

La jeune fille résista un bon moment avant de céder. Elle désarma le pistolet et le déposa dans la main tendue de son ange gardien.

— Vous êtes le seul qui m'ait jamais crue. Vous êtes le seul en qui j'aie confiance.

Avec des larmes dans les yeux, elle le serra dans ses bras.

142

Le jour de Noël

Garcia ouvrit la porte. Il portait le sweater le plus criard que Hunter ait jamais vu, mélange de violet, de rouge, de rose et de vert pomme. Un monstre qui semblait au moins deux tailles trop grand. Son nez était bandé comme s'il venait de le faire refaire. Ses deux yeux étaient cernés de noir.

— Waouh, ça mord, ce truc ? demanda Hunter avec un pas de recul en montrant le pull de Garcia

— Je sais, je sais. C'est ma mère qui l'a tricoté. Elle me l'a offert ce matin. Si je ne le porte pas elle va faire une crise.

— Elle doit avoir une bonne raison de te punir…

— Ouais, probablement. Viens, lança son partenaire en le faisant entrer.

L'arbre de Noël, dans un coin de la pièce, scintillait et clignotait de mille feux. Une musique d'ambiance douce et démodée ainsi que d'appétissants arômes emplissaicnt la maison.

— Comment va ton bras ? demanda Garcia.

— Il me fait toujours mal, rien d'insupportable. Mais

je ne pourrai pas retourner au club de gym avant le printemps, apparemment…

— Et c'est ce qui t'embête le plus, hein ?

Hunter haussa les épaules.

— Et ce nez, ça va ?

— Pété. Je vais devoir attendre quelques mois pour filer des coups de boule, ironisa-t-il. Il paraît que tu as reçu un coup de fil du maire et que ce n'était pas à propos de sa femme ?

Nouveau haussement d'épaules, indifférent cette fois.

— Tu es le chouchou des médias, Rob. Tu es dans les petits papiers de tout le monde, y compris le capitaine Blake et le chef Collins. Deux tueurs en série arrêtés le même jour… C'est sûrement un nouveau record. Tu sais qu'ils ont finalement retrouvé James Reed ?

Hunter acquiesça.

— On avait vu juste, il n'avait pas quitté le comté de Los Angeles. Sa maîtresse habite Ranchos Palos Verdes. On n'avait pas retrouvé la voiture, parce qu'elle était dans son garage. Comment va Mollie ?

— Aussi bien que possible. Elle est sous Valium depuis quarante-huit heures.

— Et maintenant, qu'est-ce qu'elle va devenir ?

Subtil hochement de tête.

— À elle de décider. Elle a 18 ans aujourd'hui, elle est donc légalement adulte. Mais j'en ai touché un mot à une très bonne amie qui se trouve être l'une des psys les plus brillantes de L.A. Elle a accepté de prendre Mollie comme patiente le temps qu'il faudra, et ça ne lui coûtera rien. Après l'enfer qu'elle a traversé, Mollie va avoir besoin d'une longue thérapie.

Je vais continuer à jouer les grands frères pendant un bon moment.

— Je le sais, sourit Garcia. Elle pourra aussi compter sur moi.

— Je vais faire un saut en fin d'après-midi pour lui souhaiter son anniversaire et un joyeux Noël.

— Génial, on lui apportera une grande assiette avec un peu de tout ce que mes femmes ont préparé. Elle doit en avoir plus que marre de la cuisine de l'hôpital. En plus, quand Anna et ma mère bossent en duo dans la cuisine, il y en a assez pour nourrir un régiment…

— Je vois ça d'ici, fit Hunter en pointant du menton vers la table couverte de plats colorés.

— Et ce n'est que le début !

Anna sortit de la cuisine vêtue d'un tablier bleu et blanc sur lequel on pouvait lire : *Embrassez le chef.*

— Ça ne t'ennuie pas si j'obéis ? demanda Hunter en souriant et en embrassant la femme de son collègue sur les deux joues.

Il fut présenté à la mère de Garcia, Janet, une grande femme autoritaire avec des cheveux blonds et courts, des yeux étincelants et la voix la plus douce et la plus apaisante que Hunter ait jamais entendue.

Pendant le repas, l'inspecteur écouta avec amusement les épisodes les plus marquants de l'enfance de Carlos au Brésil.

— Alors, tu te défendais au foot, hein ? lui demanda-t-il pendant qu'ils essuyaient la vaisselle.

— Je me défends toujours, rétorqua Garcia fièrement.

— O.K., je te crois sur parole.

Quelques secondes de silence suivirent.

— Je voudrais te demander quelque chose, Rob.

— Vas-y.

— J'étais menotté à la chaise quand je me suis réveillé. Je suppose que Tyler t'avait menotté, toi aussi ?

— Tout à fait juste, agréa Hunter.

— Et comment diable as-tu fait pour te libérer ?

Hunter sourit.

— C'est un de mes vieux trucs…

— Tu pourrais m'en dire un peu plus ?

— J'ai toujours deux jeux de clés de menottes sur moi.

— Quoi ?

— J'en ai un jeu là où on s'attend à le trouver, avec mes menottes dans mon ceinturon. Ce qui fait que j'ai pu lancer les clés à Tyler quand il me les a réclamées. Et maintenant regarde mon truc magique.

Hunter défit sa ceinture.

— Oh ! là, là ! si Anna ou ma mère entrent dans la cuisine maintenant j'aurai du mal à leur expliquer…

— T'inquiète.

Hunter montra à Garcia une poche secrète à l'arrière de sa ceinture qui contenait un jeu de clés de menottes.

— La même mésaventure m'est déjà arrivée il y a longtemps, et j'ai décidé que c'était la dernière fois. Si tu te fais surprendre et menotter, neuf fois sur dix on t'attachera les mains dans le dos.

— Petit malin, va, pouffa Garcia admiratif. Je crois que je vais te piquer l'idée…

143

Mollie, debout près de la fenêtre, regardait en silence la pluie fine tomber quand Hunter passa la tête par la porte entrouverte.

— Je peux entrer ?

Elle se tourna et lui adressa un pâle sourire.

— Tu as le mot de passe ?

Hunter réfléchit un instant.

— Voyons voir… Ça doit être soit « Joyeux anniversaire », soit « Joyeux Noël ».

Il poussa la porte, découvrant un joli paquet cadeau qu'il tenait serré sous son bras gauche encore bandé. Elle écarquilla les yeux.

— Oh, mon Dieu, c'est pour moi ?

— On dirait bien…

Hunter pénétra dans la chambre et posa un gâteau sur la table de chevet à côté du lit.

— Eh ben, disons « Joyeux anniversaire et joyeux Noël » ?

Il lui tendit le paquet.

— J'espère que tu apprécieras…

Mollie s'assit sur le lit, ouvrit le paquet avidement

et resta bouche bée en découvrant son contenu : un ordinateur portable !

— Une bonne idée ? demanda Hunter.

— Géniale, répondit-elle les yeux emplis de larmes.

— Il y a un traitement de texte et quelques applications préinstallées. Tu m'as dit que tu voulais devenir écrivain, j'espère que ça t'aidera.

— Oh, mon Dieu, tu t'es même souvenu de ça !…

La joie dans sa voix était contagieuse. Elle se pencha et embrassa Hunter sur la joue droite, et pendant un bref instant il parut embarrassé.

— J'espère que tu as faim, dit-il en lui faisant signe d'attendre avant de ressortir de la pièce.

Deux secondes plus tard, il réapparaissait avec deux énormes plateaux de nourriture enveloppés de film alimentaire et une carte « *Compliments de Carlos et de sa femme* ».

Mollie était émerveillée.

— Et comment je vais manger tout ça ? Il va falloir que j'en offre aux autres patients, sinon on va en jeter les trois quarts…

— J'en ferais autant à ta place, répondit Hunter avec un sourire. Mollie, je voulais te demander quelque chose, dit-il sur un ton plus sérieux. J'avais armé le cran de sécurité de mon pistolet, je me souviens de l'avoir fait.

Elle acquiesça timidement.

— Je sais, je l'ai désarmé.

— Et qui t'avait montré ?

— M. Higgins.

Hunter fronça les sourcils.

— C'est le propriétaire du resto dans lequel je travaillais à Lynwood. Lui et sa femme avaient été dévalisés si souvent qu'il gardait un pistolet dans son tiroir-caisse et un autre dans la cuisine. Et tous ceux qui travaillaient avec eux devaient apprendre à s'en servir au cas où. Je sais recharger un barillet, armer le chien et vérifier la sûreté.

Hunter s'esclaffa.

— Ça, alors ! Il n'y a vraiment qu'aux États-Unis qu'une serveuse n'apprend pas seulement à servir ses clients mais aussi à manier une arme à feu !

Une infirmière à l'expression avenante toqua doucement à la porte avant d'entrer.

— Je suis désolée, inspecteur, mais elle doit se reposer maintenant.

— O.K., je vais y aller.

Hunter enfila son blouson.

— Je prendrai de tes nouvelles demain.

— Rob… commença Mollie alors que Hunter franchissait le seuil. Merci pour tout. Pour le cadeau, pour t'être rappelé, pour avoir cru en moi dès le début, pour avoir été là et pour m'avoir sauvé la vie.

Hunter lui décocha un grand sourire.

— Merci d'avoir sauvé la mienne !

Composé par Nord Compo
à Villeneuve-d'Ascq (Nord)

Imprimé en France par

BRODARD & TAUPIN

à La Flèche (Sarthe)
en mars 2013

POCKET – 12, avenue d'Italie – 75627 Paris Cedex 13

N° d'impression : 72553
Dépôt légal : avril 2013
S23464/01